역사 속의
나그네

복거일 장편소설

역사 속의 나그네
제3권 펄럭이는 깃발 따라

초판 1쇄 발행 2015년 6월 30일
초판 2쇄 발행 2015년 7월 8일

지은이 복거일
펴낸이 주일우
펴낸곳 ㈜**문학과지성사**
등록번호 제1993-000098호
주소 121-894 서울 마포구 잔다리로7길 18(서교동 377-20)
전화 02) 338-7224
팩스 02) 323-4180(편집) / 02) 338-7221(영업)
전자우편 moonji@moonji.com
홈페이지 www.moonji.com

© 복거일, 2015, Printed in Seoul, Korea

ISBN 978-89-320-2735-7
ISBN 978-89-320-2732-6(세트)

이 도서의 국립중앙도서관 출판예정도서목록(CIP)은 서지정보유통지원시스템 홈페이지(http://seoji.nl.go.kr)와
국가자료공동목록시스템(http://www.nl.go.kr/kolisnet)에서 이용하실 수 있습니다.
(CIP제어번호: CIP2015016339)

복거일 장편소설

역사 속의 나그네

제3권 펄럭이는 깃발 따라

문학과지성사

2015

꿈속에서 책임은 비롯한다.

　　—델모어 슈워츠

이 작품은 1991년에 먼저 세 권을 내고 중단되었다. 이어 쓸 기회가 곧 오려니 생각했었는데, 기회는 좀처럼 오지 않았고, 이제야 세 권을 더해서 일단 매듭을 짓게 되었다. 스무 해가 넘는 공백기가 너무 길어서, 독자들과의 약속을 늦게나마 지켰다는 홀가분함보다 사라진 가능성에 대한 아쉬움이 훨씬 크다.

앞의 세 권은 초판과 내용이 똑같다. 표기가 달라진 곳들이 있을 따름이다. 따라서 전에 졸작을 읽어주신 독자들께선 '제4권 꿈의 지평 너머로'부터 읽으시면 된다. 그동안 졸작을 읽어주시고 속편에 대한 기대를 말씀해주신 독자들께 고마움의 말씀을 드린다.

2015. 봄.

복거일

다른 상품들과는 달리, 책은 내용과 성격을 소비자들에게 쉽게 알릴 길이 없다. 그런 사정은 모든 저자들에게 곤혹스럽겠지만, 소설가들에게는 특히 그렇다. 책을 낼 때면, 그래서 내 책을 고른 독자들이 자신이 생각했던 것과 다른 책임을 발견하게 되는 모습이 마음에 얹힌다.

이 소설은 21세기에 태어나서 16세기에서 살아가는 어느 조선 사람의 얘기다. 그는 시낭(時囊)을 타고 6천5백만 년 전의 백악기로 시간여행을 떠나는데, 시낭이 고장 나서, 16세기에 불시착한다. 자신이 태어난 때보다 5백 년 전에 존재한 세상에 혼자 좌초하여 살아가는 일은 누구에게나 쉽지 않을 것이다. 그러나 그는 아주 큰 이점을 지녔으니, 바로 뛰어난 지식이다. 21세기에서 자라난 사람이 지닌 지식은, 특히 과학적 지식은, 대단할 것이다. 16세기 사람들이 지닌 지식에 비기면, 더욱 그럴 것이다.

그래서 이 작품은 과학소설이라고 볼 수 있다. 미래소설의 모습을 많이 지닌 역사소설이라고 볼 수도 있다. 그러나 더 적절한 이름은 아마도 무협소설일 것이다. 주인공이 영웅적 삶을 꾸려가기 때문이다. 그는 16세기의 조선 사회에 수동적으로 적응하는 것이 아니라 그것을 자신의 이상에 맞춰 바꾸려고 애쓴다. 여느 무협소설들과 다른 점은 주인공이 뛰어난 근육의 힘이 아니라 발전된 지식의 힘에 의존한다는 점뿐이다.

이 작품은 1988년 가을부터 세 해 동안 『중앙경제신문』에 연재되었다. 『중앙경제신문』의 직원들과 독자들에게 고마움의 말씀을 드린다. 연재가 시작될 때부터 격려해주신 『문학과지성』 동인 다섯 분 선생님들께, 그리고 세 권을 한꺼번에 내느라 수고하신 '문학과지성사'의 직원들께, 좀 새삼스럽지만, 고마움의 말씀을 드린다.

1991. 10.
복거일

차례

모
반
자

제 7 부

1

꿔엉, 꿔엉, 건너편 산비탈에서 꿩이 울었다. 꿩 울음에 봄날의 파란 즙이 배어 있었다.

'봄은 봄인데……' 소리가 난 곳을 살피면서, 언오는 마음이 새삼 달뜨는 것을 느꼈다. 소나무들의 묵은 푸른빛과 활엽수들의 산뜻한 연둣빛이 잘 어울린 산비탈이 그의 눈을 보드랍게 쓰다듬어주었다. 자신의 몸에도 물이 오르는 듯해서, 그는 가슴을 펴고 내낀 하늘을 우러렀다.

"삼장사애 블 혀라 가고신댄,
　그 뎔 사주이 내 손목알……"

꿩 울음소리에 잠시 밀려났던 김항렬의 노랫소리가 다시 또렷이 들려왔다. 썩 잘 부르는 노래는 아니었지만, 솟구친 흥이 실려 있었다.

"이 말삼이 이 뎔 밧긔 나명들명
다로러거디러 죠고맛간 샷기 샹좌이
네 말이라 호리라.
더러둥셩 다리러디러……"

김은 원래 홍쥬진(洪州鎭)의 군사로 지금은 한셩(漢城)에 샹번
(上番)을 들고 있었다. 한 스무 날 전에 부친상을 당해서, 휴가를
받아 고향에 내려온 참이었다. 김의 집안은 돌무들기에 살았는데,
논은 없고 밭농사를 조금 짓는 데다가, 김이 군역에 나가서, 형편
이 어려웠다. 그래서 장례가 끝나자마자, 김은 광시댁이 볍씨를 뿌
리기 위해 논을 준비하는 일에 품을 팔고 있었다.

'저 노래가 지금 한성에서 유행하는 노랜가? 적어도 이백 년은
넘었을 고려 가요가?' 그는 속으로 감탄했다. 국어 교과서에서 배
운 옛 노래를 옛사람의 목청으로 듣는 것은 그와 비슷한 일들을 많
이 겪은 그에게도 색다른 맛을 지닌 경험이었다.

"드레 우믈에 믈을 길라 가고신댄
우뭇 미르이 내 손목알 주여이다.
이 말삼이 이 우믈 밧긔 나명들명
다로러 거리러 죠고맛간 드레박이……"

16

옅은 웃음이 그의 얼굴에 배어 나왔다. 슈천이와 함께 논둑을 손질하면서 부르는 김의 노래에서 그는 어쩐지 병영에서 불리는 노래들이 지니는 성조를 느꼈다. 김이 병영에서 동료들과 막걸리를 마시면서 그 노래를 부르는 광경을 그는 쉽게 떠올릴 수 있었다. 하긴 「쌍화점」은 병영에서 애창될 만한 노래였다.

"더러둥셩 다리러디러
다리러디러 다로러거디러 다로러
긔 자리예 나도 자라 가리라
위 위 다로러거디러 다로러……"

이마에 무겁게 느껴지는 삿갓을 벗어 들고서, 그는 좀 새삼스러운 눈길로 김이 일하는 모습을 찬찬히 살폈다. 함께 일하고 있었고 몸집도 비슷했지만, 김과 슈천이가 일하는 모습은 상당히 다르다는 것이 눈에 들어왔다. 김의 몸짓은 활기찼고, 슈천이의 몸짓은 어쩐지 굼뜨게 느껴졌다.

그는 천천히 고개를 끄덕였다. 김에겐, 무엇이라고 꼬집어 얘기하긴 힘들었지만, 이 골짜기 사람들과는 상당히 다른 무엇이 있었다. 그는 김에게서 '도시인'의 분위기를, 거의 '현대적'인 분위기를, 느꼈다. 어쩌면 김의 말씨가 골짜기 사람들의 말씨보다 현대 조선인들의 그것에 가까웠다는 점이 그런 느낌을 짙게 했는지도 몰랐다. 김의 말씨에서는 구개음화 현상이 두드러졌고 '다외다'는 '되다'로, '므슥'은 '므섯'으로, '앒'은 '앞'으로 쓰였다. 지금 조선

어는 빠르게 바뀌고 있는 듯했고, 그런 바뀜은 물론 한성에서 가장 두드러질 터였다.

　그는 처음부터 김에게 끌렸다. 홍쥬진에서 군역을 치르다 한성까지 올라갔으니, 아무래도 이 골짜기에 머문 사람들보다는 세련된 면이 있었다. 게다가 김에겐 사람을 끌 만한 점들이 여럿 있었다. 몸집이 크고 다부졌지만, 마음이 서글서글했고 해학을 즐겼다. 오래 외지에서 살았지만, 그런 삶에서 때가 그리 많이 묻은 것 같지도 않았다. 김이 저수지 사업에 이내 관심을 보인 것도 그를 즐겁게 했다. 박우동과 동갑이라니, 스물세 살일 터였다.

　김도 그에게 끌린 눈치였다. 한성에서 지낸 사람이 시골에 남아 있는 사람들에게 자연스럽게 품게 되어 자신도 모르게 내보이는 우월감을 김은 그에겐 전혀 보이지 않았다. 그래서 둘은 이내 친해졌다. 그로선 특히 김에게서 듣는 한성 얘기가 재미있었고 여러모로 유익했다.

　일을 마쳤는지, 김과 슈쳔이는 바로 위 논으로 올라갔다. 그 위쪽엔 감갑산이 쟁기로 논을 갈고 있었다.

　"서보라, 이젠 무너진 언덕 위에.
　그리고 가만히 귀 기울여보라."

　김의 노래가 불러낸 사관학교 시절의 유행가 「언덕 위의 연가」를 나지막이 부르면서, 그는 자랑스러운 마음으로 저수지를 둘러보았다. 비록 저수지라고 부르기도 무엇할 만큼 조그만 못이었지만, 어느 모로 보더라도, 그가 이룬 것은 자랑스러웠다. 저수지 자체도 그랬지만, 저수지 일을 통해서 여유 있는 사람들에게 생산적 시설에 투자할 기회를 제공하면서 가난한 사람들이 어려운 절량기(絶糧期)를 넘기도록 도운 것이 그는 무척 자랑스러웠다. 이제 이 골짜기엔 빚에 눌린 사람들 대신 곧 벼농사에 쓰일 물을 담은 저수지가 서 있었다.

"들리리. 그대 가슴에 들리리.
우리 함께 듣던 옛날의 종소리.
둥글다는 지구를 멀리 돌아온
그 옛날 아련한 종소리……"

생도들 사이에서 원래 가사 대신 불렸던 지독히 외설적인 가사가 떠오르면서, 그리움이 가슴을 시린 물결로 씻었다.

'물 때문에 가슴 졸인 걸 생각하면……' 싱긋 웃으면서, 그는 고개를 저었다.

저수지 일로 어려운 고비를 여럿 넘겼지만, 가장 어려웠던 것은 졸아드는 물을 지켜보는 것이었다. 2월 초순에 마지막 눈이 내린 뒤부터 거의 한 달 동안 그의 가슴은 저수지 물과 함께 졸아들었다. 다행히, 눈 녹은 물이 흘러 들어와서, 물은 그리 많이 줄어들지 않았다. 그러나 저수지 물이 모내기가 시작될 4월 하순까지 갈 것 같지 않았고 웅덩이가 되어버린 저수지를 보면서 마을 사람들이 자신에게 보낼 눈길을 상상하는 일은 그에겐 긴 악몽이었다.

그러다가 얼마 전에 이 골짜기 사람들은 모내기를 하지 않고 볍씨를 직접 논에 뿌린다는 것을 알았다. 그가 들은 바로는 그런 전통적 '무살미'가 아직까지 널리 시행되는 듯했다. 이 골짜기 사람들도 모내기에 대해 알았지만, 그것을 시도해본 사람은 없는 듯했다. 얘기를 들어보니, 모내기 농사가 가뭄에 약해서 그런 듯했다. 수리 시설이 전혀 없는 처지에선 당연했지만, 이곳 사람들이 가뭄에 대해 품은 두려움은 대단했다. 아예 마른 논에 벼를 심는 '마란살미'도 상당히 많았다. 그러고 보니, 지금까지 그가 본 모내기한 논들은 모두 됴한드르처럼 강에서 가까운 곳에 있었다.

덕분에 못물은 4월 하순이 아니라 3월 초순까지 버티면 되었다. 그의 긴 기다림은 뜻밖에도 일찍 끝나가고 있었다.

뒤쪽에서 누가 헛기침을 했다. 돌아다보니, 둑 아래쪽 길에 김을산이 지게를 지고 서 있었다.

"스승님." 작대기를 두 손으로 잡은 채, 김이 공손히 고개를 숙였다.

"발셔 댱애 다녀오시나니잇가?" 장꾼들이 돌아오기엔 좀 이른 시간이었다.

"녜. 나이 죠곰 일즉⋯⋯"

습관적으로 왼손을 들어 손목시계를 보려다가 멈추고서, 그는 대신 해를 살폈다. 해가 한 뼘은 더 기울어야, 장을 일찍 본 사람들이 나타날 터였다. 벌써 날이 꽤 길어져서, 저녁을 들 때는 시장기가 심했다. 김을산이 걸음이 빠르기로 이름났다는 것이 뒤늦게 떠올랐다. "참아로 걸음이 빠라시나이다."

"아니이다." 그의 칭찬에 김은 소년처럼 얼굴에 기쁜 기색을 드러냈다. "나난 일즉 돌아왔나이다."

"댱안 엇더하얏나니잇가?"

"사람달히 많이 나왔더니이다. 나난……" 김은 고개로 등에 진 지게를 가리켰다. 묵직해 보이는 먹서리가 지게에 얹혀 있었다. "좌반 고동어를 죠곰 샀나이다. 배고개댁애게…… 내죵애 스승님 끠셔 졈 드쇼셔." 김이 더듬거리면서 덧붙였다.

"아, 감샤하압나니이다." 이내 입안에 침이 고였다. 이어 며칠 전에 김의 어머니가 체한 것을 고쳐준 일이 생각났다.

"이제 스승님끠셔 못알 맹갈아 놓아샸아니, 올해 농사난 참아로…… 못이 없었다면, 시방 모도……" 못둑 위로 올라선 김이 말했다.

그는 웃음 띤 얼굴로 고개를 끄덕였다. 이미 여러 번 들은 치하였지만, 논농사를 짓는 사람에게서 그런 치하를 듣는 일은 언제나 흐뭇했다. "래년에 둑을 더 높이 쌓아, 믈을 더 많이 가도면……"

"녜, 스승님." 김이 열심히 고개를 끄덕였다.

그는 다시 삿갓을 썼다. "먼 길 걸으샸난듸, 올아가보쇼셔."

"녜. 그러하오면, 스승님, 나난 올아가보겠나이다."

"녜. 그리하쇼셔. 좌반 고동어는 잘 먹겠나이다."

김이 씨익 웃었다. "스승님, 그러하오면……" 작대기를 두 손으로 쥔 채, 김이 다시 고개를 숙였다.

읍내에 다녀오자면, 40리 걸음이었지만, 김은 탄력 있는 걸음으로 그의 집을 향해 올아가기 시작했다. 부엌에서 배고개댁이 키를 들고 나왔다.

'오늘 저녁엔 오래간만에 비린 것을 좀 먹겠구나.' 그는 시계를 보았다. '네 시 사십 분이라…… 아직 한참 있어야 되겠구나.'

느긋하게 기다리라고 스스로에게 이르면서, 그는 골짜기 아래로 뻗은 길을 돌아다보았다. 아직 아무도 보이지 않았다. '숯을 다 팔고 이야기책까지 판 다음, 물건들을 사려면, 시간이 상당히 걸리겠지.'

그가 최성업을 기다리는 까닭은 최가 이야기책을 팔아서 빗을 한 질 사 오기로 되었기 때문이었다. 빗은 귀금이에게 줄 것이었다.

그는 오래전부터 그녀에게 선물을 하고 싶었다. 생각해보니, 빗이 여러모로 좋았다. 머리를 길게 기르는 데다가 비누도 없고 머리를 자주 감을 수 없는 이곳 사람들에게 빗은 아주 중요한 물건이었다. 그러다가 이곳에서는 빗이 구혼의 상징으로 쓰인다는 것을 알게 되었다. 사내가 여자에게 빗을 건네면, 그것을 구혼을 뜻했고, 여자가 그 빗을 받으면, 구혼을 받아들인다는 뜻이었다. 귀금이와 단둘이 만나 긴 얘기를 하기 어려운 처지에선, 그것은 아주 편리한 풍습이었다. 그래서 최에게 가장 좋은 빗 한 질을 사다달라고 부탁한 것이었다.

'서둘러야지. 내일은 쟝복실로 내려가서……' 지난겨울에 귀금이의 화상을 치료하는 사이에 그와 그녀는 많이 친해졌다. 그는 그녀에게 의녀가 되라 권했고 그녀도 승낙한 터였다. 그녀가 남의 종이란 사정이 큰 문제였지만, 그는 그녀의 몸값을 치를 준비를 하고 있었다. 아직 리산구나 리산웅에겐 얘기를 비치지 않았지만, 의녀가 필요한 사정을 슬쩍 흘리긴 했다.

그는 그녀가 의술을 배우러 그에게 오기 전에 그녀에게 구혼하여 승낙받고 싶었다. 한번 그에게 의지하면, 그녀가 그의 구혼을 물리치기는 거의 불가능할 터였다. 그는 그녀 스스로 그를 사랑하여 남편으로 고르기를 바랐고, 그를 고르도록 강청할 생각은 전혀 없었다. 비록 그에 대한 사랑이 아주 커서 그녀가 그런 사랑의 노예가 되기를 바랐지만.

일을 서둘러야 할 까닭은 또 있었다. 시집온 주인을 따라온 몸종은 혼인할 나이가 되면, 원래 주인에게로 돌아가고 다시 어린 몸종이 오는 것이 관행이었다. 따라서 홍쥬댁의 친정에서 귀금이를 데려가기 전에 일을 마쳐야 했다.

'그렇게 하려면, 먼저 돈부터 벌어야 하는데…… 옛날이나 지금이나, 아니, 이십일 세기나 지금이나, 글을 써서 돈을 번다는 게……' 가벼운 한숨을 내쉬고서, 그는 이야기책을 쓰려고 집으로 올라가기 시작했다. 뒤쪽에서 꿩 울음이 따라왔다.

2

잠든 의식의 무겁게 움직이는 물살을 보이지 않는 무엇이 거칠게 휘저었다. 나른한 의식은 그 반갑지 않은 틈입자를 억지로 무시하고 돌아누웠다. 그러나 그 틈입자는 물러나지 않고 오히려 점점 거칠게 휘저었다. 내키지 않는 몸짓으로 마음이 잠에서 깨어나면서, 언오는 눈을 떴다. 방 안은 그리 어둡지 않았다. 그는 본능적으로 우츈이를 돌아다보았다. 녀석은 등을 그에게로 돌리고서 아직 자고 있었다.

"스승님. 스승님, 큰일 났압나니이다." 그의 잠을 휘저은, 보이지 않던 무엇이 방문 바로 밖에 선 슈쳔이의 다급한 목소리로 모습을 갖추었다.

슈쳔이가 한 말의 뜻이 의식 속으로 들어오면서, 그의 온몸이 두려움으로 얼어붙었다. 꿈속에서 본 토졍 선생의 모습과 그를 잡았던 아산현 관리 셋의 모습이 떠올랐다. 얇은 가면이 반쯤 뜯긴 토경 선생의 얼굴이 와락 달려들었다. 그는 이를 악물고 터져 나오는 비명을 가까스로 눌러 넣었다.

그 흉측한 얼굴이 점차 물러나더니, 토정 선생과 세 관리들이 례산현감과 례산현 관리들의 모습으로 바뀌었다. 마음에서 졸음의 꼬리가 사라지면서, 몸에서 나른함이 가셨다. 자신이 비행복을 입지 않았다는 깨달음이 불러온 조급함이 마음을 덮은 두려움에 더해졌다. 요즈음 그는 속옷 바람으로 자고 있었다.

윗몸을 일으키면서, 그는 머리맡을 더듬었다. 전보다 좀 흐릿해진 듯한 야광이 5시 2분을 가리켰다. 이미 사람들이 일어나 일할 시간이라는 사실이 그의 마음을 좀 다독거렸다.

"녜. 므슴 일이니잇가?" 비행복을 걸치면서, 그는 대꾸했다. 목소리가 탁하게 나왔다.

"스승님, 큰일 났압나니이다. 믈이 없어뎠압나니이다. 못믈이……"

온몸을 단단히 죄었던 본능적 두려움이 문득 풀리면서, 안도감이 살을 부드럽게 씻어 내렸다. 본능적 두려움 대신 들어선 지적 걱정은 그리 다급하지 않았다.

"엇디 다외얀 일이니잇가?" 이번엔 목소리가 좀 맑게 나왔다.

"자셔히는 모라고…… 뉘 못 둑을 헐고셔 믈을 빼어간 닷하압나니이다."

안도의 한숨이 저절로 나왔다. 그가 정말로 걱정한 것은 저수지 둑에 생긴 무슨 결함으로 물이 새어 나갔을 가능성이었다. 만일 사람들이 저수지 둑을 일부러 허물어서 물이 없어졌다면, 비록 작은 일은 아니었지만, 그것은 그가 직접 책임을 져야 할 일은 아니었다.

'책임이라.' 그의 입가에 씁쓰레한 웃음이 어렸다. '저수지 일을 시작한 지 겨우 반년인데, 벌써 책임지는 일이 이리 두려우니. 경영자라는 자리가……'

헛기침으로 목청을 고른 다음, 그는 차분히 대꾸했다. "아, 그러하나니잇가?"

"녜. 아모리 하야도, 곳뜸 사람달히……" 얼결에 뱉어놓고서, 슈천이는 말끝을 흐렸다.

'아하.' 그는 고개를 끄덕였다. '곳뜸 사람들이 밤에 저수지 물을 도둑질해서 자기들 논에 댄 모양이구나.'

그가 방문을 열자, 빈 지게를 진 채 작대기를 짚고 섰던 슈천이가 급히 작대기를 옆구리에 끼면서 합장했다. "나무아미타불. 나무관셰음보살."

"나무아미타불. 나무관셰음보살. 슈천 도령님. 죠곰만 기다려주쇼셔. 나이 보션을 신고셔……"

"녜, 스승님."

그는 버선을 찾아 들고서 이불 위에 앉았다.

그사이에 일어나 앉은 우쥰이가 하품을 하더니, 손등으로 눈을 비볐다. 한창 자라는 아이인지라, 춘곤증이 심할 터였다.

"밤에 못 둑을 헐고 믈을 빼간 사람달히 곳뜸 사람달 간하나니잇가?"

"녜. 곳뜸 논아로 믈이 흘러간 자최 이셔셔……"

"못믈이 없어던 것은 어드리 아샸나니잇가?" 잘 들어가지 않는 버선을 잡아당기면서, 그는 궁금해서라기보다는 말을 이으려 물었다.

"뎌긔, 논에 믈을 대기 전에 꼴알 한 바지게 버히려 일즉 나려왔압나니이다. 못애 믈이 업서셔, 이상하야 쇼인이 가보니, 뉘 못 둑을 헐고셔…… 아래랄 보니, 믈이 곳뜸 녁으로 나려간 자최 잇고 곳뜸 논애 믈이 잇고…… 그러하야셔 스승님끠 빨리 말삼알 드려야 옳알 닷하야셔……"

"잘하얏나이다. 참아로 잘하샷나이다. 이제 함끠 나려가셔 엇디 다외얀 일인가 살펴보사이다."

삿갓을 집어 들고, 그는 문밖으로 나섰다. 눈길이 저절로 저수지로 향했다. 저수지 물이 거의 없어졌다는 것이 한눈에 들어왔다. 바닥이 드러난 저수지처럼 가슴속 어느 구석이 썰렁하게 비어가는 것을 느끼면서, 그는 말없이 신을 신었다.

"오날 믈을 대야, 래일 볍씨를 쁘리는듸……" 저수지로 내려가면서, 슈천이가 혼잣소리 비슷하게 말했다.

잠자코 고개를 끄덕이면서, 그는 저수지 아래쪽을 살폈다. 아직 해가 뜨지 않은 이른 새벽인데도, 곳뜸 장정들은 거의 모두 들판에 나와 있는 듯했다.

'흐음. 곳뜸 사람들이 일을 벌인 건 확실하군. 신경슈? 이런 일이 그 사람 허락 없이 일어날 순 없겠지. 지시까진 몰라도, 허락 없인. 그래서 결국은 내가 신경슈 문제에 다시 부딪혔단 얘긴가?'

"아조 낟반 사람달히니이다," 슈천이가 나직하나 거센 어조로 말했다.

신경슈와 상대할 일을 궁리하던 그는 좀 놀라서 걸음을 멈추고 돌아다보았다. 그의 기억에 슈쳔이가 스스로 확신에 차서 얘기한 것은 이번이 처음이었다. 저수지 물이 없어졌다는 사실을 그에게 알리고 나서 마음이 좀 가라앉자, 비로소 화가 치민 듯했다.

"뎌 사람달한 아조 낟반 사람달히니이다," 곳뜸 쪽을 내려다보면서, 슈쳔이가 단호한 어조로 되풀이했다. "우리 믈을 뎌터로 도작질하야간 사람달한……" 여느 때는 별다른 표정이 없던 슈쳔이의 검은 얼굴이 뜨거운 감정으로 환해진 듯했다.

'이제 보니, 이게 예삿일이 아니구나.' 여드름 자국이 깊게 난 얼굴 바로 아래에서 이글거리는 분노를 읽고서, 그는 멈칫했다. '하긴 그 물이 예사로운 물이 아니지. 농사지을 물이니, 사람들의 목숨이 달린 물이지.' 좀 걱정스러우면서도, 그는 슈쳔이가 쓴 '우리 믈'이라는 표현이 반갑고 고마웠다. 이제 이곳 사람들은 저수지 일을 자신들의 일로 받아들인 것이었다.

"옳아신 말삼이시니이다," 뒤늦게 대꾸하고서, 그는 천천히 둑 위로 올라갔다.

저수지를 돌아다보면서, 그는 이미 빈 가슴이 더욱 비어가는 것을 느꼈다. 그 속으로 가슴의 살을 말리는 듯한 마른바람이 불었다. 다리에서 힘이 쭉 빠져나갔다.

"폐허구나," 나지막한 탄식이 새어 나왔다.

한가운데가 허물어진 둑으로 밑바닥에 졸아붙은 흙탕물을 안고 누운 저수지는 아득한 옛날에 번성했던 제국의 폐허처럼 느껴졌다. 아니, 그가 보았던 어떤 폐허보다 더 쓸쓸한 폐허였다. '어제저

녁까지만 해도 그리 단단했었는데, 이리되다니. 이런 일이 정말로 일어날 수 있단 말인가?'

그는 마음을 다잡고 둑이 허물어진 곳에 쪼그리고 앉아서 자세히 살펴보았다. '흠. 둑을 허무느라 애를 많이 먹었겠구나. 서넛이 달려들어 한두 시간에 해치운 일은 아니니.' 둑이 사람들의 손길에 저항한 흔적들을 바라보면서, 그는 씁쓸한 만족감을 느꼈다. 그 만족감에 곧 자신감과 자랑스러움이 더해졌다.

그는 일어나서 둑 아래쪽을 살폈다. 어제만 해도 거의 바닥이 드러났던 개울엔 물이 세차게 흘러 내려간 자취가 남아 있었고, 개울가에는 물살에 휩쓸려 허리를 다친 풀들이 누워 있었다. 그 아래쪽 곳뜸으로 내려가는 길이 개울을 건너는 곳 바로 아래에 물을 논으로 대기 위해 쌓은 보가 있었다. 못에서 나온 물은 그다음부터는 논에서 논으로 흘러 내려갔을 터였다.

둑 위로 올라온 뒤 처음으로, 그는 아래쪽 들판에 있는 사람들에게 눈길을 주었다. 그는 그들이 줄곧 그를 살폈다는 것을 알고 있었다. 아마도 그들은 그나 저수지 일에 참여한 윗마을 사람들이 이내 거세게 반응하리라고 기대하고 있을 터였다. 싸움이 벌어지면 요긴하게 쓰일 만한 연장들을 하나씩 들고 있는 것을 보고, 그는 쓴웃음을 지었다.

'흠. 하긴 다른 것도 아니고 물꼬 싸움으로 몇이 다치면, 현청에서도 으레 그러려니 하고 외면하겠지.' 생각에 잠긴 눈길로 곳뜸 사람들을 살피면서, 그는 까슬까슬한 턱을 문질렀다. '하지만, 곳뜸 양반들, 이 일로 내가 무슨 짓을 하든, 그것은 당신들에겐 좀 뜻

밖으로 다가올 새이오.'

그 자신에게도 꽤나 뜻밖이었던 것은 그가 처음부터 분노나 미움을 거의 느끼지 않았다는 사실이었다. 그가 슈쳔이의 얘기를 듣고 맨 처음 느낀 것은 둑이 말썽을 부리지 않았다는 안도감이었고, 저수지에 나와서 느낀 것은 허물어진 둑에 대한 안쓰러움이었다. 지금 그의 가슴에서 들끓는 감정들 가운데 분노나 미움은 없었다. 대신 남이 여러 달 공을 들여 가두어놓은 물을 밤새 훔쳐 간 사람들의 단순한 대담성에 대한 감탄이 큰 자리를 차지하고 있었다. 물을 도둑맞은 그가 어떻게 반응하는가 살피는 그들을 보자, 그는 지금 상황이 차라리 희극적으로 느껴졌다. 마음 한구석에선 고개를 젖히고 소리 내어 웃고 싶은 충동까지 일었다.

이번 일이 낭패가 아니라 기회라는 생각도 그의 마음을 차분하게 했다. 이번 일에서 신경슈의 손길을 읽어내자, 이내 그런 생각이 들었다. 물을 훔쳐감으로써 신은 그의 저수지 사업이 성공했음을 인정한 것이었고 가장 극적이고 효과적인 방식으로 그 사실을 선전한 셈이었다. 그리고 물값을 놓고 얘기하다 보면, 그와 신 사이엔 자연스럽게 사업적으로나 인간적으로나 깊은 관계가 맺어질 터였다. 이제 신을 저수지 사업으로 끌어들일 기회가 찾아온 것이었다. 그래서 저수지 사업의 전망이 갑자기 밝아졌고, 그 사실에 비기면, 다른 고려 사항들은 별다른 뜻을 지닐 수 없었다.

물이 헛되이 없어진 것도 아니었다. 그 물은 곳뜸 사람들이 농사짓는 데 쓰인 것이었다. 그 물이 그의 사업을 지지한 숯골과 돌무들기 사람들을 위해 쓰이나 그의 사업에 비협조적이었던 곳뜸 사람들을 위해 쓰이나 그에게는 별 차이가 없었다. 중요한 것은 그 물이 이 골짜기에서 더 많은 쌀을 생산하는 데 쓰이는 것이었다.

들판의 곳뜸 사람들에게 야릇한 눈길을 던지고서, 그는 슈쳔이를 돌아다보았다.

슈쳔이는 여전히 곳뜸 사람들을 노려보고 있었다. 그가 없었으면, 욕이라도 퍼부었을 만큼 속이 끓어오르는 얼굴이었다.

"다외얐나이다. 이제 올아가사이다." 화가 난 슈쳔에게 그는 자신의 귀에도 좀 민망하게 느껴질 만큼 차분하게 들리는 목소리로 말했다.

그냥 올라가자는 그의 얘기가 뜻밖이고 마음에 들지 않았는지, 슈쳔이는 대꾸하기 전에 잠시 머뭇거렸다. "녜, 스승님."

'기대에 많이 어그러진 모양이구나. 내 반응은 아마도 이 골짜기 사람들 모두의 기대에 어그러질 테지.' 몸을 돌리려다가, 그는 다시 슈쳔이에게 말했다. "아모리 하야도, 오날 논애 믈을 대기난 어렵겠나이다."

"녜, 스승님." 슈쳔이가 고개를 끄덕이고서, 흘긋 논 쪽을 살폈다.

"논애 믈을 대난 일은 잇다가 나이 숯골애 올아가서 얼우신과 샹의하겠나이다. 슈쳔 도령님꼐셔 이리 일즉 알려주셔셔…… 자츳 일이 낭패할 번하얐나이다."

그의 칭찬에 슈쳔이의 낯빛이 좀 누그러졌다.

저수지 둑에서 내려오기 전에, 그는 한쪽 모서리만 보이는 신경슈의 우람한 기와집에 고개를 끄덕여 보였다. '어쨌든, 신경슈 나으리, 이제 당신이 저수지 사업을 반대할 길은 없어진 셈이오. 그

리고 물값을 톡톡히 내서 우리 저수지 사업을 돕게 될 거요.'

동쪽 산줄기가 높은 골짜기라 아직 해는 보이지 않았지만, 날은 이미 훤했다. 안개가 차츰 걷히고 있었다. 저수지로 반쯤 내려왔던 우춘이가 다시 집으로 올라가기 시작했다.

'그렇지. 그것도 있지.' 문득 떠오른 생각에 그는 자신도 모르게 손으로 허벅지를 쳤다. '그것도 중요하지. 실은 그것이 정말로 중요한 것인지도 모르겠다.'

또 하나 중요한 것은 이제 한산댁에서 신경슈가 저수지 사업에 참여하는 것을 반대하기 어렵게 됐다는 점이었다. 손해 배상을 놓고 흥정을 하다 보면, 어쩔 수 없이 저수지 사업에 대한 지분이 많은 리산구와 신경슈가 직접 거래를 해야 할 터였다. 손해 배상이 어떤 형태로 이루어지든, 그 돈은 저수지 사업으로 들어올 터였고, 그 과정에서 신경슈가 저수지 사업에 지분을 갖게 되는 것도 거의 필연적이었다. 올해만 농사를 짓는 것이 아니니, 신이나 곳뜸 사람들은 당연히 저수지 물에 대한 권리를 확보하려 들 터였다. 아울러 곳뜸 사람들도 저수지 사업에 직접 참여하게 될 터였다. 이번에 저수지 물을 자기 논에 댄 곳뜸 사람들은 대부분 물값을 낼 만한 처지가 아니었다. 결국 그들은 둑을 쌓는 데 나와서 품삯을 받아 대신 내게 될 것이었고, 품삯의 일부로 작으나마 저수지 사업에 대한 지분을 갖게 될 터였다.

'상황이 그러하니, 이제 신경슈하고 곳뜸 사람들도……' 탄력 있는 걸음으로 집을 향해 올라가면서, 그는 부푸는 가슴 가득히 서늘한 새벽 공기를 들이쉬었다. '하긴 누가 아나? 이번 일을 계기로

해서 대대로 앙숙인 두 집안을 화해시킬 수 있을지?'

　그사이에 배고개댁이 내려온 모양이었다. 굴뚝에서 보얀 연기가
조용히 오르고 있었다. 문득 거센 식욕이 일었다.

3

　　"이제 엇디하여야 한다?" 풀어진 눈길로 저수지를 내려다보던 김갑산이 누구에게랄 것 없이 묻고서, 배 속에서 올라오는 듯한 한숨을 내쉬었다.

　　"논에 믈을 다히려는듸, 밤사이애 믈이 없어뎠으니, 참……" 류갑슐이 받으면서, 한 손에 잡은 자루 긴 삽을 들어 땅을 몇 번 찍었다. "세상애 이러한 일이……"

　　눈을 가늘게 뜨고 무엇을 생각하는 얼굴로 말없이 곳뜸 쪽을 내려다보던 김항렬이 흘긋 그의 얼굴을 살폈다.

　　언오는 김갑산의 물음에 자신이 무어라고 대답해야 한다고 느꼈다. "믈을 빨리 찾아야 하난듸. 비 오시디 아니 한다면……" 아직 속마음을 밝히고 싶지 않아서, 그는 애매하게 대꾸하고서 하늘을 살폈다.

　　맞은편 산 위에 가볍게 걸린 흰 구름 두어 덩이를 빼놓으면, 하늘은 맑았다. 봄 하늘이라, 그리 파랗지는 않았지만, 보얀 살결이 그의 가슴 어느 구석에서 무엇에게로 향하는지 모를 아련한 그리움 한 줄기를 불러냈다.

"보아하니, 비 쉬이 오실 것 같다 아니 한듸……" 나오는 대로 한 말이었는데, 해놓고 보니, 아니 한만도 못한 소리였다.

"녜, 스승님," 뜻밖에도 김항렬이 말을 받았다. "비 오실 날씨난 아니이다."

사람들이 고개를 끄덕였다.

김의 입가에 미소가 번졌다. "논일이 없으면, 천렵하기 딱 됴한 날씨니이다." 김의 웃음이 커지면서, 고르고 튼튼해 보이는 이가 드러났다.

김의 그런 대꾸가 그는 적잖이 반가웠다. 이미 슈쳔이의 반응을 보았으므로, 그는 지금 골짜기의 분위기가 폭발적임을 알고 있었다. 이번 일을 그가 바라는 식으로 다루어 바라는 결과를 얻으려면, 먼저 그런 분위기를 누그러뜨려야 했다. 외지에 나가 있고 자신의 논을 한 마지기도 갖지 못했으므로, 김의 반응이 그리 큰 뜻을 지닌 것은 아니었지만, 그렇게 여유 있는 태도는 팽팽해진 분위기를 누그러뜨리는 데 도움이 될 터였다.

"녜." 그의 얼굴에 웃음이 자연스럽게 퍼졌다. "그러고 보니, 천렵하기애 딱 됴한 날씨니이다. 밧반 일알 마차면, 한번 천렵을 나가사이다." 해놓고 보니, 그것도 불승으로선 좀 뭣한 말이었다. '고기 먹고 곡차 마시고. 겨울엔 사냥하고 봄엔 천렵하고. 내가 골고루 모범을 보이는구나.'

"스승님, 진지 드쇼셔."

돌아다보니, 배고개댁은 벌써 밥상을 방 안에 들여놓은 참이었다. 우츈이와 승문이가 방문 앞에서 그를 기다리고 있었다.

"아, 녜." 그는 사람들을 돌아다보았다. "함끠 아참알 드사이다."

"아니이다. 발셔 아참알 들었나이다," 김갑산이 이내 사양했다. "스승님 어셔 드쇼셔."

감항텰과 류갑슐이 따라서 사양했다.

김항텰은 몰라도, 나머지 두 사람은 아직 아침 식사를 하지 않았을 것 같았다. 이곳 사람들은 대개 새벽일을 한참 하고서 아침을 들었다. 새벽일을 하러 내려왔다가, 저수지 물이 없어진 것을 보고 그의 집으로 올라왔으므로, 아침을 들 새가 없었을 터였다.

그는 그들의 눈에서 시장기를 읽었다. 그러나 배고개댁이 해놓은 밥에 여유가 없을 터였으므로, 그는 더 권하지 않았다. "그러면 잠깐 기다려주쇼셔."

"녜." 세 사람이 한꺼번에 대답했다.

"스승님, 어셔 진지 드쇼셔," 김갑산이 덧붙였다.

그는 돌아서서 기다리고 있는 우츈이와 승문이에게 어서 들어가라는 손짓을 했다. "들어가사이다."

"녜." 승문이가 바닥이 거의 다 닳은 짚신을 훌렁 벗어던지고서 먼저 방 안으로 들어갔다.

"승문아. 뎌 녀석 또……" 배고개댁이 혀를 차면서 민망한 낯빛으로 그를 흘긋 살폈다.

밥상 앞에 앉자, 구수한 국 냄새가 이미 돋워진 그의 입맛을 한결 거세게 만들었다. 무밭에서 솎아낸 어린 무로 끓인 국은 맛이 기막혔다.

"자아, 드사이다." 밥상에 달라붙은 파리들을 쫓고서, 그는 숟가락을 집어 들었다.

그가 숟가락을 집기를 기다리던 두 아이가 투박한 놋숟가락을 집어 밥사발에 꽂았다. 비록 아이들이었지만, 밥그릇은 그보다 그리 작지 않았다.

콩과 조가 조금씩 섞인 밥에 구수한 국물이 섞이면서, 열락에 가까운 느낌이 입안에서 온몸으로 퍼졌다. 밥이 목을 넘어가자, 배속 깊은 곳에서 보채던 시장기가 머리를 조금 수그렸다.

밥상 한가운데에 자반 고등어 한 토막이 달랑 담긴 접시가 놓여 있었다. 어저께 김을산이 놓고 간 자반 고등어 한 손에서 남은 것이었다. 아이들이 손을 내밀지 못하는 것을 보고, 그는 젓가락으로 그것을 잘게 쪼갰다. "자아, 고동어를 드쇼셔."

그와 우츈이의 얼굴을 살피더니, 승문이가 조심스럽게 접시를 향해 젓가락을 뻗쳤다. 나무젓가락이 긴 데다가 녀석의 젓가락질이 서툴러서, 고기 조각이 좀처럼 집히지 않았다.

"자아, 이것을 드쇼셔." 그는 고기 한 조각을 집어서 녀석의 밥위에 올려놓았다. "우츈 도령님도 드쇼셔."

"녜." 우츈이도 조심스럽게 손을 뻗어 한 조각 집어 들었다.

"야아, 고동어 맛갓난다. 형아, 그렇디?" 승문이가 동의를 구했다.

"그렇다," 우춘이가 대꾸하고서 피씩 웃었다.

입에 달게 느껴지는 고등어 맛을 즐기면서, 좀 민망하고 서글픈 마음으로 그는 반쯤 열린 문으로 밖을 내다보았다. '다른 것은 몰라도 생선은 넉넉히 먹을 수 있는 세상인데. 곡식이야 땅이 한정되었고 농사 기술이 유치하니, 그렇다 치더라도, 생선이야…… 배를 만들어 바다로 나가면, 얼마든지 잡을 수 있을 텐데……'

그는 이내 고개를 저었다. '그렇게 간단한 얘기는 아니지. 고길 잡는 것도 이 세상에선……'

어느 사회에서나 고기잡이는 힘든 직업이었다. 그래서 어부는 천한 직업으로 여겨졌다. 신분이 사회 조직의 근본적 원리인 이 세상에선, 천한 직업인 고기잡이를 즐겁게 하려는 사람이 있을 리 없었다. 고기를 잡으려면, 배와 그물이 있어야 하는데, 가난한 이 세상에서 그런 어로 도구들을 쉽게 구할 수는 없었다. 고기를 잡더라도, 이내 팔 수 있는 시장이 존재하지 않았다. 생선 하면 먼저 회를 떠올리는 그로선, 소금에 절인 생선만이 유통되는 이곳 사정과 부딪치면, 늘 마음이 삐걱거렸다. 냉동 기술이 없으니 싱싱한 생선이야 그렇다 치더라도, 길이 워낙 좋지 않고 수송 수단이 마땅치 않아서, 굴비나 자반 고등어도 이 골짜기 사람들에겐 사치였다. 화폐까지 물품 화폐여서, 거래를 복잡하게 했다. 더 큰 문제는 썩은 관리들의 착취일 터였다.

그는 속으로 한숨을 쉬었다. 다른 많은 경우들처럼, 이 일에 있어서도 현상을 개선하는 것은 쉽지 않았다. 꽉 짜여서 어느 부분만을 고치기 어려운 사회 구조 앞에서 그의 상념은 여느 때처럼 막혀서 나아가지 못했다. 갑자기 밥이 꽉꽉해진 듯해서, 그는 국물을 거듭 떴다.

낮은 얘기 소리가 들려왔다. 마당에 선 세 사람은 이제 헛간 쪽에서 얘기하고 있었다. 식사하는 사람들을 생각해서, 자리를 비켜준 것이었다.

"조심하야 먹어라," 숭늉을 들고 온 배고개댁이 승문이에게 일렀다. 그러나 녀석은 들은 척도 하지 않고 먹는 데에만 정신을 쏟았다.

"승문아, 고동어를 그리 먹으면, 엇디한다?" 승문이가 다시 고등어 접시로 젓가락을 뻗치는 것을 보고, 그녀가 놀라 소리쳤다. "스승님끼셔 드실 고기다."

"그대로 두쇼셔." 그는 웃으면서 손을 뻗어 좀 미안한 얼굴로 그를 올려다보는 녀석의 머리를 쓰다듬어주었다.

녀석이 씨익 웃었다.

"마자 드쇼셔." 그는 접시를 녀석 앞으로 밀어놓았다.

그를 흘긋 살피더니, 배고개댁이 더 말하지 않고 방문 앞에서 물러났다.

"뎌긔 만업이 오난듸," 류갑슐의 목소리가 좀 크게 들렸다.

'최만업? 저수지 물이 없어진 것을 본 사람들은 다 찾아올 모양이구나.' 씁쓰레한 웃음기가 그의 얼굴에 어렸다. 최만업은 최성업의 아우였는데, 활달한 형과는 달리 수줍어서, 좀처럼 저수지에 나타나지 않았다.

'어떻게 한다? 부르지도 않은 사람까지 찾아오는 판인데.' 아까부터 그를 괴롭힌 물음이 다시 그의 어둑한 마음속에서 거품처럼 보글보글 올라왔다. '이런 일을 해결하는 데 도움이 될 만한 선례가 있을까? 저수지가 흔한 세상이 아닌데, 무슨 관행이 있을 것 같지도 않고. 신경슈나 곳뜸 사람들의 생각도 알 수 없고. 윗마을 사람들의 반응은 더 불확실하고. 확실한 게 있다면, 멋진 해결책은 없으리라는 사실뿐인데……'

문득 생각 하나가 떠올랐다. 그는 마음속으로 고개를 끄덕였다. '그렇지. 좋은 해결책이 보이지 않을 때는, 시간보고 해결책을 찾아보라고 맡기는 것도 좋지. 한나절쯤 자리를 피해서, 사람들의 흥분이 좀 가라앉기를 기다리는 것도 나쁘잖겠지. 명디고리를 찾아갈 때도 되긴 되었는데, 일이 생긴 김에 오늘 찾아간다? 하긴 얘기책도 다 되었으니, 장사도 할 겸……'

그는 골짜기 동쪽 고개 너머 온양 명디고리 방진사댁 작은아들의 병을 고치고 있었다. 당장 치료를 해야 하는 것은 아니었지만, 그는 오늘 찾기로 마음을 굳혔다.

"광시댁 얼우신끠셔 나려오시난듸." 그가 밥그릇을 거의 다 비웠을 때, 김갑산의 목소리가 들렸다.

그는 그릇에 남은 밥 몇 술을 벌써 그릇을 비우고도 숟가락을 놓지 못하고 입으로 빨고 있는 승문이의 그릇에 부었다. "여기 죠곰 더 드쇼셔."

반가움과 미안함을 동시에 나타내느라, 녀석의 낯빛이 제대로 자리 잡지 못하고 흔들렸다. 그것도 잠깐, 녀석은 곧 밥사발을 당겨놓고 숟가락 가득 밥을 퍼서 입으로 가져갔다.

그는 숭늉을 마시고서 일어섰다. '언제 아이들이 이런 배고픔을 벗어날 수 있을까? 내가 과연 아이들에게……'

그가 신을 신었을 때, 광시댁 사람들은 벌써 마당으로 들어서고 있었다. 그는 서둘러 삿갓을 쓰고 합장했다. "나무아미타불. 나무관세음보살. 어서 오쇼셔."

"나무아미타불. 나무관세음보살." 봉선이 할아버지가 멈추어 서서 합장했다. "스승님, 진지 드샸나니잇가?"

뒤에 선 봉선이 아버지와 슈쳔이도 따라서 그에게 인사했다.

"녜. 얼우신끠셔도 진지 드샸나니잇가?" 으레 하는 인사에 담긴 뜻이 입안에 씁쓰레한 맛을 남겼다. 보리가 나오기 바로 전이라, 지금 거의 모든 사람들이 밥을 제대로 먹지 못하고 있었다. 이곳에서 여러 번 들은 '고개 가온대 가장 넘기 어려운 고개난?'이란 수수께끼에 담긴 뜻을 날마다 절실하게 맛보는 참이었다. 밥을 먹었느냐고 묻는 인사는 무척 실제적인 물음이었다.

"녜." 수염을 쓰다듬으면서 숨을 돌린 다음, 노인은 말을 이었다, "스승님, 못믈이 밤사이애 없어뎠다 하더이다."

"녜. 믈이 없어뎠나이다. 뉘 둑을 헐고셔 믈을……" 말끝을 흐리면서, 그는 어이없는 일이라는 얘기를 어설픈 웃음으로 대신했다.

"녜." 노인이 굳은 얼굴로 고개를 끄덕였다.

그는 노인이 그와 같은 시각으로 이번 일을 바라보기를 기대할 수 없다는 것을 깨달았다. 노인에겐 저수지 물이 자신의 논에 쓰였느냐 다른 사람의 논에 쓰였느냐 하는 것은 그에게처럼 사소한 문제가 아니었다. 한 해 농사가 걸린 문제였다. '내가 일을 너무 쉽게

본 모양이구나. 사태가 생각보다 훨씬 심각하구나.'

"밤사이애 뉘 둑을 헐었다면, 므스 소래 났알 샌듸……" 봉선이 아버지가 혼잣소리 아닌 혼잣소리를 했다.

뒤통수를 가볍게 얻어맞은 듯, 그의 마음이 한순간 흔들렸다. 분명히 그를 겨냥한 얘기였다. 그는 자신도 모르게 봉선이 아버지에게 부드럽지 않은 눈길을 던졌다.

그러나 봉선이 아버지는 벌써 그의 눈길을 피해 저수지 쪽을 내려다보고 있었다. 그리 생각해서 그런지, 봉선이 아버지 얼굴은 질투와 미움이 얇은 가면처럼 덮은 듯했다.

'사람이 어떻게 저리 비뚤어질 수가 있을까? 저런 사람에게서 봉선이 같은 아이가 나왔다니……' 그는 속으로 혀를 찼다.

'혹시……' 지금까지 생각하지 못했던 가능성 하나가 떠올랐다. 사람들은 저수지 바로 위에 있는 집에서 밤을 지낸 그가 물을 도둑맞은 것에 대해 책임이 있다고 여길지도 몰랐다. 어차피 저수지 사업의 경영자로서 그가 궁극적 책임을 질 터였지만, 그런 직접적 책임까지 지게 되는 것은, 막상 닥치고 보니, 생각처럼 가볍게 여겨지지 않았다.

그는 사람들의 낯빛을 슬쩍 살폈다. 그를 보는 눈길들이 거칠지 않다는 것을 확인하고서, 그는 슬그머니 한숨을 내쉬었다. '간밤에 순우피가 짖었을 때, 좀더 주의했더라면……'

밤이 꽤 깊었을 때, 순우피가 짖었다. 처음엔 례산현 관리들이 찾아왔을까 봐 긴장했었으나, 녀석은 곧 낑낑거리더니 잠잠해졌다. 이불 속에서 몸을 웅크리고 한참 기다려도, 이상한 움직임이 없었다.

'그때 일어나서 나가봤더라면……' 문득 음산한 생각이 왈칵 달려들었다. '설마…… 설마 내가 신경슈와 짜고서 물을 팔아먹었을지도 모른다고 생각하진 않겠지.'

잠시 어색한 침묵이 마당에 내렸다. 류갑슐이 고개를 돌리고 나지막하게 헛기침을 했다.

"못아로 나려가셔 엇더한가 보사이다." 그는 봉선이 할아버지에게 제안했다.

"녜, 스승님. 그리하사이다." 노인도 마당에 내린 침묵이 무겁게 느껴졌는지 반갑게 대꾸했다.

"못 둑을 허는 일이 쉽디 아니하니, 여러 사람달히 한 일인 닷하나이다." 저수지로 내려가면서, 그는 노인에게 설명했다. "아마도 뎌 사람달히 한 닷하나이다."

노인이 그의 손길을 따라 곳뜸 쪽으로 고개를 돌렸다. 손을 들어 이마에 대고 노인은 굳은 얼굴로 잠시 그 사람들을 살폈다. "녜, 스승님."

"쇼승의 생각애난 아마도 신경슈이 뒤헤셔……" 증거가 없어서 좀 켕겼지만, 노인에게 사정이 어렵다는 것을 알리는 뜻에서 그는 자신의 생각을 밝혔다. "곳뜸 사람달히 뎌리 일을 벌이려면, 그 사람 허락 없이는 어렵나이다."

노인은 잠자코 고개만 끄덕이고서 수염을 쓸어내렸다.

노인이 그의 얘기에 동의하지 않는 것으로 여기고, 그는 좀 힘을 주어 덧붙였다. "신경슈는 젼브터 못알 맹가난 일을 맛당티 아니

하게 녀겼나이다."

"그리하고도 남알 사람이니이다." 쥐어짜는 듯한 어조로 말하고서, 목이 막힌 듯, 노인이 헛기침을 여러 번했다.

'아, 이 얼우신께서 전에도 신경슈에게 시달리신 모양이구나.' 그는 속으로 고개를 끄덕였다. '하긴 그런 사람하고 이웃하고 살면서, 부딪치지 않을 순 없었겠지. 길게 설명할 필요가 없어서 잘됐다.'

둑 위에 올라서서, 그들은 저수지를 조용히 둘러보았다. 황량한 풍경에 할 말을 찾지 못한 듯, 모두 입을 다물고 있었다. 그사이에 박우동과 백용만이 일하러 내려와서, 일행은 열 사람으로 불어나 있었다.

"둑을 아조 튼튼이 쌓았나이다." 둑이 허물어진 곳을 유심히 살피던 김항렬이 그를 돌아다보고 말했다.

"녜." 침묵이 무겁게 느껴졌던 터라, 그는 김의 얘기가 반가웠다.

"아모만. 이 둑을 쌓노라 우리 얼머나 고생하얏난듸……" 류갑슐이 거들었다. 이어 김의 말에 무슨 주문이 풀린 듯, 사람들이 한마디씩 거들었다.

"뎌 고기랄 졈 봐," 백용만이 말했다. 저수지 바닥에 고인 흙탕물 속에는 놀라서 허둥대는 물고기들의 검은 모습이 보였다.

"많다. 다 잡으면, 한 동이난 다외겠다." 김갑산이 입맛을 다셨다. "뎌 놈달할 잡아셔 막걸리나 한 사발……"

"여러분," 분위기가 좀 가벼워진 틈을 타서, 그는 사람들에게 말했다. "이제 할 일이 세히 이시나이다."

그의 얘기에 사람들이 이내 긴장했다. 모두 하던 것들을 멈추고 말없이 그의 얼굴을 살폈다. 아래쪽 들판의 곳뜸 사람들까지 그를 살피는 것처럼 느껴졌다.

"하나난 둑을 고티난 일이니이다. 녀름까지만 믈을 가도면 다외니, 그 일은 그리 힘이 드는 일은 아니이다."

사람들이 고개를 끄덕였다.

"둘흔 논에 다힐 믈을 찾난 일이니이다." 잠시 뜸을 들인 다음, 그는 말을 이었다, "믈이 많이 없었디마난, 아조 다 없었던 것은 아니이다."

사람들이 그의 말을 알아듣지 못했음이 그들의 얼굴에 드러났다. 봉선이 할아버지의 얼굴에만 희망과 호기심이 옅게 어렸다. 그러나 여느 때처럼 노인은 바로 캐묻지 않았다.

바닥이 거의 다 드러난 저수지를 보았을 때, 그는 물이 모두 없어진 것이 아님을 이내 깨달았다. 개울을 가로질러 둑을 쌓았으므로, 저수지 바닥 아래엔 물이 적잖이 고여 있을 터였다. 숯골과 돌무들기 뒤쪽의 산골짜기들이 깊어서, 개울 아래로 흐르는 암류(暗流)도 상당할 터였다. 장담할 수야 없었지만, 우물을 몇 개 파면, 아쉬운 대로 숯골의 논에 댈 만한 물은 얻을 수 있을 듯했다.

그러나 그는 아직까지는 자신의 생각을 사람들에게 밝히고 싶지 않았다. 먼저 사람들이 이번 일에 어떻게 반응하는가 살피고 싶었다. 그들이 나름대로 해결책을 찾는 것을 보아가면서, 적당한 때에 자신의 생각을 밝힐 계획이었다. 이미 이번 일의 해결은 시간에 맡긴 터였다.

"세혼 못둑을 헐고셔 우리 믈을 도작질한 사람달로브터 믈값알 받아내난 일이니이다." 그는 단호하게 선언했다.

이번에는 사람들이 모두 열심히 고개를 끄덕였다. 그러고는 일제히 곳뜸 쪽을 돌아다보았다.

"옳아신 말쌈이시니이다." 둑이 허물어지고 물이 빠진 저수지를 보고도 아무런 말을 하지 않았던 박우동이 처음으로 입을 열었다. "믈값알 다 받아내야 하나이다."

"아모만. 믈값알 받아야디. 다 받아야디." 류갑슐이 말을 받았다.

봉선이 할아버지가 고개를 끄덕였다. 노인의 굳었던 얼굴이 풀리면서, 생기와 걱정이 뒤섞이고 있었다.

그는 봉선이 아버지를 슬쩍 살폈다. 봉선이 아버지의 얼굴도 많이 부드러워져 있었다. 안도의 한숨을 내쉬려다가, 그 부드러움 밑에서 차가움을 느끼고, 그는 정신이 번쩍 들었다. 설녹은 땅에서 미끄러질 뻔한 느낌이었다. 부드러워진 얼굴은 가면이었고, 그 뒤엔 무엇으로도 풀 수 없을 만큼 차갑고 단단하게 느껴지는 적의가 자리 잡고 있었다.

그런 적의의 큰 부분은 그의 잘못으로 돌려야 했다. 그는 처음부터 봉선이 어머니에게 친근한 감정을 지녔고 그녀를 누이처럼 대했다. 주의를 한다고 했지만, 그는 이 세상에선 받아들여지기 어려울 만큼 자유롭게 그녀를 대하다가 봉선이 아버지에게 여러 번 들켰었다. 따지고 보면, 봉선이 아버지가 그의 태도를 오해하지 않았다면, 오히려 이상할 터였다. 그러나 그런 오해만으로 봉선이 아버지가 그에게 품은 크고 단단한 적의를 다 설명할 수는 없었다.

사람과 사람이 만났을 때 일어나는, 복잡한 화학 반응이 그와 봉선이 아버지의 경우엔 아주 잘못되었다고 볼 수밖에 없었다. 그의 실수 때문에 봉선이 어머니가 겪을 괴로움을 생각하고, 그는 기회가 닿을 때마다 봉선이 아버지와의 관계를 좀 덜 어색하게 만들어보려 시도했었다. 그러나 그런 시도가 둘 사이의 관계를 오히려 더 어색하게 만든 듯해서, 그는 체념하고 있었다.

"긔만이 아니다. 이런 일이 다시 일어나디 아니 하게 그 사람달해게셔 다짐알 받아야 하나이다."

"스승님 말쌈이 참아로 옳아신 말쌈이시니이다." 봉선이 할아버지 얼굴을 슬쩍 살피더니, 류갑슐이 대꾸했다. 다른 사람들이 모두 동의한다는 뜻을 나타냈다.

"그러나 이런 일애셔 죵요로온 것은 찬찬이 살피면서 일알 하난 것이니이다. 일알 너모 빨리하려 하난 것은 오히려 일알 어렵게 맹갈 수도 이시나이다." 사람들이 그의 말을 새겨들을 시간을 준 다음, 그는 말을 이었다, "그러하야셔, 이번 일안 쇼승에게 맛뎌주쇼셔." 자신을 '쇼승'이라 부름으로써, 그는 자신의 얘기가 가벼운 말이 아님을 내비쳤다.

사람들이 모두 고개를 끄덕였다.

"쇼승은 아직 이 일을 한산댁 얼우신끠 말쌈드리디 아니 하얐나이다. 자초지죵알 한산댁 얼우신끠 말쌈드린 뒤헤, 광시댁 얼우신과 함끠 의론하야 이 일을 처리하고져 하나이다."

사람들이 다시 고개를 끄덕였다.

"얼우신, 잠깐 이리로 오쇼셔." 그는 봉선이 할아버지에게 둑의 한쪽을 가리켰다.

"녜, 스승님."

사람들이 급히 옆으로 물러섰다.

"쇼승은 시방 온양아로 떠나야 하나이다." 노인이 다가오자, 그는 다른 사람들도 알아들을 만큼 큰 소리로 말했다. "급한 병자가 이셔셔, 시방 가보아야 하나이다."

"아, 그러하시나니잇가? 그러하오면, 스승님, 어셔 가보쇼셔."

"녜. 곳뜸 사람달히 한 일이 아조 낟바디만, 싸홈이 일어나디 아니하게 얼우신끠셔 사람달할 달래쇼셔. 뎌 사람달한 시방," 그는 아래쪽에서 그들을 슬쩍슬쩍 살피는 곳뜸 사람들을 가리켰다. "우리가 싸홈알 걸어오기랄 기다리고 이시나이다."

"녜. 이대 알겠나이다."

"신경슈는 시방 우리 사람달히 부화가 나셔 쳐들어오기랄 기다리고 이시나이다. 그 사람이 생각하난 대로이 하야셔는 아니 다외나이다. 이번 일안 싸홈아로 풀릴 일이 아니이다. 졂은 사람달히 부화가 나셔 뎌들콰 싸호디 아니 하게 얼우신끠셔 다독거리쇼셔."

"녜. 스승님 말쌈대로이 하겠나이다."

"박 형," 그는 박우동을 불렀다. "이리 오쇼셔."

"녜, 스승님." 박이 굳은 얼굴로 급히 다가왔다.

"나이 시방 온양 명디고리애 가야 하나이다. 그러하오니, 몬져 둑이 헐린 대랄 고티쇼셔."

"녜, 스승님."

"그리하시고, 뎌긔," 그는 김항렬의 눈길을 찾았다. "곳뜸 김 형."

"녜, 스승님."

"잇다가 둑을 고티난 일이 끝나면, 뎌 믈고기달할 잡아셔……"
그는 웃는 얼굴로 고개를 끄덕였다. "쳔렵 대신……"

"아, 녜." 김의 얼굴에 어린 웃음이 짙어졌다. "그리하겠나이
다."

그는 박을 돌아다보았다. "뉘 슐곡이나 읍내애 나가셔 술을 죠
곰 받아오게 하쇼셔. 나이 우츈 도령에게 니르겠나이다."

"녜, 스승님. 알겠압나니이다."

"그러하오면, 쇼승은 올아가겠나이다." 그는 낯빛이 상당히 밝
아진 사람들에게 인사하고 둑에서 내려왔다. 어려운 고비를 넘겼
다는 생각에 한숨이 절로 나왔다.

4

"휴우," 한숨을 맛있게 내쉬고 입맛을 다시면서, 언오는 발등으로 기어오르는 개미를 손으로 조심스럽게 털었다. '일어서야지.'

스스로에게 이르기는 했지만, 그는 움직이지 않았다. 제법 따가운 햇살 아래 다른 때보다 훨씬 무거운 짐을 지고서 명디고리에서 오형데고개까지 쉬지 않고 올라온 참이라, 바람 서늘한 느티나무 그늘을 떠나고 싶은 생각이 없었다.

버선까지 벗은 발에 닿는 바람이 시원했다. 그는 다시 만족스러운 한숨을 내쉬었다. 마음도 가벼웠다. 명디고리 방진사댁에 『언해 슈호뎐』의 세번째 책을 팔아서, 쌀 한 말을 얻은 것이었다. 요즈음 쌀 한 말은 참으로 소중했다.

등 뒤 남쪽 산비탈에서 이름 모를 산새가 맑은 목소리로 울었다. 먼 곳에서 탁한 꿩 울음이 이내 화답했다. 꿩 울음이 귀금이의 모습을 아릿한 그리움으로 빚어 올렸다. 이어 배낭 속에 든, 그녀에게 줄 빗에 생각이 미쳤다.

'고운 종이로 싸면, 좋을 텐데…… 그러나저러나, 저수지 일이 풀려야, 내려가는데. 상황이 좀 안정되어야, 괴훈이 아버지를 만나러 한산댁에 찾아갈 수 있는데.' 둑이 허물어지고 물을 도둑맞은 저수지 생각에 그의 마음이 다시 조급해졌다.

아직 성긴 잎새들을 비집고 내려온 햇살 한 점이 팔뚝을 간질였다. 3시 반이 넘어서, 햇살은 벌써 비끼어 떨어지고 있었다.

'가봐야지.' 풀어진 마음을 다잡고, 그는 버선을 신었다.

'설마 엉뚱한 일이 일어나진 않았겠지. 봉선이 할아버님께 부탁을 드렸으니. 지금쯤은 물고기 찌개를 안주로 막걸리를 들었을 테니, 사람들 기분도 좀 풀렸을 테고. 그동안 사람들이 생각해낸 방안들을 들어보고, 때를 봐서, 저수지 바닥에 고인 물을 쓰자는 얘기를 꺼내면……' 고개를 내려오면서, 어쩐지 불안해진 마음을 가볍게 하려고 그는 자신에게 계속 말을 걸었다.

익숙해진 길이라, 마음은 딴 데 가 있어도, 걸음은 흔들리지 않았다. 흰 나비 한 떼가 이제 제법 우거진 풀숲에 어른거렸다.

'얼마냐 이제? 아홉 달인가? 짧다면 짧고 길다면 긴 세월인데……' 관리들에게 쫓기는 도망자로 허겁지겁 넘은 길을 이곳에 정착한 불승으로 밟는다는 사실을 묵직한 배낭의 무게에서 확인하면서, 그는 호젓한 산길을 내려갔다.

'그동안 이십일 세기의 지식을 십육 세기의 현실에 적용해온 셈인데…… 내가 가진 도구들이 너무 적어서 제대로…… 그래도 내 의학 지식이 이미 이곳 사람들에게 상당히……' 자신이 돌본 환자들을 떠올리면서, 그는 적잖은 자부심을 느꼈다. '특히 사람들이 잘못된 의학 지식으로 병세를 악화시키는 것을 막은 일은 비록 눈에 뜨이진 않지만······.'

그의 의학적 공헌 가운데 아마도 가장 큰 것은 사람들에게 위생 지식을 퍼뜨린 것일 터였다. 특히 염병과 같은 수인성 전염병들을 예방하게 된 것은 두고두고 이 골짜기에 좋은 영향을 미칠 터였고, 운이 좋으면, 널리 퍼져나갈 터였다. 실제로 환자들을 고치는 일에선 적극적으로 병을 고친 것보다 병자들이 잘못된 처방으로 병을 키우지 않도록 한 것이 훨씬 중요했다. 19세기까지만 하더라도, 동서양을 가릴 것 없이, 질병에 대한 이론은 흔히 환자들의 회복에 오히려 해가 되는 처방들을 낳았다. 서양의 경우, 질병은 썩은 동식물들에서 나오는 독 때문에 생긴다고 여겨졌고, 그런 독을 몸에서 뽑아내기 위해서, 의사들은 피를 뽑고 설사를 하게 했다. 그렇게 체액을 뽑아내면, 환자의 기력이 약해져서 회복이 더뎠고, 스스로 회복했을 환자들이 드물지 않게 의사의 처방 때문에 죽었다.

'이제 저수지 사업이 시작되었으니, 이십일 세기의 지식들을 펼수 있는 거점을 마련한 셈인데. 이번 일로 광시댁에 떳떳하게 손을 내밀 수 있게 됐으니, 신경수하고 잘 타협을 보면······.'

길이 왼쪽에서 뻗어 내려온 산자락을 돌면서, 저수지와 그의 집이 눈에 들어왔다. 그의 집 둘레에 사람들이 많이 모여 있었다. 그가 없는 사이에 무슨 일이 벌어졌다는 생각이 이내 그의 가슴에 확신으로 자리 잡았다.

걸음을 늦추면서, 그는 마음을 가다듬었다. 그리고 어째서 그런 생각이 들었는지 찬찬히 살폈다. 대단한 것들은 아니었지만, 그렇게 생각할 만한 단서들은 여럿이었다. 먼저, 들판에 사람들이 거의 보이지 않았다. 윗마을 쪽에는 사람들이 전혀 없었고 곳뜸 쪽에도 사람들은 거의 눈에 뜨이지 않았다. 논농사가 시작된 지금, 들판에 사람들이 없다는 것은 예삿일이 아니었다. 다음엔, 저수지 둘레에 사람들이 보이지 않았다. 둑이 허물어진 곳도 제대로 고쳐지지 않았다. 그리고 그의 집 둘레에 모인 사람들에게선 천렵을 즐긴 사람들이 보임직한 활기를 전혀 느낄 수 없었다. 그들이 모여선 품이나 몸짓들은 그들이 당황하고 있음을 보여주었다.

'무슨 일이, 무슨 좋지 않은 일이, 일어난 건 분명한데…… 무슨 일인가? 곳뜸 사람들하고 싸움이 있었나?' 그의 걸음이 다시 빨라졌다.

사람들은 초조하게 그를 기다렸던 모양이었다. 그가 산모퉁이를 돌아선 지 얼마 되지 않아서, 사람들이 그를 보았다. 몇 사람은 이내 그를 맞으러 올라오기 시작했다.

그의 마음에 덮였던 그늘이 더욱 짙어졌다. '정말로 큰일이 난 모양이구나.'

"스승님, 이제 오시압나니잇가?" 그가 숯골로 올라가는 길과 저수지로 내려가는 길이 갈라지는 곳 가까이 이르렀을 때, 맨 먼저 올라온 슈천이가 숨찬 소리로 인사했다.

"녜. 이제 오난 길이니이다. 나무아미타불. 나무관셰음보살." 무슨 일이냐고 묻고 싶은 마음을 누르고서, 그는 슈천이가 먼저 입을 열기를 기다렸다.

"스승님, 이제 오시나니잇가?" 뒤따라온 백용만이 인사했다.

"녜. 일이 이셔셔, 겸 늦었나이다."

"스승님, 큰일 났압나니이다." 백이 얘기하기 전에 먼저 얘기하고 싶은 듯, 슈쳔이가 급히 말했다. 그러나 마음이 급해서 그런지, 입술만 벙긋거릴 뿐, 말을 잇지 못했다.

"므슴 일이 이셧나니잇가?"

"우동이 븓잡혀갔압나니이다," 슈쳔이가 큰 소리로 대답하고서 숨을 거세게 쉬었다.

"우동이? 박우동이?"

"녜, 스승님."

"우동이 곳뜸 정대한이랄 텼다 하야 읍내 텽에셔 나온 관원들히 우동이랄 븓잡아갔압나니이다."

"정대한이랄 틴 사람안 항쉰듸……" 백이 슈쳔이의 설명에 한마디 덧붙였다.

'마침내……' 한순간 마음이 아득해지면서, 가슴을 차가운 기운이 덮었다. 그는 자신을 붙잡으러 온 관리들이 아직 있는가 급히 둘러보았다. 한 손으로 도포 아래에 찬 가스총이 그대로 있는지 확인하면서.

"곳뜸 사람달히 몬져 올아와셔……" 삿갓을 고쳐 쓰고 날카로운 눈길로 골짜기를 살피는 그의 마음 안쪽으로 슈쳔이의 얘기가 아득히 들려왔다. 수상하게 느껴지는 사람은 눈에 뜨이지 않았다. 그는 자신도 모르게 한숨을 쉬었다.

"……우리는 싸홈알 피하려 하얏디만, 곳뜸 사람달히 몬져 싸홈알 거는 바람애⋯⋯"

"아, 그러하얏나니잇가?" 한숨을 감추려고 그는 급히 대꾸했다. 다행히 목소리는 차분하게 나왔다. 지금 그가 무척 두려워하고 있다는 것을 이곳 사람들에게 보여서는 곤란했다.

"스승님, 텽에셔 관원들히 세히나 나와셔⋯⋯" 백이 말했다.

"관원들히 세히나?" 되묻는 사이에도 그의 마음은 아산현청에서 나왔던 관리 셋의 모습을 떠올리고 있었다. '혹시 아산현청에서 나온 사람들은 아닌가? 그렇다면, 왜 나를 기다리지 않고 박우동을 붙잡아갔나?'

"모도 곳뜸 그 사람이 맹간 일이니이다." 백이 울분에 찬 목소리로 말했다.

'곳뜸 그 사람'은 물론 신경슈를 가리켰다. 본인이 없는 자리라고 해서, 백이 신의 이름을 함부로 부를 수는 없었다. 상민인 백이 토호인 신을 '그 사람'이라고 부른 것만도 여느 때는 생각하기 어려운 일이었다.

'흠. 모두 격앙되었구나.' 그는 고개를 끄덕였다. "신경슈를 말쌈하시나니잇가?"

막상 신의 이름이 나오자, 한순간 백의 얼굴에 찔끔하는 표정이 어렸다. 그러나 백은 이내 마음을 도사려 먹은 얼굴로 대답했다, "녜, 스승님. 내죵애 관원들콰 함끠 올아와셔⋯⋯"

'그럼 분명히⋯⋯' 그의 마음이 문득 푸근해졌다. 가슴을 덮었던 그늘이 걷히면서, 따스한 기운이 돌아오기 시작했다. 관리들이, 그것도 셋이 한꺼번에, 이렇게 외진 골짜기에 나타났다는 것은 큰 말썽이 생겼음을 뜻했지만, 그들이 아산에서부터 그의 뒤를 밟아 온 사람들이 아니라는 사실은 그를 크게 안심시켰다. 게다가 그 자신이 직접 문제가 되지 않았다는 것도 그에게 작지 않은 여유를 주었다.

"알겠나이다." 그는 천천히 고개를 끄덕였다. "나려가사이다."

"네, 스승님." 두 사람이 길옆으로 비켜섰다.

"자아, 가사이다." 그는 가벼운 걸음으로 앞장을 섰다.

'흠. 신경슈가 다시 공격해왔다, 이거지. 내 예상과는 달리.' 도랑을 건너면서, 그는 쓴웃음을 지었다. '내가 관청과 부딪치는 것을 꺼리리라고 짐작했겠지. 그래서 관원들이 나설 일이 아닌데도, 관원들을 끌어들이고. 내가 일방적 계산을 한 모양이구나. 그 사람은 내가 생각했던 것보다 훨씬 위험한 적수인지도 모르겠다.'

그가 집에 닿자, 사람들은 다투어 그동안 일어난 일들을 그에게 설명했다. 그 얘기들에서 그는 어렵지 않게 무슨 일이 있었는지 그려볼 수 있었다.

사람들이 박우동의 지휘 아래 둑이 허물어진 데를 고치고 있을 때, 곳뜸에서 젊은 패거리가 올라와서 시비를 걸었다. 아침에 그가 한 말이 있고 나중에 봉선이 할아버지가 당부한 바도 있었으므로, 사람들은 상대하지 않고 일만 계속했다. 싱거워진 곳뜸 사람들은 곧 내려갔다.

사람들이 저수지에서 잡은 물고기를 끓여서 김을산이 슐곡에서 받아온 술을 마시는데, 곳뜸 사람들이 다시 나타났다. 모두 술이 거나했다. 시비를 걸러 두 번이나 올라온 것이 지나치다는 생각이

들었고, 마침 술을 들던 참이라, 이번에는 윗마을 사람들도 대꾸가 고분고분하지 않았다. 높은 소리들이 오간 뒤, 곳뜸의 젊은이 하나가 술대접을 걷어찼고, 이내 싸움이 벌어졌다. 사람 수는 곳뜸 사람들이 많았지만, 김항텰이 그 패거리의 우두머리를 잡아서 메다꽂자, 싸움은 싱겁게 끝나버렸다. 곳뜸 패거리들이 다친 사람들을 업고 도망치자, 윗마을 사람들은 신이 나서 일을 시작했다.

그때 신경슈가 곳뜸 사람들을 이끌고 올라왔다. 그 속에 례산현청에서 나왔다는 관리 셋이 끼어 있었다. 김항텰에게 얻어맞은 장정은 자기를 때린 사람으로 엉뚱하게 박우동을 지목했고, 이어 곳뜸 젊은이들이 확인했다. 관리들은 이내 고소장을 내보이고 박우동을 묶어서 끌고 갔다. 그 사람을 때린 것은 자기라고 김이 나섰어도, 막무가내였다.

사람들의 얘기들로 사건의 정황을 재구성하는 사이에도, 그의 가슴속에서는 얼어붙은 듯 차가운 불길이 타오르고 있었다. 이번 일이 단순한 물꼬 싸움이 아니었음이 드러난 것이었다. 신경슈는 그의 저수지 사업을 방해하려고 오래전부터 일을 꾸며온 것이었다. 게다가 현청의 관원들을 셋이나 불러서 일이 터지기까지 기다리도록 하려면, 적잖은 비용이 들었을 터였다. 이제 타협의 여지는 없었다.

몸이 부르르 떨렸다. 가슴속 얼어붙은 불길은 그의 살을 달구면서 얼리고 있었다. 그 불길은 언제라도 고드름처럼 부서져서 활짝 타올라 그의 몸과 마음을 삼킬 것처럼 느껴졌다.

'아직은……' 꽉 다문 턱에 힘을 주면서, 그는 스스로에게 일렀다. '조금만 더 참자. 지금 신경슈는 내가 곧바로 거칠게 반응하기를 기다리고 있을 것이다. 그가 노린 것은 나지 박우동이 아니잖나.'

"스승님." 지금까지 별말이 없던 봉션이 할아버지가 마른기침을 서너 번 하더니, 그에게 다가섰다. "스승님끄셔 이리 다외디 아니하개 쇼인애게 당부하샷난듸…… 뵈올 낯이 없나이다."

"아니이다." 그는 서둘러 고개를 저었다. "얼우신끄셔 므슴 일을 하샸다 하더라도, 신경슈이 일을 맹갈았알 새니이다."

"녜, 스승님," 노인이 힘없이 대꾸하고 고개를 끄덕였다. "아모도 그 사람알 막디 못하나이다. 젼브터……"

노인이 핏기 가신 얼굴로 패배를 받아들이는 모습을 보자, 그의 가슴속에서 무엇이 툭 끊어졌다. 얼어붙은 불길이 끊긴 사슬처럼 조각나서 흩어지더니, 새빨간 불꽃 송이들로 피어올랐다. 그 뜨거운 불길이 타올라 문득 삼킨 그의 넋 속으로 검붉은 무엇이 진저리치며 흘렀다.

5

"자아, 여긔셔 좀 쉬어가사이다." 봉우리에 올라서자, 언오는 먼저 올라와서 숨을 돌리는 사람들에게 말했다. 조용한 밤이라, 낮춘다고 했어도, 그의 목소리는 크게 들렸다. 속삭이는 소리를 내고 싶은 충동을 누르며, 그는 힘이 들어간 목소리로 덧붙였다. "감발도 다시 하시고⋯⋯"

"네." 목이 잠긴 목소리를 낸 김을산이 목청을 가다듬었다. "네, 스승님."

소리를 내는 것을 꺼리는 듯, 다른 사람들은 고개만 끄덕였다.

슬쩍 시계를 본 다음, 그는 조그만 바위 아래 배낭을 벗어놓고 숨을 돌렸다. '세 시 사십사 분이라⋯⋯ 이십 분이 채 안 걸렸단 얘긴가?'

가슴이 거세게 뛰고 있었다. 봉우리는 높지 않았지만, 달 없는 밤에 길 없는 가파른 비탈을 오르긴 쉽지 않았다. 지금 그들이 선

곳은 곳뜸 바로 뒤에 솟은 봉우리였다.

다른 사람들은 그에게서 좀 떨어진 곳에 한데 모여 쉬고 있었다. 낮은 웅성거림이 나왔다. 누가 칡뿌리를 가져와서 돌린 모양이었다. 저 세상에서 커피나 껌이 할 몫을 요즈음 이곳에선 칡뿌리가 했다.

그는 삿갓을 벗고 땀이 끈적거리는 이마를 손등으로 문질렀다. 시원한 야기가 나뭇가지와 풀줄기에 긁혀 와락거리는 목 언저리와 손등을 부드럽게 어루만졌다. 마을 바로 뒷산인데도, 산이 꽤 험했다. '어, 시원하다.'

그러나 그가 시원하게 느낀 것은 서늘한 야기 때문만은 아니었다. 아까 나서기 전에 가슴을 무겁게 눌렀던 두려움이 산비탈을 오르는 사이에 많이 가신 것이었다. 대신 육체적 행동이 불러온 가벼운 흥분으로 가슴이 달뜨고 있었다. '주사위는 던져졌지. 이젠⋯⋯'

가까이서 애절한 늑대 울음이 났다. 웅성거리던 소리가 뚝 그치면서, 정적이 덮였다.

'이젠 되돌아갈 수 없지,' 늑대 울음이 들려온 곳을 살피면서, 그는 아직도 한구석으론 평화로운 방법으로 어려운 처지에서 벗어날 길을 찾는 자신에게 일렀다. '설령 내가 지금 그냥 물러난다 하더라도, 무엇을 한단 말인가? 박우동이 풀려나도록 힘써달라고 신경슈를 어떻게 설득한단 말인가? 저수지 사업을 그만두고 이 골짜기를 떠나겠노라고 약속하기 전엔?'

저녁때가 다 되어 홍두가 올라왔던 일이 생각났다. 아침에 저수지에서 일어난 소동 얘기를 듣고 궁금해진 리산구가 보낸 것이었다.

'그리고 내가 그렇게 굴복한다고, 일이 끝날까? 이 일은, 따지고 보면, 내 문제만도 아닌데. 만일 여기서 신경슈가 이기면, 광시댁은 말할 것도 없고 한산댁까지 그 사람에게 핍박을 받게 될 텐데?'

그는 배낭에서 수통을 꺼냈다. 벌써 식어서 미지근했지만, 입안이 말랐던 참이라, 밤참으로 지은 콩밥에서 나온 숭늉은 구수했다.

그는 석궁을 무릎에 올려놓고 대견스럽게 살피는 우츈이에게 다가갔다. "자아, 여기 숭냉알 한 모금 드쇼셔. 그리하고 다른 분들끠 도라쇼셔."

"네, 스승님." 녀석이 조심스럽게 석궁을 내려놓고 일어섰다. 석궁의 화살은 녀석이 멘 전통 속에 들어 있었다.

수통을 우츈이에게 넘기고, 그는 앞쪽 골짜기를 살폈다. 아무것도 보이지 않았다. 숯골과 돌무들기에도 불빛이 없었다. 그의 집엔 물론 불빛이 없었다. 밤참을 지을 때도, 그는 배고개댁에게 부엌문을 닫고서 하라고 일렀다. 대신 검은 산줄기 위로 별들이 빛났다. 곳뜸은 바로 아래라, 제대로 보이지 않았다.

어제 오후에 김을산이 한 얘기가 고약한 냄새를 풍기는 거품처럼 다시 의식의 수면 위로 올라왔다. 아침에 김이 술을 사러 슐곡으로 내려가는데, 리영구가 신경슈의 마름인 류죵무의 집에서 류와 함께 나오더라는 것이었다. 김을 보자, 리는 꽤나 당황해하더라고 했다.

비록 작은 일이었지만, 그것은 생각할수록 이상해지는 일이었

다. 위슈골에 살면서 화전을 일구는 리영구는 개울 건너편 곳뜸에
사는 향반의 마름과 사귀거나 상의할 일이 드물 터였다. 설령 곳뜸
에 볼일이 있었다 하더라도, 저수지 일에 처음부터 참여했던 리로
선 당연히 저수지로 올라왔어야 했다. 그러나 리는 어제 저수지에
나타나지 않았다. 저수지 물 때문에 이웃 마을 사람들 사이에 패싸
움이 벌어지고 함께 일해온 박우동이 관원들에게 붙잡혀갔어도.

한번 의심하는 마음이 들자, 리의 행적엔 수상한 점들이 많다는
것이 드러났다. 논일 때문에 저수지 일을 잠시 멈추기 전부터, 리
는 핑계를 대면서 일터에 빠지기 시작했고, 일터에 나오더라도, 전
보다 눈에 뜨일 정도로 일에 마음을 쏟지 않았다. 그리고 리는 요
즈음 곳뜸에 자주 들렀던 모양이었다. 언젠가 쟝춘달이 리에게
"곳뜸에 므슴 묘한 일이 이시나니잇가?"라고 물으면서, 묘한 웃음
을 지었었다. 리가 지난겨울에 투전판에서 곳뜸 사람에게 적잖은
돈을 잃었다는 소문도 있었다. 쟝이 이름난 노름꾼이고 자신의 집
을 노름판으로 제공했으므로, 쟝의 웃음엔 무슨 뜻이 담겼었을 터
였다.

'쟝석이 아버지가 신경슈에게 매수되었다?' 그는 아까부터 곱씹
던 생각을 다시 떠올렸다. '노름빚을 갚지 못하게 된 쟝석이 아버
지를…… 그 사람이라면, 나나 저수지에 관한 정보를 얻으려고 그
렇게 할 수도 있지. 사실 지금 사람을 매수하는 것은 쉽잖은가? 하
루 두 끼를 멀건 나물죽으로 때우는 사람들에게 쌀 한 말만 내놓으
면, 참말로 늙은 부모라도 팔 참인데……'

설령 리에 대한 그의 의심이 맞다 하더라도, 그것은 대단한 일이

아니었다. 어디서나 흔히 일어나는 일이기도 했다. 그러나 그것은 그에게 아주 음산한 빛깔을 띠고 다가왔다. 어젯밤 순우피의 행동을 설명할 수 있었기 때문이었다.

저수지 둑을 허무는 일은 오래 걸렸을 터이니, 순우피가 한 번만 짖은 것은 자연스럽지 않았다. 둑을 허무는 사람들을 아예 무시하거나 여러 번 짖었어야 했다. 만일 리가 그 사람들 속에 끼어 있었다면, 순우피는 뒤늦게 옛 주인을 알아보고, 더 짖지 않았을 터였다. 바로 그 점이 그의 마음을 괴롭혔다. 지난 넉 달 동안 그는 순우피에게 정이 들었고 녀석을 믿게 되었다. 자신이 잠든 동안에도 녀석이 바로 방문 밖에서 지키고 있다는 생각은 꿈속에선 아직도 토정 선생에게 쫓기는 그의 마음을 한결 푸근하게 했다. 녀석이 옛 주인에 의해 무장 해제 당했다는 생각은 그의 마음을 뜻밖에도 크게 흔들었고, 누구에게 향하는지 모를 배신감이 그의 가슴을 떫게 만들었다.

'쟝셕이 아버지가 혹시……' 리가 처음부터 검은 마음을 품고 기르던 삽사리를 그에게 주었을지 모른다는 생각이 떠올랐다. 갑자기 야기가 차갑게 느껴지면서, 그는 덜미에 소름이 돋는 것을 느꼈다. 무슨 검은 손길이 덜미를 향해 뻗쳐오는 듯해서, 그는 자신도 모르게 뒤를 돌아다보았다.

마음이 좀 가라앉자, 그는 천천히 고개를 저었다. 리가 그렇게 음흉한 사람은 아니었다. 더구나 순우피를 그에게 넘겨줄 때, 그의 은혜를 조금이라도 갚고 싶다고 한 리의 얘기는, 지금 생각해보아도, 분명히 진심이었다. '내가 이 문제에 너무 신경이……'

"스승님, 여긔 믈통……" 우츈이가 수통을 내밀었다.

"녜." 그는 빈 수통을 받아 배낭에 넣었다.

'어쨌든, 이젠 신경슈하고 대결하는 수밖엔…… 나도 저수지를 위해선 끝까지 싸울 준비가 되어 있다는 사실을 그 사람이 깨닫기 전엔, 얘기가 안 되겠지.' 까닭이 또렷하지 않은 서글픔이 써늘하게 고이는 가슴으로 그는 하늘을 올려다보았다. 일어나서 손을 좀 멀리 뻗치면 정말로 닿을 듯이, 별들은 크고 밝게 걸려 있었다.

'이미 문제는 대결하느냐 마느냐가 아니지. 이제 문제는 어떻게 대결의 강도를 조절하느냔데……' 그는 마른침을 삼켰다.

신경슈와의 대결은 아주 미묘한 문제였다. 그가 너무 타협적으로 나가면, 신은 그를 얕보고서 박우동이 풀려나도록 협조하는 대신 계속 트집을 잡을 터였다. 반면에, 그가 너무 거세게 나가면, 신은 위협을 느끼고 다시 관권을 끌어들일 터였다. 그런 두 위험 사이에서 그가 움직일 여지는 작을 수밖에 없었다.

사람들이 쉴 만큼 쉰 모양이었다. 하나씩 일어나서 움직이기 시작했다. 한쪽 끝에 김항렬이 몽둥이에 몸을 가볍게 기대고서 조용히 서 있었다. 어둠 속에서도 김의 모습은 이내 알아볼 수 있었다. 키도 훌쩍 클 뿐 아니라 선 자세에 여유가 있어서 마치 큰 교목이 선 듯했다.

감탄하는 마음으로 김의 모습을 바라보다가, 그는 순간적으로 마음을 정했다. '그래, 한번 그렇게 해보자.'

그는 배낭을 열고 아산현의 관리에게서 빼앗은 칼을 꺼냈다. 칼을 감싼 새끼를 풀자, 별빛 아래 날이 은은하게 드러났다. 칼은 기억 속에서보다 좀 작았지만, 잘 닦인 날은 속에 무슨 생명이 든 것처럼 보였다. 날이 무엇을 빨아들이는 듯, 둘레의 공기가 문득 차가워진 느낌이 들었다. 그의 정신마저 빨아들이는 듯한 칼로부터 아쉽게 눈을 떼고서, 그는 사람들을 돌아다보았다.

조용했다. 하던 일들을 멈추고서, 모두 그를 살피고 있었다.

"돌무들기 김 형," 되도록 낮고 부드러운 목소리를 내려 애쓰면서, 그는 김항렬을 불렀다.

"네, 스승님."

"잠깐 이리 오쇼셔." 그는 칼을 들고 일어섰다.

"네." 오른손에 몽둥이를 들고서, 김이 조심스럽게 다가왔다.

"김 형은 칼알 이대 쓰시나이다?"

"죠곰……"

"그러하오면, 이 칼알 디니쇼셔." 그는 칼을 내밀었다. 그러고는 황급히 칼을 거두고서, 칼자루를 대신 내밀었다. "그 몽동이난 나애게 주쇼셔."

"아, 네." 김은 조심스럽게 칼을 받아 들고 몽둥이를 그에게 건넸다.

몽둥이는 보기보다 묵직했다. 박달나무로 만들었는데, 한쪽을 뽀족하게 깎아서, 몽둥이라기보다 창이었다.

"아마도 신경슈의 집애난 연장알 가촌 사람달히 여러히 이실 새니이다." 그는 칼을 건넨 까닭을 설명했다.

"네, 스승님," 칼에 마음이 팔린 김이 날을 들여다보면서 건성으로 대꾸했다. 이어 고개를 끄덕였다. "아조 됴한 칼이니이다. 왜도

(倭刀)이 분명하나이다."

그의 마음속으로 쩌릿한 기운이 흘렀다. '그렇구나. 예사 칼이 아니리라고 생각했었는데, 역시……'

김이 고개를 들고 그를 조용히 쳐다보았다. "스승님끠셔는 어듸셔 이리 묘한 칼알 얻으셨나니잇가?"

"그 칼안 젼에 알던 사람애게셔 얻었나이다. 엇디엇디하다 칼집안 잃어버리고, 칼만……"

"아, 녜," 아직 마음을 칼에 팔린 듯, 김은 가볍게 대꾸하고서 두 손으로 잡은 칼을 땅을 향해 겨누었다. 아주 조그만 동작이었지만, 세련된 맛이 있었다.

'역시 칼을 제대로 쓸 줄 아는구나.' 마음이 한결 든든해졌다. 무슨 일이 벌어질지 모르는 판에 칼을 제대로 쓸 줄 아는 사람이 하나 있다는 것은 여간 반가운 일이 아니었다.

김이 칼을 추켜올려 무엇을 막아내는 시늉을 했다. 느린 동작이었지만, 우아하고 힘이 들어 있었다. 한번 칼을 잡자, 김은 사람이 바뀐 듯했다. 상제(喪祭)라는 사실이 씌운 제약이 문득 사라지면서, 본래의 사람이 드러난 듯했다.

"아모만. 항쇠난 어렸을 적브터 군사이 다외려 하얐거니," 박초동이 대견스러워하는 목소리로 말했다. 박초동은 박우동의 형이었다.

"그러하면 나려가사이다. 앗가텨로 숯골 김 형끠셔 앒애 셔쇼셔," 사람들에게 이르는 사이에도, 그는 자신의 얘기가 아주 자연스럽게 들린다는 사실에 가볍게 감탄하고 있었다. 오늘 밤엔 저수지 둑을 쌓을 때보다 훨씬 권위적 냄새가 나는, 거의 군대적인 명령들이 그의 입에서 어색하지 않게 나왔다. 그리고 오랜 군대 생활의 경험들이 자연스럽게 되살아나고 있었다. 더욱 신기하게 느껴지는 것은 사람들이 모두 그의 명령을 당연한 것으로 받아들인다는 점이었다.

"네, 스승님." 김을산이 몽둥이를 집어 들더니 선뜻 나섰다. 다른 사람들이 뒤를 따라 산길을 내려가기 시작했다—김항렬, 박초동, 백용만, 슈천이, 그리고 우춘이.

그는 맨 뒤에 섰다. 맨 뒤에서 서야, 뒤떨어지는 사람이 없다는 것을 알 수 있어서, 마음이 놓였다. 뱀을 두려워하는 그로선 뒤에 서는 것이 마음이 편하기도 했다.

산줄기의 옆구리를 타고 오른 아까와는 달리 이제는 작은 길을 따라 내려가는 터여서, 걸음이 훨씬 수월했다. 얼마 지나지 않아서, 사람들이 걸음을 멈추었다. 그가 앞으로 나아가 보니, 가파른 비탈 바로 아래에 큰 기와집이 있었다.

그는 잠시 뒤뜰이 가깝게 내려다보이는 그 집 안을 살폈다. 너무 어두워서, 제대로 살피기 어려웠다. '쌍안경을 꺼낼까?'

아산현에서 쓰려고 했을 때 작동하지 않았던 적외선 촬상기는 그 뒤에 다시 제대로 작동했다. 그래서 의원 노릇을 하느라 한밤중에 불려 다니는 일이 많았던 그는 그것을 요긴하게 썼다.

그는 이내 마음속으로 고개를 저었다. 사람들이 보는 데서 쌍안경을 쓰는 것은 현명한 선택은 아니었다.

'개들이 문젠데……' 집의 구조를 살피면서, 그는 개들이 있을 만한 곳을 찾았다.

'슐곡댁'이라 불리는 신경슈의 집에 대해서 잘 아는 사람들의 애기로는, 큰 개가 두 마리 있었다. 오늘 밤의 일이 성공하려면, 신을 조용히 붙잡아야 했으므로, 개들은 작지 않은 문제였다.

그의 생각엔 신을 조용히 붙잡는 것이 무엇보다도 중요했다. 그가 신을 옥박지르는 것을 다른 사람들이 보게 되면, 신은 그런 수모를 씻으려고 애쓸 수밖에 없었다. 두고두고 말썽을 부리는 정도가 아니라, 관원들의 힘을 빌려서 그를 직접 공격해 올 터였다. 신은 그리할 만한 사람이었다. 게다가 곳뜸 사람들 모두가 들고 일어설 가능성도 있었다. 그나 윗마을 사람들의 눈에야 신이 남의 물을 훔쳐 간 사람이었지만, 그 물을 논에 댄 곳뜸 사람들에겐 달리 비칠 터였다.

'개들이 설마 사랑 근처에 있진 않겠지.' 아무래도 개들을 바깥 주인들이 거처하는 사랑채 가까이 두었을 것 같지는 않았다. 개들은 행랑채나 안채에 두는 것이 합리적이었다.

그는 비스듬히 솟은 참나무 둥치를 짚고서 기다리는 김을산에게로 다가갔다. "김 형, 사랑채 바로 밧 담아로 가쇼셔."

"녜." 김은 이내 비탈을 내려가기 시작했다. 밤의 정적 속에서 사람들이 내는 소리는 너무 컸다.

'개들이 안채에 있다면……' 조마조마한 가슴으로 그는 개 소리가 나기를 기다렸다. 개 소리는 나지 않았다. 조심스럽게 발을 디디면서, 그는 한숨을 내쉬었다. '다행히 안채엔 개가 없는 모양이구나.'

'그런데……' 개에 들킬 위험이 작아지자, 다른 걱정이 나왔다. '오늘 밤에 안채에 들었다면, 문제가 복잡해지는데……'

신이 부인 방에 들었다면, 신을 조용히 붙잡는 것은 실질적으로 불가능했다. 양반집 규방에 남정네들이 한밤에 쳐들어간다는 일은 무엇으로도 덮이지 않는 일이었다. 그의 평판에도 문제가 생길 터였지만, 신으로서는 온갖 방법으로 그 치욕을 갚으려고 나설 터였다.

'신경슈가 없으면, 아들을 붙잡는다? 아들을 붙잡아서……' 신이 안채에 들었을 때 해야 할 일들을 생각하면서, 그는 바로 앞에 선 우츈이를 따라 담 모퉁이를 돌아갔다. 멀리서 들리는 개 짖는 소리가 그의 걱정스러운 마음을 묘하게 달래주었다.

"스승님, 여긔니이다." 김을산이 속삭이면서 담 너머로 솟은 기와지붕을 가리켰다.

"녜." 이제야말로 이 일을 그만두고 되돌아갈 수 있는 마지막 기회였다. 물론 되돌아갈 생각이야 없었지만, 그래도 그는 가슴이 졸아드는 것을 느꼈다. 숨을 깊이 쉬고서, 그는 김항렬의 눈길을 찾았다. "돌무들기 김 형."

"녜, 스승님."

"김 형끠셔 몬져 들어가쇼셔. 혹시 므스 슈상한 일이 이시나 살펴보쇼셔."

"녜." 김의 목소리는 낮았지만 힘이 실려 있었다.

"조심하쇼셔," 별 생각 없이 덧붙이고서, 그는 아차 싶었다. 이런 일엔 김이 그보다 경험이 훨씬 많을 터였다.

"네, 스승님." 김의 얼굴에 가벼운 웃음이 스치는 듯했다. 김은 몸을 돌려 슈쳔이를 손짓으로 불렀다. "여긔 조꼬리켜 앉게나."

슈쳔이가 말없이 담 가까이에 쪼그려 앉더니 어깨에 힘을 주었다.

김은 성큼 슈쳔이의 어깨 위로 올라서서 한 손으로 슈쳔이의 머리를 잡았다.

'이것도 많이 해본 솜씨구나. 누구네 집 담을 이리……' 한가한 호기심이 그의 마음속에서 꼬물거렸다.

"되오 므겁다." 김을산과 백용만의 부축을 받아 일어난 슈쳔이가 악의 없이 투덜거렸다.

김은 대꾸하지 않고 몸을 세우더니 가볍게 담 위로 올라섰다. 잠시 둘러보더니, 왼손을 초립 앞에 댔다. 지금 조선 군사들이 문제가 없다는 뜻으로 쓰는 몸짓인 모양이었다.

고개를 끄덕여 보이고서, 그는 다시 쪼그려 앉은 슈쳔이에게로 돌아섰다. 그가 슈쳔이의 어깨 위에 올라탔을 때, 갑자기 가까이서 개가 시끄럽게 짖어대기 시작했다.

'드디어……' 그의 마음과 몸이 얼어붙었다. 그의 발아래에서 막 일어서려던 슈쳔이의 몸이 얼어붙었다. '행랑채에서 난 것 같은데……'

곧 다른 개가 짖기 시작했다. 적의가 밴 그 소리가 그의 마음에 아프게 울렸다. 곧 온 마을이 깰 것만 같았다.

'그것 참…… 이제 어떻게 한다?' 올려다보니, 담 위엔 김이 보이지 않았다. 안으로 들어간 모양이었다.

"싯구디 마라." 잠에 취한 사내 목소리가 개들을 꾸짖었다. 개들은 낑낑거리더니 곧 잠잠해졌다.

"일어나쇼셔," 그는 슈쳔이의 귀에 대고 속삭였다. 오랫동안 감지 않은 머리에서 나는 냄새가 경황이 없는 사이에도 그의 속을 뒤집었다.

슈쳔이가 힘을 쓰면서 일어났다. 김을산과 백용만이 급히 부축했다.

"스승님끠셔 항쇠도곤 므거우신듸," 슈쳔이가 중얼거렸다.

쓴웃음을 지으면서, 그는 몸을 폈다. 먼저 몽둥이를 담 위에 올려놓고 담을 덮은 이엉에 손을 얹었다. 등에 멘 배낭 때문에, 그는 김항털처럼 가볍게 담 위로 올라설 수 없었다. 올라선 다음에도, 이엉을 밟고서는 바로 서기가 쉽지 않았다. 거세게 뛰는 가슴을 가라앉히려 애쓰면서, 그는 몽둥이를 든 채 집 안을 살폈다.

조용했다. 움직이는 것도 없었다. 김항털은 벌써 사랑채에 다가가 있었다.

'있구나.' 사랑채 섬돌에 놓인 가죽신 두 켤레가 어렴풋이 눈에 들어오면서, 그의 가슴을 따스한 안도감이 셋었다. 신경슈에게는 열세 살 난 아들이 하나 있었다. 옆방의 섬돌에는 짚신 할 켤레가 놓여 있었다.

"휴우," 담 위로 올라온 김을산이 숨을 거세게 내쉬었다.

김을산에게 안으로 내려가라고 손짓한 다음, 일이 잘 풀려나가는 것이 흡족해서, 그는 김항털에게 손짓하려고 오른손을 들었다. 문득 낯익은 두려움이 마음을 채우면서, 그는 몸의 중심을 잃고 미끄러질 뻔했다. 한순간 그는 김의 모습에서 칼을 잘 쓰던 아산현 관리의 모습을 보았던 것이었다.

땀난 두 손을 바지에 문지르며 찬찬히 살펴보니, 무리도 아니었다. 기둥에 바싹 붙은 김은 그 관리처럼 힘을 낭비하지 않는 대기의 자세로 서 있었다. 칼은 김의 손의 연장인 것처럼 자연스럽게 들려 있었다.

'저 칼이 이제 임자를 찾았구나. 잘됐지.' 불승에 어울리지 않는 그 칼을 처분하는 길을 놓고, 그는 그동안 고심했었다.

어느 사이에 올라왔는지, 박초동이 안으로 내려 뛰었다. 짚신을 신은 터라, 큰 소리는 나지 않았다.

마지막으로 올라온 슈쳔이까지 안으로 내려가자, 그는 마지막으로 한 바퀴 둘러보았다. 조용했다. 수상한 움직임도 없었다. 별들만 무심한 얼굴로 내려다보고 있었다.

'내가 지금 여기서 무슨 짓을 하는 건가? 이 낯설고도 낯익은 시공에서?' 담을 안고 미끄러지다시피 내려 뛰는 그의 마음 한구석으로 한가하면서도 다급한 물음이 스쳤다.

"안해 이시난 닷하나이다," 그가 다가가자, 김항텰이 방 쪽을 손짓하면서 보고했다.

"녜. 그라하면 돌무들기 김 형하고 숯골 김 형하고 박 형끠셔는 이 방아로 들어가쇼셔." 그는 가죽신들이 놓인 큰 방을 가리켰다.

"녜," 세 사람이 고개를 끄덕이면서 대꾸했다.

"그리하고 백 형하고 슈쳔 도령끠셔는 뎌 방아로 들어가쇼셔." 그는 짚신이 놓인 하인 방을 가리켰다.

"녜," 탁해진 목소리로 두 사람이 대꾸했다.

그가 손짓하자, 김항렬이 성큼 마루로 올라섰다. 그 뒤를 김을산과 박초동이 따랐다.

김항렬이 방문을 열자, 돌쩌귀 소리가 시끄럽게 났다. 세 사람이 안으로 들어갔다. 백용만과 슈천이도 옆방 문을 열고 들어갔다.

그는 방 앞에서 물러서서 중문간 쪽으로 댓 걸음 옮겼다. 혹시 뛰쳐나오는 사람이 있으면, 붙잡을 생각이었다. 언제라도 쏠 자세로 석궁을 든 우츈이가 따라서 물러섰다.

곧 방 안에서 낮은 소리들이 났다. 이어 부시를 치는 소리가 나더니, 열린 방문으로 불빛이 새어 나왔다.

"스승님." 마루로 나온 김항렬이 한순간 머뭇거렸다. 방 안의 불빛에 밤눈을 잃은 모양이었다.

"녜." 그는 마루로 다가갔다.

"다외얐나이다."

"녜. 슈고하샸나이다." 몽둥이를 마루 끝에 기대 세워놓고서, 그는 마루로 올라섰다.

그가 들어서는 기척에, 팔을 뒤로 묶인 채 고개를 숙이고 이불 위에 앉은 사내가 조심스럽게 고개를 들었다. 그를 알아보자, 두려움으로 일그러진 신경슈의 얼굴이 한순간 흔들렸다. 흔들림이 멈춘 얼굴에 반가움과 안도감이 자리 잡고 있었다. 속마음이 드러난 얼굴을 감추려는 듯, 신이 급히 고개를 숙였다.

차가운 계산들만 가득했던 그의 마음속 한구석에 가벼운 연민이 스몄다. '흠. 날 보고 반가워한다면, 겁이 많이도 났던 모양이구나.'

신이 다시 고개를 들었다. 신의 눈길이 흘긋 그를 훑더니, 무슨 커다란 힘이 끌려가듯, 이내 옆으로 움직였다.

그도 무심코 왼쪽을 돌아보았다. 그의 옆엔 따라 들어온 김항렬이 서 있었다. 문득 김의 몸이 방 안을 가득 채운 느낌이 들었다. 김의 다부진 몸에서 뿜어 나오는 무슨 시원적 힘이 사람들을 압도하고 있었다. 불빛을 받은 칼날이 비정한 웃음을 머금었다.

6

"래년에 못애 믈을 더 많이 가돌 수 이시게 다외면, 냇둑을 높이 쌓아 냇가 모랫벌에 논알 맹갈 수 이실 새니이다." 자신의 얘기에 빠져 어느 사이엔가 목소리가 다시 높아졌음을 깨닫고, 언오는 목소리를 낮추었다. "그리 하면, 못알 맹가난 대 들어간 따보다 여러 곱 많안 논알 얻으리이다."

"녜. 묘한 말쌈이시니이다." 열심히 고개를 끄덕이면서, 신경슈가 슬그머니 오른손을 왼 소매 속에 넣어 조심스럽게 왼팔을 만졌다. 아까 새끼로 묶였던 곳이 아픈 모양이었다.

"맛님," 한쪽에서 먹을 갈던 하인이 기어들어가는 목소리로 제 상전을 불렀다.

"오냐."

"먹을 다 갈았압나니이다."

"오냐. 이리 놓아라." 자기 앞을 가리키면서, 신이 조금 뒤로 믈러났다.

"네, 맛님." 열네댓 살로 보이는 하인이 조그만 서안을 들고 와서 신 앞에 내려놓았다.

신이 서안의 서랍에서 두루마리 종이를 꺼냈다. 서두르지 않는 손길로 종이를 펴고 문진들을 찾아 종이를 눌러놓은 다음, 필통에서 조그만 붓을 꺼내 들었다. 붓에 먹물을 찍어 벼루에 대고 끝을 고르면서, 뜻밖에도 침착한 눈길로 그를 쳐다보았다.

그는 문득 막막해지는 것을 느꼈다. 어려운 일을 잘 끝냈다는 성취감을 즐기면서, 자신의 희망과 계획을 신에게 열심히 설명하던 참이었다. 신과의 협상은 예상보다 훨씬 수월하게 끝났다. 그가 어떤 일이 있어도 저수지 사업을 지키겠다는 생각을 품었지만 신에게 복수할 마음은 품지 않았다는 것이 드러나자, 처음엔 어떻게 해서든지 위급한 상황을 넘겨놓고 보자는 태도를 보이던 신도 점차 그를 솔직하고 진지하게 대하기 시작했다. 그래서 어려운 문제들에 대해서 두 사람은 그리 어렵지 않게 합의할 수 있었다. 그리고 그는 그런 합의를 기록으로 남기자고 제안했던 것이었다.

그러나 합의서의 조건들을 부르라고 얘기하는 신의 눈길을 받자, 막막해졌다. 원래 무슨 사업과는 거리가 멀었으므로, 그는 계약서와 같은 서류들을 눈여겨본 적이 드물었다. 누구나 일상생활에서 만지게 되는 문서들조차 대개 그의 아내가 처리했었다. 게다가 이곳에서 쓰이는 문서들은 현대의 그것들과는 상당히 다를 터였다.

헛기침을 하고서 짧은 수염을 거듭 쓰다듬어 내리더니, 신이 조심스럽게 물었다. "스승님, 엇디 쓰리잇가?"

"아, 녜." 그는 다급한 마음으로 생각해보았다. 이런 경우에 쓰이는 매끄러운 문구들이 아슴푸레하게 떠올랐다. 그러나 애를 써도, 또렷해지지는 않았다. 수염이 까슬까슬한 턱을 문지르면서, 그는 단서가 될 만한 것을 찾아서 방 안을 둘러보았다.

방문 바로 앞에 김항텰이 앉아 있었다. 몸에서 힘을 뺀 채 잔잔한 눈길을 벽에 두고서 조용히 앉은 모습에선 때를 기다리는 응축된 힘이 느껴졌다. 이내 잡을 수 있도록 오른쪽에 놓아둔 칼이 껌벅거리는 등잔의 불빛을 머금었다.

'할 수 없지. 적당히 꾸며서…… 어차피 지금 내가 하는 짓들이 모두 그렇잖은가?' 스스로를 격려하면서, 그는 헛기침으로 목을 가다듬었다. "얼우신, 이리 쓰쇼셔. 례산현 대지동면 셕격리에 사난 불승 립문에게……"

"녜." 신이 계속 부르라는 뜻으로 고개를 끄덕였다.

"나 신경슈는 다암애 뎍은 일들홀 할 것을 엄슉히 셔약한다." 산골에 사는 사람들 사이의 합의서엔 좀 거창한 표현이어서, 그는 속으로 겸연쩍은 웃음을 지었다.

"녜," 대꾸하고서도, 신은 쓸 생각을 하지 않았다. 대신 그의 얼굴을 살피면서, 조심스럽게 물었다. "스승님, 스승님 함자이 셜립자애 글월문 자이시니이다?"

"녜, 그러하나이다."

이내 신의 붓이 가볍게 종이 위를 미끄러져 내려갔다. 달필이었다.

어떤 일에 능숙한 사람이 아주 경제적인 몸짓으로 일하는 모습을 볼 때 느끼게 되는 즐거움이 그의 마음속으로 번졌다. 문득 갓난애를 업고서도 무거운 공이를 가볍게 놀리면서 보리방아를 찧던 만석이 어머니의 모습이 떠올랐다. 아련한 그리움에 가슴 한구석이 시려왔다. '이젠 얼마나 아득하게 느껴지는가. 지금은 무얼 할까?'

쓰기를 마친 신의 눈길을 느끼고, 그는 먼 곳으로 나간 마음을 급히 불러들였다. "아올아셔 나난 그 일들흘 하디 아니 하야셔 나오난 모단 사태애 대하야 책임알 딜 것을 셔약한다."

깊이 생각하고서 한 말은 아니었는데, 입 밖에 내고 보니, 어쩐지 귀에 익숙했다. 전에 정당들이 어떤 문제로 다툴 때면 대변인들이 으레 쓰던 문구를 자신도 모르게 빌렸음을 깨닫고, 그는 씁쓰레한 웃음을 지었다.

'그러나저러나 "사태"나 "책임"이란 말들이 지금 이곳에서 쓰이기나 하는가?' 이곳 사람들이 쓰지 않는 말들을 쓰게 되면, 으레 마음이 적잖이 쓰였다. 지금처럼 그런 것을 따지기 어려운 경우에도.

'어쨌든, 큰 문제는 아니지.' 그는 스스로를 안심시켰다. '따지고보면, 새로운 말들은 끊임없이 나오잖는가? 어떤 언어에서도 낡은 말들이 모르는 새 사라지고 새로운 말들이…… 지금 내가 낯선 말들을 몇 개 도입한다고 해서, 무슨 큰일이 일어날 건가? 이십일 세기의 지식을 이 세상에 도입하는 일에 성공한다면, 새로운 말들이 필연적으로 많이 도입될 텐데.'

신이 쓰기를 마치고 그를 올려다보았다. 신의 얼굴에 조금 전보다 훨씬 생기가 돌고 있었다. 붓을 잡는다는 익숙한 일이 마음을 가라앉힌 듯했다.

"나난 긔묘년 삼 월 오 일 밤애 대지동면 탄동리애 '대지동면 슈리계'이 쌓안 못의 믈을……"

길지 않은 문서였지만, 시간이 꽤 오래 걸렸다. 이미 이야기책들을 여러 권 만들어본 터라, 처음은 아니었지만, 컴퓨터의 입력 장치에 대고 구술하면, 깨끗이 정리된 문서를 이내 받아보는 것에 익숙한 사람에게 그 일은 여전히 더디고 갑갑했다.

자신의 이름 아래에 수결을 두는 신의 손길엔 머뭇거림이 없었다. 글씨가 마르기를 기다리면서, 신은 자신이 쓴 글을 천천히 읽었다.

"다외얐나이다." 신이 종이를 가위로 자르더니 그의 앞으로 돌려놓았다. "넑어보쇼셔."

"녜. 슈고랄 많이 하샸나이다." 그는 문서를 당겨놓고 좀 불안한 마음으로 읽기 시작했다. 그의 짧은 한문 실력으론 신이 문서를 제대로 만들었는지 판단하기 어려울 터였다. 아니나 다를까, 흘려 쓴 글씨라서, 글자를 읽어내는 일도 쉽지 않았다.

萬歷柒年己卯參月初柒日糶立文前明文

제목으로 보이는 첫 줄을 가까스로 해독하고 나니, 한숨이 절로 나왔다. 그러나 자신의 무식이 드러날까 두려워서, 그는 쉴 새도 없이 읽어나갔다.

右明文事段今月初唔日夜……

합의서에 나온 조건들은 셋이었다. 하나는 신이 저수지에서 빼간 물에 대한 값으로 가을에 쌀 열 섬을 슈리계에 내놓는다는 것이었다. 둘은 저수지 둑을 허문 데 대한 보상으로 쌀 두 섬을 당장 내놓는다는 것이었다. 셋은 박우동에 대한 보상으로 먼저 쌀 두 섬을 내놓되, 박이 풀려난 뒤, 옥에 갇혔던 날들에 대해서 하루에 쌀 한 섬으로 쳐서 더 얹는다는 것이었다.

마지막 조항을 읽으면서, 그는 야릇한 웃음을 지었다. '이제 이 사람이 박우동이 빨리 풀려나도록 발 벗고 나서겠지. 쌀이 하루에 한 섬씩 나가는데.'

박을 옥에서 빼내는 일은 무엇보다도 시급했다. 어느 세상에서나, 사람이 한번 옥에 갇히면, 나오기는 힘들었다. 례산현청에 대해 큰 영향력을 지녀서 박을 쉽게 옥에 집어넣은 신으로서도 빼내는 일은 그리 쉽지 않을 터였다.

日後若有雜談則持此明文告官卞正事

自筆 幼學 申慶洙

'이런…… 중요한 걸 빼먹었구나,' 자신을 탓하면서, 그는 입맛을 다셨다. 박우동이 감옥에 갇힌 동안 몸을 다치거나 병을 얻을 경우에 대한 얘기가 빠진 것이었다. 인권이라는 말조차 없는 세상에서 옥에 갇힌 사람이 몸을 다치거나 병에 걸릴 위험은 클 수밖에 없었다. 신이 관원들에게 박을 거칠게 다루어 기세를 꺾어놓으라고 넌지시 얘기했을 가능성도 있었다.

'그렇긴 한데. 다시 쓰기도 그렇고. 합의한 조건에 덧붙이는 것도 뭣하고.' 잠시 입맛을 다시다가, 그는 마음을 정했다. '지금 중요한 것은 옥에서 나오는 것이니, 일단……'

그는 그의 얼굴을 살피는 신에게 고개를 끄덕여 보였다. "이대다왼 닷하나이다. 슈고 많이 하샀나이다." 한 번 더 치하하고서, 그는 합의서를 접어서 도포 주머니에 넣었다. "쇼승은 이번 일이 이 골애 번셩과 화평을 블어들이는 긔틀이 다외기랄 참마암아로 바라나이다." 하다 보니 연설조가 되었지만, 그로선 진심으로 한 말이었다.

"녜. 참아로 옳아신 말쌈이시니이다. 나도 이 일을……" 흐려진 말끝을 열심히 고개를 끄덕여 대신하고서, 신은 흘긋 김항텰에게 눈길을 주었다.

신의 눈길을 받고도, 김은 그저 벽을 바라보고만 있었다.

"이제 일을 다 맏찿아니, 술이라도 한잔하심이 엇더하올디?" 신이 은근한 어조로 그의 뜻을 물었다.

"아니이다. 나외얐나이다," 그는 반사적으로 대꾸했다. 대답해놓고 보니, 목이 꽤 말랐다. 하긴 좀 시장하기도 했다.

"다란 분들끠셔도 목이 마라실 샌듸……" 그의 얼굴을 살피더니, 신이 한쪽에 웅크린 하인을 돌아다보았다. "용모야."

"녜, 맛님."

"나가셔 술상알 보아오라 니르거라."

"녜, 맛님."

그는 이번엔 막지 않았다. 그를 따라온 사람들을 생각하면, 오히려 술상을 차려달라고 해야 될 판이었다.

하인이 나가자, 김항렬이 칼을 집어 들고 따라 나갔다. 낮은 목소리가 났다. 아마도 김이 하인에게 말조심하라고 경고하는 모양이었다. 아직 행랑채의 사내 하인들은 묶인 채로 윗마을 사람들의 감시를 받고 있었고, 안채에선 바깥채에서 일어난 일을 모르고 있었다.

"아바님," 한구석에 웅크리고 있던 신의 아들이 제 아버지를 불렀다.

"오냐," 정이 담긴 목소리로 신이 대꾸했다. 딸을 셋이나 본 뒤 낳은 아들이라고 했다.

"나도 밧개…… 오좀……" 아들이 애원했다. 아이는 그리 똑똑해 보이지 않았다. 우츈이에 비기면, 하는 짓이 어렸다.

신이 그의 얼굴을 살폈다. 그가 고개를 끄덕이자, 신은 한결 밝아진 얼굴로 아들에게 일렀다, "개똥아, 나가셔 오좀 누고 오나라."

신의 아들이 몸을 일으켰다. 오랫동안 몸을 움직이지 않아서 발이 저린지, 힘들게 일어섰다.

"김 형."

"녜, 스승님," 김이 바로 밖에서 대꾸했다.

"여긔 도령님끠셔 측간애 가신다 하니, 보살펴드리쇼셔."

"녜. 알겠압나니이다."

"슐곡댁 얼우신." 아이가 나가자, 그는 낯빛을 가다듬고서 잔잔하나 힘이 실린 눈길로 신을 바라보았다. 이제 마지막으로 의논할 일을 꺼낼 때였다.

"녜, 스승님." 신이 이내 긴장된 얼굴로 자세를 고쳐 앉았다.

"어제 낮애 못애 올아와셔 행패랄 브리던 사람안 시방 밧개 이시난 김 형에게 맞았나이다. 그러나 그 사람안 김 형이 아니라 잘못한 것이 없는 박우동알 고쇼하얐나이다." 그의 말이 사그라지지 않고 커다란 그림자들이 흔들리는 좁은 방 안에 무겁게 걸렸다.

그의 목소리와 말뜻에 담긴 비난이 괴로운 듯, 신이 윗몸을 비틀었다. "녜. 그러하나이다." 방바닥을 내려다보면서, 신이 쥐어짠 목소리를 냈다.

"그러하다고 시방 김 형을 고쇼할 새도 아니이다."

"녜, 스승님." 신이 급히 고개를 저었다. "그러한 일은…… 모도 나이 허물이니이다."

"그 사람이 몬져 행패랄 브렸으니, 고쇼한 것이 잘못다외얀 일이니이다. 잇다가 날이 밝아면, 얼우신꺼셔 박우동을 현텽에 고쇼한 사람알 다리고 읍내애 나가쇼셔. 나가셔셔 관원들헤게 됴히 말쌈히샤 박우동이 쉬 풀려나개 하야주쇼셔."

"녜. 나이 정대한이랄 다리고 나가셔 일이 이대 다외개 하겠나이다."

"엇디하면 해자이 적디 아니 들어갈디도 모라나이다. 숑사 글월이 한번 현텽에 들어가면, 숑사한 사람이 마암대로이 숑사랄 그츠기도 어렵나이다."

"녜. 그러하나이다. 그러하나 스승님끠셔는 너모 걱뎡하디 마쇼셔. 나이 읍내애 아난 사람달히 여러히니, 됴히 녜아기랄 하오리이다."

"녜. 고마오신 말쌈이시니이다." 그는 신이 현청 사람들 가운데 누구누구를 얼마나 잘 아는지 그리고 어떤 방법으로 그들을 설득하려는지 듣고 싶었다. 그러나 지금 그런 얘기를 그에게 밝히는 것은 신으로서는 좀 어색할 수도 있었다.

방문이 열렸다. 아까 나갔던 하인이 소반을 들고 들어왔다. 개똥이라 불리는 신의 아들이 따라 들어왔다. 상에 술잔과 안주 접시들이 제법 푸짐하게 놓여 있었다.

'흠. 준비를 단단히 했었구나.' 그는 속으로 쓴웃음을 지었다. 현청에서 나온 관리들과 싸움에 동원된 곳뜸 사람들을 대접하고도 술이 남은 것을 보면, 이번 일을 위해서 신은 투자를 크게 한 셈이었다.

하인을 따라온 늙수그레한 여자가 주전자를 마루에 내려놓고 잠시 머뭇거리다가 돌아섰다. 이제 날이 거의 새어서, 밖이 훤했다.

"자아, 스승님. 곡차랄 한잔 드쇼셔. 스승님끠셔 곡차랄 잘하신다난 녜아기랄 들었나이다." 하인이 다시 나가서 들고 들어온 주전자를 잡으면서, 신이 은근히 권했다.

속이 뜨끔했다. 곳뜸 사람들이 그동안 '듕이 술 마시고 고기 먹는다'고 욕했다는 얘기였다.

"감샤하압나니이다." 그는 태연한 웃음을 지어 보였다. "그러하오나 쇼승과 함끠 온 사람달히 목이 더 마랄 새니, 그 사람달히 몬져 드는 것이……"

"아, 녜." 신이 고개를 끄덕였다.

그는 아직 토방에 서 있는 김항텰을 내다보았다. "김 형."

"녜, 스승님." 여자 하인이 들어간 뒤 다시 문이 닫힌 안채를 생각에 잠긴 자세로 바라보던 김이 몸을 돌렸다.

"사람달할 블러오쇼셔. 여긔 곡차랄 한 잔식 들도록 하사이다."

"녜." 김이 씨익 웃고서 행랑채로 향했다.

"그러하야도 스승님끠셔 몬져 한잔하쇼셔," 신이 다시 권했다.

"쇼승이 곡차랄 됴하하기난 하디마라난," 뒷머리로 가던 그의 손길이 삿갓에 걸렸다. "다란 사람달히 몬져 들어야……" 옅은 웃음을 띠면서, 그는 술상에서 조금 물러나 앉았다.

신이 가볍게 고개를 끄덕였다.

심지를 다듬지 않은 등잔이 그을음을 내고 있었다. 방 안에 내린 좀 어색한 침묵을 피해, 그는 밖을 내다보았다. "이제 등불을 꺼도 다욀 닷하나이다."

"녜." 신이 고갯짓을 하자, 하인이 등불을 불어서 껐다.

"스승님," 김항텰이 그를 불렀다.

김의 목소리에서 무엇을 느끼고, 그는 급히 고개를 돌려 밖을 내다보았다. 토방 위에 김이 굳어진 얼굴로 박초동과 함께 서 있었다. "녜?"

"행랑채 사람달 속애……" 박이 어렵게 입을 열었다. "그 사람달 속애 위슈골 쟝셕이 아버님끠셔……"

"뭐?" 자신도 모르게 몸을 반쯤 일으키면서, 그는 외마디 소리를 냈다.

"위슈골 쟝석이 아버님끼셔 행랑채애셔……" 박이 송구스러운 얼굴로 더듬거렸다.

"리영구이 행랑채 사람달 사이애 끼어 이시나이다." 김이 마른 목소리로 보탰다.

"엇디 이제야 그러한 줄 알았나니잇가? 엇디 앗가난 모라고?" 그는 리영구에 대한 자신의 의심이 확인되었다는 사실보다 리가 이곳에 머물고 있었다는 중요한 정보가 자기에게 늦게 알려졌다는 사실이 마음에 훨씬 크게 걸렸다.

"죠곰 젼에야 알았압나니이다. 어두워셔 처엄에는 모라고……" 박이 서둘러 변명했다. "쟝석이 아버님끼셔 자개난 어젓긔 일과난 아모런 상관이 없노라 하면셔…… 스승님끠 말쌈드리디 말라 하야셔……"

그에게 알리느냐 마느냐 하는 문제를 놓고 마을 사람들 사이에 의논이 길었던 눈치였다. 하긴 그럴 만도 했다.

"그러하얐나니잇가?" 속에서 솟구치는 울화를 가까스로 누르고서, 그는 부드럽게 말했다. "자아, 이리 들어오쇼셔. 목이 마라실 샌듸, 곡차랄 한잔하쇼셔."

"녜, 스승님. 형님, 들어가사이다." 김이 먼저 마루로 올라셨다. 어깨를 움츠린 박이 조심스럽게 따라 올라셨다.

두 사람이 술을 마시는 동안, 그의 마음은 고달프게 움직였다. 신과 타협이 잘된 마당에 리의 문제가 튀어나온 것은 여러모로 반갑지 않았다. 게다가 리와 얼굴을 맞대는 것은 정말로 괴롭고 불쾌한 일이었다.

"곡차 잘 마샀압나니이다." 서둘러 술잔을 비운 박이 자리에서 일어나 엉거주춤한 자세로 그와 신 사이에 대고 말했다.

"박 형."

"녜, 스승님."

"쟝셕이 아버님을 이리 모셔 오쇼셔." 어차피 부딪쳐야 할 일이라면, 일쯕 끝내는 것이 나을 터였다.

"녜, 스승님," 박이 대꾸하자, 김도 잔을 놓고 일어섰다.

두 사람을 따라 그도 마루로 나갔다. 신을 신은 채 석궁을 옆에 놓고 마루 한쪽에 걸터앉았던 우츈이가 그를 보고 일어섰다.

"방아로 들어가셔셔 상애셔 므슥을 졈 드쇼셔."

"녜, 스승님." 녀석이 조용히 일어나 방으로 들어갔다.

나오던 한숨을 끊고서, 그는 리영구와의 어색한 만남에 대해 생각하기 시작했다. 어떻게 해야 할지 막막했다. 두 사람이 리를 데려왔을 때도, 그는 마음을 정하지 못한 채 마루에서 서성거리고 있었다.

"스승님, 다려왔압나니이다." 김이 보고했다.

"녜." 그는 리를 내려다보았다. 두 팔을 뒤로 묶인 채 이슬 내린 마당에 꿇어 엎드린 중늙은이의 모습에, 그의 황량한 가슴속으로 쓸쓸한 바람이 불었다. 어제 아침에 본 저수지의 황량한 모습이 떠올랐다.

"묶은 것을 풀어주쇼셔."

"녜, 스승님," 박이 먼저 대꾸하고서 리에게로 다가갔다. 박은 마음이 곱다는 평을 들었다. 지금도 아우가 억울하게 관원들에게 끌려가서 옥에 갇혔지만, 박은 아우를 모함하는 데 거든 리를 함부로 대하지 않았다.

"위슈골 얼우신, 일어나쇼셔."

두 손으로 땅을 짚고서, 리가 천천히 일어섰다. 그를 흘긋 올려다보더니, 이내 고개를 숙였다.

"엇디 다외얀 일이니잇가?"

리는 고개를 숙인 채 말이 없었다.

"위슈골 얼우신, 엇디 다외얀 일이니잇가? 엇디 여긔에셔……"

그가 목소리를 높였어도, 리는 고개를 더 수그릴 뿐 대꾸하지 않았다. 자신의 행동을 변명하거나 사과하려는 것이 아닌, 뜻밖에도 완강한 무엇이 속에 든 몸짓이었다.

"얼우신끠션 그졋긔 밤애 못둑을 헌 사람달 속애 겨셨나니이다?"

"녜," 리가 들릴락 말락 하게 대꾸했다.

문득 마음이 아득해졌다. '저 사람에게 무엇을 다그치고 무엇을 얘기한단 말인가?'

리는 여전히 완강하게 변명이나 사과를 거부하고 있었다.

피곤한 느낌이 그의 몸속으로 퍼졌다. 그는 이미 리가 어떻게 신경슈와 가깝게 되었는지 알고 싶지도 않았다. 그저 이렇게 마주선 괴로움을 빨리 끝내고 싶었다. "집으로 돌아가쇼셔."

김항렬이 급히 몸을 돌리면서, 그에게 묻는 눈길을 던졌다. 까닭

있는 물음이었다. 이번 일이 다 끝날 때까지 밖에서 아는 사람이
적을수록 좋았다.

김의 말없는 물음을 무시하고서, 그는 되풀이했다, "얼우신, 집
으로 돌아가쇼셔."

그를 흘긋 올려다보더니, 리는 조심스럽게 문 쪽으로 향했다.

"김 형, 위슈골 얼우신을 대문까장 바라드리쇼셔."

"녜, 스승님." 그의 판단에 의문을 품은 것이 분명한데도, 김은
대답할 때 머뭇거림이 없었다.

뒤에서 신의 기침 소리가 났다. 어느 사이엔가 신이 마루로 나온
것이었다.

그는 거세게 돌아서서 신을 노려보았다. 리 때문에 속이 뒤집힌
데다가, 신이 그의 허락 없이 방에서 나온 것도 마음에 거슬렸다.
"뎌 사람알 엇디 사샸나니잇가?"

그의 거센 눈길과 날카로운 목소리에 밀려, 신이 한 걸음 물러
섰다.

"엇디 사샸나니잇가? 쌀알 주셨나니잇가?"

신이 잠시 머뭇거렸다. "뎌 사람이 디난겨을에 류 셔방애게 투
젼판애셔 돈알 많이 잃었나이다. 나이 그 빚에 대하야 보랄 두었난
듸……" 한순간 망설이다가, 신은 덧붙였다, "그리하고 일이 이대
다외면, 병작알 주기로 하얐압나니이다."

"병작?"

"녜. 이번에 닷 마디기랄 병작하기로 하얐압나니이다."

'결국 쌀은 한 톨도 받지 못했구나. 겨우내 내가 해준 것에 비하

면…… 그렇게 싼값에 나를 배반했단 말인가?' 입안에 쓰고 신 맛이 돌면서, 속이 느글거렸다. 자신이 배반당했다는 사실보다 그렇게 싼값에 배반당했다는 사실이 그의 속을 더 뒤집었다.

'쌀이라도 한 댓 섬 받고서 그랬다면, 이해할 수도 있다. 이건 겨우……' 그는 생각을 멈추었다. '그렇지 않을지도 모르지. 중요한 것은 노름빚에 대한 보증이 아니라, 병작인지도 모르지.'

언젠가 리가 지나가는 얘기로 '부살미' 하는 사람의 고단한 삶을 들려준 적이 있었다. 화전을 하는 사람들에게는 '무살미' 하는 사람들이 그렇게 부러울 수가 없노라 하면서, 리는 씁쓸하게 웃었었다.

'평생 부살미만 한 사람에게 무살미 할 기회가 찾아왔다면, 비록 닷 마지기를 병작하는 것이지만, 그 유혹이 어떠했을까? 내가 과연 그 유혹이 어떤지 안다고 할 수 있을까? 농사를 지어본 적이 없는 내가? 농사는 그만두고 농기구 한번 제대로 잡아본 적이 없는 내가? 그런 내가 지금 무슨 도덕적 권위로 그 나이 많은 화전민을 단죄하려는 것인가?'

눈앞에 떠올랐다, 변명도 사과도 완강하게 거부하던 리의 모습이. 평생 화전을 일구며 살아온 사람에 대한 연민이 가슴에 차오르고 있었다. 밑바닥에 앙금처럼 고인 씁쓸하고 떫은 감정들을 덮으면서.

'소작할 논도 한 마지기 없으면서, 저수지를 쌓는 사람의 마음은 얼마나 쓰렸겠는가. 이 일이 다 끝나면, 쟝셕이 아버지가 이곳에서 무살미를 하도록 보살피자,' 그는 순간적으로 다짐했다.

문득 막혔던 가슴의 지평이 트이면서, 시원한 바람이 불었다. 오랜 잠수 끝에 배가 부상했을 때, 몸과 마음을 상쾌하게 씻어주던 소금기 밴 바닷바람이.

7

"우믈을 파면, 논에 다힐 믈이…… 그리 많안 믈이 날 수 이시리잇가?" 잠자코 수염을 쓰다듬던 봉선이 할아버지가 조심스럽게 물었다.

"물론 장담할 수는 없디마라난……" 헛기침을 하면서, 언오는 잠시 뜸을 들였다. 그는 저수지 바닥에 우물을 파서 논에 댈 물을 얻자는 자신의 제안이 마을 사람들에게서 그리 큰 반응을 얻지 못한 것이 자못 실망스러웠다. 광시댁 사람들과 그들의 소작인들에게 그 제안에 대해서 열심히 설명한 참이었다.

"쇼승의 생각애난 믈이 격디 아니 날 닷하나이다. 그리하고," 사람들이 듣기 덜 거슬릴 표현을 고르느라, 그는 잠시 머뭇거렸다. 그러나 더 부드럽게 얘기할 길은 없는 듯했다. 사람들을 둘러보면서, 그는 단정적으로 말했다, "그에셔 나안 길이 이시리잇가?"

입 밖에 내고 보니, 역시 그리 좋게 들린 얘기는 아니었다. 자칫하면 한 해 농사를 망친다고 걱정하는 사람들에게는 냉담하게 들릴 수도 있었다.

봉선이 할아버지가 천천히 고개를 끄덕였다. "옳으신 말쌈이시니이다."

"못 바닥애 판 우믈에서 논까장 믈을 나르려면, 일이 쉽디 아니할 새니이다." 봉선이 아버지가 슬쩍 한마디를 밀어 넣었다.

"녜. 그도 큰일일 새니이다." 김갑산이 재빨리 거들었다. 광시댁 땅을 소작하는 김은 늘 봉선이 아버지 비위를 맞추려고 애썼다.

"믈만 있다면야, 긔 므슴 걱뎡이다?" 봉선이 할아버지의 얘기와 목소리에 담긴 꾸짖음을 느끼고, 다른 사람들이 머쓱해져서 입을 다물었다. 마당에 편 띠방석에 앉아 고개를 돌려 저수지를 내려다보면서, 노인은 밝지 못한 얼굴로 한숨을 가볍게 쉬었다.

그는 지금 노인이 저수지 사업을 지원한 것을 후회하고 있을지 모른다는 생각이 들었다. 만일 저수지 사업이 없었다면, 노인의 삶은 예전과 같았을 터였다. 그 삶이 비록 그리 평화스럽진 않았을지라도, 지금처럼 손을 써볼 수도 없는 일들이 잇달아 일어나는 사태에 휘말려든 것보단 훨씬 낫게 여겨질지도 몰랐다.

하긴 노인만 그런 것은 아니었다. 간밤에 일어난 일들이 알려진 뒤, 골짜기 사람들의 반응은 그의 기대와는 상당히 달랐다. 그가 작지 않은 위험을 무릅쓰고 오랫동안 이 골짜기에서 행패를 부려온 토호 신경슈를 응징한 것을 반가워하거나 칭찬하기보다 소란이 일어난 것을 꺼리는 듯했다. 신이 동의한 보상 조건들에 대해서도 별다른 반응이 없었다. 비록 입 밖에 내지 않았지만, 사람들은 이번 일이, 물이 없어진 것부터 박우동이 붙잡혀간 것까지, 일을 일으킨 신보다는 오히려 저수지 사업을 시작한 그에게 책임이 있다고 여기는 듯했다.

억울함이 새삼 아프게 가슴을 할퀴는 것을 느끼면서, 그는 저수지 건너편 산을 바라다보았다. 어젯밤에 오를 때는 그리도 험했던 산인데, 지금 여기서 보니, 잘 다듬어진 공원의 숲처럼 보였다. 그 산줄기 위 하늘을, 모처럼 이슬비라도 한차례 내리려는지, 잿빛 구름이 제법 두껍게 덮고 있었다.

'내가 칭찬 들으려고 한 것은 아니잖나? 그리고 사람들이 그렇게 생각한다 해도, 이상할 것은 없잖나? 그들로선 겪어보지 못한 일들이 잇따라 일어나는데, 그것들이 모두 내게서 비롯한 것으로 보일 수밖에 없으니,' 잠을 못 자서 쓰린 눈을 손등으로 살짝 누르면서, 그는 스스로에게 일렀다. 새로운 방식이 좋다는 것이 증명되어 그것을 따르더라도, 사람들은 속으론 그것에 대해 적대감을 품고 옛 방식에 향수를 느낀다는 사실에 그는 익숙해진 터였다.

그렇게 일렀어도, 물론 억울함은 조금도 줄어들지 않았다. '그동안 내가 이곳 사람들을 위해서 얼마나 애썼던가.' 눈앞으로 이곳에서 지낸 날들이 빠르게 스쳤다. 쉬웠던 세월은 아니었다.

'그동안 난 의사의 임무를 피한 적이 없었다. 단 한 번도. 감기에 걸려 열이 올라도, 위급한 환자가 생겼다는 전갈이 오면, 어두운 밤길을 허겁지겁 달려갔었다. 미끄러운 길에서 넘어지고 눈구덩이에 빠지면서. 고칠 길 없는 병자를 보면, 얼마나 한탄했던가, 의사 노릇을 하기엔 아는 게 너무 적고 가진 약이 너무 부족하단 사실을. 저수지 사업이 실패할지도 모른다는 걱정에 잠을 이루지 못한 밤들이 얼마나 많았던가. 물이 콸콸 새는 것만 같아서, 한밤중에 일어나 저수지로 내려가서 둑을 살핀 적까지 있었다. 그런 노력에 대한 보답이 겨우⋯⋯'

자신이 아직도 이곳 사람들에게 이방인으로 보이리라는 생각 앞에 그의 몸이 옴츠러들었다. '환상이었나? 내가 이곳에 뿌리를 내렸다고 생각한 것이? 이 사람들이 나를 받아들였다고 여긴 것이? 난 평생 이방인일 수밖에 없는 것일까?'

뒷산 어디서 꿩 울음이 들렸다. 흐린 듯 트인 그 목청에 그의 가슴 한구석에서 무엇에게로 향하는지 모를 그리움이 일면서, 이곳을 훌쩍 떠나고 싶은 충동이 솟았다. '훌훌 털어버리고. 이곳에서 맺은 인연들도, 그것들이 불러온 골치 아픈 일들도 모두 털어버리고⋯⋯'

그러고 보면, 이곳의 삶은 모르는 새 아주 번거롭게 되어 있었다. 어떤 뜻에선 저 세상에 두고 온 삶보다 훨씬 덜 자유로웠다. 큰 도시에서 꾸려가는 삶엔 익명성이 주는 자유로움이 있었다. 진정한 자유가 아니라면 그것과 비슷한 무엇이. 이곳엔 사생활이란 개념조차 없었다.

'따지고 보면, 난 언제라도 떠날 수 있지. 아메리카로. 다른 사람들의 눈치를 보지 않고 살 수 있는 너른 대륙으로. 아직까진 나를 이곳에 매어둘 게 없지.'

그는 결연한 고갯짓으로 돌아다보았다. 낯익은 집이, 그의 집이, 그의 노여운 눈길을 부드러운 낯빛으로 받았다. 가슴속에서 애착과 자랑과 미안함이 뒤섞이면서, 코끝이 아려왔다. 집은 그가 이 낯선 세상에 어렵사리 내린 뿌리의 상징이었다. 그에겐 둥지였고 골짜기 위쪽 사람들에겐 병원이자 공회당이었다. 크게 보면, 16세기 문명과 21세기 문명이 만나 그럭저럭 조화를 이룬 자리였다.

복심이가 자배기를 들고 부엌에서 나왔다. 부엌에선 배고개댁이 밥을 짓느라 바삐 움직이고 있었다. 방문 앞엔 흙 묻고 해진 짚신들이 어지럽게 널려 있었다. 지난밤 습격에 들었던 사람들이 방에서 자고 있었다. 김향렬을 빼놓고.

그는 고개를 돌려 김을 찾았다. 김은 헛간 앞 토방에 멍석을 깔고서 지게에 등을 기댄 채 눈을 감고 있었다. 편한 자세로 쉬고 있었지만, 잠에 깊이 빠진 모습은 아니었다. 초립은 벗었지만, 감발은 아직 풀지 않았다. 그리고 오른손 옆 걷힌 멍석 자락 아래엔 칼이 있을 터였다.

집 뒤쪽에서 아이들 소리가 났다. 우츈이가 승문이와 함께 신경슈의 아들 개똥이를 데리고 노는 것이었다.

신경슈는 아침 일찍 읍내로 나갔다. 박우동을 현청에 고소한 정대한과 박의 형인 박초동을 데리고서. 신의 집에서 나올 때, 그는 개똥이를 데리고 나왔다. 비록 입 밖에 내진 않았지만, 볼모로 데려온 셈이었다. 신은 좀 섭섭한 눈치였지만, 항의하진 않았다.

'지금 그렇게 훌쩍 떠날 순 없지.' 그는 고개를 저었다. '설령 귀금이가 없었다 하더라도……'

아직 귀금이에게 빗을 건네주지 못했다는 것이 생각났다. 이어 옥에 갇힌 박우동의 모습이 떠올랐다. 그 모습에, 언젠가 천방암의 불승들이 그를 위협하러 찾아왔을 때, 그를 도우려고 저수지 터에서 혼자 지게 작대기를 들고 올라왔던 모습이 겹쳤다. 가슴에 고마움이 따스하게 적시는 것을 느끼면서, 그는 다짐했다, '그냥 떠나진 않는다. 박우동을 구해내기 전엔……'

"그러하면," 상념에서 깨어난 봉선이 할아버지가 억지로 쾌활한 목소리를 냈다. "스승님끠셔 우믈을 파난 일애도 다시 슈고랄 하셔야 다월 닷하나이다. 잇다가 뎜심 먹고셔 사람달할 뫼호고져 하나이다."

일이 생기면 먼저 그를 찾지만, 나중에 무엇이 잘못되면 사리를 따지지 않고 모두 그의 탓으로 돌리는 골짜기 사람들에 대한 섭섭함이 그의 대꾸를 더디게 만들었다. "녜."

노인이 걱정스러운 낯빛으로 그의 얼굴을 살폈다. "밤새 주무시디 못하샷난듸……"

"관계티 아니 하나이다. 아, 그리하고 의론할 일이 또 하나 이시나이다."

흩어졌던 눈길들이 다시 그에게로 쏠렸다.

"못 둑을 고텨셔 다시 믈을 가도면, 못믈에 자만 따한 시방 볍씨를 쁘리디 못하나이다. 그러하나 아조 녀름짓디 못하난 것은 아니이다."

그의 말뜻을 알아듣지 못한 듯, 노인은 말없이 눈길로 묻고 있었다.

고개를 빼어 저수지를 내려다보면서, 그는 말을 이었다, "녀름에는 비 많이 오셔셔 믈이 많아디니, 못애 믈을 가도디 아니 하야도 다외나이다. 그러모로, 뎌 못애셔 믈을 다 빼고셔, 다시 논알 맹갈 수 이시나이다." 그는 손을 들어 저수지를 가리켰다. "그리하야셔 뎌 따해도 올해 녀름지을 수 이시나이다."

"엇디……" 기대가 수줍게 어른거리는 얼굴로 봉션이 할아버지가 조심스럽게 입을 열었다. "그끠 다외면, 녀름짓기난 너모 늦을 새니…… 아, 알겠나이다." 깨달음이 노인의 어둑한 얼굴을 문득 밝혔다. "스승님끠셔는 내죵애 모랄 심자난 말쌈이시니이다."

"네, 그러하나이다." 그는 처음으로 얼굴에 웃음을 띠었다. "시방 못자리랄 맹갈아셔 내죵애 모랄 내면, 못믈에 자만 따해도 어렵디 아니 하게 녀름지을 수 이실 새니이다."

"아하," 그의 말뜻을 알아들은 사람들이 일제히 탄성을 내면서 고개를 끄덕였다.

노인이 한결 밝아진 얼굴로 입을 열었다. "네. 스승님 말쌈이……"

"스승니임," 우츈이가 다급하게 외치는 소리가 났다.

원래 침착한 아이가 다급하게 외치는 소리에 어제부터 그의 마음 한구석에 똬리를 틀었던 예감이 몸을 곧추세우면서 컴컴한 입을 쫙 벌렸다.

"스승님, 뎌긔……" 우츈이는 개똥이의 손을 끌면서 부엌 모서리를 돌아서 달려왔다.

우츈이의 손길을 따라 윗몸을 세우고 곳뜸 쪽을 내려다본 그의 가슴이 덜컥 내려앉았다. '끝내……'

사람들 한 무리가 막 곳뜸에서 나와 이리로 올라오고 있었다. 검은 옷을 입은 관리들과 흰옷을 입은 민간인들이 섞여 있었다.

'어느새 저리……' 자리에서 일어나 신을 신으면서, 그는 급히 따져보았다.

신경슈 일행이 읍내로 떠난 것은 8시 40분쯤이었다. 곳뜸에서 읍내까지는 고개 둘을 넘는 20리 걸음이었으므로, 아무리 빨라도 10시에야 닿았을 터였다. 신이 배신해서 관리들을 끌고 왔다 하더라도, 그들에게 사정을 설명하고 동행하자고 설득하는 데는 시간이 꽤 걸렸을 터였고 오는 데도 한 시간 넘게 걸렸을 터였다. 이제 겨우 11시를 막 지났으니, 계산이 맞지 않았다.

'어떻게 된 거야, 도대체?' 아득해진 마음 한구석으로 그는 올라오는 사람들을 살폈다.

관리들은 셋이었다. 앞장선 관리는 창을 들었고 나머지 두 사람은 방망이를 든 것 같았다. 맨 뒤에 선 관리는 오라에 묶인 사내 하나를 앞세우고 있었다. 거리가 꽤 멀었고 묶인 사내는 고개를 숙이고 있었지만, 그 사내가 박초동임은 어렵지 않게 알 수 있었다.

'끝내 이렇게 되고 말았구나.' 체념과 비슷한 마음으로 가스총을 찾아 도포 자락을 헤치면서, 그는 사람들을 둘러보았다.

김항털은 어느새 일어나서 방에서 자는 사람들을 깨우고 있었다. 오른손으로 칼을 가볍게 잡은 김의 모습엔 잠에서 막 깬 사람의 당황하는 빛이 없었다.

김의 차분한 모습이 흔들리던 그의 가슴을 가라앉혔다. '이왕 이리된 것, 차라리 잘됐다. 이 판에 아예……'

손등으로 눈을 비비면서, 백용만이 먼저 방에서 나왔다. 그 뒤로 김을산의 모습이 보였다. 백의 눈에는 핏발이 서 있었다. 짚신을 찾아 발에 꿰고 사람들의 눈길을 따라 아래쪽을 내려다보던 백이 멈칫했다. 이내 놀라움과 두려움으로 아래턱이 느슨해졌다.

'산골짜기에 사는 사람들이 관리들을 보면, 놀라는 게 당연하겠지.' 씁쓸하게 입맛을 다시면서, 그는 다시 관리들을 살폈다.

관리들이 저수지 둑으로 올라섰다. 놀라서 마당에서 웅성거리는 사람들을 보더니, 걸음을 멈추었다. 앞장선 관리가 뒤를 돌아보자, 따라오던 민간인 하나가 둑 위로 올라왔다. 이어 손을 들어 그를 가리키면서 무어라고 설명했다.

아직 어지러운 그의 가슴속에서 뜨거운 기운이 회오리쳤다. '배은망덕도 유분수지. 이렇게까지 하다니……'

그를 확인한 듯, 그 관리가 고개를 끄덕였다.

'엇디 이리 할 수 있소? 사람이라면?' 너무 분개해서, 그는 리영구에게 거센 눈길을 쏘면서 자신도 모르게 가스총을 뽑아 들고 흔들었다.

그의 거센 눈길을 느낀 듯, 리가 한 발 물러섰다. 그러나 이내 몸에 힘을 주더니, 그를 가리키며 관리에게 무어라고 말했다.

그는 마음을 다잡았다. 긴장 속에 밤을 새워서 피곤한 살을 분노의 힘이 팽팽하게 채우고 있었다. 가슴도 한결 가벼워진 듯했다. 이제 례산현청의 관리들이 빨리 들이닥친 사정을 알게 된 것이었다.

민간인 하나가 다시 둑 위로 올라왔다. 신경슈였다. 개똥이가 걱정되는 듯, 신은 리와는 달리 풀이 죽은 모습이었다. 둑 아래쪽엔 스물은 되어 보이는 사람들이 멀찌감치 관리들을 따라오면서 구경하고 있었다.

'흠. 내가……' 자물쇠를 풀고 선택침을 밀어서 무장거리를 '원격'으로 바꾸면서, 그는 웃음기 없는 웃음을 입가에 띠었다. 이번 일을 다루는 과정에서 관권과 부딪칠 가능성이 크다는 것을 처음부터 알고 있었지만, 그는 그 문제에 대해서 생각하는 것을 지금까지 미루어왔었다. 그러나 무장한 관리들과 오라에 묶인 박초동을 보는 순간, 그는 머뭇거림 없이 그들과 싸우기로 결정했다. 그것이 의식적 결정이라기보다는 조건반사에 가까웠고 그래서 오히려 자연스럽게 느껴졌다는 사실을 뒤늦게 깨달은 것이었다.

'하기야 난 군인이었으니까. 아마 김항텰도 그래서……' 군인들은 어느 세상에서나 그렇게 반응하도록 훈련된다는 사실이 떠오르자, 그는 김에게 동료애를 느꼈다. 낯선 세상에서 위험을 만난 외로운 나그네에게 그런 동료애는 무척 소중하게 느껴졌다. 그의 얼굴에 뒤늦게 마른 웃음기가 돌았다.

"꼼짝하디 마라," 뒤쪽에서 매서운 소리가 났다.

그는 본능적으로 허리를 구부리면서 몸을 돌렸다.

칼을 빼어 든 관리 하나가 헛간 모서리를 돌아서고 있었다.

"꿈쩍하면, 죽는다," 다시 뒤쪽에서 우렁찬 소리가 났다. 다른 관리가 칼을 빼어 들고 부엌 모서리를 돌아섰다.

'기습당했구나,' 관리들에게 둘러싸였다는 생각이 머리를 후려치면서, 두려움의 검은 물살이 배 속 깊은 곳에서 울컥 올라왔다. 가슴을 가득 채워서 숨을 쉬기 어렵게 만드는 그 물살을 가까스로 누르면서, 그는 무장거리 선택침을 '원격'에서 '지근'으로 당겼다.

그러나 그가 헛간 쪽의 관리에게 총을 제대로 겨냥하기도 전에, 김항렬이 옆에서 튀어나왔다. 언오만을 주의하면서 다가서던 그 관리는 뜻밖의 공격을 막을 수 없었다. 짧은 궤적을 그리면서, 김의 칼끝이 그 관리의 목에 꽂혔다.

뜻밖의 도움으로 위험에서 벗어났다는 안도감, 김에 대한 고마움, 김의 검술에 대한 감탄, 그리고 그리도 쉽게 사람의 살 속으로 들어간 칼끝이 준 충격이 그의 마음을 차지하려고 다투었다. 그러나 그는 그렇게 얼크러진 감정들을 가려내려 하지 않았다. 그 관리가 땅에 쓰러지기를 기다리지도 않았다. 관리의 목에서 김의 칼이 빠지기도 전에, 그는 부엌 쪽에서 나타난 관리를 맞으려고 돌아섰다.

그 관리는 벌써 네댓 걸음 앞으로 다가와 있었다. 칼을 추켜든 두 팔로 구획된 그 사내의 얼굴이 확대되어 그의 눈 속으로 들어왔다. 벌어진 입속으로 이가 드러났다.

'치석을 긁어내야 되겠구나……' 마음 한구석으로 한가로운 생각이 스치는 사이, 그는 무릎을 꿇으면서 방아쇠를 당기고 옆으로 굴렀다. 탄환은 그 사내의 얼굴 앞에서 터졌다. 회백색 연기가 그 사내를 감쌌다. 한 손으로 얼굴을 가리고 기침을 한 번 하더니, 그 사내가 천천히 무릎을 꿇었다. 칼이 힘없이 땅에 떨어졌다.

"내랄 피하쇼셔. 독한 내니이다," 그는 다급하게 외쳤다. "내랄 피하쇼셔."

마당에 모여 섰던 사람들이 어느 틈에 모두 피했다는 것을 깨달고, 그는 급히 둘러보았다. 연기가 덮여가는 마당에는 쓰러진 두 관리들만 있었다. 김항렬은 본능적으로 연기를 피해 헛간 모서리로 가서 아직 피 묻은 칼을 든 채 지켜보고 있었다. 방 안에 있던 사람들도 모두 피한 듯했다. 부엌 밖에는 우츈이가 어느새 석궁을 찾아들고 서 있었다.

"어셔 피하쇼셔. 내랄 피하쇼셔," 그는 우츈이에게 다급하게 손짓하면서 외쳤다.

우츈이가 흘긋 뒤돌아보았다. 부엌 속에 배고개댁과 복심이가 승문이와 개똥이를 감싸 안고 있었다.

그는 연기를 피해 부엌으로 달려 들어갔다. "숨 쉬디 말고 밧가로 나가쇼셔. 헛간 녁으로 가쇼셔," 배고개댁에 이르고서, 그는 개똥이를 안아 들었다.

헛간 모서리 너머에 개똥이를 내려놓고서야, 그는 터질 듯한 가슴속으로 공기를 마셨다. 다행히, 연기를 쐰 사람은 없는 듯했다. 이제 연기는 숯골 쪽에서 불어오는 가벼운 동풍에 밀려 부엌 앞을 지나 저수지 쪽으로 흩어지고 있었다.

숨을 돌리면서, 그는 아래쪽을 살폈다. 그 관리들은 둑 위에 그대로 서 있었다. 위쪽에서 일어난 일에 놀라서 잠시 넋이 나간 모양이었다.

'흠. 이 산골짜기에서 이런 변을 당하리라곤······' 그는 김항렬을 돌아다보았다.

김의 눈에 거센 핏발이 서 있었다. 자다가 깬 사람의 눈에 서는 핏발이 아니었다. 그의 고갯짓을 보자, 김은 고개를 끄덕였다.

숨을 깊이 쉰 다음, 그는 저수지를 향해 달려 내려갔다. 가스총을 휘두르면서. "나무아미타아부울. 나무관세음보오사알."

자신도 모르게 입 밖에 낸 전투 함성의 뜻을 새기면서, 그는 눈앞에 떠오른 관세음보살의 모습에 간절히 기원했다, '살피쇼셔. 나무관세음보살.'

그와 김이 달려 내려오는 것을 보자, 급히 올라오던 관리들이 멈칫했다. 맨 앞에 선 관리가 뒤를 흘긋 보더니, 몸을 돌렸다. 곧 세 관리들이 둑에서 미끄러지다시피 내려가더니, 부리나케 도망치기 시작했다. 집 쪽에서 무슨 일이 일어났는지 자세히는 몰라도, 기습하려 했던 동료들이 거꾸로 당했다는 것만은 그들에게도 분명할 터였다.

도망치는 관리들의 모습에 문득 부푸는 마음으로 그는 계속 달려 내려갔다. 몸 어느 깊은 구석에 숨었던 무엇이 일어나서 미친 듯 외치고 있었다. 짐승스러운 침을 질질 흘리면서.

둑 바로 아래에서 그는 멈추었다. 도망치는 관리들을 따라잡을 가능성은 전혀 없었다.

그가 둑 위에 올라섰을 때, 그곳엔 박초동과 신경슈만 있었다. 숨을 돌리면서, 그는 아래쪽을 살폈다. 관리들은 벌써 곳뜸 가까이가 있었고 구경하던 곳뜸 사람들도 놀라서 흩어지고 있었다. 어디로 숨었는지 리영구는 보이지 않았다. 이미 굳어진 신의 얼굴이 두려움으로 일그러지는 것을 보고, 그는 급히 돌아섰다.

김항렬이 피 묻은 칼을 휘두르면서 둑 위로 올라왔다. 기세가 흥흥했다. 신을 쳐다보는 눈에서 붉은 기운이 뻗치는 듯했다.

김의 거센 기세에 밀려, 그는 자신도 모르게 한 발 물러섰다. 사람을 죽이는 것은 어떤 금을 넘는 일이라는 것을 그리고 한번 그 금을 넘으면 다른 금은 없다는 것을 새삼 깨달으면서, 그는 애써 담담한 목소리를 냈다. "김 형."

"녜, 스승님." 김의 목소리는 뜻밖으로 차분했다.

"몬져 박 형을 풀어주쇼셔."

"녜." 김은 머뭇거리지 않고 박에게로 다가갔다.

"스승님," 그가 돌아서자, 신이 떨리는 목소리를 냈다. "그 사람달할 블러온 것은 쇼인이 아니압나니이다. 쇼인이 가마고개애 닿았을 때, 발셔 그 사람달한…… 리영구와 함끠…… 관원들할 브른 이난 쇼인이 아니압나니이다."

"녜." 그는 고개를 끄덕였다. "그러한 줄로 아나이다."

"감샤하압나니이다, 스승님." 김항렬에 대한 두려움과 아들에 대한 걱정으로 낯빛이 죽었던 신의 얼굴에 화색이 돌기 시작했다.

"그러하오나," 그는 천천히 고개를 저었다. "이믜 관원 하나히 죽고 하나히 다텼나이다. 그 사람달한 쇼승 손애 죽었나이다. 이 일이 모도 슐곡댁 얼우신끠셔 못믈을 도작질하고 곳뜸 사람달할 시켜셔 여긔셔 일하난 사람달해게 싸홈알 걸게 한 대셔 비롯하얐나이다."

그의 거센 눈길을 감당하지 못하고, 신이 고개를 숙였다.

"그러모로 현텽에셔 이 일알 살피개 다외면, 슐곡댁 얼우신끠셔도 쇼승과 함끠 벌을 받개 다외얐나이다. 므거운 벌을 받개 다외얐나이다." 널 뚜껑에 못을 치는 듯한 기분으로 그는 힘주어 말했다.

신이 잿빛이 된 얼굴을 들어 그의 얼굴을 살폈다.

"얼우신."

"녜, 스승님."

"우리는 몬져 시방 옥애 가도인 박우동알 구해야 하나이다. 그리하고셔 관원들히 죽거나 다틴 일알 슈습하여야 하나이다. 쉽디야 아니할 새디마라난, 이 일로 세샹의 끝이 온 것은 아니이다."

"녜, 스승님." 신이 열심히 고개를 끄덕였다. 그러나 이미 넋이 나간 듯해서, 그의 말뜻을 제대로 알아들은 것 같지도 않았다.

자신이 한 얘기의 뜻이 마음속으로 들어오면서, 그는 갑자기 다리에서 힘이 빠져나가는 것을 느꼈다. 살에서 흘러나오기 시작한 절망이 배 속에 검은 장액(腸液)처럼 고이고 있었다. 처음부터 걱정했던 상황이 실제로 나온 것이었다. 그것도 수습하기 불가능할 만큼 나쁜 상태로.

'일어난 일이야 어쩔 수 없고. 이제부터가 중요하지……' 몸이 부르르 떨렸다. 관리들과 목숨을 걸고 맞선 순간 몸을 가득 채웠던 호르몬들이 잦아들면서, 마음도 따라서 쓸쓸해지고 있었다.

신의 눈길이 곳뜸 쪽을 향하는 것을 보고, 그는 마음을 다잡았다. 상황이 얼마나 위급한지 신은 아직 제대로 깨닫지 못했을 터였다. 그러나 그는 잘 알았다. 저절로 떨리는 그의 살이 먼저 알고 있었다. 이미 주사위는 던져진 것이었다. 헛기침을 크게 하고서, 그는 씩씩한 목소리를 냈다. "이제 얼우신끠셔는 쇼승이 녜아기하난 대로이 따라주쇼셔. 그리하여야 이 일알 슈습할 수 이시나이다."

"녜, 스승님," 신이 거의 기계적으로 대꾸하고서 다시 곳뜸 쪽으로 눈길을 돌렸다.

　그도 골짜기 아래쪽을 돌아다보았다. 문득 그의 눈앞에 이제부터 그가 가야 할 길이 또렷이 떠올랐다. 그 길은 골짜기를 내려가 례산현텽과 튱쳥도감영을 거쳐 조선 왕국의 조정으로 뻗고 있었다. 그는 이미 조선 왕국의 권위에 대해 도전한 것이었다. 그 권위는 어떤 도전도 허용하지 않는, 아무리 사소한 도전이라도 잊거나 용서하지 않는, 절대적 권위였다. 이제 돌아설 길은 없었다. 본의가 아니었지만, 모반은 이미 시작된 것이었다. 김항텰의 칼끝이 그 관리의 목에 꽂힌 순간 시작된 것이었다. 후회에서인지 안도감에서인지 모를 한숨을 길게 내쉬고, 그는 돌아섰다.

　사람들 몇이 집 쪽에서 내려오고 있었다. 나머지는 마당에서 웅성거리고 있었다. 죽은 관리와 기절한 관리를 놓고서 어찌할 바를 몰라, 그가 올라오기를 기다리고 있을 터였다.

　"박 형끠셔 슈고랄 많이 하샸나이다." 짐짓 쾌활한 목소리를 내어, 그는 조심스럽게 팔과 어깨를 만지는 박초동에게 말했다. "어듸 다티신 대난 없나니잇가?"

　"녜, 스승님. 다틴 대난 없압나니이다." 가는 목소리로 대꾸하고서, 박은 걱정과 안도가 엇갈리는 얼굴에 서글픈 웃음을 지어 보였다.

8

생각에 잠겨 길바닥을 내려다보며 걷던 리산구가 고개 들어 하늘을 살폈다. "현감끠셔 우리 말삼알 들어주시리잇가?"

불쑥 나온 얘기에 좀 넓어진 길을 따라 리와 나란히 걷던 언오는 고개 돌려 그를 살폈다. 리의 얼굴은 구름 풀린 하늘보다 어둑했다. 그는 깨달았다, 리가 그에게 물었다기보다 스스로에게 건넨 얘기를 무심코 입 밖에 냈다는 것을.

"현감끠셔……" 좀 당황한 낯빛으로 그의 얼굴을 살피면서, 리가 급히 설명했다. "현감끠셔 사정을 깊이 살피신다 하더라도, 사람 하나히 죽은 일은……" 말끝을 흐리면서, 리는 뒤를 돌아다보았다. 뒤쪽엔 몽둥이로 무장한 골짜기의 젊은이들이 따르고 있었다. 새로운 걱정이 리의 잿빛 얼굴을 검은 그늘로 덮었다.

나옴직한 물음이었다. 설령 례산현감이 사정을 살피고 호의적으로 노력하더라도, 이번 일을 덮어두는 것은 불가능했다. 양인들과 천인들이 무리를 지어 양반의 집을 습격한 것도 작은 일이 아닌데, 그들을 잡으러 나갔던 관원들이 오히려 쫓겨나고 관원 하나가 죽은 것이었다. 그런 사실을 례산현령이 튱쳥도감영이나 중앙정부로부터 숨길 수는 없었다. 이미 례산 읍내가 벌컥 뒤집혔을 터였다.

'그래도 이 사람이 제일 침착하구나. 모두 별말 없이 따랐는데……' 그는 리에 대해 품은 존경심이 더욱 커지는 것을 느꼈다.

'내가 겨냥한 것이 무엇인지 드러나면, 이 사람은 틀림없이 저항하겠지. 향반이니, 체제에 호의적인 데다가 다른 사람들보다 잃을 것도 많으니…… 혹시 내 의도를 눈치 챈 건 아닐까? 김항렬이 거느린 젊은이들을 걱정하는 건 분명한데.' 이번 일을 모반으로 이끌려는 그의 속셈이 드러나면 리가 어떻게 나올지 가늠하면서, 그는 함께 걷고 있는 사람들을 슬쩍 살폈다.

그의 둘레엔 리씨 형제, 신경슈, 신졈필, 그리고 봉션이 할아버지가 있었다. 골짜기 위쪽 네 마을의 지도자들이 모인 셈이어서, 그들은 자연스럽게 행렬의 지휘부를 이루었다. 조금 떨어져서 봉션이 아버지와 언년이 아버지 박션동이 따르고 있었다.

그저께 밤에 곳뜸 사람들이 저수지 물을 빼 간 것으로 비롯한 이번 일이 걷잡을 수 없이 퍼져서 정신을 차리기 어려운 데다가 현감에게 박우동을 풀어달라고 청원하러 간다는 그의 설명에 무마되어, 좀 불안한 눈치이긴 했지만, 사람들은 이것이 이미 모반의 행렬이 되었음을 깨닫지 못하고 있었다. 적어도 아직까진 그의 지휘에 별다른 불만이나 저항을 보이지 않았다.

'하긴 긔훈이 아버질 빼놓으면, 앞으로도 그럴 사람은 없을 것 같은데……' 그는 속으로 고개를 끄덕였다.

자신이 저지른 잘못이 큰 데다가 어젯밤부터 큰 충격을 여러 번 받은 터여서, 신경슈는 그의 뜻에 어긋나는 얘기를 내놓을 형편이 못 되었다. 봉션이 할아버지는 아직 언동이 차분했지만, 이번 일이 이미 자신의 통제를 벗어났다고 판단한 듯했다. 그리고 봉션이 할아버지는 향반인 리씨 형제나 신이 있는 자리에선 좀처럼 자신의 뜻을 내세우려 하지 않았다. 신겸필은 문중의 세력가인 신경슈의 뜻을 따르도록 되어 있었다. 아직 미지수로 남은 것은 리산응이었다. 리는 물론 형의 뜻을 따를 터였다. 다른 편으론, 그의 속셈이 드러나도, 형과는 달리, 그의 뜻을 거세게 반대할 것 같지 않다는 느낌을 그는 받고 있었다.

"이번 일이 감영이나 한성에 알려디면, 현감끠도 됴할 일안 없을 닷하나이다." 잠시 뜸을 들인 다음, 그는 자신 있게 덧붙였다, "이제 우리 그 관원의 유족에게 사정을 자셔히 녜아기하고셔 보샹알 넉넉이 하야주면, 나라애셔 이 일알 아실 말매 없나이다." 그는 밝은 웃음을 지어 보였다.

그는 자신의 얘기를 믿지 않았지만, 사람들에게 밝은 웃음을 지어 보이는 것은 어렵지 않았다. 지금 그의 마음은 걱정스럽다기보다 달떠 있었다. 정부에 대해 모반하여 자신이 모은 군대를 이끄는 것은, 비록 아직은 몽둥이를 든 서른 남짓한 산골 젊은이들로 이루어진 군대였지만, 아무에게나 찾아오는 운명이 아니었다. 어느 사회에서나 낡은 체제를 무너뜨리고 좀더 정의롭고 인간적인 체제를 세우는 꿈을 꾼 사람들은 많을 터였지만, 그 꿈을 현실로 만들 기회를 잡은 사람들은 드물었다. 더구나 그는 군인이 되도록 오래 훈련받았으나 뜻밖의 사고로 군인으로서의 길이 일찍 끊겨버린 사람이었다. 그에겐 이번 일이 젊은 날의 꿈을 이루는 길이기도 했다.

리는 그의 얘기가 곧이들리지 않는 듯했다. 여전히 어두운 얼굴에 어설픈 웃음을 띠면서, 천천히 고개를 끄덕였다. "그럴 만도 하압나니이다."

'답답하겠지.' 리에 대한 동정이 그의 가슴 한구석에 번졌다.

'어떻게 해볼 도리가 없는 힘에 밀려서 바라지 않는 길로 한 발 한 발 들어가는 심정, 그게 어떤지, 다른 사람은 몰라도……' 그는 쓴웃음을 지었다. 이 세상에 불시착한 뒤 그가 걸어온 길이 바로 그런 걸음들로 이루어진 것이었다. 이번 모반까지도 그가 기꺼이 고른 걸음은 아니었다.

앞쪽에서 날라리 소리가 높아지면서, 농악 소리가 한결 흥이 나기 시작했다. 농악을 하는 사람들은 모두 신명이 나 있었다. 많은 사람들이 모인 데서 농악을 하는 것도 신나는 노릇이었지만, 요즈음에 반나절 품으로 벼 두 말을 받는다는 것은 꿈꾸기도 어려운 일이었다.

'흠. 괜찮은 생각이었지.' 사람들 머리 위로 나부끼는 흰 상모를 바라보면서, 그는 농악대를 앞세울 것을 생각해낸 자신에게 고개를 끄덕였다. 농악은 사람들을 많이 모았을 뿐 아니라, 사람들의 마음에서 낯선 일에 참여했다는 사실이 불러오는 두려움을 밀어내고 있었다.

김항텰에게 죽은 관원을 뒷산에 묻고 자신이 사로잡은 관원을 방 안에 가둔 다음, 그는 좀 차분해진 마음으로 자신의 처지를 살폈었다. 모반을 꾀하는 길에서 그가 먼저 부딪친 문제는 사람들을 모으는 일이었다. 일단 사람들이 많이 모인 뒤에야, 무슨 일을 벌일 수 있었다. 그래서 그는 신경슈, 신겸필, 그리고 봉션이 할아버지에게 각각 곳뜸, 돌무들기, 그리고 숯골 사람들을 모아달라고 부탁했다.

곧 사람들이 모여들었다. 논일이 시작되어 모두 바쁜 때였지만, 끔찍한 사건이 벌어져서 일이 손에 잡히지 않았던 듯, 모인 사람들은 품을 메게 된 데 대해선 별애기가 없었다. 골짜기의 지도자들이 나선 덕분에, 나올 만한 사람들은 거의 다 나와서, 그로선 이 골짜기에 들어온 뒤 처음 본 큰 군중이 그의 집 둘레에 모였다. 사람들은 처음엔 불안한 낯빛으로 수군거렸으나, 수가 늘어나자, 차츰 낯빛이 밝아지면서 목소리도 커졌다. 군중엔 나름의 논리가 있어서 사람들의 생각과 행동을 바꾸게 마련이었다.

분위기가 익었다고 판단되었을 때, 그는 마당 한쪽에 엎어놓은 절구통 위로 올라섰다. 그는 먼저 사람들에게 그때까지 일어난 일들을 간략히 설명했다. 물론 신경슈와 곳뜸 사람들의 잘못은 덮어두고 리영구의 배신과 현청의 잘못을 내세웠다. 이어서 옥에서 억울하게 고생하는 박우동의 처지를 얘기했다. 사람들 사이에서 박우동을 동정하고 걱정하는 소리가 나오자, 그는 모두 함께 읍내로 나가서 현감에게 박우동을 풀어달라고 청원하는 것이 좋겠다고 얘기했다.

사람들을 선동하는 일이었으므로, 다른 때와는 달리, 그는 목청을 높여 연설조로 얘기했다. 팔을 휘두르고 절구통 위에서 발까지 굴렀다. 그러나 그는 자신의 연설에 대해 환상을 갖진 않았다. 그의 연설은, 사람들을 격동시키는 것은 그만두고라도, 읍내로 나가도록 설득하기도 어려울 듯했다. 하긴 그의 연설이 서툴렀던 탓만은 아니었다. 그들에겐 현감에게 청원하러 읍내로 몰려 나가는 일이 처음이기도 했지만, 모두 마음이 논일로 쏠린 참이었다.

그러나 그는 자신의 연설에서 부족했던 설득력을 메울 방 안을 하나 마련해놓았었다. 읍내로 나가는 사람에겐 하루 삯으로 벼 한 말을 주겠노라는 제안이 그것이었다. 남녀노소를 가리지 않고 모두에게, 심지어 등에 업힌 갓난애들에게까지, 삯을 주겠다는 것이었다. 신경슈에게 부탁해서 토방에 쌓아놓은 볏섬들이 그의 얘기를 든든하게 떠받쳤다. 사람들의 눈길이 볏섬들로 자주 갔다.

그가 관군과의 싸움에 도움이 되지 않을 노인들이나 부인들을, 심지어 어린애들까지, 삯을 주어 이끌고 나가려 한 것은 그저 사람 수를 늘리기 위한 것만은 아니었다. 가족들이 가까이 있으면, 관군과 싸움이 벌어졌을 때, 사내들은 그들을 지키기 위해 도망치지 않고 싸울 터였다.

저수지 터를 내려오기 전에, 그는 사람들을 네 패로 나누었다. 먼저, 나이가 비교적 적고 몸이 다부져 보이는 사람들로 스물다섯을 골라서 무장을 시켰다. 그들에게 무장을 시킨 구실은, 그렇게 결의를 보이지 않으면, 현감을 만나기 어렵고 아마도 현청 문 앞에서 밀려나기 십상이라는 것이었다. 대장은 물론 김항털이었다. 다음엔, 농악대를 만들었다. 대장은 최성업이었다. 골짜기 위쪽 마을에 두레가 있으면, 최가 으레 농악을 지휘했다. 그리고 나머지 사람들 가운데 지게를 질 만한 사람들을 모아서 보급대를 만들었다. 대장은 쟝춘달이었다. 나머지 사람들은 구경하면서 따라가도록 했다. 그들의 대장은 류종무였다. 무장대, 농악대, 그리고 보급대에 속한 사람들에겐 벼를 한 말씩 더 주기로 했다. 저수지 터를 내려올 때 대충 헤아려보니, 모인 사람은 130명가량 되었다.

행렬이 쟝복실에 이르자, 그곳 사람들은 사정을 제대로 알지도 못하고 끼어들었다. 리산구가 말릴 틈도 없었다. 벼 한 말의 유혹이 컸던 것만은 아니었다. 그때는 이미 행렬에 무슨 축제 같은 들뜬 분위기가 어려서 사람들을 끌어당겼다. 게다가 그가 네 대장들에게 사람들을 되도록 많이 모으라고 하자, 그들은 경쟁적으로 사람들을 끌어모았다. 그래서 그가 리산구에게 이미 청원 행렬에 들어온 쟝복실 사람들을 생각해서 함께 읍내로 나가자고 권유했을 때, 리는 거절할 기회를 놓치고 머뭇거리다가 끝내는 따라나섰다. 이제 일행은 160명이 넘었고 무장한 젊은이들은 30명이 넘었다.

'귀금이에겐 어떻게 보였을까? 다른 때보다 좀 낫게 보였을까?' 한산댁 앞마당에서 연설한 자신의 모습을 떠올리면서, 그는 그녀의 눈에 비쳤을 자신의 모습을 상상해보았다.

'집에서 한 것보단 분명히 나았는데.' 두번째라 생각이 정리되어 덜 더듬거렸고 훨씬 들뜬 분위기에 자신감도 생겼지만, 그녀가 숨어서 보고 있으리라는 생각도 도움이 되었다.

"사람의 목숨은 모도 귀한 것이니이다. 목숨이 귀하기난 냥반과 천인이 다라디 아니 하나이다." 그는 자신이 쟝복실에서 한 연설에서 특히 마음에 드는 구절을 나직이 뇌었다.

오래전부터 사람들에게 들려주려고 했던 얘기였고 모반 행렬에 참여할 사람들에게 할 만한 얘기이기도 했지만, 그것은 어떤 뜻에 선 남의 종인 연인에게 들려주는 사랑의 고백이기도 했다. 그래서 그녀가 어느 구석에 숨어서 보고 있으리라는 생각은 그의 목소리에 열정을 불어넣었다.

'이번 일이 귀금일 얻는 계기가 될 것도 같은데. 이제 의료대를 조직하게 되면, 귀금이를 써야겠노라고 긔훈이 아버지에게 떳떳하게 청을 넣을 수 있으니⋯⋯'

"사람달히 참아로 많기도 하이," 그의 바로 앞에서 빈 지게를 지고 가는 쟝복실 사람이 그의 배낭을 진 류갑슐에게 말했다.

"아모만. 대디동에셔 사람달히 이리 많이 모회인 것은⋯⋯"

"개똥이 엇더한디 자내 가보게나," 뒤에서 신경슈의 걱정스러운 목소리가 들렸다.

"녜," 신졈필이 대답하고서 그와 리산구를 비켜 왼쪽의 냇둑을 타고 앞으로 나아갔다.

개똥이는 우춘이와 같이 있었고 자신의 마름인 류종무가 앞쪽에서 보살필 터였지만, 신은 그래도 어린 아들이 걱정되는 모양이었다.

그는 신을 돌아다보고 안심시킬 만한 얘기를 해주고 싶은 충동을 눌렀다. '개똥이에게 마음이 쏠린 동안은 딴생각을 못하겠지. 흠. 긔훈이를 데려왔으면, 긔훈이 아버지도⋯⋯'

얼굴을 찌푸리면서, 그는 그 모질고 떳떳치 못한 생각을 끊었다.

'내가 지금 은혜를 원수로 갚으려 하는구나.'

날라리 소리가 높아지는 듯하더니 뚝 그쳤다. 선율을 낼 수 있는 단 하나의 악기가 멈추자, 농악이 문득 단조로워졌다.

'역시 없구나.' 그동안 마음 한구석으로 농악의 가락을 따라가던 그는 자신이 아는 노래가 아직까지 하나도 나오지 않았다는 것을 깨달았다. 하긴 이 세상에 불시착한 뒤, 그는 아는 민요를 들어본 적이 없었다. 「아리랑」까지도 없었다. 어쩐지 귀에 설지 않게 닿는 가락들이 가끔 나오긴 했지만.

'현대까지 전해 내려온 가락들이 모두 조선 후기에 나왔단 얘기가? 그러나저러나, 저 농악대를 군악대로 만들려면, 어떻게 해야 하나? 발을 맞추려면, 먼저 큰북이 있어야 하겠지. 날라리 같은 관악기를 많이 늘려야 할 테고. 더도 말고 트럼펫 하나만 있었으면……'

문득 그의 귓가에 「경기병 서곡」의 첫 마디가 울리면서, 신호나팔 소리를 따라 들판을 가로질러 돌격하는 경기병들의 모습이 눈앞에 떠올랐다. 그는 맥박이 빨라지는 것을 느꼈다.

'군대가 제대로 조직되면, 신호나팔이 있어야 하겠지. 북이 있긴 하지만, 신호 수단으론 역시 나팔이 좋지. 악기는 그렇다 치고, 당장 급한 건 실은 군간데.' 그는 자신이 아는 많은 군가들을 생각하고서 입맛을 다셨다. '군가야 문제가 전혀 없지. 지금 여기에 맞는 군가를 골라서 가사만 조금 바꾸면 되니까.'

그와 나란히 걷는 리산구가 여전히 어두운 낯빛을 한 것을 보고, 그는 부드럽게 말을 건넸다. "긔훈이 아버님."

"녜?" 리의 목소리에 힘이 없었다.

"너모 걱뎡하디 마쇼셔. 쇼승에게 생각이 있사오니, 쇼승에게 맛뎌주쇼셔." 한 바퀴 둘러보아 나머지 사람들까지 자신의 얘기 속으로 넣으면서, 그는 큰 소리로 덧붙였다, "쇼승의 생각애난 모다 됴캐 다욀 닷하나이다. 현감끠셔 이 일알 마땅티 못하개 녀기실 말매 없나이다. 이 일이 못알 맹가난 대셔 삼긴 일 아니잇가? 못알 맹갈아셔 논알 많이 일면, 나라해도 됴한 일이니이다."

"녜. 옳아신 말쌈이시니이다." 신경슈가 선뜻 동의했다. 한순간 머뭇거리던 나머지 사람들도 고개를 끄덕였다.

신이 그의 얘기를 떠받친 것은 그의 설명이 옳다고 여겨서라기보다 리를 견제하려는 뜻에서였음을 그는 느꼈다. 리가 행렬에 들어오자, 신은 이내 리에게 마음을 쓰기 시작했다.

그로선 두 사람이 서로 견제하는 것은 나쁠 것이 없었다. 그의 통제력이 그만큼 커진다는 얘기였다. 사람들에게 자신 있는 웃음을 지어 보이면서, 그는 모자를 고쳐 썼다. '괭이갈매기들'의 빨간 운동모자였다.

사람들의 눈길이 그의 모자로 쏠렸다. 빛깔이 곱고 모양이 이상한 그 모자는 모두에게 신기할 터였지만, 그가 볼 때는, 사람들은 드러내놓고 그것을 살피지 않았다.

그는 속으로 야릇한 웃음을 지었다. 이미 군대를 이끄는 처지였으므로, 그는 평소의 차림을 벗고 본래의 차림을 했다. 도포를 벗고 비행복만을 걸쳤고 거추장스러운 삿갓 대신 간편하고 눈에 잘 뜨이는 빨간 운동모자를 썼다. 싸움이 시작되면, 무장대의 젊은이들이 지휘자인 그를 쉽게 알아보도록 하는 것이 중요했다. 오늘처럼 우중충한 날엔 빨간 운동모자는 아주 산뜻하게 드러날 터였다.

실제적인 이유에서만 그렇게 차린 것은 아니었다. 그는 아까 마을 사람들이 그가 가스총으로 칼을 든 관원을 사로잡은 일을 두고 "스승님께서 도술로 관원을 잡아샀다"고 수군거리는 것을 들었다. 그들에겐 그 일이 그가 도술을 부린 것으로 보였을 터였다. 그래서 그는 자신에 대해서 마을 사람들이 지니게 된 새로운 생각을 이용하기로 마음먹었다. 병사들이 지휘관에게 믿음을 지니는 것은 어느 군대에서나 큰 자산이었지만, 자신들이 군인들이 된 줄도 모르는 산골 젊은이들로 이루어진 군대에선 더욱 그랬다. 그래서 여느 때는 꺼렸을 차림을 일부러 해서, 자신의 신비스러운 분위기를 강조한 것이었다.

"비 그치실 모양인듸." 봉션이 할아버지가 오래간만에 입을 열었다. 모두 하늘을 쳐다보았다. 하늘을 덮은 구름이 좀 엷어진 듯했고, 뒤쪽 봉슈산 위 하늘은 곧 갤 것처럼 보였다. 점심 먹을 때 내리기 시작한 이슬비는 길바닥을 제대로 적시지도 않고서 그칠 모양이었다.

"계요 요리 나리고셔 그치려나?" 신경슈가 받았다.

'하긴 비가 그치는 것도……' 볍씨를 뿌리는 지금 비는 무엇보다도 반가웠지만, 그로선 비가 그치는 것도 그리 섭섭하지 않았다. 이제 읍내로 나가는 일이 훨씬 수월해졌을 뿐 아니라, 사람들의 마음이 논일로 흐트러지지 않을 터였다. 비가 많이 내리면, 그가 내민 삯이 아무리 많다 하더라도, 사람들은 논에 물을 가두려고 이내 흩어질 터였다.

행렬을 바라보는 그의 가슴이 다시 뿌듯해졌다. 언뜻 보기엔 여전히 혼란스러웠지만, 찬찬히 살피면, 행렬에 어떤 질서가 있음을 느낄 수 있었다. 사람들을 네 패로 나누고 그들을 지휘할 대장들을 임명한 것이 꽤 도움이 된 듯했다.

바로 앞에 보급대 사람들이 있었다. 물, 밥, 반찬, 그릇 따위 당장 쓰일 것들만이 아니라 쌀과 솥에 장작과 숯까지 지게에 지고 가는 것이었다. 삽과 낫 같은 연장들도 있었다. 이번 걸음은 무척 길 군사 작전의 시작이었다. 보급에 신경을 쓰는 것은 당연했다. 짐을 지지 않은 사람들도 빠짐없이 지게를 지고 있었다.

보급대 바로 앞엔 구경꾼으로 참여한 노인들, 부인들, 그리고 아이들이 있었다. 밥을 짓는 일을 맡아 보급대에 속한 부인들 몇은 따로 모여 있었다. 그들의 대장은 배고개댁이었다.

다시 그 사람들 앞에 농악대가 있었고 맨 앞에 행렬을 이끄는 깃발 둘이 있었다. 하나는 두레가 있으면 으레 나오는 '농자턴하지대본야(農者天下之大本也)'라고 한자로 쓰인 깃발이었다. '대디동면 슈리계'라고 한글로 쓰인 다른 깃발은 좀더 컸다.

'바람이 좀 불면, 좋을 텐데. 깃발은 역시 바람에 날려야……' 이슬비에 젖어 처진 깃발들을 보면서, 그는 아쉽게 입맛을 다셨다. '먹물이 번지지나 않았으면, 좋겠다.' 그는 아까 급히 만든 슈리계 깃발을 살폈다. 두레 깃발은 색실로 수를 놓았으니, 이 정도 비엔 탈이 없을 터였다. '현청을 점령하면, 혁명군 깃발을 산뜻하게 만들어서……'

무겁게 처진 깃발 너머 어둑한 하늘을 바라보는 그의 눈길이 멀어졌다. '그래서 나올 것이다. 혁명의 깃발이. 이 땅에, 이 압제와 가난에 찌든 땅에, 새로운 이념과 질서가 나타났음을 외치는 깃발이 힘차게 펄럭일 것이다.' 바람에 나부끼는 군기를 따라 힘찬 군악에 맞춰 행진하는 군대를 떠올리면서, 그는 누구에게랄 것 없이 다짐했다.

이제 행렬의 머리는 장복실과 구화실의 가운데쯤 되는 곳을 지나고 있었다. '이러다간, 어느 세월에 읍내에 닿을지 모르겠다.'

그는 슬쩍 행렬에서 벗어나 냇둑 위로 올라섰다. '그들은 지금 뭘 하고 있을까?' 앞쪽을 살피면서, 그는 자신에게 물었다. '관원들이 도망친 지 다섯 시간 가까이 됐는데…… 관원들이 둘이나 죽었단 얘길 듣고서, 현감은 무슨 조치를 취했을까?'

그가 상상한 례산현감의 모습이 떠올랐다. 그는 현감을 본 적이 없었다. 그 사람에 대해 아는 것도 거의 없었다. 이름이 윤긔(尹箕)이고 그끄러께 가을에 부임했다는 것밖에 몰랐다. 그러나 그동안 들은 얘기들로 미루어보면, 현감은 괜찮은 사람인 듯했다. 적어도 아주 썩은 관리는 아닌 듯했다. 만일 그런 인상이 크게 틀리지 않는다면, 현감이 지금까지 아무 일도 하지 않았을 리는 없었다.

멀리 구화실 앞쪽 산자락을 돌아서 누가 달려오고 있었다. 현청의 움직임을 몰라서 불안하던 참이라, 그는 반가운 마음으로 쌍안경을 들었다. 짐작했던 대로 김을산이었다. 그는 김과 황구용을 척후로 내보냈었다.

"김 대장," 그는 행렬의 맨 뒤에 선 김항렬을 불렀다.

"녜, 스승님." 김이 이내 달려왔다. 왼손에 무명으로 날을 싼 칼을 들고 있었다.

'어쨌든, 타고난 군인이다.' 부하들을 거느린 사람에 어울리는 몸짓이 어느 사이엔가 자연스럽게 배어 나오는 김을 그는 잠시 감탄하는 눈길로 내려다보았다. "이리 올아오쇼셔."

"녜." 김이 탄력 있는 몸짓으로 단숨에 냇둑 위로 올라섰다.

"뎌긔," 그는 앞쪽을 가리켰다. "김을산 형이 돌아오나이다."

"녜." 눈을 가늘게 뜨고 앞쪽을 바라보더니, 김이 그의 목에 걸린 쌍안경을 흘긋 쳐다보았다. 눈이 밝은 이 세상 사람들에게도 아직까진 김을산의 모습을 제대로 알아보기 어려운 거리였다.

"므슴 일이 삼긴 닷하나이다. 이제 무쟝대랄 다리고셔 앒아로 나아가쇼셔."

"녜, 스승님." 김은 이내 냇둑에서 뛰어내렸다.

'무슨 일인가? 왔나? 진작……' 마음이 갑자기 조급해져서, 냇둑을 타고 앞으로 나아가면서, 그는 진작 무장대를 앞세우지 않은 자신을 꾸짖었다.

그가 행렬의 머리에 닿았을 때, 맨눈으로도 김을산을 알아볼 수 있었다.

손짓하는 그를 보더니, 김은 냇둑 쪽으로 달려왔다.

"스승님," 김이 숨찬 소리로 불렀다.

"녜. 어셔 오쇼셔." 냇둑에서 내려서면서, 그는 김에게 치하하는 웃음을 지어 보였다. "슈고랄 많이 하샸나이다. 므슴 일이 이시나니잇가?"

"관원들히 왔압나니이다." 이마의 땀을 손등으로 문지르고서, 숨찬 소리로 김이 보고했다. "관원들히 가마고개애서 나려오난 것을 보았압나니이다."

"아, 녜. 몇이나 다외더니잇가?"

"스믈이 넘었압나니이다. 두 사람안 말알 탔압나니이다."

"아, 그러하나니잇가?" 고개를 끄덕이면서, 그는 먼 눈길로 산자락을 돌아간 길을 바라보았다. 말을 탄 두 사람과 그들이 이끈 관군의 모습이 그 위에 겹쳤다. 문득 검은 기운이 덮은 듯, 어둑한 풍경이 더욱 어둑해졌다. 그의 마음도 따라서 어둑해졌다. 머리가 움직임을 멈춘 듯, 아무런 생각도 떠오르지 않았다. 무슨 대책을 세워야 한다는 생각만 껌벅거렸다. 막막해진 마음속으로 거세게 뛰는 맥박이 울려왔다.

문득 그의 살에서 두려움의 진액이 스며 나왔다. 그 검은 진액에 밀려 몸에서 밝은 기운이 빠져나갔다. 관군을 도저히 이길 수 없을 것만 같았다. 조금 전까지만 해도 그처럼 단단해 보였던 모반의 꿈이 헛된 생각처럼 느껴졌다.

'이렇게 해서 싸움에 지는 건가? 지휘관이 갑자기 두려움에 사로잡혀 아무런 생각도 할 수 없고 그저 도망치고 싶은 상태에서? 다리우스가 이랬을까?' 아르벨라의 싸움터에서 기병대를 이끌고 곧바로 돌진해 오는 알렉산드로스를 보고 다리우스가 두려움에 사로잡혀 정신없이 도망친 사정을 그는 비로소 이해할 수 있을 것 같았다.

'아니지. 처지가 다르지. 내가 지금 목숨을 아낄 처진가?' 그는 몸을 옹송크리고 고개를 어깨 속에 파묻는 자신을 거세게 꾸짖었다. 이어 부드럽게 달랬다. '싸움이 시작되기 전엔 누구나 두려움을 느낀다고 했잖은가.'

두려움으로 굳었던 마음이 풀리고 맥이 빠졌던 살에 힘이 돌아오기 시작했다. 한숨을 길게 내쉬면서, 그는 눈을 몇 번 껌벅거렸다. 눈앞이 밝아졌다.

바로 앞에 김을산이 서 있었다. 김은 홍분이 덜 가신 얼굴로 머리에 둘렀던 수건을 풀어서 땀을 씻고 있었다.

'이 사람이, 이 산골 사람이, 관군을 자세히 살피고 와서 보고하는데, 명색이 지휘관인 내가…… 저 세상에서 직업군인으로 잠수함을 탔던 내가……'

그는 김을 새삼스러운 눈길로 살폈다. 김은 척후의 임무를 훌륭히 해낸 것이었다. 후미진 산골에서 평생 살아온 사람으로선, 관원들의 모습만 보이면, 이내 도망쳐 오는 것이 자연스러웠다. 관원들의 수를 세고 말 탄 사람들이 있다는 것까지 살핀 것은 쉬운 일이 아니었다. 김을 척후로 내보낸 것은 김이 신경슈의 집을 습격할 때 가담해서 믿을 만하다는 점도 있었지만, 걸음이 빠르고 눈이 좋다는 점을 주로 본 것이었다. 이제 보니, 대담하고 침착하기도 했다.

이마에 밴 신땀을 슬쩍 손등으로 문지르면서, 그는 헛기침으로 흔들린 마음을 감추었다. "아조 잘하샸나이다. 황 형은?"

"구용인 구화실에 남아셔 살피라 하얐압나니이다." 조심스럽게 말하고서, 김은 그의 얼굴을 살폈다.

"잘하샸나이다. 죠곰 쉬쇼셔." 다시 김에게 치하하는 웃음을 지어 보이고서, 그는 냇둑 쪽을 돌아다보았다.

냇둑을 따라 무장대의 젊은이들이 앞쪽으로 나오고 있었다. 맨 앞에 칼을 잡은 박초동이 서 있었다.

'저 사람들이 관군과 맞서야 하는데……' 그는 한 줄로 걸어오는 그들을 잠시 비판적 눈길로 살폈다.

물론 그들은 군대답지 않았다. 김항렬 말고는, 그들 가운데 제대로 무기를 갖춘 것은 박초동과 슈쳔이뿐이었다. 박은 그의 집 마당에서 김항렬에게 죽은 관원의 칼을 가졌고 슈쳔이는 도망치던 관원이 버린 창을 들고 있었다. 사로잡힌 관원의 칼은 김을산에게 주었는데, 지금 지니지 않은 것을 보니, 황구용에게 맡긴 모양이었다. 나머지 젊은이들은 한쪽을 뾰족하게 깎은 몽둥이들로 무장했다. 쟝복실에서 합류한 젊은이들은 지게 작대기를 들고 있었다.

무장대가 냇둑 아래 모이자, 김항렬이 달려왔다. "스승님, 다 모호얐압나니이다."

"김 대쟝, 여긔 김 형 네아기로난, 현텽에셔 나온 관원들히 가마 고개랄 나려왔소이다."

"아, 녜. 그러하나니잇가?"

"모도 스믈이 넘는데, 두 사람안 말알 탔다 하나이다. 아마도 현감끠셔 손소 관원들흘 잇글고 오신 닷하나이다." 이제는 좀 여유가 생겨서, 그는 얼굴에 웃음을 띠울 수 있었다.

"녜, 스승님. 알겠압나니이다." 억세어 보이는 수염을 한번 쓰다듬어 내리면서, 김항렬이 입맛을 다셨다. 김의 오른 소매에 검붉은 핏자국이 꽃무늬처럼 흩어져 있었다.

관원들과 부딪칠 일을 두려워하기보다 오히려 기다리는 듯한 김항털의 태도에 그는 마음이 사뭇 가벼워졌다. 김은 지금 그의 책임을 나누어 질 수 있는 단 하나의 사람이었다. 문득 목이 말랐다. 그제야 그는 입안이 바싹 말랐다는 것을 깨달았다.

"을산이, 관원들히 므슴 연장알 들었던다?" 김항털이 김을산에게 물었다.

"창도 들고 칼도 들고."

"활알 가잔 사람안?"

김을산이 고개를 갸웃했다. "잘 모라겠는데. 자셔히 살피디 못하야셔……"

새삼 감탄하는 마음으로 그는 고개를 끄덕였다. 그는 김을산에게 관군이 갖춘 무기에 관해 물어볼 생각을 하지 못했다. 그러나 그도 생각한 것이 있긴 있었다.

"김 대쟝, 뎌긔." 그는 구화실 못 미쳐 산자락이 시내 가까이까지 뻗어 내려온 곳을 가리켰다. "뎌 산기슭은 군대랄 숨길 만한 곳이니이다."

그가 가리킨 곳을 한참 살피더니, 김이 고개를 끄덕였다. "녜, 스승님."

"김 대쟝끠셔는 뎌 산기슭애 사람달할 다리고셔 숨었다 관원들히 디나가면 긔습하쇼셔."

"녜. 알겠압나니이다."

"관원들히 앒아로 디나가면, 바로 사람달할 잇글고 나달아셔 뒤헤셔 드리티쇼셔. 나난 여긔셔 셕궁을 가잔 사람달할 다리고셔 텨

들어가겠나이다."

"녜, 스승님." 김의 얼굴에 서두르지 않는 웃음이 배어 나왔다.
"이대 알겠압나니이다."

"사람달할 한 줄에 여슷식 다샷 줄로 셰우쇼셔. 그리하시고 줄
을 마초아셔 나오가개 하쇼셔. 그리 줄을 마초아셔 물위여 나오가
면, 길알 딸와셔 한 줄로 늘어선 관원들히 막기 어렵나이다. 모도
놀라셔 흩어딜 새니이다."

공격할 때, 병사들이 뿔뿔이 달려 나가는 것에 비기면, 방진의
위력은 대단했다. 게다가 지금처럼 훈련이 전혀 되지 않은 병사들
을 이끌고 공격해야 하는 처지에선, 방진은 거의 유일한 실제적 진
형이었다. 방진이 제대로 짜일 수만 있다면, 젊은이들의 몽둥이들
이 아쉬운 대로 창병(槍兵)들의 창 노릇을 할 수 있을 터였다.

"녜, 스승님," 대답은 선뜻 했지만, 김은 그의 얘기가 머리에 또
렷이 들어오지 않는 듯했다.

병사들이 따르기에 너무 복잡한 계획을 세우는 것은 언제나 위
험한 일임을 알고 있었으므로, 그는 슬그머니 걱정이 되었다. 방진
은 간단한 진형이었지만, 즉석에서 채택되어 쓰일 수 있는 것은 아
니었다. 게다가 김이 거느린 병사들은 병사로서의 훈련을 받아본
적이 없는 산골의 젊은이들이었다. 김항텰 자신이 방진에 대해서
잘 아는지도 확실치 않았다.

그는 결단을 내렸다. "남아지 일들흔 모다 김 대쟝끠셔 알아셔
쳐티하쇼셔. 내 신호랄 기다리시디 말고, 김 대쟝끠셔 됴타고 녀기
실 때, 드리티쇼셔."

"녜. 스승님. 이대 알겠압나니이다."

김이 슬그머니 안도의 한숨을 내쉬는 것을 보자, 그는 좀 안심이 되었다. 이런 상황에선 개인적 용기와 힘이 지휘자의 덕목들 가운데 가장 중요했다. "그러하오면 스물여듧 사람알 다리고셔 매복할 곳아로 가쇼셔. 남아지 사람달한 내개 맛뎌주쇼셔. 내죵애 여긔 김 형하고 황구용 형이 그리로 가면, 모도 셜혼이 다외나이다."

"녜, 스승님." 김이 냇둑 아래 웅성거리는 젊은이들에게로 돌아갔다.

"김 형." 그사이에 다가온 농악대에 밀려 앞으로 나아가면서, 그는 김을산을 돌아다보았다.

"네, 스승님."

"그러하면 김 형끠셔는 구화실로 돌아가쇼셔. 거긔셔 관원들흘 살피시다 황 형과 함끠 김항렬 대장애게로 가쇼셔."

"녜, 스승님. 이대 알겠압나니이다."

김을산이 달음질쳐 돌아가는 것을 바라보면서, 그는 관군이 이곳에 이르는 데 걸릴 시간을 따져보았다. 가마고개 아래에 자리 잡은 비병골에서 구화실까지는 거의 5리가 되었으므로, 관군이 구화실까지 닿으려면, 적어도 20분은 걸릴 터였다. '손님들을 맞을 준비를 할 시간은 충분한데……'

이어 거리를 따져보았다. 지금 그가 선 곳에서 무장대가 매복할 곳까지는 150미터는 좀 넘고 2백 미터까지는 채 못 되어 보였다.

'스물이 넘는다 했으니, 한 줄로 늘어서면, 적어도 삼십 미터는 되겠지. 말 탄 사람들도 있고 척후가 나온다고 보아야 하니, 다시

한 오십 미터는 늘어나겠구나. 우리 행렬하고 방어선 사이가 오십 미터는 되어야 할 테고. 두 부대 사이의 거리를 오십 미터로 잡으면…… 모두 백 팔십 미터가 되나? 그럭저럭 되겠다.'

그는 돌아서서 농악대의 머리에 선 최성업에게 다가갔다. "최 대쟝."

자신을 부른 사람이 누군지 알아보자, 뒷걸음질하며 꽹과리를 치던 최가 손길을 멈추고 돌아섰다. "녜, 스승님."

"여긔셔 멈초쇼셔. 더 나오디 아니 하개 하쇼셔."

"녜, 스승님." 최가 그의 얼굴을 살폈다. 물론 최는 무쟝대가 앞으로 나오는 것을 보고 나름으로 판단했을 터였다.

그는 최의 눈을 들여다보았다. "최 대쟝, 이제 앒애셔 므슴 일이 삼겨도, 두레를 멈초디 마쇼셔."

"녜, 스승님. 이대 알겠압나니이다." 그의 속셈을 헤아리는 눈길로 그의 얼굴을 살피면서, 최가 힘이 들어간 목소리로 대꾸했다.

그는 잠자코 웃음을 지어 보였다. '사위가 싸우는데, 장인이 가볍게 돌아서진 않겠지.' 그는 최의 듬직한 인품을 믿었지만, 최의 사위인 황구용이 척후로 나갔다는 사실도 가볍게 여길 것만은 아니었다.

최가 돌아서서 농악대에 더 나오지 말라는 뜻으로 두 손을 내밀었다. "여긔셔 멈초아라. 더 나오디 마라." 최가 몇 번 더 소리를 지른 뒤에야, 관성에 밀린 행렬이 무거운 몸짓으로 멈추기 시작했다.

"스승님." 김항털이 다시 다가왔다. "여긔 남아지 사람달히 이시압나니이다." 김이 뒤에 선 네 사람을 가리켰다.

"아, 네. 그러하면, 김 대쟝, 가보쇼셔. 관원들히 등을 보이거든, 이내 큰 소래랄 딜면셔 달려 나와셔 드리티쇼셔. 아조 큰 소래랄 디르쇼셔. 관원들희 간이 나려앉개," 얼굴에 웃음을 띠면서, 그는 짐짓 가벼운 어조로 말했다.

"네, 스승님." 김도 따라서 싱긋 웃었다. "그러하오면," 김이 문득 낯빛을 고치면서 침중한 목소리로 말했다. "쇼쟝안 이제 싸홀 곳아로 가겠압나니이다." 이어 김은 칼을 짚고 허리를 깊이 숙여 인사했다.

자신을 "쇼쟝"이라 부른 김의 인사에 그의 마음이 문득 비장해졌다. 이번 모반을 주동한 두 동지가 첫 싸움을 앞두고 헤어지는 것이었다. 그도 몸을 바로 하고 합장했다. 그리고 간절하게 염불했다. "나무아미타불. 나무관세음보살."

두 사람의 눈길이 마주쳤다. 말로 나타내지 못한 생각들이 한꺼번에 오갔다. 이윽고 김이 눈길을 돌리고 돌아섰다.

'이 싸움이 끝나면, 다시 만날 수 있을까? 아니면……' 그러나 지금은 그런 생각을 할 때가 아니었다. 김을 따라가는 눈길을 억지로 거두고, 그는 앞에 엉거주춤 서 있는 네 사람을 훑어보았다. "어셔 오쇼셔."

그의 마음이 조그만 돌부리에 채인 걸음처럼 한순간 가볍게 흔들렸다. 넷 속에 홍두가 끼어 있었다. 귀금이로 해서 홍두에게 질투를 느낀 뒤로, 그는 그 젊은이를 대할 때마다 마음이 편치 않았다. 다행히, 마음의 흔들림이 얼굴에 나오기 전에, 그는 마음을 다잡을 수 있었다. "홍두 도령님."

"네, 스승님." 홍두가 배시시 웃었다.

그 순진한 웃음에 더욱 불편해진 마음을 누르면서, 그도 웃음으로 대꾸했다. "뒤로 가셔셔 보급대 쟝츈달 대쟝하고 우츈 도령에게 이리로 오시라 니르쇼셔."

홍두가 떠나자, 그는 한결 가벼워진 마음으로 나머지 세 사람을 살폈다.

셋 다 낯이 설지 않은 쟝복실 젊은이들이었다. 그들은 자신들이 김항렬이 이끄는 무장대에 끼지 못한 것이 적잖이 실망스럽고 겸연쩍은 듯했다.

"이제 여러분들흔 쇼승을 디키시는 근위병들히시니이다." 물론 그 젊은이들에게 '근위병'이란 말은 낯설 터였다. 그러나 앞으로 그의 모반 행렬엔 많은 군사 용어들이 도입될 수밖에 없었다. "그러모로 뉘 쇼승을 잡으려 할 때, 여러분들히 쇼승을 디켜주셔야 하나이다. 그리하실 수 이시나니잇가?"

그들은 잠시 서로 쳐다보기만 했다. 그러더니 한 사람이 고개를 끄덕였다. "네, 스승님." 나머지 두 사람이 따라서 고개를 끄덕였다.

"됴하나이다. 그러모로 여러분들흔 이제 아조 죵요로온 일알 맛다신 혜움이니이다." 그는 세 사람의 눈을 차례로 들여다보았다.

그들은 모두 진지한 낯빛을 했다, 비록 그의 말뜻을 제대로 알아들었는지는 분명치 않았지만. 대꾸한 젊은이는 손에 쥔 몽둥이를 꽉 움켜잡고 그의 눈길을 받았다.

"시방 현령의 관원들히 가마고개랄 넘어셔 우리 마알로 오고 이시다하나이다. 그러모로 우리는 그 사람달콰 싸화셔 우리 마알알 디켜야 하나이다. 그 사람달콰 싸홀 새, 쇼승은 맨 앑애 셔야 하나이다. 그때 여러분들흔 쇼승을 디켜주쇼셔. 아시겠나니잇가?"

"녜, 스승님," 아까 대답했던 젊은이가 다시 대답하고서 두툼한 가슴을 폈다. 스물은 채 안 되어 보였다.

"일홈이 므슥이시니잇가?"

"묵돌이라 하압나니이다."

"아, 녜." 그는 고개를 끄덕였다. '이름만 대는 걸 보면, 천인인 모양인데. 잘됐지. 이번 일에서 내가 양반 계급을 지지 세력으로 삼을 순 없는 것 아닌가.'

나머지 두 사람의 이름은 김병달과 림형복이었다. 그는 싱긋 웃으면서 그들을 둘러보았다. "이제 던디기 묘한 쟈개돌달할 모도쇼셔. 잇다가 관원들히 오면, 돌떡알 한 개식 안겨주사이다."

젊은이들이 따라 웃었다. "녜, 스승님." 묵돌이가 대답하고서 두 사람에게 손짓했다. 그들은 잠시 둘러보다가 둑을 넘어 시내로 나갔다.

"스승님, 부르샸압나니잇가?" 우츈이가 먼저 닿았다. 녀석의 뒤를 승문이와 개똥이가 따랐다. 세 녀석 모두 신이 난 눈치였다. 가장 신이 난 것은 순우피였다. 녀석은 그에게 다가와서 꼬리를 흔들었다.

"녜." 우츈이에게 고개를 끄덕이고서, 순우피의 머리를 쓰다듬어주었다. 이어 개똥이의 얼굴을 살폈다. "개똥이 도령님, 엇더하시나니잇가?"

달아오른 얼굴에 밝은 웃음을 지으면서, 개똥이가 고개를 끄덕였다.

"자미이시나니잇가?"

"녜, 스승님."

"하아, 이대 다외얐나이다." 녀석이 이젠 제법 대꾸할 줄도 알게 된 것이 그로선 적잖이 반가웠다.

"스승님, 찾아샸압나니잇가?" 쟝츈달이 닿았다.

"아, 쟝 대쟝. 어서 오쇼셔."

쟝이 옆에 찬 망태기를 추슬렀다. 망태기 속엔 석궁이 들어 있었다.

"쟝 대쟝, 보급대 사람달할 이리로 다리고 오쇼셔. 모다 짐들흘 나려놓고셔 빈 지게만 디고 오게 하쇼셔."

"녜, 스승님," 반사적으로 대꾸하고서, 쟝은 그의 말뜻을 알아듣지 못한 얼굴로 그를 멀거니 쳐다보았다.

"시방 이시난 곳에 짐들흘 나려놓고셔 모다 빈 지게를 디고셔 이리로 나오라 하쇼셔. 여긔셔 빈 지게로 할 일이 이시나이다."

"녜, 스승님." 쟝이 급히 냇둑을 따라 뒤쪽으로 갔다.

망태기를 멘 우츈이를 바라보면서, 그는 잠시 머뭇거렸다. 우츈이는 석궁을 잘 다루었으므로, 여기 있어야 했다. 그러나 그렇게 되면, 개똥이도 싸움터의 맨 앞에 있게 될 터였다. 개똥이가 혼자 돌아가게 할 수는 없었다. 만일 개똥이가 제 아버지를 찾아가면, 신경슈가 무슨 짓을 할지 예측할 수 없었다.

'아무리 위급한 상황이라도, 어린애를……' 그는 마음을 정했다. "우츈 도령님, 망태기랄 벗으쇼셔. 나이 셕궁을 쏘겠나이다."

"녜."

우츈에게서 망태기를 받아 들면서, 그는 녀석에게 일렀다, "이제 개똥이 도령하고 승문이 도령을 앗가 이시던 곳아로 다려가쇼셔."

"녜, 스승님." 우츈이의 목소리에 실망이 어렸다. 셕궁을 잘 쏜다고 그에게 칭찬을 들었는데, 막상 셕궁을 쏠 때가 되니 뒤로 물러나서 어린애들을 돌보게 된 것이 녀석에게 반가울 리 없었다.

"개똥이 도령님, 뒤로 가사이다. 승문아, 가자." 그러나 녀석은 선선히 단념하고서 아이들을 데리고 돌아섰다.

곧 보급대 사람들이 하나씩 둘씩 앞으로 나오기 시작했다. 지게에 늘 무엇을 지고 다니는 사람들이라, 빈 지게가 좀 허전하게 느껴지는 몸짓들을 했다. 지게를 한쪽 어깨에 걸친 사람들도 있었다. 마침내 쟝츈달이 남은 사람들을 이끌고 나타났다.

"모도 앒아로 나오가사이다," 쟝에게 이르고서, 그는 먼저 걸어 나갔다.

40미터쯤 나가자, 길이 조그만 개울을 건넜다. 그는 거기 멈춰 따라온 사람들을 돌아다보았다. "다외얐나이다. 여긔에 지게들흘 놓아사이다." 그는 개울을 가리켰다.

그의 말뜻을 알아듣지 못한 듯, 사람들이 그를 멀거니 쳐다보았다.

"모도 지게를 벗으쇼셔." 그는 바로 앞에 선 돌무들기 사람의 등에서 지게를 벗겨 들고서 등받이가 안을 향하도록 길 위에 내려놓왔다. "지게들흘 벗어 이리 쭉 놓아쇼셔."

그는 그곳에 지게 장벽을 쌓을 셈이었다. 김항렬이 거느린 무장대란 모루채가 떨어질 모루를 마련하려는 것이었다. 실제로는 그렇게 관군이 도망갈 길을 막는 일보다 마을 사람들이 머물 곳을 마련하는 일이 더 중요했다. 무장한 관원들이 나타나면, 마을 사람들은 저절로 물러날 터였고, 한번 물러나면, 모두 뿔뿔이 흩어질 터였다. 그런 일이 일어나는 것을 막으려면, 장벽처럼 사람들이 모여서 저항할 곳을 마련해야 했다.

지금처럼 천연적 장애물이 없고 인공적 장애물을 마련하기도 어려운 처지에서 지게를 한 줄로 늘어놓는 것은 괜찮은 방안이었다. 지게들을 개울둑에 바짝 대놓으면, 관원들이 단숨에 넘어오지 못할 터였다. 게다가 자기 지게에 대한 애착 때문에 사람들이 장벽에서 가볍게 물러나지 않으리란 점도 있었다. 이곳 사람들에게 지게 없는 삶은 생각하기 힘들었다. 열 살 난 아이들까지도 제 몸에 맞는 지게를 가졌다. 당연히, 모두 자기 지게에 큰 애착을 지녔다. 실제로 그들이 지게에 대해 지닌 애착은 20세기 사람들이 자동차에 대해 그리고 21세기 후반 사람들이 비행차에 대해 지닌 애착과 비슷했다.

그가 지게를 늘어놓는 요령을 보였어도, 사람들은 그의 눈치를 살피면서 머뭇거렸다. 선뜻 벗는 사람은 없었다.

"어셔 지게들흘 벗어셔 스승님끠셔 하신 대로이……" 쟝츈달이 큰 소리로 말하고서 옆에 선 사람의 지게를 거칠게 벗겼다. 그때서야 사람들은 서로 눈치를 보면서 지게를 벗기 시작했다.

"지게와 지게 사이난 석 자식 뜨게 하쇼셔." 지게들 사이의 거리가 고르지 못한 것을 보고서, 그는 뒤늦게 외쳤다. "여러분, 석 자식 뜨게 하쇼셔. 석 자식이니이다."

곧 길과 모래밭을 가로질러, 지게 장벽이 섰다. 서른 개 가까운 지게들이 나란히 놓이니, 보기에 그럴듯했다.

"사람달히 우리 마알에 들어오디 못하개 지게로 길을 막난 것은 처엄 보았네," 조금 물러서서 지게 장벽을 바라보던 사람들 가운데 누가 말했다. 목소리가 귀에 익지 않은 것으로 보아, 곳뜸 사람인 듯했다.

"맞다. 쟉다히난 아니 놓난다?" 낯이 설지 않은 곳뜸 사람이 맞장구를 쳤다. 웃음이 터졌다.

그는 사람들이 지게를 벗어놓은 것을 달가워하지 않는다는 것을 느꼈다. 특히 곳뜸 사람들이 그런 듯했다.

"종용히 하개나," 쟝이 한마디 했다.

그는 한쪽으로 물러나서 길 둘레에 모인 사람들을 잠시 바라보았다. '저 사람들을 여기 붙잡아둘 수 있을까? 관원들이 몰려올 때, 과연 저 사람들이⋯⋯'

쟝츈달이 그에게로 다가왔다. 쟝은 말이 없었지만, 얼굴에 쓰여 있었다. 이제 어떻게 하느냐고.

"여러분," 생각보다 말이 먼저 나왔다. "여러분. 시방 현령의 관원들히 이리로 오고 이시나이다. 스믈이 넘는 관원들히 가마고개랄 넘었나이다."

사람들의 얘기가 뚝 그쳤다. 흔들리던 낯빛들이 차츰 놀라움과 두려움으로 자리 잡았다. 그의 말을 제대로 알아듣지 못한 사람들 몇이 옆 사람에게 묻고 있었다.

"그 관원들히 우리 마알에 들어오면, 므슴 일이 삼길디 여러분들끠셔 잘 아실 새니이다. 그 사람달히 우리 마알애 들어오면, 우리 집들헤, 우리 처자식달해개 므슴 일이 삼기리잇가?"

자신의 얘기가 사람들 마음속으로 들어가도록 뜸을 들인 뒤, 그는 말을 이었다, "한번 우리 마알애 들어오면, 그 사람달히 죵용히 나갈 리 이시리잇가? 현텽의 관원들히 엇던 사람달힌디 모라시나니잇가?"

아무도 입을 열지 않았다. 모두 굳어진 낯빛으로 그의 얘기를 새기고 있었다. 위쪽에서 들려오는 농악 소리가 갑자기 커졌다. 지잉, 지잉, 무슨 불길한 것을 재촉하는 듯 징이 울었다.

"이제 우리는 그 사람달해개 우리 벌에 아니라난 것을 가라쳐줄 수 이시나이다. 우리 발로 밟아도 아모 소래도 하디 못하난 벌에 아니라 사람이라난 것을 가라쳐주사이다." 그는 주먹 쥔 손을 치켜들었다.

뜻밖에도 쟝복실 사람 하나가 주먹 쥔 손을 치켜들었다. 그러자 서넛이 따라서 주먹을 치켜들었다.

'드디어……' 그는 자신이 마침내 사람들의 가슴 밑바닥에 흐르는 뜨거운 암류를 짚었음을 느꼈다. 감동과 자신감이 뒤섞인 뜨거운 기운이 가슴을 뿌듯하게 채웠다. 얼결에 시작한 모반을 승리로 이끄는 데 꼭 따라야 할 요소를 찾아낸 것이었다.

"그러모로 우리는 여긔셔, 여긔 지게로 막아놓은 곳애셔, 한 발도 믈러셔디 아니 하고 싸홀 새니이다." 그는 다시 주먹 쥔 손을 휘둘렀다. "우리는 여긔셔 우리 마알과 우리 집들콰 우리 처자식 달할 디킬 새니이다."

그를 따라서 주먹 쥔 손을 휘두르는 사람들을 바라보면서, 그는 자신에겐 지켜야 할 처자가 없다는 사실이 마음에 걸렸다. 이번 일은 그가 일으켰지만, 잃을 것은 그가 누구보다도 작았다. 사람들을 천천히 둘러보면서, 그는 좀 낮은 목소리로 덧붙였다. "그 사람달히 오면, 가삼에 돌떡을 하나식 안겨주고 머리에난 작다히랄 하나식 얹어주사이다."

웃음이 터졌다. 뒤쪽에서 누가 작대기를 휘두르는 시늉을 했다.

그는 한결 밝아진 마음으로 말을 이었다. "우리 여긔셔 버티면, 우리 마알의 젊은이들히 그 사람달할 뒤헤셔 드리틸 새니이다. 우리 마알의 젊은이들히 이믜 뎌긔 산쟈락애 숨어셔 관원들히 나타나기만 기다리고 이시나이다."

그의 손길을 따라, 사람들이 무장대가 매복한 산자락을 돌아다보았다. 물론 그곳엔 아무것도 보이지 않았다.

"꼭꼭 숨어셔 여긔셔는 보이디 아니하나이다." 그는 싱긋 웃었다.

몇이 웃음으로 화답했다.

"그러모로 우리는 우리 지게 뒤헤셔 쟉다히랄 들고 셔셔 우리 마알과 우리 집들콰 우리 쳐자식달할 디킈사이다. 여러분, 모도 그리하시겠나니잇가?"

"녜에," 쟝츈달과 또 한 사람이 대꾸했다.

"모도 그리하시겠나니잇가?"

"녜에," 예닐곱 사람들이 대꾸했다.

그는 더 큰 소리로 다시 물었다, "모도 우리 마알과 우리 집들콰 우리 쳐자식달할 디킈시겠나니잇가?"

"녜에에," 이번엔 모두 우렁차게 대꾸했다.

"그러면 모도 자갸 지게 앒애 셔쇼셔."

사람들이 반갑게 자기 지게를 찾아갔다.

"쟝 대쟝."

"네, 스승님." 사람들이 자리 잡는 것을 살피던 쟝이 급히 다가왔다. 눈빛이 붉었다.

'드디어 이 사람도 살기를 내뿜기 시작했구나.' 그는 반가우면서도 어쩐지 슬픈 기분이 들었다. "이제 므슴 일이 이셔도, 사람달히 여긔서 떠나디 않개 하쇼셔."

"녜, 스승님. 알겠압나니이다. 므슴 일이 이셔도……" 쟝이 엄숙한 얼굴로 대꾸했다.

"우리 여긔셔 관원들흘 잠시만 막아내면, 무쟝대이 뒤헤셔 드리티셔, 관원들흘 깨틸 수 이시나이다. 쟝 대쟝꾀셔는 뎌긔 한가온대애 셔셔 사람달할 거느리쇼셔."

"녜. 스승님." 쟝이 허리 숙여 인사하고서 길 한가운데 자기 자리로 돌아갔다.

'관군은 어찌 되었나?' 그는 냇둑으로 올라갔다. 구화실 쪽에서 두 사람이 달려왔다. 그들의 모습을 분간하기는 어렵지 않았지만, 그는 쌍안경으로 확인했다. 김을산과 황구용은 곧 길을 벗어나 무장대가 숨은 왼쪽 산기슭으로 올라가기 시작했다.

두 사람이 숲 속으로 사라진 뒤에야, 그는 쌍안경을 내렸다. 잠시 생각한 뒤, 그는 보급대와 농악대를 멀찌감치 떼어놓으려던 계획을 바꾸었다. "홍두 도령님."

"녜, 스승님," 사람들 뒤에서 힘차게 대꾸하고서, 홍두가 냉큼 달려 나왔다.

"뎌긔 최성업 대쟝애개 가셔셔 사람달할 잇글고셔 앏아로 나오라 하쇼셔. 그리하고 두레를 멈초디 마라 하쇼셔. 이리로 오난 사이애도 두레를 멈초디 마라 하쇼셔."

홍두가 뛰어가자, 그는 다시 쌍안경을 들어 앞쪽을 살폈다.

얼마 지나지 않아서, 두 사람이 멀리 구화실 너머 산자락을 돌았다. 둘 다 검은 옷을 입고 창을 손에 들었다.

"척훈가?" 그는 소리 내어 생각했다.

두 사람은 길을 따라 조심스럽게 걸어왔다. 앞에 선 사람이 문득 멈추더니 손을 들어 앞쪽을 가리켰다. 두 사람은 앞쪽을 살피더니, 한참 동안 상의했다. 이윽고 한 사람이 돌아서서 달려갔다. 본대에 소식을 전하러 가는 듯했다. 남은 사람은 다시 조심스럽게 다가왔다.

'흠. 좀 뜻밖이겠지, 여기까지 농악대가 나와서 기세를 올리는 건. 그러고 보니, 농악대는 쓸모가 또 하나 있구나. 적군의 주의를 끌어서 기습을 완전하게 하는 일까지 하니.' 자신이 방금 '적군'이란 말을 썼음을 깨닫고, 그는 일그러진 웃음을 지었다. 그랬다, 그는 이제 이 세상의 지배 세력을 적으로 삼은 것이었다. 그래서 이

싸움은 타협으로 끝날 수 없는 싸움이었다. '내가 죽거나, 아니면 내가 이 세상을 뒤바꾸거나.'

마침내 보급대 사람들도 척후로 나온 그 관원을 보았다. 모두 손으로 그 사람을 가리키면서 웅성거렸다.

그는 조마조마한 마음으로 지게 장벽 뒤에 선 사람들을 살폈다. 겁을 먹거나 물러날 기색을 보이면 이내 나설 준비를 갖추고. 다행히, 사람들은 두려워하는 기색을 보이지 않았다.

이윽고 관군의 본대가 나타났다. 길을 따라 한 줄로 오고 있었는데, 김을산이 보고한 대로, 두 사람은 말을 타고 있었다. 앞선 사람은 멋진 융복을 입었고 거동이 당당했다. 뒤따르는 사람은 몸가짐이 조심스러웠다. 두 사람 다 말을 익숙하게 다루는 것 같진 않았다. 말 위에 앉은 품이 어쩐지 자연스럽지 않았다.

'저 사람이 현감인 모양인데, 말을 타는 품으로 봐선, 싸움에 능한 것 같진 않고……' 쌍안경으로 앞선 사람을 찬찬히 살피면서, 그는 그 사람의 됨됨이를 가늠해보았다. '꼭 그렇게 볼 수만은 없지. 문관이니까, 말 다루는 것이야 좀 서툴겠지만, 그렇다고 병법에 어두우리라고 여기면, 위험하지. 조선조의 문신들 가운데 병법에 밝은 이들이 얼마나 많았나. 그건 그렇고, 뒤따르는 저 사람은 누군가? 병방(兵房)? 병방이라면, 군관일까?'

조선조 초기엔 군대가 머무는 진(鎭)들에만 군관들이 있었다는 지식 한 토막이 머리 한쪽에서 꿈지럭거렸다.

'례산현은 군대가 머무는 진은 아닐 텐데, 군사적으로 중요한 곳이 아니니까. 이 지방에서 중요한 것은 수군의 기지지. 저 사람이 병방이라 하더라도, 군관인 것 같진 않는데.' 어쨌든, 그는 적잖이 마음이 놓였다.

그러고 보니, 관군의 대열엔 질서가 없었다. 차림도 각색이었다. 급히 모은 군대라, 군인들보다 일반 관원들이나 관노들이 많을지도 몰랐다. 그사이에 뒤에 남았던 척후는 지게 장벽에 가까이 다가와 있었다.

'백 미터도 채 안 되겠지? 조준해서 쏠 수 있는 거리 안에 들어온 셈인데.' 척후와의 거리를 가늠하면서, 그는 냇둑에서 내려섰다.

그가 다가가자, 지게 뒤에 늘어선 사람들이 걱정스러운 낯빛으로 그를 살폈다.

그는 망태기에서 석궁과 전통을 꺼냈다. "쟝 대쟝. 석궁을 쏠 준비를 하사이다."

"녜. 스승님." 쟝츈달이 망태기를 벗었다.

'사람들의 사기를 생각하면, 우리가 먼저 공격하는 것도 나쁘잖지.' 싱긋 웃으면서, 그는 빈 망태기를 지게에 걸쳐놓았다. 조심스럽게 징검다리를 딛고 개울을 건넜다. 길 오른쪽 풀숲에 한쪽 무릎을 꿇고서 전통에서 화살 하나를 꺼내 시위에 먹였다.

그러나 석궁의 몸통 위로 그 관원의 얼굴이 보이자, 그는 방아쇠를 당기지 못하고 머뭇거렸다. 살의를 품고 사람에게 무기를 겨냥한 것은 처음이었다. 물론 전투에서 사람들을 죽이도록 훈련받은 군인이었지만, 눈에 보이지 않는 잠수함에 어뢰를 쏘는 것은 눈앞에 보이는 사람에게 화살을 쏘는 것과는 사뭇 달랐다.

그에게 쏠린 눈길들이 갑자기 무겁게 느껴졌다. 뒤쪽에 늘어선 사람들은 모두 그가 그 관원을 맞히기를 기다리고 있었다. 그들의 큰 기대가 머뭇거리는 그를 앞으로 밀어내고 있었다.

"어어," 그는 외마디 소리를 냈다. 마음을 정하지 못하고 머뭇거리다가, 쟝츈달이 개울을 건너오는 소리가 나자, 얼결에 방아쇠를 당겨버린 것이었다.

짧은 쇠 화살은 표적의 훨씬 앞쪽에 떨어졌다. 그러나 그 관원은 태연했다. 뒤를 흘긋 살피더니, 조심스럽게 앞으로 나왔다. 자신이 표적이 된 줄을 아직 모르는 듯했다. 무릎을 꿇은 그가 뒤에 늘어선 사람들 때문에 눈에 잘 뜨이지 않는 데다가, 석궁이 이곳에서 쓰이는 활과 달라서, 아마도 활로 보이지 않았을 터였다.

"하아," 사람들의 아쉬워하는 한숨 소리들이 그를 에워쌌다.

그 소리들에 문득 부끄러움이 얼굴로 솟구쳤다. 부끄러움은 이내 자신에 대한 모멸로 바뀌었다. '지금 내가 무슨 짓을 하고 있나? 설익은 인도주의자 노릇? 순진한 사람들을 선동해서 죽을 곳으로 끌고 가면서?' 그는 분연히 전통에서 화살 하나를 다시 꺼내 들었다.

시위 소리가 그의 귀에 울렸다. 이어서 검은 것이 앞쪽으로 뻗어나갔다. 쟝이 석궁을 쏜 것이었다. 화살은 관원의 머리 위를 넘어갔다. 그의 겨냥이 짧았던 것을 보고, 너무 위로 겨냥한 모양이었다.

이번엔 바라보던 사람들로부터 환호성이 올랐다. 미치지 못한 것보다는 지나친 것이 보기에 나았던 모양이었다.

"잡알 뻔하얏난듸, 하아 그것 참아로," 누가 큰 소리로 말하고서 입맛을 다셨다.

드디어 그 관원이 위험을 깨달았다. 놀라움과 두려움에 질려 헬쑥해진 얼굴로 쟝과 그를 한번 쳐다보더니, 몸을 휙 돌렸다.

그는 다시 석궁을 겨냥했다. 관원이 도망치는 속도를 고려한 뒤, 방아쇠를 당겼다. 화살이 시위를 떠날 때, 겨냥이 잘되었다는 느낌이 들었다.

화살은 힘차게 날아서 달려가는 관원의 머리를 살짝 넘었다.

"하아." 사람들이 안타까워하는 소리를 냈다. 이어 아까보다 훨씬 큰 환호성이 올랐다.

곧 쟝의 석궁에서 화살이 날았다. 화살은 관원의 왼쪽을 스쳤다.

이제 관원은 정신없이 달리고 있었다. 벗겨진 벙거지를 손으로 잡으려다가 놓치자, 그냥 버리고 달아났다.

바라보던 사람들이 신이 나서 소리를 질렀다.

"어이, 츈달이, 그리 견호하셔 다윈다? 그리하고셔 아달안 어드리 낳안나?" 정희영이 큰 소리로 쟝을 놀렸다. 정은 쟝의 이웃이었다. 시끄러운 웃음이 따랐다.

석궁을 내려놓으면서, 쟝이 머리를 긁었다. 쟝은 그동안 석궁을 많이 쏘아보았고 그보다 솜씨가 훨씬 나았다. "그것 참아로 세워놓안 관혁보다난 도망하난 사람이 맞초기 어려온듸."

"스승님끠셔야 홀이시니 관계티 아니 하시겠디마난, 자내난 더 잘 쏘아야 할 샌듸." 정의 애기에 다시 웃음이 터졌다.

안도의 물살이 그의 몸을 부드럽게 셋었다. 사람들은 마침내 지금까지 느꼈던 두려움을 떨쳐버린 것이었다. 사람들이 흩어질 위험은 이제 아주 작아졌고, 뜻밖의 상황이 나오지 않는 한, 지게 장벽에서 관군에 저항할 터였다.

그는 쌍안경을 들어 앞쪽을 살폈다. 관원 넷이 급히 앞으로 나오고 있었다. 전위인 모양이었다. 화살에 놀란 척후가 전위에 합류하더니, 뒤쪽을 가리켰다. 전위는 잠시 멈칫하더니, 다시 조심스럽게 나오기 시작했다. 그 뒤쪽에서 본대의 앞머리가 산자락을 돌고 있었다.

전위는 이제 석궁의 사정 안에 들었지만, 제대로 조준해서 쏘기엔 좀 멀었다. '조금만 더 나와라. 조금만 더,' 그는 속으로 외쳤다.

이제 본대의 중심인 말 탄 사람들이 산자락을 돌기 시작했다. 무장대가 숨은 곳에선 아직 기척이 없었다.

'이젠 한번 쐬볼 만하지.' 그는 무장대가 달려 나오기 전에 싸움을 걸고 싶었다. 그래야 기습의 효과가 클 터였다. "쟝 대쟝."

정희영과 농담을 주고받던 쟝이 돌아섰다. "녜, 스승님."

"뎌긔 뎌 사람달해개," 그는 전위 다섯 사람들을 가리켰다. "우리 함끠 살알 쏘아보사이다."

"녜," 쟝이 다시 석궁을 들었다.

두 사람은 나란히 무릎을 꿇고 활을 겨냥했다. "나이 하나, 둘, 셋, 헬 때, 쏘쇼셔."

"녜."

그는 석궁을 30도 넘게 올려서 겨냥했다. 흘긋 곁눈으로 보니, 쟝이 겨운 석궁과 기울기가 비슷했다. "하나, 두울, 셋."

시위 소리가 거의 동시에 나면서, 검은 화살들이 나란히 날아올랐다. 겨냥이 뜻밖에도 좋았던 모양으로, 화살들은 뭉쳐서 몰려나오는 관원들 사이에 떨어졌다. 관원 하나가 몸을 숙이면서 비명을 질렀다.

"야아, 맞았다." 몇 사람이 동시에 소리를 질렀다.

"한 놈 잡았다." 정희영이 소리를 높였다.

과녁을 맞혔다는 반가움으로 발그스레해지는 마음을 사람의 살을 뚫고 들어가서 박혔을 쇠 화살의 모습이 후볐다. 울컥 치민 헛구역질을 누르면서, 그는 쟝을 돌아보았다 "한 번 더⋯⋯"

"녜." 쟝이 싱긋 웃으면서 화살을 뽑았다.

"자아, 하나, 두울, 셋."

다시 시위 소리에 실려 화살들이 나란히 날아올랐다.

그사이에 이쪽에서 활을 쏜다는 것을 알아차린 관원들은 길옆으로 흩어져서 뿔뿔이 도망치기 시작했다. 한 사람이 절뚝거리는 동료를 부축하고 있었다.

"야아, 도망한다." 누가 신이 나서 외쳤다.

그 소리를 듣는 순간, 그의 몸속으로 뜨거운 기운이 저릿하게 흘렀다. '지금이다. 승세를 탄다는 것이 바로⋯⋯' 그는 확신에 차서 결정을 내렸다. 아니 결정이 스스로 결정(結晶)이 되어 나타났다.

"쟝 대쟝." 전통을 집어 들면서, 그는 쟝을 돌아다보았다.

"녜."

"이제 나오가사이다."

"녜, 스승님." 쟝이 기운차게 대답하고서 선뜻 일어섰다.

묵돌이가 어느 사이에 다른 두 사람들과 함께 지게 장벽 앞쪽으로 나와 있었다. 옆에 던지기 좋은 돌맹이들을 수북이 쌓아놓고 있었다. 묵돌은 근위병 노릇을 제대로 하고 있었다. 아깝게도, 돌맹이들은 쓰이지 못할 터였다.

그는 웃는 얼굴로 묵돌이에게 말했다. "근위병들끠셔는 쇼승과 함끠 나오가사이다."

"녜, 스승님." 묵돌이가 개울을 가볍게 건넌 다음 작대기를 쳐들면서 다른 두 사람에게 눈짓을 했다. 두 사람이 따라서 개울을 건넜다.

그는 지게 장벽 뒤에 선 사람들을 둘러보았다. "여러분, 나오가사이다. 나오가셔 우리 마알로 텨들어오난 뎌 사람달할 티사이다. 쇼승을 딸오쇼셔." 그는 영화에서 기병대의 지휘관들이 하던 손짓을 흉내 내어 오른손을 들어 앞을 가리켰다. 그러고는 앞으로 걸어 나갔다.

조마조마한 마음으로 그는 뒤에서 나는 소리에 귀를 기울였다. 지금이 결정적 순간이었다. 이번 모반이 성공하느냐 실패하느냐는 지금 지게 뒤에 작대기를 들고 선 서른이 채 안 되는 중년 사내들의 반응에 달린 것이었다.

그동안에 가까이 다가온 농악대가 울리는 소리 사이로 웅성거리는 소리가 들려왔다. 이어서 개울을 건너는 소리가 났다.

그는 다리에 힘을 주어 천천히 걸어 나갔다. 자신의 도박이 성공했다는 득의나 안도보다 그를 믿고 따라준 사람들에 대해 고마움이 훨씬 컸다. 한참 걸어 나간 다음, 그는 천천히 돌아섰다.

사람들이 좁은 길을 따라 나오고 있었다.

"쟝 대쟝."

"녜, 스승님."

"사람달할 세 줄로 셰우쇼셔. 한 줄은 길을 딸와 나오가고 남아
지 두 줄은 길의 양옆으로 나오가도록 하쇼셔."

"녜, 스승님." 쟝이 돌아서서 소리를 질렀다, "세 줄로 셔라. 세
줄로. 가운데 줄은 길에 셔고 남아지 두 줄은 길 양옆으로 셔라."

그러나 군대 훈련을 받아본 적이 없는 산골 사람들을 세 줄로 세
우는 일은 쉽지 않았다. 대쟝의 얘기를 따르기보다 서로 길에서 내
려서지 않으려고 다투었다.

'세 줄로 세우는 일이 저리 어렵다면, 방진을 이루어 대오를 맞
춰 나가도록 만들기까진 얼마나 걸릴까? 창 한 자루를 믿고 기병
대의 공격을 견디도록 만들려면?' 가벼운 한숨을 내쉬면서, 그는
돌아서서 앞쪽을 살폈다.

도망친 전위는 벌써 본대와 합류했다. 전위의 관원들이 겪은 혼
란과 두려움이 본대에 전염되었는지, 대열이 좀 혼란스러워진 듯
도 했다. 병방으로 짐작되는 말 탄 사람이 앞으로 나와서 무어라고
외치면서 칼을 들어 앞쪽을 가리켰다. 곧 본대는 머뭇거리면서 앞
으로 나오기 시작했다.

바로 그때 본대의 왼쪽 산자락에서 큰 소리가 났다, "와아아."
온 골짜기를 덮는 듯한 그 소리가 멀어져갔을 때, 땅에서 솟듯 무
장대가 나타났다.

앞으로 나오던 관군이 멈칫했다. 뜻밖의 곳에서 나타난 사람들
을 쳐다보기만 했다. 예상하지 못한 사태에 모두 넋이 나간 듯, 한

동안 아무도 명령을 내리지 않았다.

'됐다.' 홍분의 물살이 몸속을 거세게 흐르는 것을 느끼면서, 그는 속으로 외쳤다. 전통을 땅에 내려놓고 석궁을 몽둥이처럼 잡으면서, 그는 사람들을 돌아다보았다. "자아, 모두 나오가사이다."

석궁을 잡고 달려 나가는 그의 눈에 무장대의 앞에서 칼을 빼어든 김항렬의 모습이 들어왔다. 이어 무장대가 엉성한 대로 방진을 이루었다는 것이 들어왔다.

'됐다. 이젠 이겼다.' 그는 속으로 부르짖었다.

비탈을 달려 내려온 무장대의 젊은이들이 길을 덮쳤다. 길을 따라 한 줄로 늘어선 관군의 꼬리가 뭉개지면서, 관원들이 튕겨 나가듯 흩어졌다.

'멋지다.' 그는 다시 속으로 외쳤다. 그러나 속으로 외친 것만으로는 마음이 후련하지 않았다. 이럴 때는 무엇보다도 전투 함성이 필요하는 것을 그는 뒤늦게 깨달았다. 그러나 마땅한 구호가 얼른 생각나지 않았다. 물론 산골 사람들이 모르는 추상적 구호를 쓸 수는 없었다.

그는 돌아서서 뒷걸음질 치면서 외쳤다. "대지도웅."

사람들은 그의 말뜻을 알아듣지 못한 듯했다. 아무도 따라 외치지 않았다. 근위병들과 쟝춘달도 그를 쳐다보기만 했다.

"대지도웅." 그는 석궁을 휘두르면서 외쳤다.

"대지도웅." 그제야 쟝이 받아 외쳤다. 이어 묵돌이 따라 외쳤다.

"대지도웅." 그는 다시 석궁을 휘둘렀다.

"대지도웅." 이번에는 훨씬 많은 사람들이 받았다. 몇 번 더 외치고 나자, 마침내 함성이 제대로 나왔다.

이제 무장대는 관군의 중심부를 치고 있었다. 맞서 싸우려는 관원은 없었다. 뿔뿔이 도망치기 바빴다. 서넛은 산 쪽으로 도망치고 나머지는 말 탄 사람들을 쫓아서 시내 쪽으로 도망치고 있었다.

"대지도오옹," 길게 외치면서, 그는 말 탄 사람들을 향해 힘껏 달리기 시작했다.

"대지도오옹." 따라온 사람들의 함성이 파도처럼 그의 몸을 앞으로 밀어냈다.

터질 듯한 가슴과 제대로 보이지 않는 눈으로 그는 달렸다. 손에 작대기를 들고 '대지동'을 외치는 사람들을 이끌고 냇둑을 넘어 도망치는 관원들을 향해 달렸다. 빨간 운동모자를 쓰고 석궁을 몽둥이처럼 휘두르면서, 아직은 이름 없는 중세의 싸움터를 가로질렀다.

혁
명
가

제 8 부

1

"어셔 앉개. 아모나 방셕에 앉개." 마루에 놓인 방석 세 개를 서로 사양하는 사람들에게 방 앞에 서서 바라보던 례방(禮房) 배영집이 말했다. 배의 목소리는 높지 않았지만, 언오를 대할 때는 기미를 보인 적도 없는 위압적 울림이 있었다.

이어 배는 두 손을 앞에 모으고 공손한 목소리로 언오에게 말했다, "원슈 나아리, 몬져 앉아쇼셔."

"녜." 자신이 먼저 앉아야 사람들이 앉을 것 같아서, 그는 한쪽에 놓인 방석에 앉았다.

'얼마나 쉬운가, 사람들을 저리 다룰 줄 아는 관리들에게 기대는 건. 얼마나 어려운가, 행정 기술을 지닌 저 사람들을 쓰지 않고 일을 꾸려나가는 건.' 자신에 대해 절대적 힘을 가진 사람의 공손한 심부름꾼에서 힘없는 사람들을 능숙하게 다루는 권위적 관료로 매끄럽게 변신하는 배영집을 감탄하는 마음으로 바라보면서, 그리고 현령을 점령한 군대의 우두머리인 그보다 배를 더 무서워하고 배의 한마디에 갑자기 몸이 굳어진 사람들을 좀 무거워진 마음으로 살피면서, 그는 가볍게 탄식했다.

'저 사람과 같은 관료들을 쓰는 건 실제적이지. 합리적이기도 하지, 지금 내 목표가 그저 권력을 잡고 살아남는 거라면……'

그가 전사(戰史)를 공부하면서 얻은 교훈들 가운데 하나는 성공한 정복자들은 그들이 정복한 나라들의 사회 구조를 필요 없이 흔들지 않았다는 것이었다. 그들은 오히려 정복한 나라들의 통치에 흔히 전통적 지배 계급을 이용했으니, 자신들에 대한 충성의 대가로 지배 계급이 지녔던 특권들을 거의 모두 인정했다. 하긴 대부분의 정복자들이 그렇게 할 수밖에 없었을 터였다. 통치 조직을 새로 만드는 일은 언제나 어렵고 더뎠다. 지금 그는 그 사실을 확인하고 있는 셈이었다.

사람들이 자리를 잡은 것을 깨닫고, 그는 뻗어 나가는 생각을 거두어들였다. "이리 여러분들홀 만나뵈개 다외야셔 반갑나이다. 쇼쟝이 리언오이니이다." 앉은 채 두 손으로 허벅지를 짚고서, 그는 윗몸을 조금 숙여 인사했다.

앞에 앉은 사람들이 모두 황급히 일어나서 그에게 큰절을 했다.

"쇼인들히 원슈 나아리끠 문안 드리압나니이다," 절을 마치고도 그대로 마루에 엎드린 사람들 가운데 누가 공손히 말했다.

"어셔 편히 앉아쇼셔." 그는 적잖이 당황해서 손을 저었다. '맞절을 했어야 하는데, 그만 때를 놓쳤구나.'

그러나 아무도 선뜻 그의 얘기를 따르지 않았다. 고개를 숙인 채, 서로 눈치만 살피고 있었다.

"어셔 편히……" 난감한 마음으로 사람들을 바라보다가, 그는 방문 바로 안쪽에 놓인 서안 앞에 앉아서 내다보는 배영집에게 어떻게 하는 것이 좋겠냐는 물음이 담긴 눈길을 보냈다.

배가 급히 몸을 반쯤 일으키더니, 한 손으로 서안을 짚고서, 마루에 엎드린 사람들에게 말했다. "어셔 원슈 나아리 말쌈대로이 하개. 원슈 나아리끠셔 편히 앉어라 하압시니, 모도 편히 앉개."

그제야 사람들이 하나씩 몸을 일으켰다. 그러고도 그들은 무릎을 꿇고 앉아서, 그들이 편히 앉기까진 다시 한참이 걸렸다.

"여러분들끠셔도 이제는 모도 아실 새디마난, 우리는 오날 아참애 대지동애셔 챵의군(倡義軍)을 니르혀셔 나죄애난 여긔 현텽을 얻었나이다. 우리 이리 챵의군을 니르현 것은 사람달히 모도 사람다이 살 수 이시게 하려는 뜻이니이다. 시방 우리는 모도 힘까장 일하야도, 계요 입애 플칠하기 밧바나이다. 마암이 편할 날도 드므나이다. 엇디하야 그러하나니잇가?" 힘을 준 목소리로 묻고서, 그는 앞에 앉은 사람들을 살펴보았다.

기둥에 걸린 관솔불이 춤을 추어서, 사람들의 낯빛을 읽기는 어려웠다. 게다가 얼굴들이 굳어서, 모두 나무탈을 쓴 것처럼 느껴졌다. 하긴 그들은 생각을 쉽게 드러낼 사람들이 아니었다. 속마음을 감추는 법을 일찍이 배우지 않았다면, 관노(官奴)의 신분으로 어른이 되도록 살아남지 못했을 터였다.

그의 눈길을 받자, 여덟 사람은 모두 고개를 숙이거나 눈을 내리뜨서 그의 눈길을 피했다. 그렇지 않아도, 그들은 그와 마주앉은 것이 자꾸 마음에 걸리는 듯했다. 그것도 동헌 마루에 올라와 앉은 것이었다.

수사적(修辭的) 물음을 던진 것은 아니었지만, 그도 그들의 대꾸를 기대했던 것은 아니었다. 그는 여전히 나직하나 힘이 들어간 목소리로 말을 이었다. "하날이 이 셰샹애 사람알 내실 때난 자갸 먹을 것과 입을 것을 함끠 주시나이다. 그러모로 시방 모도 힘까장 일하야도 사람답개 살 수 없다면, 므슥이 틀엿다난 녜아기니이다. 그렇디 아니 하나니잇가?"

"녜, 그러하압나니이다." 뜻밖에도 앞줄 가운데에 앉은 사람이 대꾸했다. 무척 긴장된 탓에 목소리가 떨려 나왔다.

그로선 그 대답이 무척 고마웠다. 아무런 반응을 보이지 않는 사람들을 앞에 두고 혼자 얘기하는 것이 좀 멋쩍게 느껴지던 참이었다.

그 사람은 힘든 일을 마침내 해냈다는 안도감과 자랑스러움이 드러난 얼굴로 왼쪽에 앉은 사람을 슬쩍 돌아다보았다. 옆 사람이 고개를 끄덕여, 그 사람의 눈길에 답했다. 그 사람의 대꾸와 언오의 얼굴에 도는 웃음기에 마음이 좀 푸근해졌는지, 뒷줄에 앉은 사람들이 어깨를 폈다. 몇이 그의 모자를 흘끔거렸다. 빨간 운동모자가 볼수록 신기하게 느껴지는 모양이었다.

'스물여덟? 서른은 넘지 않은 얼굴인데.' 그는 자신 없는 마음으로 가늠해보았다. 이곳 사람들의 나이를 얼굴만으로 짐작하기는 아직도 쉽지 않았다. 이마에 옆으로 길게 난 흉터와 또렷한 얼굴의 선이 똑똑하면서도 좀 고집스러운 인상을 주는 사내였다.

"일홈이 므슥이시니잇가?" 얼굴에 밝은 웃음을 띠고서, 그는 부드럽게 물었다.

"녜." 그 사람은 반사적으로 무릎을 꿇었다. "쇼인은 부영이라 하압나니이다."

"아, 녜." 그 사람에게 편히 앉으라고 손짓을 하면서, 그는 말을 이었다. "우리 그리도록 살기 어려운 것은 이 나라랄 다살이난 사람달히 잘못하난 대셔 말매압나이다." 그대로는 자신의 얘기가 임금에 대한 비난으로 들린다는 것을 깨닫고, 그는 급히 덧붙였다. "물론 님굼끼셔는 우리 백성을 사랑하시디마난, 님굼 곁에셔 님굼을 도오난 됴뎡의 높안 관원들히 모도 잘못하나이다."

모반의 길로 들어서기로 마음먹었을 때, 그는 국왕에 대한 충성을 모반의 목적으로 내걸기로 작정했다. 왕조의 정통성을 무엇보다도 중요하게 여기고 국왕에 대한 충성을 국민들의 으뜸가는 덕목으로 높이는 유교 사상이 뿌리를 깊이 내린 조선 사회에서, 왕조에 드러내놓고 적대적인 반란이 성공할 가능성은 거의 없었다.

부영을 포함한 몇이 자신 없는 태도로 고개를 끄덕였다. 그의 얘기가 어려워서라기보다 그를 어떻게 대하는 것이 옳은지 몰라서, 그런 듯했다. 그와 마주 앉았다는 것도 아직 그들을 적잖이 불안하게 하는 듯했다. 그들에겐 무릎을 꿇고 두 손으로 마룻바닥을 짚고 엎드려서 그의 얘기를 듣는 것이 오히려 마음이 편할지도 몰랐다.

"됴뎡의 높안 관원들흔 나라랄 다살이난 일에는 마암알 쏟디 아니하고 자갸 욕심만알 생각하나이다. 나라랄 다살이난 사람달히 그러하니, 엇디 우리 살림살이가 넉넉하고 마암이 편할 수 이시리잇가?"

　잠시 뜸을 들이면서, 그는 먼 눈길로 긴 그을음을 내는 관솔불을
바라다보았다 — 갖가지 소리들이 밀려왔다 — 묵직한 무엇이 땅에
떨어지는 둔중한 울림, 연장의 날을 받은 나무의 마른 신음, 땅에
물을 버리는 소리, 멀리서 여러 사내들이 내는 큰 소리, 어린애가
악을 쓰면서 우는 소리, 그 어린애를 때리면서 꾸짖는 여인의 새된
목소리. 지금 이곳 례산현청엔 3백 넘는 사람들이 밤을 지낼 준비
를 하느라 바삐 움직이고 있었다.

　"그러하야셔 마참내 우리 챵의군이 니러셨나이다. 자아, 여긔를
보쇼셔." 그는 몸을 돌려 옆 벽에 붙여진 종이 두 개 가운데 오른
쪽 것을 가리켰다.

　그가 종이를 가리키는 것을 보자, 배영집이 급히 촛대를 내왔다.
둘레가 문득 환해지면서, 글씨가 또렷해졌다.

　'촛불 두 개가 이리 밝을 수 있다니……' 그는 가볍게 감탄했다.
밤이면 호두 기름이나 아주까리기름으로 등잔을 켜 온 그에게 굵직
한 초가 둘이나 켜진 촛대가 내는 빛은 아주 밝게 느껴졌다. 그러
나 초를 한꺼번에 두 개나 켠 것은 꽤나 아까웠다.

　사람들이 벽에 붙여진 글을 제대로 읽고 뜻을 새길 시간을 주면
서, 그는 대견스러운 마음으로 이제는 외우다시피 한 그 글을 더듬
어 내려갔다. 이곳의 관행을 따라, 글은 오른쪽부터 세로로 쓰였다.

챵의문

　시방 우리나라해셔는 사롬돌히 힘까장 일흐야도, 사롬다이 살기 어렵도다. 그러흐야셔 뜯이 이시난 사롬돌흔 모도 나라롤 걱뎡흐고 이시도다.

　우리 살기 그리도록 어려운 말매는 나라히 옳이 다살여디디 몯흐는 대 이시도다. 시방 우리 님굼꺠셔는 백셩을 스랑흐시디마는, 됴뎡의 됴신돌흔 나라화 백셩을 위흐는 ᄆᆞᆷ이 없고 님굼의 눈과 귀를 ᄀᆞ리면셔 자갸 수욕만올 채오고 이시도다. 됴신돌히 그러흐니, 고을마다 원과 향리돌히 백셩을 모딜게 탐학흐는 것이 엇디 이상흐리요?

　기억에 남아 있는 동학군의 「포고문」을 참고하여 지은 글이었다. 글씨는 배영집이 썼다. 배는 언문을 제대로 알았으나, 띄어쓰기나 구두점의 관행이 없는 세상이라, 현대식으로 단락까지 지은 글을 만들기까지는 그가 두 번이나 고쳐야 했다.

　백셩은 나라희 바탕이라, 나라히 됴히 두외려면, 몬져 백셩이 모도 몸과 ᄆᆞᆷ이 편히 살아야 흐도다. 이에 나라롤 디킈고 님굼을 도오며 백셩을 편히 흐려 우리 챵의군이 니러셨노라. 우리와 뜯을 홈끠흐려 흐는 사람돌흔 머뭇거리디 말디어라. 챵의군에 들어와셔 나라롤 디킈고 님굼을 도와셔 백셩을 편히 흐기롤 브라노라.

긔묘 삼 월 칠 일

호셔챵의군 원슈 리언오

글의 내용도 마음에 들었지만, 글의 형식이 현대적인 것도 적잖이 자랑스러웠다. 어떤 뜻에선, 내용보다도 형식이 오히려 혁명적이었다. 무엇보다도, 한글로 쓰였다는 점이 그랬다. 3백 년 뒤에 나올 동학군의 '포고문'도 한문으로 쓰였다는 사실을 떠올리면, 그 점이 또렷해졌다. '챵의문'을 한글로 쓰기로 한 것은 쉬운 결정이 아니었다. 이런 종류의 글들은 한문으로 만드는 것이 실제적이라는 사실을 놓고, 그는 한참 망설였었다. 지금 이곳에서 글을 아는 사람들은, 특히 남자들은, 대부분 한문만을 알았다. 대부분의 식자들이 모르는 글로 포고문을 만드는 일은 물론 그 효과를 크게 낮출 터였다. 게다가 이곳 사람들은 한문을 참된 글로 여겨 '진셔(眞書)'로 높이고 한글을 속된 글이라는 뜻인 '언문(諺文)'으로, 심지어 여자들만 쓰는 '암클'로, 낮춰 불렀다. 챵의군의 포고문들을 그렇게 경멸을 받는 한글로 만드는 것은 챵의군의 위신에도 부정적 영향을 미칠 터였다. 당장 몇백의 목숨들이 걸린 일에서 그런 고려 사항들은 결코 가볍지 않았고, 한글을 쓰기로 결정하기까지는 생각을 여러 번 바꿔야 했었다. 결국 그는 한글을 쓰기로 했고, 그 결정은 이곳의 문자 생활에 혁명적 변화를 불러올 것이었다.

'나의 모반이 성공한다면, 그렇단 얘기지.' 야릇한 웃음을 입가에 띠면서, 그는 몸을 바로 하고 사람들을 바라보았다.

사람들은 열심히 글을 읽고 있었다. 가끔 고개를 끄덕이기도 했다. 그러나 뜻을 제대로 헤아린 얼굴들은 아니었다.

"여긔 챵의문에셔 녜아기한 것뎌로 우리 챵의군은 나라화 님굼콰 백성을 위하야 니러셨나이다. 모단 사람달히 사람다이, 님굼은 님굼다이, 백성은 백성다이, 살 수 이시게 하려 니러션 것이니이다. 아시겠나니잇가?"

"녜에," 이번엔 거의 모두가 소리를 냈다.

"시방 사람다이 살기 가장 어려운 사람달히 뉘니잇가?" 잠시 뜸을 들인 다음, 그는 목소리를 높였다, "바로 남의 노비 다외얀 사람달히 아니잇가?"

그동안 많이 풀렸던 얼굴들이 한순간 흔들리더니 나무토막들처럼 굳어졌다. 그의 속셈을 짐작하려는 듯, 사람들은 잔뜩 경계하는 낯빛으로 그의 얼굴을 홀끔거렸다. 잠시 무거운 침묵이 그와 그들 사이에 내렸다.

"녜, 그러하압나니이다," 그의 얼굴을 살피면서, 부영이 살얼음 위로 발을 내딛듯 조심스럽게 대꾸했다.

"다란 사람의 노비 다외얀 사람이 사람다이 살 수 없는 것은 셰샹의 리치니이다. 자갸 한 몸의 쥬인이 다외디 못한 사람이 엇디 사람다이 살 수 이시리잇가?"

뒷줄 왼쪽 끝에 앉은, 머리를 땋아 내린 젊은이가 고개를 끄덕이다가, 그와 눈길이 마주치자, 수줍은 낯빛으로 황급히 고개를 숙였다. 다른 사람들도 생각에 잠긴 얼굴로 제긱기 고개를 끄넉였다.

"여긔를 보쇼셔." 그는 왼쪽 종이를 가리켰다.

호셔챵의군 군령 뎨일호

하눌온 사룸의 목숨을 내실 때, 사룸애게 그 목숨을 니어가는 대 꼭 이셔야 두외는 것들홀 홈끠 내셨도다. 눔애게 매이디 아니ᄒᆞ고 셔 살 권리, 즈갸 투고난 복을 찾올 권리, 그리ᄒᆞ고 나라 법의 보호 룰 받을 권리와 굳흔 것들히 바로 그것들히도다. 그러흔 것들혼 므 슴 일이 이셔도, 눔애게 아일 수 없는 것들히니, 그리 아인 사룸돌 히 이시면, 하눌의 뜯을 뎌바리는 일이도다.

미국의 「독립선언서」를 많이 본받은 글이었다. 「독립선언서」의 중요한 구절들은, 세상이 크게 바뀐 데다가 너무 자주 인용되어서, 전에는 낡은 느낌이 들었었다. 그러나 신분적 차별이 법으로 정해 진 세상에선 그런 낡은 구절들이 새로운 모습으로 다가왔다. 특히 '남애게 아일 수 없는 것들'이란 구절에선 그는 문득 넋이 따스해 지는 듯한 감동을 받았다.

시방 눔애게 아일 수 없는 권리들홀 아인 사룸돌 가온대 ᄀᆞ장 어 려운 쳐디에 놓인 사룸돌히 뉘뇨? 눔의 노비 두외얀 사룸돌히 바로 그러흔 사룸돌히도다. 이에 우리 챵의군은 눔의 노비 두외야셔 사룸 다이 살기 어려운 사룸돌토 사룸다이 살 수 이시게 ᄒᆞ려 ᄒᆞᄂᆞᆫ도다.

ᄒᆞ나. 챵의군은 모둔 노비돌히 ᄉᆞ리애 맞ᄂᆞᆫ 졀차룰 밟아셔 면쳔 ᄒᆞ야 량인돌로 도라갈 수 이시난 권리를 가잣옴올 너비 알

외노라.

둘. 그러호야셔 몬져 례산현 안해 이시난 모돈 공쳔들홀 면쳔호
야셔 량인돌로 도라노라.

세. 모돈 사쳔들히 쥬인들헤게 납가롤 내고셔 스스로 쇽량홀 수
이시게 호려 호눈도다. 납가와 곧혼 됴건들혼 곧 뎡호야 알외
려 호눈도다.

네. 사쳔들 가온대 챵의군에 들어오려 호눈 사롭돌혼 챵의군에셔
쥬인들헤게 납가롤 내고 면쳔홀 새도다.

이 글을 지으면서, 그가 마음을 많이 쓴 부분은 다른 사람의 종
인 사천(私賤)에 관한 조항들이었다. 국가 기관의 종들인 공천(公
賤)들을 풀어주는 일은 례산현청을 점령한 그가 혼자 할 수 있었
다. 그리고 그 일로 손해를 볼 사람도 없었다. 체제를 근본적으로
흔드는 일이라고 마땅치 않게 여길 사람들은 많겠지만.

그러나 사천들을 풀어주는 일은 간단치 않았다. 이곳은 노비들
이 주인의 재산으로 여겨져서 매매되고 상속되는 세상이었다. 그
런 세상에서 사천을 강제로 해방하는 것은 재산권에 대한 근본적
침해였다. 재산권은 어느 사회에서나 가장 근본적인 원칙들 가운
데 하나였고 언제나 최대한으로 존중되어야 했다. 그것이 노예제
와 같은 비인간적 형태로 나타났을 경우에도. 실은, 19세기 중엽
이후의 현대 사회들을 빼놓고는, 모든 인류 사회들에서 노예제는
당연한 질서로 여겨졌다. 사천을 강제로 풀어주는 일은 당연히 노
비를 가진 사람들의 거센 저항을 받을 터였고, 자칫하면, 지배 계

급을 화해할 수 없는 적으로 만들 수 있었다. 그래서 포고문을 만든 뒤에도, 그는 여러 번 사천에 관한 부분을 빼려고 했었다. 그대로 두기로 결정한 뒤에도, 순수한 이상을 고집하다가 실패하는 것보다는 현실과 타협해서 부분적 성공을 거두는 것이 낫다는 목소리는 아직도 마음 한구석에 뚱한 얼굴로 앉아 있었다.

다숫. 챵의군에 들어오는 사쳔의 납가는 노와 비를 굴해디 아니ᄒ고 윈녁과 ᄀᆫ흔도다.

다숫 셜 아래 – 쌀 닷 셤.

여숫 셜에셔 열 셜까장 – 열 셤.

열흔 셜에셔 열다숫 셜까장 – 스므 셤.

열여숫 셜에셔 마은 셜까장 – 셜흔 셤.

마은흔 셜에셔 쉰 셜까장 – 열 셤.

쉰흔 셜에셔 예슌 셜까장 – 다숫 셤.

예슌흔 셜 위 – 흔 셤.

여숫. 챵의군이 사쳔의 쥬인에게 내야 홀 납가는 '챵의 공채'로 내게 ᄒ노라. 공채의 리률은 년리 서 푼으로 ᄒ고 거티 긔간은 세 해로 ᄒ노라. (그러모로 스므 셜 두외얀 사노룰 ᄀ잔 사룸은 시방브터 세 해 뒤헤 원금 셜흔 셤과 리자 두 셤 열 말 닷 되룰 받개 두외도다.)

긔묘 삼 월 칠 일
호셔챵의군 원슈 리언오

챵의군에 들어온 사천들에 대해 그들의 주인들에게 치러야 할 납가를 정하는 일도 쉽지 않았다. 사천이 스스로 납가를 내고 양인이 되는 일은 아주 드문 듯했다. 스스로 속량할 만큼 경제력을 쌓은 노비들이 많지 않은 데다가, 경제력만으로 신분의 상승을 이루기엔 신분적 차별을 바탕으로 삼은 사회 체제가 너무 단단한 듯했다. 하긴 조선 사회는 인류 역사상 가장 엄격한 노예제를 가장 오래 가장 성공적으로 유지한 사회였다. 노비에 관한 일들을 관장하는 형방(刑房)의 셔원(書員)인 김교둥도 례산현에서 스스로 속량한 사천이 있었다는 얘기는 들은 적이 없다고 했다.

법에 따라 양인이 될 자격을 갖춘 노비들도, 실제로 천인 신분을 벗어나려면, 자신과 나이가 비슷한 노비를 얻어서 주인에게 바쳐야 했다. 김이 펴 보인 『경국대뎐(經國大典)』의 「형뎐(刑典)」'천첩(賤妾)'조엔 '위계가 2품 이상인 사람의 첩으로서 아들딸이 있는 공천이나 사천은 자기의 계집종을 장례원(掌隸院)에 신고하여 대신 입역(立役)시키고 속신하는 것을 허용한다. 사천이면, 주인이 바라는 바를 좇는다'라고 나와 있었다.

그렇게 대신 입역시키는 원칙은 엄격히 적용되어서, '만약 대신 입역시킨 계집종이 도망하고 속량된 사람이 살아 있으면, 다른 계집종으로 채워서 입역시킨다. 그리 채워서 입역시키지 못하는 사람은 천인으로 되돌아간다'고 되어 있었다. 그런 원칙은 정부와 시민 사이의 거래에서도 지켜졌으니, '사천(私賤)'조엔 '무릇 노비로서 나랏일에서의 공로로 양인이 된 사람에 대해서는 그 주인에게 공천으로써 채워준다'고 되어 있었다.

김의 얘기에 따르면, 그러나 노비들을 팔고 사는 일은 드물지 않았다. 특히 지위가 높은 사람들이 다른 사람의 계집종을 첩으로 얻어서 자식을 낳으면, 그 자식을 주인에게서 사서 자신의 종으로 삼는 일이 흔한 모양이었다. 그러나 그런 일도 한성에서나 흔했지 례산현에선 드물었다.

열심히 생각하고 찾아봐도, 챣의군에 들어올 사천들의 납가를 정하는 일에서 따를 만한 선례를 찾기 어려웠다. 눈치를 보니, 김은 노비들이 매매되는 값을 잘 알지 못하는 듯했다. 하긴 노비 시장이 제대로 이루어지지 않은 상태에선, 거래마다 값이 크게 다를 터였다. 그래서 현실적이면서도 노비를 가진 사람들이 크게 반발하지 않을 만한 납가를 찾느라 그는 고심했었다.

"여긔 쓰인 것텨로, 사람달한 다란 사람달희 종이 다외야셔는 아니 다외나이다." 몸을 바로 하고서, 그는 눈길에 무게를 실어 사람들을 한 바퀴 둘러보았다. "그러한 일은 하날이 사람의 목숨을 내신 뜻에 어긋나나이다. 나라희 종이 다외난 일도 매한가지니이다."

사람들은 모두 얼굴이 굳어 있었다. 핏기가 가신 듯한 부영의 얼굴엔 이마의 흉터가 벌레처럼 붙어 있었다.

그들의 가슴속에서 일고 있는 거센 회오리들이 그의 가슴을 밀어붙였다. 지금 그는 그들에게 자신들의 삶을 가장 근본적으로 규정한 참혹한 조건을 찬찬히 들여다보도록 강요하고 있었다.

'그렇게 들여다보는 건 저 사람들에겐…… 그것이 얼마나 힘들고 괴로운 일인지 난 제대로 상상할 수도 없지,' 그는 스스로에게 일렀다. '이젠 모두 체념하고서 살아가고 있을 텐데. 겨우 아물기 시작한 상처에서 딱지를 떼어내서 다시 피를 흘리도록 하는 짓이나 아닌지……'

아까 『경국대전』을 살폈을 때, 가슴에 가장 아프게 닿았던 부분이 떠올랐다. '공천이나 사천이 제 계집종을 얻어 낳은 자식은 자기를 소유한 관아나 주인에게 주고, 제 아내의 계집종을 얻어 낳은 자식은 아내를 소유한 관아나 주인에게 준다. 만일 양인인 여자를 얻고 다시 그 양처의 계집종을 얻어 낳은 자식은 자기를 소유한 관아나 주인에게 준다. 만일 그 양처가 다른 남편에게서 자식을 낳았다면, 그 자식에게 준다.' '천취비산(賤娶婢産)'이란 제목을 가진 그 조항보다 더 비정하게 합리적인 글을 그는 본 적이 없었다. 금속 활자로 찍은 아름다운 글자들이 그 내용의 비정한 합리성을 더욱 도드라지게 했다.

더욱 충격적이었던 것은 '공천'조의 '승인소생(僧人所生)'에 관한 규정이었다. 그가 김교등에게 노비제의 기본 원칙을 규정한 곳이 어디냐고 묻자, 김은 '공천'조의 '무릇 천인의 자식들은 어미의 역을 좇는다(凡賤人所係 從母役)'는 규정을 손가락으로 짚었다. 김은 그 규정이 공천과 사천 모두에게 적용되는 근본 규정이라고 설명했다. 그 아래에 작은 글씨로 주석이 붙어 있었다: '다만 천인이 양인 여자를 얻어 낳은 자식들은 아비의 역을 좇는다(唯賤人娶良女 所生 從父役).' 즉 부모 가운데 어느 한쪽이 천인이어도, 자식들은 천인이라는 얘기였다. 이어 '불승의 자식들은 부모가 모두 양인들이어도 역시 천인이 된다(僧人所生 雖良 亦從賤)'고 나와 있었다.

그 규정을 본 순간, 그는 자신이 귀금이를 아내로 맞아 낳을 자식들이 공천이 될 뻔했다는 데 생각이 미쳤다. 끔찍하다기보다 어이가 없었다. 그는 그 규정의 논리가 선뜻 이해되지 않았다. 조선조에서 불교를 억압하고 불승들을 천대한 것은 알았지만, 불승들의 자식들을 천인들로 만든다는 규정은 또 다른 얘기였다. 그의 물음에 대해, 그 규정은 불승이 아내를 얻어 자식을 낳은 것은 범죄라는 논리에서 나왔다고 김은 명쾌하게 대답했다. 즉 불승의 자식들은 죄인의 자식들이라 천인들이 된다는 논리였다.

그제야 그는 자신이 귀금이를 얻는 일이 얼마나 힘든 일이었나 새삼 깨달았다. 불승인 그는 아내를 얻는 것조차 범죄였던 것이다. 그리고 그와 귀금이 사이에서 태어난 자식들은 '무릇 천인의 자식들은 어미의 역을 좇는다'는 규정에 따라 천인들이 되고, 귀금이의 주인인 홍쥬댁의 친정 사람들의 재산이 되는 것이었다. 홍쥬댁의 친정에서 그의 자식들을 데려가면, 그로선 그저 바라보고만 있어야 될 판이었다. 례산현의 관노들을 면천하려는 생각은 현청 안에 지지 세력을 만든다는 전략적 고려에서 현청을 점령할 때부터 했었지만, 『경국대뎐』의 노비에 관한 규정들을 본 순간, 그는 무엇보다도 먼저 그 일을 하기로 마음먹었던 것이었다.

'무리도 아니지, 근세의 사회 개혁가들이 법률적 평등이 이루어지면 바로 평등한 사회가 나오리라고 여긴 것이.' 정치적 기회나 경제적 기회의 평등만이 아니라 경제적 결과까지 너무 불평등하지 않도록 만드는 것을 당연한 이상으로 여긴 사회에서 산 그에게 천인들을 그리도 비정하게 다루는 법은 문득 눈앞을 가로막고 숨을 가쁘게 만드는 절벽으로 다가왔었다.

"그러모로," 너무 오래 말을 멈추었음을 깨닫고, 그는 서둘러 말했다. "우리 챵의군은 몬져 례산현의 공쳔들흘 면쳔하고져 하나이다." 잠시 뜸을 들이면서, 그는 뜻을 잉태한 침묵의 양감(量感)을 온몸으로 즐겼다. 만삭이 가까운 여인의 배에 얼굴을 대고 보얀 젖무덤을 올려다보는 듯한 관능적 즐거움이 한순간 살을 채웠다. 지금은 낮은 목소리가 어울린다는 것을 본능적으로 느끼고서, 그는 나직이 말했다, "이제 여러분들흔 모도 량인달히시니이다."

그의 목소리를 바로 따라온 침묵이 푹신한 이불처럼 마루를 덮었다. 한참 동안 아무도 입을 열지 않았다. 소리를 내지도 움직이지도 않았다.

한순간 그는 그와 마주 앉은 사람들이 그로선 짐작할 수 없는 무슨 까닭으로 그가 내민 기회를 외면할지도 모른다고 생각했다. 그을음을 길게 내면서 흔들리는 관솔불이 무거운 어둠을 가까스로 막아내는 중세의 밤엔, 그런 일도 아주 어리석은 일로 느껴지지 않았다.

"감샤하압나니이다, 원슈 나아리," 부영의 삐걱거리는 목소리가 답답하게 느껴지기 시작한 공기를 휘저었다. 부영은 이어서 두 손으로 마루를 짚고서 힘들게 몸을 일으키더니, 그에게 공손히 절했다. 다른 사람들이 황급히 따라서 절했다.

당황스러운 마음으로 손을 젓다가, 그도 자리에서 급히 일어나 마주 절했다. 그리고 절을 하고서 그대로 무릎을 꿇은 사람들에게 말했다. "자리에 앉아쇼셔. 편히 앉아쇼셔."

"나아리, 쇼인달할 그저 면쳔하시나니잇가?" 사람들이 다시 제
대로 앉자, 뒷줄에 앉은 늙수그레한 사람이 가래가 끓는 목소리로
물었다. "납가난 없압나니잇가?"

"녜, 그러하나이다." 반질거리도록 닦여서 검은 거울 같은 동헌
마루에서 되비치는 불빛을 물끄러미 내려다보면서, 그는 스스로에
게 들려주는 것처럼 나직이 말을 이었다. "사람아로 나셔 남의 죵
아로 디낸 일은 뉘에게도 원통한 일이니이다. 스스로 챵의군이라
브르는 군대 엇디 그러한 사람달해게 납가랄 내라 할 수 이시리잇
가? 그러한 사람달해게셔 납가랄 받난 군대 엇디 자갸랄 챵의군이
라 브를 수 이시리잇가?"

이번엔 아무도 대꾸하지 않았다. 자신에게 이르는 것처럼, 서넛
이 가볍게 고개를 끄덕였을 따름이었다. 자신들의 대꾸를 기대한
물음이 아니라는 것을 그들도 느낀 듯했다.

"이 셰샹이 처엄 삼기았알 때난, 다란 사람의 죵아로 나난 사람
안 없었나이다. 모단 사람달히 자갸 쥬인이었나이다. 졈챠로 힘이
셴 사람달히 힘이 약한 사람달할 자갸 죵달로 맹갈았나이다. 그러
하나 힘셴 사람달히 꼭 됴한 사람달힌 것은 아니며, 힘 약한 사람
달히 언제나 낟반 사람달힌 것도 아니이다. 그렇디 아니 하나니잇
가?"

"녜," 앞줄에 앉은 세 사람과 뒷줄에 앉은 사람 하나가 대답했
다. 나머지 사람들도 고개를 끄덕였다. 이제 제법 대화가 되고 있
었다.

"난반 사람이 님굼을 몰아내고서 스스로 님굼이 다외면, 몰려난 님굼을 받드는 튱신들흔 하라아참애 역격으로 몰리나이다. 그리하야서 그 튱신들흔 죽고 그 사람달회 권쇽달한 모도 노비달히 다외나이다."

앞에 앉은 사람들을 슬쩍 살핀 다음, 그는 관솔불 너머 컴컴한 하늘을 바라다보았다. '오늘은 종일 선동만 하는구나. 사람들의 마음을 격동시킬 만한 얘기들만 골라서…… 하기야 모반이 성공할 때까진, 계속 그럴 수밖에 없겠지.'

가슴의 벽에서 모르는 새 스며 나와 밑바닥에 잿빛 즙으로 고인 허무감을 애써 무시하면서, 그는 다음 얘기를 기다리는 사람들에게로 눈길을 돌렸다. "이 나라난 원래 고려라난 나라혔나이다."

뜸을 꽤 들였는데도, 사람들은 별다른 반응을 보이지 않았다. 그들은 고려라는 왕조가 있었다는 얘기를 들어본 적이 없는 듯했다.

"여러 백 년 전에는 왕씨달히 님굼으로 이 나라랄 다살렸나이다. 시방 님굼인 리씨들흔 그때난 왕씨달회 신하달히었나이다. 거의 오백 년을 그리하다가, 리셩계라 하난 쟝군이 왕씨 님굼을 몰아내고서 스스로 님굼이 다외얐나이다. 바로 그분이 우리 태조이신듸, 그때브터 이 나라히 됴션이라 블리게 다외얐고 리씨들히 님굼 노랏알 하야왔나이다. 태조끠셔 됴션 왕됴랄 셰우실 적에, 고려 왕실알 받드는 튱신들흔 많이 죽고 그 사람달회 권쇽달한 모도 노비달히 다외얐나이다. 여러분들 가온대도 그리 죽은 튱신들희 자손달히 있을디도 모라나이다."

이 세상에선 가장 불온한 얘기를 꺼내놓고서, 그는 흘긋 방 안에 있는 사람들을 살폈다. 그와 눈길이 마주치자, 배영집은 이내 눈길을 숙였다. 배의 눈이 번들거리는 듯했다. 배의 뒤에서 내다보던 김교둥이 슬쩍 고개를 돌리면서, 주먹을 입에 대고, 가볍게 헛기침을 했다.

'저 사람들은 내 얘기를 어떻게 생각할까? 통치 조직의 맨 아래에 자리 잡은 저 향리들은 이 사회의 체제에 대해서 어떤 태도를 지녔을까? 내가 이 땅에 펼치려는 꿈이 모습을 드러내면, 저 사람들은 어떻게 반응할까?'

배영집은 낮에 현감을 따라 대지동에 들어왔다가 무장대에게 붙잡혔다. 붙잡힐 때 맞은 모양이었지만, 크게 다친 곳은 없었다. 김교둥은 그의 군대가 현령을 점령할 때 현 령청 안에 있다가 붙잡힌 관원들 가운데 하나였다. 쟝복실의 싸움터에서 도망친 관원들 가운데 그의 군대보다 먼저 현령에 닿아 소식을 알린 사람은 없었다. 그래서 붙잡힌 현감을 앞세우고 밀어닥친 선발대는 아무런 저항을 받지 않고 현령을 점령했고 현령 안에 있던 관원들과 노비들은 거의 다 사로잡혔다.

'같은 관원들이라 해도, 고을의 실력자들인 류방과 그 밑에서 일하는 셔원들은 생각이 좀 다르겠지. 례방은 나나 내 이념에 대해 적대적이겠지만, 셔원이야 아무래도 좀 생각이 다르겠지. 그건 그렇고……' 한가롭게 딴 곳을 기웃거리는 생각을 불러들이고서, 그는 앞에 앉은 사람들을 살폈다.

사람들의 낯빛이 좀 밝아진 듯도 했다. 뒷줄에 앉은 사람들이 고개를 숙이고 수군거렸다.

'자신이 몰락한 왕족의 후예인지도 모른다는 생각이 저 사람들에게 떠오른 적은 물론 없었겠지. 그런 생각이 퍼지면, 조선 왕조에 대한 본능적 충성심이 흔들릴까?'

마루를 내려다보던 부영이 고개를 들어 그를 바라보았다. 그의 얘기를 더 듣고 싶어 하는 낯빛이었다.

자신의 얘기가 사람들로부터 얻은 반응에 용기를 얻어, 그는 한 걸음 더 내디뎠다. "그러모로 님굼과 백셩, 량인과 쳔인이 처엄브터 따로 이셧던 것은 아니이다. 왕씨달히 나라랄 다살였던 고려 시졀에 개셩에 만젹(萬積)이라 하난 사쳔이 이셧나이다. 그때난 한셩이 셔울히 아니라, 개셩이 셔울히었나이다. 만젹은 다란 쳔인들흘 모도아놓고셔 말햐얐나이다. '님굼과 졔후, 쟝군과 졍승이 엇디 씨 이시리? 란리 니러나니, 힘이 세면, 쳔인들도 쟝군이 다외고 졍승이 다외더라. 때 니르면, 뉘라도 그리할 수 있노라.' 그리 말햐얐나이다."

저마다 마음 한구석에 무슨 생각이 떠오른 듯, 그를 바라보는 사람들의 눈길이 멀어지고 있었다.

"그 젼에는 공쥬 따해셔 쳔인들히 고려 왕됴에 반하야 군대랄 니르혔었나이다. 바로 요 너머 공쥬 따해셔 그리하얐나이다." 그는 손을 들어 남쪽을 가리켰다. "그때에 그 사람달회 우두머리는 망이(亡伊)라 하난 사람이었는듸, 그 사람안 스스로 산행병마사(山行兵馬使)라 일캇았나이다. 스스로 쟝군이 다외얀 것이니이다."

"그 사람달한 엇디 다외얐압나니잇가?" 다시 마루에 덮인 침묵의 무거운 자락을 부영의 나직한 목소리가 조심스럽게 들추었다.

"개셩과 공쥬에셔 반하얐던 쳔인들흔 뒤헤 엇디 다외얐압나니잇
가?"

핵심을 찌른 물음을 받고, 그는 잠시 생각을 가다듬었다. 반란은
전사에서도 그가 특히 큰 관심을 가졌던 주제였으므로, 그로선 할
얘기들이 많았다. 그리고 '망이·망소이의 난'은 정용훈이 『한문
문명의 생존 전략』에서 중세 이탈리아의 천민들이 일으킨 '치옴피
의 난'과 비교하면서 자세히 다루었으므로, 그는 그 민란에 일찍부
터 관심을 가졌었다.

"만젹이 개셩에셔 란리랄 니르혀고져 하얐알 때, 모호인 쳔인들
흔 여러 백 명이 다외얐나이다. 그러나 란리랄 니르혀셔 권셰랄 잡
아려면, 더 많안 사람달히 이셔야 하얐나이다. 그러하야셔 그 사람
달한 더 많안 사람달할 모도아셔 뒷날애 다시 모호이기로 하고 헤
어뎠나이다. 불행하게도, 그 사람달 가온대 한 사람이 마암이 변하
야셔 가만이 그 일을 자갸 주인에게 닐러바뎠나이다."

말을 채 마치기도 전에, 그는 아차 싶었다. 민란의 지도자들이
만나는 가장 큰 위험은 추종자들의 배신이었다. 민란은 거의 언제
나 제대로 조직되지 않은 세력이 일으키므로, 한번 전세가 불리해
지면, 반란군의 사기는 이내 떨어지고 병사들은 흩어지게 마련이
었다. 어려운 처지에서도 조직적으로 저항하는 경우는 드물었다.
그래서 정부가 항복한 사람들을 사면하겠다고 제안하면, 반란군
병사들은 대개 그 제안을 받아들였다. 그리고 그들은 흔히 정부의
환심을 사려고 자신들의 지도자의 목을 바쳤다. '만적의 난'이 모
의에 끼었던 사람의 배신으로 무너졌다는 사실은 그의 얘기를 들

은 사람들에게 좋은 영향을 미칠 리 없었다.

한순간 흔들렸던 마음을 다잡으면서, 그는 서둘러 말을 이었다, "공쥬에서 군대랄 니르현 사람달한 개성의 천인들것보다난 훨씬 낫개 일을 꾀하얐나이다. 그때애난 천인들히 부곡(部曲)이나 소(所)라난 곳달해 모호여셔 살았나이다. 공쥬 따해난 명학소(鳴鶴所)라난 곳이 이셨는듸, 바로 거긔 살던 천인들히 란리랄 니르혔나이다. 됴뎡애셔는 크게 놀라셔 대쟝군으로 하야곰 삼쳔이나 다외난 군사달할 잇글고 가개 하얐나이다. 그러나 명학소의 사람달히 하나로 뭏위여셔 니러셨으므로, 힘이 아조 컸고 기세 하날알 디를 닷하얐나이다. 그리하야셔 삼쳔이나 다외난 관군들히 그 사람달할 당할 수 없었나이다."

'과연 그때 관군이 삼천 명이나 되었을까?' 한가로운 생각이 그의 머리를 스쳤다.

사서엔 대장군 둘이 3천 명의 관군을 이끌었다고 나왔다. 그러나 조위총(趙位寵)이 이끈 서북 지방의 반란으로 어려움을 겪던 중앙 정부에서 정치적으로나 군사적으로 당장 큰 위협이 되지 않는 민란을 누르려고 그렇게 큰 군대를 보냈을 것 같진 않았다.

고대의 사서들에서 싸움에 동원된 군대들의 크기는, 동서양을 가릴 것 없이, 크게 과장되었다. 고대 서양의 싸움들에 대해선 여러 가지 단서들을 이용해서 동원된 병력을 추산해보려는 시도들이 나왔다. 그의 기억에 또렷이 남은 경우는 11세기 영국의 '헤이스팅스 싸움'에서 노르망디 공국의 '정복자' 윌리엄이 이끈 군대의 크기를 추산한 것이었다. 당시의 기록자들은 노르망디 군대가 5만명이 되었으며 그들을 노르망디에서 영국으로 나른 배들은 3천 척이었다고 썼다. 그러나 현대의 역사가들은 그 숫자들이 아마도 열 배쯤 과장되었으리라는 주장을 폈다. 그런 주장은 윌리엄의 군대가 승선할 때나 하선할 때나 하루밖에 걸리지 않았다는 사실에 바탕을 두었다. '백년전쟁' 중에 8천에서 1만 사이로 추산된 영국군을 프랑스 해안에 상륙시키는 데 사흘이 걸렸었다. 따라서 윌리엄이 이끈 노르망디 군대는 5천 명을 크게 웃돌지 않았고, 배를 부리는 데 필요한 사람들을 포함하더라도, 8천 명가량 되었을 터였다. 그런 추산은 당시에 쓰인 배들이 태울 수 있었던 사람들의 수와 실제로 동원된 배들의 수를 고려한 추산에 의해 떠받쳐졌다.

동양의 싸움들에 대해선 그런 시도들이 드물었다. 그는 그 점이 무척 아쉬웠다. 사서에서 '백만 대군'이란 표현을 만날 때마다, 그는 실제로 동원된 군대의 크기에 대해 생각했었고, 기회가 찾아오면, 그런 사실적 추산을 해보겠다고 다짐했었다. 반란군을 이끄는 지금, 그런 추산은 지적 호기심을 넘어 실제적 함의들을 품은 문제였다.

"그리다외자, 됴뎡에셔는 그 사람달할 달래난 길밧개 없다 녀겨셔 그 사람달희 고향인 명학소랄 튱슌현(忠順縣)으로 높여주었나이다. 그러나 그 사람달한 됴뎡의 말알 믿기 어렵다 생각하야셔 흩어디디 아니 하얏고 례산현을, 바로 여긔 례산현을, 텨셔 앗았나이다."

망이가 이끈 반란군과 그가 이끈 반란군이 먼저 례산현을 점령하였다는 것은 우연의 일치였다. 그러나 막상 입 밖에 내고 보니,

그 조그만 우연의 일치가 무슨 큰 상징적 뜻을 지닌 것처럼 느껴졌다. 사람들에게 그런 상징적 뜻을 음미할 시간을 주면서, 그는 생각을 가다듬었다.

"마참내 됴뎡에셔는 그 사람달희 뜯을 모도 들어준단 약속알 하얐나이다. 그리하야셔 그 사람달한 관군에게 항복하얐고 관원들과 함끠 고향아로 돌아갔나이다. 그러나 됴뎡에셔 보낸 관원들흔 약속알 디킈디 아니 하얐나이다. 오히려 명학소 사람달히 다시 군대랄 니르혀디 못하개, 그 사람달희 쳐자와 부모랄 잡아갔나이다."

부영이 무거운 낯빛으로 고개를 끄덕였다. 뒷줄에 앉은 사람 서넛이 따라서 고개를 끄덕였다.

"그리하야셔 명학소 사람달한 다시 손에 연장알 잡고 니러셨나이다. 그 사람달한 됴뎡에 편지를 보내셔, '찰하리 칼알 받고셔 죽을디언뎡, 항복한 포로난 다외디 아니하리라. 우리는 반듯기 셔울헤 니르고야 말리라'고 말하얐나이다. 그 사람달히야 이믜 잃을 것이 없었으므로, 두려워할 것도 없었나이다. 가난하고 남애게 매인 사람달한 잃을 것이 없나이다. 자갸달할 묷근 사슬을 뼤혀놓고셔는." 자신의 얘기가 맥없이 마룻바닥에 떨어진 것을 느끼고, 그는 쏩쓸하게 입맛을 다셨다. 오랜 세월을 두고 수십억 사람들의 가슴을 격동시킨 마르크스의 힘찬 구절도, 그의 입에서 나오니, 그저 알아듣기 어려운 비유에 지나지 않았다.

"이번에도 명학소 사람달한 관군을 깨티얐나이다. 그러나 됴뎡에셔는 곧 더 큰 군대랄 보내얐나이다. 마참 녀름지을 때 다외야셔, 사람달히 많이 흩어뎠으므로, 그 사람달한 싸홈애 뎠나이다."
그는 고개를 들어 관솔불 너머 컴컴한 하늘을 보지 않는 눈길로 올려다보았다. 눈에 보이는 파멸을 향해 걸어 나간 사람들의 모습이 그의 가슴속 어둑한 들판에 찬비를 뿌리고 있었다. 문득 생각이 나서, 그는 뒤늦게 덧붙였다. "명학소의 반군을 이끈 망이는 관군에게 잡혀 죽었나이다."

마루에 덮인 이미 무겁고 어두운 침묵 위에 더욱 무겁고 더욱 어두운 침묵이 내렸다. 사람들은 모두 입 밖에 내는 것조차 상서롭지 못한 얘기를 들은 사람들이 짓는 당혹스러운 낯빛을 하고 있었다.

그는 마음을 다잡았다. 혼자 비감해져서 한가로운 상념에 잠길 때가 아니었다. 무슨 희망적인 얘기를 해서 너무 무거워진 분위기를 가볍게 해야 했다. 그러나 아무것도 생각나지 않았다. 자신이 맞은 어려움만이 절벽처럼 그의 생각이 나갈 길을 막고 있었다. 동서고금을 가릴 것 없이, 반란은 성공할 가능성이 적었다. 성공적 반란이 하나 나오기까지는 실패한 반란들이 몇십 또는 몇백 나와야 했다. 특히 피지배층만의 반란은 성공하는 경우가 거의 없었다. 반란이 성공하려면, 적어도 지배층이나 중간층의 일부가 반란에 가담해야 했다.

'지금 먼저 할 일은……' 사람들의 생각을 '만적의 난'과 '망이·망소이의 난'이 실패했다는 사실로부터 돌릴 필요도 있었지만, 자신의 마음에서 어두운 생각을 밀어내려고, 그는 당장 해야 할 일들에 생각을 모았다. 그는 방 쪽으로 몸을 돌렸다. "례방."

"네, 원슈 나아리." 서안 뒤에서 배영집이 급히 몸을 일으켰다.

"문셔들흔 모도 다외얏나니잇가?"

"녜, 원슈 나아리. 모도 다외얏압나니이다."

"그러하시면 이리 가자오쇼셔."

"녜." 배가 서안 한쪽에 놓인 종이들을 추슬러 들고 왔다. "이제 여긔에 원슈 나아리꼐셔 수결을 두시면 다외압나니이다." 배가 그의 원슈 직함 아래 빈 곳을 가리켰다.

"알겠나이다. 슈고하샸나이다." 그는 문서들을 받아서 앞에 놓고 촛불에 비추어 훑어보았다. 김교듕이 촛대를 하나 더 들고 나왔다. 그는 서류들에서 부영에 관한 것을 찾아 들었다.

萬歷柒年三月初柒日
禮山縣縣內面舟橋里住
戶富英年貳拾陸甲寅生
戶本是禮山縣公賤是等尼
今日依湖西倡義軍軍令第壹
號免賤贖良爲白去乙錄其
事於正續案及准給此文
書者

湖西倡義軍 元帥

　　禮山縣 禮房 裵

한문에 이두가 섞인 그 문서의 뜻을 그로선 이내 해독할 수 없었다. 세 번 읽고 나니, 그럭저럭 뜻이 통했다. '만력 7년 3월 초이레. 례산현 현내면 주교리에 사는 호주 부영은 26세로 갑인년에 태어났다. 호주는 원래 례산현의 공천이었는데, 오늘 호셔챵의군 군령 제1호에 따라 천인에서 벗어나 양인이 되었으므로, 그 사실을 정안과 속안에 적고 그것에 따라 이 문서를 내준다'라고 해석하면, 될 듯했다.

공천들을 풀어서 양인으로 만드는 절차에 관해서 그는 배영집에게 묻고 배의 생각을 많이 따랐다. 배는 김교등과 함께 노비들에 관한 일들을 적은 장적(帳籍)인 졍안(正案)과 쇽안(續案)을 챵의군 군령에 따라 고쳤다. 졍안은 스무 해마다 만들고 쇽안은 세 해마다 만든다고 했다. 그가 해방된 사람들에게 해방의 사실을 증명하는 문서를 내주고 싶다 하자, 배는 쥰호구(准戶口)를 만들어주는 것이 좋겠다고 했다. 쥰호구는 관청이 호주에게 발급하는 문서로 일종의 호적등본이었다.

"원슈 나아리, 여긔 붓이 이시압나니이다." 배가 김이 내온 서안에서 붓을 집어 그에게 내밀었다.

"아, 녜." 그는 붓을 받아 부영의 쥰호구에 수결을 두었다. 배의 매끄러운 수결에 비하면 아무래도 서툴러 보이는 자신의 수결을 잠시 비판적 눈길로 바라보다가, 그는 고개를 들어 배를 쳐다보았다. "이제 모도 다외얏나니잇가?"

"녜, 원슈 나아리. 모도 다외얏압나니이다."

고개를 끄덕이고서, 언오는 웃음 띤 얼굴로 부영의 눈길을 찾았다. "부영 형, 여긔 면천쇽량알 증빙하난 문셔이 이시나이다."

"이리 주쇼셔." 그가 그 문서를 집어 들자, 배가 냉큼 받아서 부영에게 건넸다.

"감샤하압나니이다, 원슈 나아리." 무릎을 꿇고 문서를 두 손으로 공손히 받아서 한참 들여다본 부영이 문득 생각난 듯 인사를 차리더니 급히 자리에서 일어나 그에게 절했다. "이제 쇼인이 이 셰샹에 나와서 처엄으로 사람이 다외얐압나니이다. 원슈 나아리, 이 은혜는 백골난망이압나니이다."

자신의 쥰호구를 받아 들면서, 사람들은 부영의 본을 받아 그에게 고맙다는 인사를 하고서 절을 했다.

"이제 모도 편히 앉아쇼셔," 그는 편히 앉지 못하고 다시 무릎을 꿇은 사람들에게 권했다. "그러나한듸 량인달한 모도 성을 가졌나이다. 이제 여러분들꿰셔도 성을 가자시난 것이 옳알 닷하나이다. 그러하디 아니 하나니잇가?"

"녜에." 합창이 나왔다. 몇이 덧붙였다, "원슈 나아리."

"그러하시면 거긔 문서에 성을 써넣는 것이 됴할 닷한듸…… 그리하야셔 여러분들희 아달딸달히 성을 가잘 수 이시게 하난 것이 옳안 일 아니잇가?"

그의 기대와는 달리, 이번에는 반응이 시원치 않았다. 모두 쭈뼛거렸다.

그때 마당에서 기침 소리가 나더니, 누가 섬돌을 딛고 올라왔다. "원슈님."

"아, 녜, 쟝 대쟝."

"사나희 뒷간알 다 맹갈았압나니이다."

"그러하샷나니잇가? 슈고랄 많이 하샷나이다," 그는 쟝츈달을 치하하고 밝은 웃음을 지어 보였다.

현텽을 점령하자, 그는 무장대를 두 패로 나누었다. 한 패는 김 항텰에게 맡겨 현텽을 지키고 사로잡은 관원들을 감시하도록 했다. 다른 패는 박초동에게 맡겨 옥에서 박우동을 구해내도록 했다. 박이 이끈 무장대가 몰려가자, 옥리들은 저항할 생각도 하지 못하고 도망쳤다고 했다.

최셩업에겐 농악대를 이끌고서 마당에 천막을 치도록 했다. 동헌과 내아(內衙)의 방들만으로는 사람들을 제대로 재울 수 없었다.

쟝츈달에겐 보급대를 이끌고서 현텽 마당가에 선 커다란 은행나무에 사다리를 놓고서 망루를 세우도록 했다. 망루가 만들어지자, 그는 쟝에게 무장대의 도움을 받아 변소를 새로 만들도록 했다. 그는 현텽을 관군에 대항하는 성채로 삼을 생각이었고, 그렇게 하려면, 그 일들이 가장 급했다. 망루를 세우는 일은 당연히 급했지만, 깨끗한 변소를 만드는 일도 못지않게 중요하고 급했다. 좁은 곳에 갑자기 많은 사람들이 모였으니, 당장 변소가 비좁기도 했지만, 위생에 신경을 써야 했다. 지금처럼 어지러운 상황에서 한번 전염병이 생기면, 사람들은 이내 흩어질 터였다. 내일은 목욕탕을 지을 계획이었다.

"그러하시면 이제 사람달할 재쇼셔. 오날 큰일들흘 많이 하얏아니, 모도 시드러울 새니이다."

"녜, 원슈님. 이대 알겠압나니이다."

"사람달히 자기 전에 모도 손발알 씻게 하쇼셔. 슈고로오시더라도, 쟝 대쟝끠셔 손소 살펴쇼셔. 군대랄 잇그는 쟝슈는 그러한 대까장 일일이 살피면셔 군사달할 돌봐야 하나이다." 웃음 머금은 눈길로 땀내 풍기는 쟝을 바라보면서, 그는 부드럽게 일렀다.

"녜, 스승님. 원슈님." 쟝이 씨익 웃으면서 한 손으로 덜미를 쓰다듬었다.

"그리하시고…… 김 대쟝, 최 대쟝과 샹의하셔셔, 군사달히 밤애 번을 셔셔 망알 보고 순찰알 돌개 하쇼셔."

"녜. 이믜 김 대쟝, 최 대쟝하고 그 일을 샹의하얐압나니이다. 군사달히 순챠로 번을 셔게 하얐압나니이다."

"아, 그리하샸나니잇가? 아조 잘하샸나이다." 반가운 얘기였다. 그의 지시를 받기 전에 대장들이 상의하여 일을 처리한 것이 퍽 믿음직스러웠다. "대쟝들끠셔 그리 샹의하셔셔 일을 쳐티하난 것이 아조 묘한 일이니이다. 앒아로도 그리하쇼셔."

그의 칭찬에 쟝의 얼굴이 밝아졌다. "녜, 원슈님. 그러하시면 나난, 쇼쟝안, 돌아가셔…… 사람달할 재고 나면, 다시 보고랄 올이고져 하압나니이다."

"그리하쇼셔."

쟝이 마당으로 내려서자, 그는 다시 앞에 앉은 사람들에게로 몸을 돌렸다. "셩을 쓰실 때, 여러분들의 션조달끠셔 쳔인들히 다외시기 전에 디니셨던 셩을 아시면, 그 셩을 쓰쇼셔."

사람들이 우물쭈물하면서 서로 얼굴만 쳐다보았다. 눈치를 보니, 천인이 되기 전에 지녔던 성을 아는 사람은 없는 듯했다.

"여러분들끠셔 시방 옛 셩을 모라시면, 셩을 새로 맹갈아사이다. 셩도 새로 맹갈고 본관도 새로 뎡하고," 그는 짐짓 가벼운 어조로 말했다. 이어 충동적으로 덧붙였다, "쇼쟝도 이번에 본관알 새로이 뎡하얏나이다."

사람들이 일제히 고개를 쳐들었다. 그가 본관을 새로 정했다는 얘기에 좀 느슨해졌던 분위기가 다시 팽팽해졌다. 방 문턱 앞에 엉거주춤 쪼그리고 앉았던 배영집과 김교듕도 고개를 바로 들고 그를 쳐다보았다. 그는 새삼 깨달았다, 본관을 새로 정한다는 것은 그들로선 상상하기 어려운 일임을.

"쇼쟝안 실로난 셔얼이니이다. 쇼쟝의 할마님의 할마님끠셔는 한산 리씨댁애 쇼실로 들어가샷나이다. 오날 환쇽하기로 하얏알 때, 쇼쟝안 한산 리씨의 셔얼이 다외기보다난 찰하리 새로이 아산 리씨를 시작하기로 하얏나이다. 쇼쟝이 아산현에서 나셔, 아산알 본관아로 삼앗나이다."

그가 한산 이씨의 서얼이란 얘기는 사실이었다. 소실이었던 분이 고조모였는지, 아니면 더 윗대 분이었는지는 확실치 않았지만. 그가 례산현에 들어온 뒤 쭉 써온 립문(立文)이라는 법명을 버리고 리언오라는 이름을 다시 쓰기 시작한 것은 물론 아까 「챵의문」을 지었을 때였다. 그러나 본관을 새로 정한 것은 방금 면천된 사람들에게 새로 성과 본관을 정하라고 권한 순간이었다.

말을 마치자, 그는 가슴 한구석이 가벼워진 것을 느꼈다. 엉킨 줄도 몰랐던 무엇이 문득 가슴에서 사라진 것처럼. 그는 방금 사라진 것이 가슴에 남긴 자국을 들여다보았다.

자신이 서얼이라는 것을 그가 알게 된 것은 어렸을 적에 책에서 족보란 말을 처음 만났을 때였다. 그가 자기 집안의 족보를 보고 싶다고 하자, 어머니는 그의 집안엔 족보가 없다고 했다. 그가 그 까닭을 묻자, 어머니는 난감한 얼굴로 한참 망설이다가 집안에 족보가 없는 사정을 머뭇머뭇 얘기해주었다. 얘기를 마치자, 어머니는 좀 붉어진 얼굴로 그의 눈길을 피하면서 방에서 나갔다.

그 뒤로 그는 자신이 서얼이란 사실을 끊임없이 떠올려야 했다. 계급. 계층. 양반. 서얼. 중인. 가문. 종가. 족보. 선영 따위 그에게 자신의 출신을 생각하도록 만든 낱말들은 아주 많았고, 그것들을 만날 때마다, 그는 집안의 내력을 얘기해주던 어머니의 모습을 가벼운 아픔으로 떠올렸다. 그는 물론 그 사실을 대수롭지 않게 여겼다. 누구도 그의 출신에 대해 관심을 보이지 않았다. 그래도 그의 마음 한구석엔 어머니의 가슴에 자리 잡았던 열등감이 비쳐서 발그스레해진 부분이 있었음이 분명했다.

'이 낯선 세상에 와서 다른 사람들의 문제를 다루고서야, 비로소 내 마음속에 나도 모르게 자리 잡았던 열등감의 그림자를 알게 되다니…… 그러고 보면, 내가 아버지를 그리도 싫어한 까닭들 가운데엔……' 새로운 깨달음이 마음의 다른 구석을 번갯불처럼 비쳤다. 그 빛에 드러난 풍경은 보기 좋은 것은 아니었다. 거의 괴기하게 느껴지는 그 풍경에 이끌리는 눈길을 억지로 거두고, 그는 눈앞의 일로 마음을 돌렸다.

"여러분들끠셔도 마암에 드는 성을 고르시고, 나신 고을회 일홈알 따셔 본관알 뎡하시난 것이 엇더하나니잇가? 여러분들끠셔는 오날 떳떳한 사람달로 새로 나신 혜옴 아니잇가?"

"녜, 원슈 나아리." 몇이 대꾸했다. 이어 그들은 머리를 맞대고 수군거리기 시작했다.

"원슈 나아리." 아까 납가는 없느냐고 물었던 늙수그레한 사람이 그를 불렀다.

"녜, 말쌈하쇼셔."

"쇼인달희 권쇽달토 모도 면천이 다외얐압나니잇가?"

"물론 그러하나이다. 이제는 여러분들희 권쇽달토 모도 량인달 히시니이다."

"그러하오면," 동의를 구하는 얼굴로 흘긋 다른 사람들을 살피더니, 그 사람은 어렵게 말을 꺼냈다. "쇼인달희 권쇽달토 여긔 문셔에 함끠 올아난 것이……"

"아하." 그는 웃으면서 고개를 끄덕였다. "쇼쟝이 미쳐 그 생각알 하디 못하얐나이다. 물론 모도 함끠 올아셔야 하나이다." 그는 배영집을 돌아보았다.

배는 혼자 고개를 끄덕이고 있었다.

"그러하면 례방끠셔 슈고로오시더라도 쥰호구를 새로이 맹갈아셔야……" 그는 은근한 어조로 말했다. "뎌분들끠셔 새로이 뎡하신 셩과 본관알 넣고 권쇽달희 일홈도 함끠 넣어셔, 새로이 맹갈아쇼셔."

"녜, 원슈 나아리. 분부하신 대로이 거행하겠압나니이다," 문서들을 새로 만드는 일은 작은 일이 아니었지만, 배는 선뜻 대꾸했다.

"그러하면 문셔들흘 맹갈아놓아쇼셔. 나난 한 디위 돌아보고 오려 하나이다." 그는 자리에서 일어섰다. "내 돌아와셔 수결을 두리다."

"알았압나니이다, 원슈 나아리," 따라 일어선 배가 대답하고 허리를 굽혔다. 사람들이 모두 황급히 일어나서 허리 굽혀 인사했다.

그가 마루에서 내려서자, 한쪽 기둥에 붙어 있던 묵돌이 앞으로 나섰다. 묵돌은 정색하고 근위병 노릇을 하고 있었다. 아까 그가 근위병 네 사람에게 쟝춘달에게로 가서 망루를 세우는 일을 도우라고 얘기하자, 묵돌은 원수 곁에 근위병이 한 사람은 있어야 되지 않느냐고 말하면서 자신이 남겠다고 했다. 묵돌은 어느 사이엔가 칼을 한 자루 얻어서 등에 메고 있었다.

그의 입가에 웃음이 어렸다. '흠. 김 대쟝에게 뭐라고 하고서 칼을 얻었나?'

무기를 나눠주는 일은 김항텰이 맡았는데, 병사들이 칼을 얻기는 쉽지 않았다. 관군에게서 압수했거나 현청에 있던 무기들은 그리 많지 않았고, 모두 창보다는 칼을 원했으므로, 챵의군에서 칼은 '지위의 상징' 노릇을 하고 있었다.

그는 묵돌의 그런 행동이 싫지 않았다. 무슨 일이 일어날지 모르는 판이라, 실은 근위병이 필요했고, 묵돌처럼 근위병의 임무를 정색하고 수행하려는 사람이 곁에 있는 것이 든든했다. 그의 입가에 남았던 웃음이 야릇하게 바뀌었다. '이렇게 해서 근위병들이 세력을 얻어가는 거겠지.'

역사적으로, 근위병들이 득세한 경우는 많았다. 환관들이 금군(禁軍)을 관장해온 전통을 지닌 중국에선 환관들의 횡포가 끊이지 않았고, 로마 제국에선 '근위병단'이 황제들의 선출을 실질적으로 관장했었다. 현대에서도 그런 경향은 짙게 남아 있었으니, 조선 남조의 '대통령 경호실'과 북조의 '주석 호위국'은 막강한 권력을 휘두르고 국사에 간여했었다.

그의 눈가에 싸늘한 웃음기가 돌았다. '근위병들이 득세하면, 제 왕들도 그들을 마음대로 다루지 못하고, 심지어 그들의 꼭두각시 가 되는 경우도 흔한데. 난 지금 그런 위험을 피할 수 있다고 믿지. 근위병들을 키운 제왕들이 모두 그렇게 믿었다는 사실을 알면서 도.'

그는 조심스럽게 섬돌을 내려갔다. 머리가 가볍게 흔들렸다. 마 당에 내려서자, 그는 덜미를 손으로 주물렀다. 어젯밤을 꼬박 새우 고 아직까지 한숨도 눈을 붙이지 못한 것이었다. '나만 그런 것도 아닌데. 김 대쟝은 나보다…… 내가 벌써 나이를 많이 먹었단 얘 긴가?'

고개를 흔들어 갑자기 밀어닥친 졸음의 물살을 쫓고서, 그는 내 아로 향했다. 내아엔 다친 사람들이 들어 있었다. 제일 큰 방엔 싸 움터에서 다친 현감이 있었고, 다른 방엔 다친 관원들과 옥에서 풀 려난 박우동이 있었다. 현감은 냇둑을 넘다가 말에서 떨어져 어깨 를 다쳤다고 했다. 박우동은 옥에 갇힌 뒤 매를 맞아서 엉덩이 살 이 터졌다. 다행히, 상처는 곪지 않아서, 큰 탈은 없을 듯했다.

동헌의 오른쪽 방에서 낮은 말소리가 들렸다. 이번 행렬의 지휘 자들인 리씨 형제, 신경슈, 그리고 봉선이 할아버지가 든 방이었다.

'무슨 얘기들을 하나? 목소리들이 무거운데. 돌아다보면, 모두 마음이 아득해지겠지.'

그가 「챵의문」을 지어서 벽에 붙이자, 사람들은 모두 놀라서 말 그대로 입을 다물지 못했다. 특히 행렬의 지휘자들은 낯빛이 검게 바뀌었다. 그들은 고개를 젓거나 서로 쳐다보면서 걱정스럽다는 눈길을 주고받았다. 그러나 소리 내어 항의하는 사람은 없었다. 대지동의 싸움터에서 이미 돌아올 수 없는 다리를 건넜다는 것을 그들은 알고 있었다. 이제는 끝까지 싸우는 길밖엔 없었다. 그리고 그에겐 무장대 젊은이들의 굳은 지지가 있었다. 「챵의문」을 보자, 김항렬의 선창에 따라 그들은 만세를 불렀다. 그러자 보급대 사람들이 질세라 챵춘달의 선창에 따라 만세를 불렀다.

내아에 가까이 가자, 약을 달이는 냄새가 풍겨 왔다. 기생들 가운데 의술에 대해서 좀 아는 사람이 있었다. 나이가 지긋하고 언동이 침착해서, 그는 그녀에게 다친 사람들을 위해 약을 짓도록 했다.

내아 기둥에 걸린 장명등(長明燈)이 둘레에 은은한 빛을 뿌리고 있었다. 그 등의 우아한 모습이 그의 마음을 조용히 그러나 깊이 흔들었다.

'바로 저것이 권력이다,' 그는 자신에게 일렀다. '기름과 초를 아까워하지 않고 밤새 불을 켤 수 있다는 것, 집에 등잔조차 없는 사람들이 적잖은 세상에서 저리 우아한 등을 당연한 것으로 여길 수 있다는 것, 그것이 바로 권력이다.'

그는 멈춰 서서 먼 눈길로 등을 올려다보았다. '만일 내가 가난한 사람들도 저런 등을 켤 수 있도록 하지 못한다면, 내가 그저 지금 권력을 쥔 사람들을 몰아내고 대신 권력을 차지하는 것으로 끝낸다면, 난 실패한 것이다. 다른 사람들이 무엇이라 하든.'

현감이 든 안방의 문이 조심스럽게 열리더니, 여인이 무엇을 들고 마루로 나왔다. 의술을 아는 도화란 기생이었다. 현감은 가족을 한성에 두고 혼자 내려왔다고 했다.

"현감끠셔는 엇더하시니잇가?" 그녀가 마루에서 내려서자, 그는 방에도 들릴 만큼 큰 소리로 물었다.

갑자기 나온 그의 물음에 적잖이 놀란 듯, 그녀는 어깨를 옴츠리고 그를 살피면서 잠시 머뭇거렸다. "이제 많이 나아디샸나니이다."

"아, 그러하시니잇가? 다행이니이다. 슈고랄 많이 하샸나이다."

그녀가 방에서 들고 나온 놋요강을 들고 급히 섬돌을 내려와 사라졌다.

그는 하늘을 올려다보았다. 뻣뻣한 덜미의 살이 뭉쳐지는 것이 시원하게 느껴져서, 그는 고개를 한껏 젖혔다. 이제 하늘은 거의 다 개어서, 별들이 초롱초롱했다. '오늘 아침만 해도…… 저수지 터를 떠난 때가 이젠 아득한 옛날이구나.'

그는 두 손을 옆구리에 대고 가슴을 폈다. 몸은 무척 피곤했지만, 마음은 오히려 맑았다. 무엇보다도, 이제는 회의와 불안으로 돌아다볼 필요가 없었다. 그가 살았던 21세기는 이미 구원받을 수 없는 세상이었다. 충격을 받은 시간 줄기에서 떨어져 나가 혼자 떠도는 역사의 미아였다. 자신도 모르게 참았던 숨을 길게 내쉬고서, 그는 다리에 힘을 주어 섬돌을 오르기 시작했다.

2

　　"더 물어보실 일이 이시니잇가?" 언오는 앞에 앉은 사람들을 천천히 둘러보았다.

　　네 사람은 잠시 서로 쳐다보았다. 쟝츈달이 김항텰에게 고개를 저어 보였다. 최셩업과 류죵무가 따라서 고개를 저었다. 한 시간 가까이 내일 할 일들에 관해 얘기했으므로, 아직도 미심쩍은 부분은 없을 듯했다.

　　"없압나니이다." 마침내 김이 대답했다. 다른 사람들이 고개를 끄덕였다.

　　"그러하시면 내일 할 일달할 나이 간략하게 다시 녜아기하리다. 몬져, 김 대쟝끠셔는 무쟝대랄 잇그시고셔 담 둘에의 나모달할 버히쇼셔."

　　"녜, 원슈님," 마른 목소리로 대꾸하고서, 김은 눈을 껌벅거렸다. 핏발 선 눈에 물기가 어렸다.

김의 극도로 지친 모습은 그에게 자신도 아주 지쳤다는 것을 일깨워주었다. 살을 채운 피곤의 물살이 문득 넘실거렸다. 그 잿빛 물살을 지그시 누르고 마음을 다잡으면서, 그는 이젠 길어도 한 시간이면 일을 끝내고 자리에 누울 수 있으리라는 것을 자신에게 일렀다. "그리하시고…… 쟝 대쟝끠셔는 보급대랄 잇그시고셔 무쟝대가 버힌 나모달로 담 안녁에 발판알 맹갈아쇼셔."

"녜, 원슈님," 붕대를 감은 왼손을 조심스럽게 쓰다듬으면서, 쟝이 대꾸했다. "그리하겠압나니이다." 쟝은 싸움터에서 손을 다친 것이 아니라 아까 망루를 짓다가 다친 것이었다.

그는 례산현텽을 이번 반란에서 행정의 중심으로만이 아니라 작전의 거점으로 삼을 생각이었다. 례산현 한가운데를 지나 북쪽으로 흐르는 무한쳔(無限川)의 동쪽 들판에 조그만 봉우리가 오뚝 솟았는데, 그 위에 무한산셩(無限山城)이라 불리는 오래된 토성(土城)이 있었다. 그 산성 얘기를 들었을 때, 그는 그곳을 거점으로 삼을까 하는 생각도 했었다. 오랫동안 버려져서, 이제는 성이라 하기도 무엇한 터였지만, 그래도 무너진 곳들을 고쳐 쌓으면, 평지에 자리 잡은 현텽보다는 훨씬 나을 듯했다. 아깝게도, 그 산성엔 우물이 없다는 것이 드러났다. 무한쳔이 바로 옆으로 흐른다고는 해도, 우물이 없는 산성에 진을 치는 것은 너무 위험했다. 그 산성 말고는 근처에 거점 노릇을 할 만한 곳이 없었으므로, 현텽을 거점으로 삼는 수밖에 없었다.

문제는 현텽이 요새로 쓰일 경우를 예상해서 지어진 건물이 아니라는 점이었다. 현텽을 둘러싼 담은 돌로 쌓여졌지만, 높지도 튼튼하지도 않았다. 담이 외겹이었으므로, 2차 저항선으로 쓰일 만한 것도 없었다. 그래서 어느 곳에서고 담이 한번 뚫리면, 그대로 무너질 위험이 있었다.

자연히, 현령을 먼저 요새로 만들어야 했다. 물론 관군이 닥치기 전에 요새다운 요새로 만들기는 어려웠고, 아쉬운 대로 요새 구실을 해서 관군의 공격을 무디게 한다면 다행일 터였다. 그런 요새화에도 많은 일들이 따를 터였지만, 가장 시급한 것은 활을 쏘는 데 방해가 되지 않고 적병들이 엄폐물로 쓰지 못하도록 담 둘레의 나무들을 베어내는 일이었다. 또 하나 급한 것은 담 안쪽에 병사들이 딛고 설 발판을 만드는 일이었다.

"그리하시고…… 최 대쟝끠서는 긧발이 마련다외난 대로이 농악대랄 잇그시고셔 댱터로 나가쇼셔. 두레로 사람달할 모도이고셔 「챵의문」 하고 군령을 브티쇼셔."

"녜, 원슈님," 듬직한 목소리로 대꾸하고서, 최가 수염을 쓰다듬었다. "그리하겠압나니이다."

방문 밖에서 기침 소리가 났다. 여자 목소리였다. 이어 방문이 열리더니, 여인이 소반을 들고 들어섰다. 곱게 차린, 젊은 여인이었다. 조그만 단지를 든 여인이 따라 들어왔다. 소반을 든 여인은 처음 보는 사람이었지만, 단지를 든 여인은 낯이 익었다. 아까 저녁 때 인사했던 항슈(行首) 기생이었다.

'차림을 보면, 기생인 모양인데.' 무슨 큰 힘에 끌린 것처럼, 그의 눈길이 다시 젊은 여인에게로 향했다.

"므슥을 가자왔나?" 턱을 쓰다듬으면서, 쟝이 입맛을 다셨다.

"자아, 우리 죠곰식 믈러나디," 최가 말하고서 앉은 채로 뒤로 물러났다. 다른 사람들이 따라서 조금씩 물러났다.

네 사람이 물러나서 만들어진 빈자리에 젊은 여인이 소반을 내려놓았다. 그녀는 빨강 치맛자락을 감싸 쥐고 옆으로 비켜나더니, 무릎을 세우고 다소곳이 앉아 고개를 숙였다.

'열 일곱? 여덟?' 가까이서 보니, 그녀는 처음 보았을 때보다 좀 어려 보였다. 문득 짙은 화장내가 그의 얼굴을 휩쌌다. 가벼운 호기심으로 그녀의 나이를 가늠하던 그의 마음이 껌벅거리는 촛불에 따라 춤추는 그림자처럼 흔들렸다.

"원슈 나아리, 마실 것을 가자왔압나니이다," 항슈 기생을 따라 들어온 배영집이 문을 닫더니, 두 손을 앞에 모으고 공손히 말했다. "목이 마라실 닷하야……"

"아, 녜." 젊은 여인에게서 풍겨오는 짙은 향기에 아직 어찔한 마음을 다잡으면서, 그는 고개를 끄덕였다. 군무에 관한 얘기가 나오자, 배는 슬그머니 자리를 떴었는데, 얘기가 끝나가는 눈치를 보고, 마실 것을 내온 듯했다. "례방끠셔 슈고랄 하샸나이다."

"강선아, 원슈 나아리끠 문안 인사 올이거라," 방문 쪽에 앉은 항슈 기생이 젊은 여인에게 일렀다.

"녜." 젊은 여인이 조용히 일어나더니 그에게 큰절을 올렸다. "쇼녀 강션이 원슈 나아리끠 문안 인사 올이압나니이다. 만슈무강 하쇼셔."

그도 반사적으로 몸을 일으켜 맞절을 했다. "감샤하압나니이다. 쇼쟝이 리언오이니이다."

굽혔던 몸을 일으키면서, 그는 항슈 기생의 놀란 얼굴에 작지 않은 만족감을 느꼈다. 그녀의 놀란 얼굴이 다른 무엇보다도 또렷이 그가 일으킨 반란이 모든 면들에서 혁명적임을 확인해주었다. 그가 그녀와 인사한 것은 저녁 때 막 현텽을 점령하고서 한 바퀴 둘러볼 때였다. 군대를 지휘하느라 바빴으므로, 그는 그녀의 인사에 정중하게 대꾸할 겨를이 없었다.

자신이 챵의군 원슈의 맞절을 받았다는 것을 깨닫자, 강션은 낮게 외마디 소리를 내면서 두 손으로 입을 가렸다. 그녀는 잠시 동그래진 눈으로 그를 멀거니 쳐다보았다. 이어 당혹스러운 낯빛으로 항슈 기생을 돌아다보았다.

항슈 기생은 역시 노련했다. 이내 태연한 낯빛을 꾸미고 강션에게 고개를 끄덕이더니, 국자를 집어 들었다. "원슈 나아리, 슈졍과랄 졈 드쇼셔."

"슈졍과? 됴티요," 짐짓 쾌활하게 대꾸하면서, 그는 몸속에서 넘실거리던 피곤의 물살이 어느 사이엔가 썰물처럼 멀리 물러났다는 것을 깨달았다. 새로 드러난 갯벌 위로 바다 냄새를 머금은 바람이 시원스럽게 불고 있었다.

"하아, 슈졍과라. 됴토다," 쟝이 거들고서 헛기침을 크게 했다. 넷 가운데선 쟝이 그래도 주눅이 덜 든 편이었다. 비록 몽둥이를 들고 쳐들어와서 현텽의 주인 노릇을 하고 있었지만, 산골에서 살아온 사람들이라, 모두 동헌을 차지하고 앉은 것이 적잖이 불안한 눈치였다. 한성 물을 먹은 김항텰까지도, 실수할까 마음이 쓰이는 듯, 말과 몸짓이 군사들을 지휘할 때보다 훨씬 조심스러웠다.

"우믈에 담가두었는듸, 싀훤할넌디……" 혼잣소리를 하면서, 향슈 기생이 조심스럽게 사기 국자로 단지 안에 든 국물을 떠서 소반에 놓인 빈 사발을 채웠다. "우리 강션이 원슈 나아리끠 마암알 아조 앗졌고나. 강션아, 그리 넋 놓고 있디 말고 어서 원슈 나아리끠 슈졍과랄 올이거라."

"녜." 그의 얼굴을 훔쳐보던 강션이 수줍게 웃으면서 사발을 들어 그에게 바쳤다. "나아리, 여긔……"

"아니이다." 손을 내저으면서, 그는 고개로 앞에 앉은 사람들을 가리켰다. "함끠 드사이다."

"원슈님끠셔 몬져 드쇼셔," 네 사람이 한목소리로 권했다.

"원슈 나아리끠셔 몬져 드쇼셔," 얼굴에 웃음을 얹으며, 향슈 기생이 은근한 어조로 권했다.

"그러하오면…… 감샤하압나니이다."

두 손을 내밀어 사발을 받아 드는 사이에도, 그의 눈길은 강션의 손으로 끌렸다. 그녀 손은 그가 이 세상에 불시착한 뒤 처음으로 가까이에서 살핀 흰 손이었다. 지금까지 그가 본 여인들의 손은 모두 험한 일들을 하느라 거칠었다. 한산댁과 같은 양반 집안의 젊은 여인들까지도 손이 거친 편이었다. 강션의 희고 긴 손가락들은 그것들이 환락을 위한 것임을, 사내들의 살을 만지고 사내들의 손에 애무받기 위한 것임을, 고혹적 목소리로 그에게 속삭이고 있었다.

그러나 강션의 향긋한 냄새와 흰 손에서 느낀 유혹을 누르는 일은 그리 어렵지 않았다. 그의 가슴 한가운데에 자리 잡은 무엇이, 그 유혹보다 훨씬 더 세고 비길 수 없을 만큼 순수한 무엇이, 그 유혹을 너무 가까이 오지 못하게 밀어내고 있었다. 그것이 귀금이에 대한 사랑임을 그는 자신의 마음속을 들여다보지 않고도 알 수 있었다.

시원한 국물이 말을 많이 해서 지친 목을 부드럽게 쓰다듬어주었다. "됴오타. 참아로 됴오타. 그렇디 아니 하야도, 목이 마라던 참인듸."

그의 웃음을 받자, 두 여인이 따라서 얼굴에 웃음을 띠었다. 특히 강선의 수줍은 듯 환한 웃음은 아름답게 느껴졌다. 한순간 그녀 얼굴이 방을 밝힌 촛불보다 환하게 느껴졌다. 비록 시골 관아에 매인 기생이었지만, 그녀에겐 아직 때가 묻거나 지치지 않은 무엇이 남아서 짙은 화장을 뚫고 맑은 빛을 내는 듯했다.

머릿기름을 발라 유난히 검은 그녀 머리가 잊힌 기억 한 자락을 지그시 잡아당겼다. 그의 몸속 깊은 구석에서 무엇이 열리면서, 뜨거운 물살이 솟기 시작했다. 귀금에 대한 깨끗한 사랑에도 불구하고, 그의 몸은 자신의 논리에 따라 익숙하면서도 낯선 기억에 끌리고 있었다.

그 물살을 서둘러 막으려는 것처럼, 그는 사발을 들어 국물을 마저 마셨다. 사발에 남은 곶감을 손으로 집어서 한입 베어 물다가, 그는 베기 아직 방문 앞에 시 있다는 것을 깨달았다. "아, 례방끠셔도 이리 오쇼셔. 여긔 함끠 앉아사이다."

"쇼인이 감히……" 배가 한 걸음 물러났다. "나아리들끠셔 죵요로온 일달할……"

"아니이다. 군무 녜아기난 끝났나이다. 함끠 드사이다. 이리 오쇼셔."

"배 례방, 이리 오소." 쟝이 손짓했다.

"그러하압시면……" 배가 조심스럽게 다가와서 옆으로 조금 옮겨 앉은 최 곁에 앉았다.

"참아로 됴오타," 사발을 내려놓고 소매로 입을 훔치면서, 쟝이 감탄했다. 김이 좀 밝아진 얼굴로 고개를 끄덕였다. 그사이에 분위기가 많이 부드러워져 있었다.

"원슈 나아리, 한 사발 더 드쇼셔," 그의 사발로 손을 뻗치면서, 항슈 기생이 권했다.

"나난 다외얐나이다." 그녀를 무어라 불러야 좋을지 몰라 잠시 머뭇거리다가, 그는 손으로 그녀를 가리켰다. "우리에게만 권할 것이 아니라, 겸 드쇼셔."

"쇼녀는 다외얐압나니이다. 원슈 나아리끠셔 나리시난 것이니, 강션이 너이 들거라." 얼굴에 뜻있는 웃음을 띠면서, 그녀는 강션의 등을 천천히 쓸어내렸다.

항슈 기생의 그 조그만 몸짓이 그의 마음에서 여러 가지 심상들을 불러냈다. 그의 몸 한구석에서 다시 솟구친 물살이 문득 파도로 일렁이기 시작했다. 종일 긴장했던 마음이 풀릴 길을 찾는 것이었다. 하긴 마음에 무겁게 얹힌 사실들로부터, 특히 자신이 오늘 세 사람을 죽도록 만들었다는 사실로부터, 잠시나마 풀려나는 데는 젊은 여인의 살 속으로 깊이 숨는 것보다 나은 길이 없을 듯했다.

"쇼녀도 다외얐압나니이다," 강션도 이내 사양했다.

"그러하시면," 풀빛 저고리 아래로 드러난 강션의 하얀 앞가슴에서 힘겹게 눈길을 떼어내면서, 그는 항슈 기생에게 말했다. "밧개셔 번을 셔는 군사애게 한 사발 내다주쇼셔." 방문 쪽을 가리키고서, 그는 자신의 그릇을 들어 그녀 앞에 놓았다. "죠곰 슈고로오시더라도, 한 사발 내다주쇼셔."

놀라움이 그녀 눈 속에 나타났다가 이내 숨었다. "녜, 원슈 나아리." 그녀가 그의 사발에 수정과를 채우더니, 일어서려는 강션을 말리고서, 사발을 집어 들었다. "너는 원슈 나이리랄 뫼시고 있거라."

강션이 그의 얼굴을 흘긋 올려다보고는 고개를 숙이는 것이 곁눈으로 들어왔다. 그는 깨달았다, 자신의 욕정이 그냥 무시하기엔 너무 커졌다는 것을. 이어 무거운 생각 하나가 몸을 일으켰다. '만일 이 사회에 기생들이 없다면, 어떻게 될까? 인민들에 대해 거의 절대적인 권력을 휘두를 수 있는 관리들이 여염집 여자들을 어떻게 대할까? 혹시 기생이란 제도가 인민들의 가정을 지켜주는 기능을 지닌 것은 아닐까? 원래 그렇게 의도된 것이야 아니겠지만, 실제로는……'

그것은 사회를 개혁하겠다고 나선 사람에겐 정신이 번쩍 들도록 만드는 생각이었다. 조선의 전통적 사회에서 가장 혐오스러운 부분은 물론 노비(奴婢)라 불린 노예 계급의 존재였다. 그리고 노비제에서 가장 혐오스러운 부분은 기생(妓生)이라 불린 성노예의 존재였다. 당연히, 그는 기생 제도를 무엇보다도 먼저 없앨 생각이었다. 현령의 공천들을 속량하는 일로 법적 조치는 이미 이루어졌고, 곧 기생이라는 신분에서 풀려난 여인들에게 경제적으로 자립할 수 있는 길을 찾아줄 생각이었다.

'만일 실정이 그렇다면, 기생이라는 더할 나위 없이 혐오스러운 제도에도 긍정적 측면이 있다면…… 그 사실은 혁명을 추구하는 나에게 무슨 교훈을 말해주는가?'

마루로 나선 항슈 기생이 문을 닫는 소리에 그는 정신을 차렸다. 내일 할 일들에 관한 얘기가 너무 오래 끊어졌음을 깨닫고, 그는 류종무를 바라보았다. "류 대쟝."

"녜, 원슈님." 곳감을 입에 넣고 우물거리던 류의 얼굴이 이내 굳어졌다. 그와 신경슈 사이의 적대적 관계 때문에 처음부터 그에게 오감을 드러냈던 터라, 전부터 그를 따랐던 다른 세 사람과는 달리, 류는 그를 무척 어렵게 대했다.

"류 대쟝끠셔는 내일 아참애 마알로 돌아가려 하난 사람달할 잇그시고셔 대지동아로 돌아가쇼셔." 그는 의식적으로 다른 대장들을 대할 때보다 목소리를 부드럽게 했다. 그 자신은 류에 대해 섭섭한 감정을 품은 적이 없었다. 그리고 류는 유능해서 자기가 맡은 사람들을 잘 지휘했다. 특히 곳뜸 사람들을 통제하는 데는 류가 꼭 필요했다.

"녜, 원슈님," 입안에 든 것을 급히 삼키고서, 류가 대꾸했다.

"그리하시고셔 나죄애 이리로 나오려 하난 사람달할 다리고셔 다시 나오쇼셔. 다욀사록 졊은 사람달할 많이 다리고 나오쇼셔."

"녜. 그리하겠압나니이다."

그는 무게가 실린 눈길로 잠시 류를 바라보았다. "류 대쟝끠셔 대지동애 돌아가셔셔 하실 일이 아조 죵요롭나이다. 므슥보다도,

마알 사람달희 마암알 편하개 하쇼셔."

"네, 원슈님." 류가 열심히 고개를 끄덕였다. "원슈님 말쌈대로 이 하겠압나니이다."

"그리하시고…… 시방 졈은 사람달히 이리로 나와셔 녀름짓는 일이 아조 어렵나이다. 그렇디마난 녀름지을 때랄 놓디야셔는 아니 다외나이다. 마알애 남안 사람달만아로도 녀름지을 수 이시게 류 대쟝끠셔 자셔히 살피쇼셔. 그 일안 류 대쟝보다 더 잘할 사람이 없을 새니이다."

"네, 원슈님. 이대 알겠압나니이다." 그의 칭찬을 받자, 류가 기쁜 얼굴로 힘을 주어 두 손을 마주 비볐다. "쇼인이, 쇼쟝이 살펴셔 때랄 놓디난 일이 없게 하겠압나니이다."

문이 열리더니, 항슈 기생이 들어왔다. 배영집이 헛기침을 하더니, 김항렬과 쟝츈달에게 눈짓을 했다. 두 사람이 고개를 끄덕이더니 서로 눈짓을 주고받았다.

"원슈님," 두 손으로 허벅지를 깊고 윗몸을 앞으로 숙이면서, 쟝이 조심스럽게 그를 불렀다.

"네." 그들 사이에 무슨 얘기가 있었던 눈치여서, 그는 가벼운 호기심이 일었다.

"쇼쟝달해게 더 하실 말쌈이 겨시니잇가?"

"없나이다." 그는 고개를 저었다. "이제 남아지 일달한 대쟝달끠셔 스스로 쳐티하쇼셔."

"그러하압시면, 쇼쟝달한 이제 믈러나고져 하압나니이다."

"믈러나신다고? 다란 대셔 주무시려 하시나니잇가?"

"녜."

"여긔셔 함끠 자사이다."

"아니압나니이다." 쟝이 황급히 손을 저었다. "쇼쟝달한 여긔셔 잘 수 없압나니이다. 원슈님 혼자 주무셔야……"

"웨 여긔셔 주무실 수 없나니잇가? 이 방애션 열 사람이라도 잘 수 이실 새니이다." 방이 실제로 넓기도 했지만, 그동안 산골의 좁은 방들에 익숙해졌던 터라, 그에겐 더욱 넓게 느껴졌다. 아이들 셋만 데리고 자기엔 너무 아까웠다.

"그러한 것이 아니오라……" 쟝은 좀 난처한 낯빛으로 배를 돌아다보았다.

"실은…… 실은 이리다외얀 일이압나니이다, 원슈 나아리." 어깨를 옹송그리면서, 배가 떠듬거렸다. 이어 강선을 흘긋 쳐다보더니, 조심스럽게 덧붙였다. "강선이 오날 밤 원슈 나이리랄 뫼시개…… 잠자리애셔 뫼시개 다외얐압나니이다."

뜻밖의 얘기에 대꾸할 생각을 하지 못한 채, 그는 배의 얼굴을 멀거니 쳐다보았다. 그의 가슴속에서 여러 감정들이 한꺼번에 솟아서 어지럽게 뒤섞였다. 한순간 그는 그 제안을 받아들이고 싶은 충동을 느꼈다. 그렇게 하는 것은 쉽고 자연스러웠다. 체면 깎일 염려도 없었다.

그의 눈길을 받자, 배는 고개를 떨구고 어깨를 더욱 옹송그렸다. 배의 얼굴엔 자리 잡지 못한 낯빛이 물에 뜬 거품덩이처럼 흔들리고 있었다.

그 흔들리는 낯빛에서 그는 아첨, 당혹, 두려움, 기대, 애원과 같은 감정들을 읽어냈다. 그리고 그것들 너머로 끊임없이 사람들의 마음을 읽고 재고 계산하는 교활한 마음이, 수령들의 비위를 맞추면서 살아온 향리의 질긴 마음이, 움직이는 모습을 엿볼 수 있었다.

'저 마음은 내게서 무엇을 읽어냈을까? 내 몸속에서 넘실거리는 욕정을 이미 읽어낸 것일까?' 그에겐 자신의 넋이 걸친 옷을 배가 함부로 벗긴 것처럼 느껴졌다. 부끄럽거나 굳이 감추고 싶은 것들은 별로 없었지만, 그래도 그는 그렇게 자신의 개인적 영역이 침범당한 것이 꽤나 언짢았다.

'이 사람이야 그렇다 치고…… 대장들은 내 뜻을 알 것 아닌가?' 그는 네 사람에게 홀긋 눈길을 주었다.

네 사람은 멋쩍은 얼굴로 그의 눈길을 피했다. 눈치를 보니, 모두 배가 꾸민 일을 알고 있었던 모양이었다.

'그러면 모두 날 기병(起兵)한 날에 기생과 동침할 사람으로 여겼단 얘긴가? 더구나 환속한 첫날에?' 실망은 컸지만, 그는 이내 마음을 다잡았다. 군대를 거느린 사람은 속마음을 가볍게 드러낼 수 없었다. 그의 눈길이 자연스럽게 강선에게로 옮겨갔다.

그녀는 고개를 숙이고서 다소곳이 앉아 있었다. 왼손으로 긴 자줏빛 옷고름의 끝을 집어서, 방바닥의 물기를 찍어내듯, 방바닥을 가만가만 눌러대고 있었다.

그녀의 그런 모습이 그의 가슴속에서 아릿한 무엇을 불러냈다. 이어 그녀가 얼굴을 붉힌 것이 눈에 들어오면서, 저릿한 기운이 몸을 훑었다. 사내들과의 성적 관계에 아주 익숙할, 실은 싫증을 느낄 여인이 얼굴을 붉힌 모습은, 그것이 뜻밖이었던 만큼, 더욱 거세게 그의 마음을 끌었다. 갑자기 입안이 마르는 것을 느끼면서, 그는 마른침을 삼켰다.

강선이 다시 눈을 들어 그의 얼굴을 살폈다. 그녀의 눈길엔 낡고 천박한 무엇과 풋풋하고 순진한 무엇이 함께 들어 있었다. 그런 결합은 많은 사내들이 끊임없이 얘기하는, 그러나 실제로는 만나기 어려운, 깊은 환락을 약속하는 듯했다.

자신의 욕정이 자연스럽다는 생각이 배영집에 대해서 느꼈던 유감과 혐오를 묽게 했다. '따지고 보면, 저 사람은 자신이 아는 대로 행동한 거지. 저 사람이 아는, 윗사람 모시는 법은 그렇게 하는 것이겠지. 내가 너무……'

쟝츈달이 헛기침을 하더니, 김항텰과 배영집에게 눈짓을 했다. "그러하시면……" 누구에게랄 것 없이 말하고서, 쟝이 일어났다. 기다렸다는 듯이 다른 사람들이 따라서 일어났다.

그는 정신을 차렸다. "아, 아니이다." 그는 급히 사람들에게 앉으라고 손짓을 했다. "앉아쇼셔. 모도 앉아쇼셔."

엉거주춤한 사람들의 몸 위에 멋쩍어하는 얼굴이 서투른 솜씨로 만든 조화처럼 피어 있었다. 그런 얼굴들에 대비되어서, 강선의 얼굴은 이슬 머금은 들꽃처럼 보였다.

"쇼쟝의 생각애난 여긔셔 함끠 자난 것이 여러모로 됴할 닷하나이다. 함끠 자면, 므스 일이 일어나더라도, 이내 쳐티할 수 이실 새니이다. 그러하고 이제 번을 셔는 군사달히 번을 제 할대로이 셔는디 살펴야 하난디, 대쟝달히 함끠 이셔야, 차례랄 뎡하야 순찰알

돌 수 이실 새니이다." 그는 동의를 구하는 눈길로 선 사람들을 둘러보았다.

"녜. 웬슈님 말쌈대로이······" 쟝이 고개를 끄덕이면서 다시 자리에 앉았다.

다른 사람들이 따라서 자리에 앉았다. 좀 어색해진 분위기가 마음에 닿은 듯, 최셩업이 헛기침을 했다. 모두 그의 눈길을 피하고 있었다. 항슈 기생을 빼놓고는. 그의 얼굴을 살피는 그녀 눈에 차분한 무엇이 어렸다.

그는 그 차분한 무엇이 존경심이라고, 적어도 존경심에 가까운 감정이라고 판단했다. '흠. 내가 또······' 그의 입가에 야릇한 웃음이 어렸다.

오늘 그는 자신이 아첨에 대해 무한한 허용치를 가졌다는 것을 발견했다. 그것은 꽤나 충격적인 발견이었다. 그는 자신이 아첨에 대해 상당히 면역이 됐고 아첨과 진정한 칭찬을 분간할 수 있는 능력을 지녔다고 믿었었다. 막상 권세를 쥔 처지에서 겪어보니, 사정이 크게 달랐다. 자신에게 향한 찬사들은, 사실과 달라도, 그의 귀에 달콤하게 닿았고, 그의 가슴은 그런 찬사들을 더 듣고 싶어 했다. 따라서 아첨에 관한 그의 생각이 뜻하는 것은 자신이 여태까진 다른 사람들의 아첨을 받을 만큼 중요한 자리에 앉아본 적이 없었다는 것뿐임을 그는 쏩쓸한 마음으로 받아들여야 했다.

그래도 항슈 기생의 맑은 눈빛은 그를 즐겁게 했다. 그녀 눈빛이 불러온 맑은 감정이 가슴을 채우면서, 한쪽에 남아 있던 앙금이 마저 씻겨 나갔다.

마음을 가다듬은 다음, 그는 나지막하나 힘이 들어간 목소리로 말했다, "여러분들끠셔 다란 방알 쓰려 하시난 것은 쇼쟝이 편히 쉬게 하시려는 뜯임을 잘 아나이다. 그러나 쇼쟝이 여러분들회 뜯을 받아들일 수는 없나이다. 만일 쇼쟝이 그리한다면, 그것은 우리 모도 하려 하난 일달할, 「챵의문」과 군령에셔 우리 일우고져 한다 밝힌 것들홀, 져바리난 혜옴이니이다."

잔잔하나 힘이 실린 그의 눈길 아래 배영집은 몸을 더욱 옹송그렸고 쟝춘달의 얼굴은 자책으로 일그러졌다. 흘긋 쟝을 쳐다보는 김항렬의 이마에 주름 하나가 길게 패였다.

'흠. 넷 가운데 쟝 대쟝이 이번 일을 주도한 모양이로구나.' 속으로 고개를 끄덕이는 그의 눈앞에 틈만 나면 배고개댁을 지분거리던 쟝의 모습이 떠올랐다.

"우리 챵의군은 모단 사람달히 사람다이 살 수 이시게 하려 니러셨나이다. 그런 젼차로 우리는 모단 쳔인들홀 쇽량하노라 밝히 얐고 이믜 여긔 례산현의 공쳔들홀 쇽량하얐나이다. 오날 량인이 다외얀 사람달한 젼에 쳔인들히었을 때애 하여야 다외얐던, 사람답디 못한 일달할 아니 할 새고 또 하야셔도 아니 다외나이다."

모두 말없이 듣고 있었다. 항슈 기생의 얼굴이 갑자기 굳어진 것이 그의 눈에 들어왔다. 지금까지 드러나지 않았던 주름살들이 문득 나타나서, 나이가 훨씬 많이 들어 보였다.

"엇던 녀자라도 자갸 사랑하난 남진과 오손도손 살면셔 자식달할 낳아 잘 기르고져 할 새니이다. 그리하디 못하게 하고셔 디위 높안 관원들콰 잠자리랄 같이하개 하난 일은 하날이 사람의 목숨

을 낸 뜻에 어긋나난 일이니이다. 우리 챵의군은 그러한……" 그
녀가 이해할 만한 낱말을 찾느라, 그는 잠시 머뭇거렸다. '체제'나
'사회 구조'와 같은 말들은 물론 그녀나 다른 사람들이 알아들을
수 없을 터였다. 이제 이곳 사람들이 쉽게 알아들을 수 있는 말들
을 골라 쓰는 데 능숙해졌지만, 심각한 얘기를 하다 보면, 아직도
가끔 막히곤 했다.

"우리 챵의군은 그리 하날의 뜻에 어긋나난, 아조 낟반 졔도랄
없이 하려 니러셨나이다." '졔도'는 그가 나타내려는 뜻에 딱 맞는
말은 아니었다. 그가 그 말을 고른 까닭은 그것이 '체제'나 '사회
구조'보다 일본식 한자어의 냄새를 덜 풍기는 듯했고, 그래서 본래
조선에서 쓰여온 말일지 모른다는 생각이 들었기 때문이었다. 그
리고 그것은 훨씬 덜 추상적이어서, 항슈 기생이 알아듣기 쉬울 터
이기도 했다. 그는 그녀가 그의 뜻을 제대로 이해해야만 된다고 느
꼈다. 기생이란 성노예 제도가 아주 비인간적이고 잔인한 제도라
는 것을 깨닫는 것은 그것에 익숙한 이 세상 사람들에겐, 특히 남
자들에겐, 쉽지 않을 터였다. 그러나 그는, 다른 사람들은 몰라도,
비천한 신분 때문에 온갖 괴로움과 굴욕을 겪었을 이 중년의 여인
만은 그의 뜻을 이해해야 된다고 느꼈다.

"그러모로 이제브터는 우리 챵의군이 다사리난 따해셔는 잇딘
녀자도 기생이 다외디 아니할 새니이다. 엇던 녀자도 슈령들희 노
리개 다외디 아니할 새니이다. 이제 모단 사람달한 자갸 주인들히
니이다. 모단 사나해달히 사람다이 살 수 있는 것텨로, 모단 간나
해달히 사람다이 살 수 이시나이다."

그는 애원에 가까운 마음으로 항슈 기생의 굳은 얼굴을 바라보았다. '만일 이 여인이 내 말을 알아듣지 못한다면, 이 세상을 좀더 나은 세상으로 바꾸려는 내 뜻을 헤아리지 못한다면……'

그들의 눈길이 엉켰다. 가면과 같은 그녀 얼굴이 한순간 흔들리더니 문득 부서져 내렸다. 그녀 눈가에 물기가 어린 듯하더니, 그녀가 고개를 푹 숙였다.

문득 가벼워진 가슴속으로 그는 숨을 깊이 들이 쉬었다. 그의 기대는 헛되지 않았다. 다른 사람들은 몰라도, 적어도 항슈 기생만은 그의 말을 알아듣고 반응한 것이었다.

그녀는 한참 동안 고개를 숙인 채 몸을 움직이지 않았다. 이윽고 왼손으로 오른 소매 끝을 잡아서 눈가의 물기를 살짝 찍어내더니, 그녀가 무겁게 고개를 들어 그를 바라보았다. 그녀는 입을 다문 채 울지 않으려 애쓰고 있었다.

그녀의 그런 모습에서 그는 조금 전에 얼굴을 붉힌 강선의 모습에서 느꼈던 것과 아주 비슷한, 거의 관능적인 즐거움을 느꼈다. 자신의 반응이 좀 뜻밖이어서, 그는 마음속을 들여다보았다. 역시 그랬다. 그것은 분명히 익숙하게 느껴지는 관능적 즐거움이었다. 이어 그는 그것이 익숙하게 느껴진 까닭을 깨달았다. 그것은 북받치는 쾌락에 몸을 맡긴 여인의 흐트러진 모습을 바라보면서 느끼던 즐거움과 다르지 않았다.

'그 둘이 혹시 같은 뿌리에서 나온 건 아닐까? 동침하는 여자를 즐겁게 하려는 욕망과 세상을 좀더 낫게 만들어서 다른 사람들을 즐겁게 하려는 욕망이?'

항슈 기생의 입술이 실룩거렸다. 그녀는 금세 소리 내어 울 듯한 낯빛이었다. 그러나 그녀는 입을 꽉 다물더니, 비틀거리면서 자리에서 일어섰다. 그리고 천천히 두 손을 올려 머리에 대고서 그에게 절했다.

'또 절을?' 이 세상 사람들은 큰 고마움을 나타낼 때는 으레 절을 하는 듯했다. 맞절을 하려고 몸을 일으키면서, 그는 절이 좀 헤픈 듯하다고 생각했다. 그런 사이에도 그의 가슴은 반가움과 고마움으로 넘치고 있었다. '이것이었지. 내가 찾은 것이 바로 이것이었지. 이 세상의 억눌린 사람들과 이렇게 마음이 이어진 자리, 이것이 내가 바랄 수 있는 가장 큰 보답이겠지.'

항슈 기생의 절이 끝나자, 강션이 자리에서 일어섰다. 두 손을 앞에 모으더니 그에게 말했다, "원슈 나아리끠셔 쳔한 쇼녀들끠 베프신 은혜는 백골난망이압나니이다."

또렷한 말씨로 자신의 생각을 드러낸 그녀를 그는 감탄하는 마음으로 올려다보았다. 어린 그녀가 그의 말을 이해했다는 것이 잘 믿어지지 않았다.

'이젠 두려워할 것이 없구나. 회의를 느낄 것도 없고⋯⋯' 강션에게 맞절을 하면서, 그는 마음이 차분히 가라앉는 것을 느꼈다. 자신이 시작한 일이, 이 세상을 좀더 나은 곳으로 바꾸겠다는 시도가, 성공하리라는 믿음이 그의 몸을 뿌듯이 채우고 있었다.

다시 자리에 앉은 다음, 얼굴에 잔잔한 웃음을 띠고서, 그는 두 여인의 모습을 어루만지듯 살폈다. 몸을 채운 자신감이 배어 나온 듯, 얼굴에 어린 웃음이 자연스럽게 느껴졌다. 실제로 자연스러운

가 확인이라도 하려는 것처럼, 그는 손을 들어서 슬그머니 볼을 만졌다.

두 여인도 말이 없었다. 나이 든 여인은 그를 붉어진 눈으로 찬찬히 올려다보고 있었다. 거의 잡힐 듯이 알찬 무엇이 그녀의 눈에서 나와 그의 눈으로 들어오고 있었다. 그녀와 그 사이에 무슨 통로가, 다섯 세기의 세월과 사회적 신분의 차이를 이어주는 다리가, 놓인 듯했다.

"시방 우리 챵의군 앞애난 할 일달히 아조 많나이다. 그러모로 우리는 두 분의 도옴알 받고 식브나이다. 그러나 례방끠셔 녜아기한 식으로 도옴알 받고져 하난 것은 아니오이다." 강션을 쳐다보면서, 그는 좀 짓궂은 낯빛을 지어 보였다.

그녀가 고개를 푹 수그렸다. 이내 그녀의 얼굴과 목이 발그스레하게 달아올랐다. 배영집이 고개를 옴츠리면서 그를 살피는 것이 곁눈으로 들어왔다.

"강션 아씨난 낯이 곱고 몸씨 됴티마난……" 그녀와 함께 자는 즐거움을 사양한다고 선언한 터라, 그는 드러내놓고 그녀의 몸매를 살폈다. 그녀의 콧등에 송골송골 맺힌 땀방울들이 그의 눈앞으로 여러 환영들을 불러왔다. 아랫도리에 모인 기운이 더욱 묵직해지는 것을 느끼면서, 그는 잘라 말했다. "챵의군 원슈이 그리할 수는 없나이다."

모두 그의 말에 압도된 얼굴을 하고 있었다. 배의 흔들리던 낯빛이 한결 밝아지면서 자리를 잡았다.

그는 그 낯빛에서 안심과 존경을 함께 읽었다. "례방끠션 엇디 생각하시나니잇가?"

"원슈 나아리 말쌈이 지당하시압나니이다," 배가 머뭇거림 없이 또렷한 목소리로 대꾸했다.

그는 고개를 끄덕였다. 그리고 대장들을 둘러보면서, 다짐하는 어조로 말했다. "이제는 뉘도, 원슈인 쇼쟝도, 군사달할 거나린 대쟝달히신 여러분들도, 전에 기생이었던 녀자달해게 슈텽들라 할 수 없나이다."

쟝츈달이 찔끔한 얼굴로 김항텰의 얼굴을 슬쩍 살폈다. 거의 표정이 없던 김의 얼굴에 자책 비슷한 것이 어렸다.

"녜, 원슈님. 쇼쟝달한 그 말쌈알 명심하겠압나니이다," 최성업이 서두르지 않는 어조로 대꾸했다.

"녜, 원슈님. 앐아로난……" 쟝이 말끝을 흐렸다.

"녜, 원슈님." 김항텰과 류죵무가 거의 동시에 말했다. "이대 알겠압나니이다," 류가 덧붙였다.

그는 다시 두 여인을 바라보았다. "내일 아참애 나이 두 분끠 일 달할 맛디고져 하나이다. 싸홈애 나션 군대애셔는 녀자달히 할 일 달히 아조 많나이다. 밥알 짓고 빨래도 하고. 군사달희 용복도 맹갈고. 다틴 군사달할 보살피기도 하고. 두 분끠셔 도와주실 일이 삼길 때난, 나이 두 분올 부르리다. 그때까장안 돌아가셔서 쉬쇼셔. 밤이 깊었나이다."

"녜, 원슈 나아리. 이대 알겠압나니이다," 항슈 기생이 대꾸하고서 몸을 숙였다. 강션은 입술을 달싹거리다가 고개만 숙였다. 그녀는 더욱 수줍어진 듯했다.

"그리하시고," 그는 대장들에게로 눈길을 돌렸다. "네 분 대쟝 달끠셔는 여긔셔 주무시는 것이 됴할 닷하나이다." 자신의 어조가 너무 명령조인 것을 깨닫고, 그는 목소리를 누그러뜨려 덧붙였다, "네 분끠셔 샹의하셔셔 뎡하쇼셔. 나난 밧긔 나가셔 군사달히 번을 잘 셔는디 한 디위 둘어보고 오겠나이다."

"녜, 원슈님," 넷이 제각기 대꾸하고서 자리에서 따라 일어섰다.

"나오디 마쇼셔," 그들을 만류하고서, 그는 먼저 일어난 항슈 기생의 뒤를 따라 마루로 나섰다.

눈이 어둠에 좀 익숙해지자, 묵돌이 토방 한쪽에 조용히 서서 기다리는 것이 눈에 들어왔다. 미투리를 찾아 신은 항슈 기생이 마루 한끝에 놓인 등을 집어 들었다.

섬돌에서 마당으로 내려서면서, 그는 묵돌을 돌아다보았다. "묵돌 형끠셔도 잠알 졈 자셔야 할 샌듸……"

"쇼인안 관계티 아니 하압나니이다."

"그러하여도……"

"이믜 저희 근위병 네히 차례로 번을 셔게 다외얐압나니이다. 시방안 쇼인과 림형복이 번을 셔고 잇압나니이다."

눈치를 보니, 쟝복실에서 싸움이 벌어지기 전에 그가 근위병으로 임명한 네 사람이 아직 흩어지지 않고 묵돌의 지휘 아래 원슈의 숙소를 호위하는 임무를 맡기로 한 모양이었다. 그로선 퍽이나 반갑고 흐뭇한 일이었다.

"아, 그리하샀나니잇가?" 돌아다보니, 토방 한쪽 끝에 누가 서 있었다. '저 사람이 근위병이구나. 림형복인가?'

그는 어둠 속에서 묵돌의 눈길을 찾았다. "그러하시면 김 대쟝과도 상의하샸나니잇가?"

"녜, 원슈님. 김 대쟝끠 몬져 그리하고져 하노라 말쌈알 드렸더니, 됴타 하압샸나니이다. 원슈님 슉소랄 이대 디키라 신신당부하압샸나니이다."

이제 그의 눈이 어둠에 익숙해졌다. 무심코 둘러보니, 동헌의 내아 쪽 모퉁이에 사람들 몇이 모여 있었다. 가벼운 호기심에서 그는 망루가 세워진 은행나무 쪽으로 향하던 걸음을 돌려 그들에게로 다가갔다.

그가 다가오는 것을 보자, 그들은 뒤로 물러나면서 한데로 움츠러들었다. 오른쪽 가에 섰던 사람은 아예 다른 사람들 뒤로 숨었다.

그들이 여자들인 것은 어둠 속에서도 이내 알 수 있었다. 그는 가까이 다가가서 부드럽게 물었다, "뉘시니잇가?"

아무도 그의 물음에 대꾸하지 않았다. 모두 몸을 잔뜩 웅크리고 한데 뭉쳐 있었다.

"뉘시니잇가?" 그는 더욱 부드러운 목소리를 냈다. 그래도 대꾸가 없자, 그는 물음을 바꿨다, "뉘 여러분들흘 이리로 보냈나니잇가?"

"례방 얼우신끠서……" 한가운데에 신 여인이 둘러쓴 징옷을 조금 젖히고서 들릴락 말락 한 목소리로 대꾸했다.

"례방?"

"녜."

어찌된 일인지 깨닫게 되자, 그는 배영집에 대해 화가 불끈 솟았다. 그는 여인들의 수를 세어보았다. 모두 다섯이었다. '대쟝들 넷 하고 자기까지 다섯이 즐기려고 했던 모양이구나. 내게 먼저 한 사람 안겨주고……' 그는 몸을 획 돌렸다.

묵돌 뒤에 항슈 기생과 강션이 서 있었다. 그 뒤로 몸을 움츠리고 선 배가 보였다.

"례방," 그는 날카롭게 불렀다.

"녜, 원슈 나아리," 배가 두려움에 질린 목소리로 대꾸했다.

"이리 오쇼셔."

"녜, 원슈 나아리," 애원하는 목소리를 내면서, 배는 몸을 더 움츠렸다. 그러고는 조심스럽게 그에게로 다가왔다.

"웨 이 녀인들흘 여긔로 다려오샸나니잇가?" 그는 꾸짖는 것으로 들리지 않도록 부드럽게 물었다. 항슈 기생이 든 등불에 강션의 걱정스러운 얼굴이 드러나는 순간, 그는 자신이 배를 꾸짖을 만한 처지에 있지 못함을 깨달은 것이었다. 강션이 그의 시중을 들도록 배가 주선했을 때, 그는 사양했을 따름이지 그 일로 배를 꾸짖은 것은 아니었다. 같은 일을 네 대쟝들을 위해 주선했다는 것을 들어, 이제 뒤늦게 배를 꾸짖을 수는 없었다.

"실은…… 쇼인이 실은……"

"엇디 다외얀 일이니잇가?" 그는 여전히 부드러운 목소리로 재촉했다. 자신이 배를 꾸짖을 만한 처지에 있지 않다는 생각이 화를 많이 누그러뜨리기도 했지만, 지금 큰 소리를 내는 것이 자신에게 어울리지 않는다는 것을 그는 알고 있었다. 그리고 배의 잘못은 크지 않았다. 실은 배가 한 일은 이곳 사람들에겐 잘못이라기보다 당연한 행동으로 보일 터였다. 그 생각은 자신이 이 세상에 비집고 들어온 이방인이란 자각을 불러왔고 그를 겸허하게 만들었다. "사실대로이 녜아기하야주쇼셔."

"네 분 대장달끠…… 뎌 녀자달한 모도 기생달히니이다. 모도 네 분 대쟝달희 슈쵸알 들고져 하야셔, 이리……"

"례방."

"녜, 원슈 나아리."

"내 앗가 방애셔 녜아기한 것텨로, 그리하난 것은 옳디 못하나이다."

"녜, 원슈 나아리. 이제 이대 알겠압나니이다. 쇼인이 어려셔 원슈 나아리끠 심려를 기텨드린 죄 매오 큰 줄로 아압나니이다."

"이제 다외얏나이다. 뎌분들흔 돌아가시개 하쇼셔."

"녜, 원슈 나아리. 그리하겠압나니이다."

"그리하시고 내 앗가 방애셔 녜아기한 것들흘 뎌분들헤게도 말쌈드리쇼셔. 이제는 모도 량인달히시며 뉘에게도 슈쵸 드는 일은 없을 새라난 것을 자셔히 말쌈드리쇼셔."

"녜, 원슈 나아리. 분부대로 거행하겠압나니이다."

문득 배가 안쓰러워졌다. 배는 자신이 배운 것과는 전혀 다른 기준으로 판단하는 사람의 뜻을 따라야 하는 처지에 있었다. 다섯 세기 뒤에 태어난 사람의 욕망과 생각을 가늠하고 그것들에 맞추어 일하기는 누구에게도 힘들 터였다.

그는 한껏 부드럽게 말했다. "밤이 깊었으니, 례방끠셔도 쉬셔야 하난듸. 오날안 일을 참아로 많이 하샸나이다. 감샤하압나니이다."

"아니압나니이다. 쇼인이야……"

"그러하시면 편히 쉬쇼셔. 내일 아참애 보사이다." 그는 두 손을 모아 읍하고 고개를 숙였다.

"녜, 원슈 나아리." 배가 급히 읍하면서 허리를 숙였다.

그는 항슈 기생과 강션에게도 읍했다. "두 분도 내일 보사이다. 편히 쉬쇼셔."

"그러하압시면 쇼녀들흔 믈러가압나니이다. 원슈 나아리, 밤새 편히 쉬쇼셔." 항슈 기생이 허리를 숙였다. 그녀 옆에 선 강션이 따라서 허리를 숙였다.

아쉬워하는 듯한 강션의 눈길이 그의 마음에 긴 여운을 남겼다. 그는 결연히 돌아서서 은행나무로 향했다.

나직하나 권위가 실린 배의 목소리가 들려왔다. 이어 여인들이 웅성거리는 소리가 났다.

'그럭저럭 끝났구나. 어려운 고비를 무사히 넘긴 셈인가?' 눈앞에 아른거리는 강션의 모습을 억지로 지우고 마음에 남은 아쉬움을 몰아내면서, 그는 스스로에게 일렀다. '만일 내가 아까 배영집이 주선한 대로 강션과……'

지금 돌아다보면, 그 자리가 얼마나 위험한 고비였는지 또렷이 드러났다. 그가 한번 기생과 자면, 그는 네 대장들이 기생들과 자는 것을 막을 도덕적 권위를 잃을 것이고, 대장들이 한번 그렇게 하면, 그들은 병사들이 그렇게 하는 것을 막을 권위를 잃을 터였다. 물론 그것은 아주 작은 일이었다. 그러나 모든 일에서 잘못은 그렇게 사소한 것으로 시작되게 마련이었다. 한번 잘못된 관행이 자리 잡으면, 그의 군대는 차츰 썩게 되고 마침내 병사들은 인민들을 침탈하게 될 터였다.

그런 상황은 물론 개탄할 일이며 이번 기병의 뜻에 큰 흠집을 낼 터였다. 실제적 면에서 훨씬 더 중요한 고려 사항은 그런 상황에선 그의 군대가 약해지리라는 점이었다. 군대는 가장 힘들고 비정상적인 임무를 수행하는 집단이므로, 싸움이 없는 때라도, 병사들이 금욕적 분위기 속에서 고된 일과를 수행하여 싸움에 대비하는 것이 필요했다. 병사들이 풍요로운 환경에서 편한 삶에 익숙해지면, 그 군대는 언제나 약해지게 마련이었다. 그것은 역사가 거듭 보여준 교훈이었다.

사람이 살기 어려운 환경은, 특히 중앙아시아의 사막과 초원은, 늘 강인한 군대를 길러냈다. 그런 군대는 끊임없이 바닷가의 기름진 땅을 침략했고 흔히는 어렵지 않게 정복했다. 그러나 그렇게 이긴 군대는 곧 기름진 땅의 문명사회에서 풍요로운 삶을 누리는 데 빠졌고 길고 어려운 싸움을 할 힘이 줄어들었다. 자연히, 그들은 사막과 초원이 길러낸 새로운 군대들의 위협을 받았다. 그래서 아시아와 유럽의 역사는 유라시아 대륙의 중심부인 사막과 초원에서 나타난 강인한 군대들이 바닷가의 기름진 땅을 지키는 군대들을 쳐부수고 정복자로 군림하다가 그들이 뒤에 남기고 온 황막한 중심부에서 자라난 새로운 군대에게 정복되는 과정의 되풀이로 해석되기도 했다.

그런 사정을 전형적으로 보여준 것은 중국의 역사였다. 3세기 초엽에 서진(西晉)을 무너뜨리고 중원을 차지한 오호(五胡) 십육국에서부터 남북조 시대의 북조의 여러 나라들, 요(遼), 서하(西夏), 금(金), 원(元)을 거쳐 17세기의 청(淸)에 이르기까지, 중국 대륙을 차지한 왕조들의 다수는 만리장성 너머 황량한 땅에서 자라난 유목민들이 세웠다. 그들은 모두 문화가 발전한 중국 대륙의 정복자가 되어 풍요롭고 안락한 삶을 즐겼고, 그 과정에서 나약해져서 흔히는 다른 유목민 군대에게 정복되었다.

'어쨌든, 이번엔 그런 덫을 잘 피한 셈인데……' 그는 은행나무 아래에서 걸음을 멈추고 흘긋 돌아다보았다.

등을 든 항슈 기생을 따라 여인들이 내아 쪽으로 가고 있었다. 모두 흥분된 모습으로 수군거렸다. 누가 나오는 웃음을 급히 죽였다. 이윽고 동헌 모퉁이를 돌아서 등불이 사라졌다

혼자 고개를 끄덕이고서, 그는 돌아섰다. 그리고 나무 둥치에 기대어 세워진 사다리를 손으로 짚고서 올려다보았다.

잠시 네모난 망루만 보였다. 조금 지나자, 잎새 없는 가지 사이로 보이는, 별들이 배게 흩어진 밤하늘을 배경으로 동그스름한 사람의 머리가 드러났다. 그 머리는 움직이지 않고 조용히 그를 내려다보고 있었다. 이어 그 옆에 동그스름한 머리가 또 하나 나타났다.

가볍게 헛기침을 하고서, 그는 위에서 무슨 반응이 있기를 기다렸다.

그러나 망루에선 아무런 반응이 없었다. 두 사람은 여전히 몸을 움직이지 않은 채, 그저 그를 내려다보고 있었다.

'아, 저 사람들이 이런 경우에 어떻게 해야 하는지 모르는구나.

수하를 할 줄 모르는구나.' 그는 젖혔던 고개를 바로 하고서 뻣뻣해진 목을 손으로 주물렀다.

'그렇지. 저 사람들은 아직 군사들이 아니지. 손에 칼이나 창을 들었다고 해서, 모두 군사들인 것은 아니니까. 수하하는 것부터 가르쳐야 한다면, 저 사람들을, 손에 무기만 든 저 농부들을, 직업적 군사들로 바꾸는 데는 얼마나 걸릴까?' 자신도 모르게 내쉬던 한숨을 급히 자르고, 그는 다시 올려다보았다.

두 사람은 여전히 고개만 망루의 엉성한 난간 너머로 내밀고서 말없이 그를 내려다보고 있었다.

머리에 수건을 두른 모습이 그런 행동에 어울리는 듯도 해서, 그는 피식 웃음이 나왔다. "뉘시니잇가? 거긔 겨신 분들흔 뉘시니잇가?"

잠시 위에선 대꾸가 없었다. 그러더니 머리들이 쏙 들어가고 급하게 속삭이는 소리가 들렸다. 이어 머리 하나가 조심스럽게 다시 나왔다. "나난 박도현이고 이 사람안 광순이압나니이다."

"아, 도현이하고 광순이다? 나 묵돌인듸," 그의 뒤에서 묵돌이 반갑게 외쳤다.

"아, 묵돌이다?" 위에선 더 반갑게 외쳤다.

그는 묵돌을 돌아다보았다. "쟝복실 분들이시니잇가?"

"녜, 원슈님. 박도현이는 쟝복실애 살고 광순이는 곳뜸에 살고 있압나니이다."

"아, 녜. 그러하면 나이 망루로 올아간다고 녜아기하쇼셔."

"녜, 원슈님." 묵돌이 고개를 쳐들었다. "어이, 도현이. 원슈님끼셔 거긔로 올아가신다. 므슴 녜아기인디 아난다?"

"원슈님?"

"응. 원슈님끠셔 올아가신다."

"알았다," 한순간 머뭇거리더니, 박도현이 좀 놀라고 걱정스러운 목소리로 대꾸했다.

그는 천천히 사다리를 올라갔다. 사다리는 삐걱거렸으나 보통 군사들보다 대여섯 관은 더 나갈 그의 몸무게를 어렵지 않게 지탱했다. 평소의 행동거지와는 달리, 쟝츈달은 일을 단단하게 했다.

그가 망루에 올라선 뒤에도, 번을 서는 두 사람은 말이 없었다. 좀 어색한 몸짓을 하면서, 그를 흘끔거렸다.

"슈고랄 많이 하시나이다," 그는 두 사람에게 나직하나 쾌활한 어조로 말했다.

"아니이다," 왼쪽에 선 사내가 반사적으로 대꾸했다. 그러고 뒤늦게 덧붙였다, "원슈님."

'박도현이라 했지?' 아까 그와 묵돌의 물음에 대꾸한 사내였는데, 얼굴이 눈에 익은 듯했다. 쟝복실에 산다면, 몇 번 만났을 법도 했다.

"춥디 아니 하시나니잇가?" 그는 광슌이라고 한 사내에게 물었다. 3월이었지만, 야기는 꽤 찼다.

"춥디 아니 하압나니이다." 흰 무명 저고리가 얇고 어설퍼 보였는데도, 그 사내는 고개를 힘차게 저었다.

사다리를 올라오는 묵돌에게 자리를 마련해주려고, 그는 박을 지나 앞으로 나아갔다. 담으로 막히지 않은 너른 조망에 그의 가슴이 문득 틔었다. 읍내 마을이 한눈에 들어오는 듯했다. 불빛은 없었지만, 상현 가까운 달이 서쪽 산에 걸려 있어서, 마을의 모습은 어렵지 않게 알아볼 수 있었다. 그는 시계를 들여다보았다. '벌써 새날이 시작됐구나.'

마을의 움츠린 모습이 그의 가슴에서 잔잔한 슬픔을 불러냈다. 모든 집들이 불을 끄고 숨을 죽인 채 어둠 속으로 숨으려는 것처럼 보였다. '지금 저 마을에서 자는 사람들은 어떨까? 걱정으로 잠을 제대로 자지 못하는 사람들도 많겠지?'

뒤쪽 멀리서 들려오는 새 울음이 그의 가슴에 고인 슬픔에 잔물결들을 일으켰다. '저 사람들은 그저 우리가 물러가길 바라고 있겠지. 저 사람들이 바라는 건 새 세상이 아니겠지. 그저 전처럼 살아갈 수 있게만 해주십사 하늘에 빌겠지. 누가 그들의 그런 마음을 탓할 수 있으랴?'

슬픔의 물살에 씻기는 차분한 다짐으로 그는 별이 가득한 하늘을 우러렀다. '저 사람들이 날 환영하지 않아도, 심지어 날 저주해도, 난 그들을 탓하지 않겠다. 난 내가 이 세상에 비집고 들어온 불청객이란 사실을 잊지 않겠다. 그런 생각이 많은 혁명가들을 잡은 덫으로부터 날 지켜주길 바랄 뿐……'

3

"다외얐다. 그대로 브텨라," 아래에서 살피던 김교듕이 사다리에 올라간 마갑슈에게 일렀다.

"녜에," 여전히 느릿한 어조로 대꾸하고서, 마는 풀이 칠해져서 흐늘거리는 종이를 조심스럽게 벽에 붙이기 시작했다.

입을 꽉 다문 채, 언오는 책실(冊室) 옆벽에 가로로 길게 붙여진 종이를 살폈다. 종이는 바르게 붙어 있었다. 아침 내내 언짢았던 마음이 좀 풀리는 것을 느끼면서, 그는 모르는 새 어금니에 주었던 힘을 뺐다. 간밤에 배영집이 담을 넘어 도망친 것이었다.

"원슈 나아리." 마가 사다리에서 내려오자, 김이 그를 돌아다보았다. "이리하면, 다외얐압나니잇가?"

"녜. 이대 다외얐나이다." 두 사람에게 지어 보인 웃음이 자연스럽지 않아서, 낯이 좀 땅겼다.

손등으로 이마를 훔치면서, 마가 만족스러운 낯빛을 지었다. 언제 입은 저고리인지, 동정이 때로 번들거렸다. 서른은 되어 보였는데도, 아직 홀몸이라고 했다. 형방에 속한 일수(日守)였는데, 좀 덜렁거리긴 해도, 위인이 어쩐지 밉지 않았다.

"녜삼호라. 이것이 다암 것이로고." 서안 위에 놓인 종이들을 살피던 김이 하나를 집어 들었다. "자아, 여긔 있다. 플칠을 하거라."

"녜." 김이 종이를 서안 위에 엎어놓자, 마가 풀 그릇 속의 귀얄을 집어 들었다.

두 사람의 수작을 한 귀로 들으면서, 그는 벽에 붙여진 종이의 글을 읽어나갔다.

호셔챵의군 군령 뎨이호

흐나. 호셔챵의군의 품계, 계표와 봉록은 윈녁과 곧흐도다.

'역시 글씨는 배영집이 잘 썼구나. 원래 책방(冊房)으로 현감을 따라왔다더니……' 그의 속이 다시 쓰려왔다.

종이를 벽에 붙여놓으니, 김의 글씨가 배의 글씨보다 훨씬 못하다는 것이 또렷이 드러났다. 배는 글을 잘 하고 글씨를 잘 써서, 례방을 맡았다고 했다. 관부 문서에 쓰이는 이두에만 능한 다른 아전들과는 달리, 한글도 잘 썼다. 게다가, 시간이 없어서, 김이 쓴 것을 다시 고치지 못했으므로, 오늘 쓴 포고문들은 띄어쓰기도 제대로 되어 있지 않았다.

품계	계표	봉록 (돌마다 쌀로 주노라)
훈병	●	서 말
딕병	Ⅰ	닷 말
부병	Ⅱ	엿 말
졍병	Ⅲ	닐굽 말

'훈병은 그렇다 치고. 딕병에게 달마다 쌀 닷 말을 준다는 것은 역시 좀…… 모두 적다고 하겠지?' 포고문을 올려다보면서, 그는 쓸쓸하게 입맛을 다셨다.

군사의 월급으로 쌀 닷 말은 이곳의 기준으로도 아주 적은 편이 었다. 『경국대뎐』의 「병뎐(兵典)」 '급보(給保)'조에 따르면, 정부는 군사들에게 봉록을 주는 대신 그들을 부양할 보인(保人)들을 지정해주었다. 여느 군사들에겐 보인을 두 사람씩 주었는데, 보인 한 사람으로부터 거두는 물자는 한 달에 면포 한 필을 넘지 못하게 했다. 지금 면포 한 필이 경포(正布)라고 불리는 좋은 베 두 필 값이고, 베 한 필이 대략 쌀 닷 말 값이니, 군사가 달마다 보인들로부터 합법적으로 거두어들일 수 있는 쌀은 스무 말이 되었다.

그러나 제대로 조직되지 않은 군대를 이끌고서 조그만 고을 하나를 막 차지한 처지에선, 봉록을 더 많이 주기 어려웠다. 바람직한 봉록의 수준과 넉넉지 못한 자금 사이에 끼어 고심하면서, 그는 자금이 없어서 큰 군대를 모집하거나 긴 작전을 수행하지 못했던 중세 서양의 국왕들을 떠올렸었다.

'그나마 제대로 줄 수 있을지……' 지금 그로선, 봉록은 그만두고라도, 오래 이어질 싸움에서 군사들을 제대로 먹이고 입히는 것조차 썩 자신 있는 것이 아니었다. 작년에 례산현텽에서 세금으로 거두어들인 곡식은 이미 한성으로 보내어진 터였다. 현텽 안의 창고에 남은 곡식은 넉넉지 못했고, 밖에 있다는 창고들도 거의 비었으리라는 얘기였다. 군사들이 늘어나면, 보리가 나올 때까지 버티는 것도 쉽지 않을 터였다.

'내가 때를 아주 잘 골랐지. 농사철이라 모두 바빠서 정신이 없고, 창고마다 텅 볐고……' 야릇한 미소로 그의 입가가 일그러졌다.

딕스	∧	여듧 말
부스	⋀	아홉 말
졍스	⋀	열 말

"딕사(直士), 딕병(直兵)," 나직이 뇌어보고서, 그는 고개를 끄덕였다. '딕(直), 부(副), 졍(正)'이란 말을 쓴 것은 『경국대뎐』에서 본 예문관(藝文館)의 뎨학(提學), 부뎨학(副提學), 딕뎨학(直提學)을 본뜬 것이었다. 처음엔 '하, 듕, 샹'을 생각했었으나, 이곳 사람들의 언어 감각엔 '딕, 부, 졍'이 어울릴 듯했다.

딕위	▲	열두 말
부위	▲▲	열서 말
졍위	▲▲▲	열너 말

딕령	◆	흔 섬 흔 말
부령	◆◆	흔 섬 두 말
정령	◆◆◆	흔 섬 서 말
딕쟝	★	흔 섬 닷 말
부쟝	★★	흔 섬 엿 말
정쟝	★★★	흔 섬 닐굽 말
원슈	★★★★	두 섬

'이등병 격인 딕병이 닷 말을 받는데, 대장 격인 정쟝(正將)이 스
물 두 말을 받는 군대는 아직까지 없었겠지. 딕병의 봉록이 원슈
봉록의 육 분의 일인 군대……' 뿌듯한 자부심이 쓰리고 쭈글쭈글
한 가슴의 벽을 팽팽하게 부풀어 올렸다.

여러 사회들의 경험들을 참고하면서 현대의 경영 이론에 따라
자신의 군대를 조직하는 일은 무척 흐뭇한 경험이었다. 특히 즐거
웠던 것은 아주 평등한 봉록 체계를 만든 일이었다. 병사들을 실제
로 지휘하는 초급 장교였던 터라, 그는 잘 알고 있었다, 군대가 특
수한 조직이어서 다른 조직들에 비해 민주적으로 움직이기 어렵다
는 사실을. 그래도 그는 어느 사회에서나 군대를 되도록 민주적 조
직으로 만들려는 노력은 끊임없이 이어져야 한다고 믿었다.

군대의 민주적 풍토는 군대가 잘못 행동하는 것을 막는 데 필요
한 요소들 가운데 하나였다. 군부 정변이나 그것의 위협이 무거운
그림자를 드리웠던 남조의 역사는 그 점을 잘 보여주었다. 민주적

사회 풍토에서 자라나면서 교육을 많이 받은 병사들로 이루어져서, 군대가 비교적 민주적인 풍토를 갖게 된 뒤에야, 비로소 남조는 군부 정변의 위협에서 벗어날 수 있었다.

그는 자신이 이끄는 군대의 풍토가 민주적이 되도록 처음부터 애쓸 생각이었다. 그리고 그렇게 민주적 풍토를 지닌 군대를 만들려는 노력은 상당히 평등한 봉록 체계를 마련하는 일에서 비롯해야 한다고 생각했다. 경제적 독립에서 정치적 자유가 나오듯, 금융 제도의 발전에 따라 20세기 말엽에 이미 생기를 잃은 비유를 쓰면, '두툼한 월급 봉투'에서 군사들이 민주적 시민들로서 지녀야 할 독립된 사고와 행동이 나올 수 있었다. 높은 자리일수록 씀씀이가 커지는 것은 직책 수당으로 지원해주면 될 터였다.

둘. 봉록온 둘마다 초열흘에 주노라.

세. 병은 혼 해, 수논 두 해, 위눈 세 해, 령은 네 해, 쟝은 다섯 해 만애 승계ᄒ도다. 다만 훈병에셔 딕병으로 승계ᄒ눈 대논 두 달로 ᄒ노라.

네. 승계에 들어가닌 날돌올 헬 때, 싸홈터헤셔 디낸 날돌ᄒ 녀느 때의 갑절로 ᄒ노라.

긔묘 삼월 팔일
호셔챵의군 원슈 리언오

이곳에선 관원들의 봉록을 네 철의 첫 달에, 즉 1월, 4월, 7월, 그리고 10월에, 준다고 했다. 적어도 이론적으로는 그랬다. 화폐가 제대로 쓰인 적이 없이 봉록이 현물이나 물품 화폐로 지급되고 방대한 관료 조직을 유지하기 어려운 상태에서, 그런 관행은 합리적이었다. 그러나 그는 당장이라도 군사들에게 달마다 봉록을 주는 것이 실제적이라고 생각했다. 그렇게 하는 데 열쇠 노릇을 하는 것은 화폐였고, 그는 곧 화폐를 만들 생각이었다.

"조심하거라," 뒷면에 풀을 바른 종이를 맞잡으면서, 김이 마에게 일렀다.

'저 사람이 지금 저리 열심히 일해도, 속은 알 수 없지. 기회가 생기면, 배영집처럼……' 종이를 조심스럽게 들고서 사다리로 가는 김을 바라보면서, 그는 씁쓸하게 생각했다. 지금 가족이 현령 안에 있는, 얼마 되지 않는 사람들을 빼놓고선, 어저께 대지동의 싸움터에서 붙잡혔거나 현령 안에 있다가 붙잡혀서 엉겁결에 그를 따르게 된 '읍내 사람들' 가운데 누구도 믿을 수 없다는 사실을 그는 쓴 사탕처럼 마음속으로 굴렸다.

'여기 례산에 뿌리를 내린 사람이니, 홀몸으로 내려왔던 배영집보다야 낫겠지만……' 그는 자꾸 눈앞을 가로막는, 비웃음 띤 배의 얼굴을 옆으로 밀어냈다.

배의 도망은 현령의 점령처럼 어지러운 일의 뒤끝에서 일어날 수 있는, 작은 사건이었다. 그러나 그것은 그의 마음을 뜻밖에도 크게 흔들어놓았다. 어지간한 일로는 입맛을 잃지 않는 그에게서 아침 밥맛을 앗아갔을 정도였다.

당장 그의 체면이 많이 깎였다. 현령의 여러 아전들 가운데서 배를 발탁하여 중요한 일들을 맡겼던 터였으므로, 배의 배신은 그의 체면에 큰 흠집을 냈다. 배가 도망쳤다는 사실을 네 대쟝들에게 알릴 때, 그는 얼굴이 화끈거렸다. 리영구의 일도 있고 해서, 김항텰에겐 미안하기까지 했다.

훨씬 중요한 것은 배의 행동이 다른 사람들에게, 특히 '읍내 사람들'에게, 나쁜 영향을 미치리라는 점이었다. 어저께 그는 그들에게 현텽 안에서 밤을 지낼 것과 걱정이 되어 찾아온 가족들을 안심시켜 보낼 것을 부탁했었다. 현텽을 막 점령한 판에 잠재적 적병들인 그들을 그대로 풀어놓을 수는 없었다. 그리고 그는 그들의 대부분을 자신의 군대로 받아들일 생각이었다. 그렇게 하는 것은 지금 챵의군의 세력을 빠르게 늘리는 거의 유일한 길이었다. 고맙게도, 그들은 그와의 약속을 지켜서 한 사람도 간밤에 도망치려 하지 않았다. 배가 도망친 지금, 그들은 고개를 갸웃거릴 터였다.

게다가 배는 그와 챵의군에 대해서 많은 것들을 알고 있었다. 배는 어저께 있었던 중요한 결정들에 문서 작성자로 참여했다. 그는 배의 지식을 높이 사서 배를 중용할 마음이었고, 자연히, 배에게 앞으로 할 일들에 괸해서 자세히 설명해주었다. 그렇게 해서 배가 지니게 된 그와 챵의군에 관한 지식들은 반란을 진압하러 올 관군에게 쓸모가 클 터였다.

그러나 그의 마음을 정말로 크게 흔든 것은 그가 사람들에 관한 자신의 판단을 믿지 못하게 되었다는 점이었다. 어젯밤에 그는 배가 그의 뜻을 이해했다고 믿었었다. 솔직히 말하면, 그는 배가 그의 인품에 감복했다고까지 생각했었다. 그래서 배의 배신은 그에게 몸속 깊은 곳까지 흔들린 듯한, 언짢은 기분이 살 속에 오래 남는 충격을 주었다. 리영구의 배신과 겹쳐서, 배의 배신은 사람들의 성품과 생각을 판단하는 자신의 능력에 대해서 그가 지녔던 믿음을 뿌리째 흔들어놓았다. 반란을 이끄는 지도자에겐, 자신의 판단을 조직이나 제도로 떠받치기 어려우므로, 사람들의 성품과 생각을 이내 꿰뚫어보는 능력이 아주 중요할 수밖에 없었다. 관군을 이끄는 장수와는 달리, 사람들을 평가하는 일에서 저지른 조그만 잘못도 그에겐 큰 문제를 불러올 수 있었다. 그로선 어쩔 수 없이 불안했고, 그런 불안에서 나온 자신감의 위축과 과감성의 부족은 반란의 지도자에게 치명적일 수 있다는 생각 때문에 더욱 불안해졌다.

그는 고개를 저어 어두운 상념을 몰아냈다. 종이를 벽에 붙인 두 사람이 자신들의 솜씨를 살피고 있었다.

호셔챵의군 군령 데삼호

챵의군의 편졔는 왼녁과 곧ㅎ도다.

ㅎ나. 군사 열히 모호야셔 단대롤 이루도다.
둘.　단대 세히 모호야셔 듕대롤 이루도다.
세.　듕대 세히 모호야셔 대대롤 이루도다.

네.　　대대 세히 모호야셔 졍대롤 이루도다.

다숫.　졍대 세히 모호야셔 로수롤 이루도다.

　지금 한 부대를 세 단위 부대로 나누는 편제는 합리적이었다. 참모 조직이 도입되지 않았고 통신 수단이 아주 원시적인 중세의 싸움터에서 지휘관이 부대를 통제하기는 잘 짜인 참모 조직을 갖추었고 갖가지 통신 수단들이 쓰이는 현대의 싸움터에서보다 훨씬 어려웠다. 자연히, 통제의 폭이 좁았다.

　앞으로 그의 급조된 군대가 점차 세련된 군대로 다듬어짐에 따라, 그런 편제는 상당히 바뀔 터였다. 그는 새로운 무기들과 관행들과 전술들을 도입할 참이었으므로, 지원 부대는 빠르게 늘어날 것이었다. 마침내는 현대 군대에서처럼 지원 부대들이 직접 싸움을 하는 부대들만큼 커지고 각 층위의 부대들도 자연스럽게 네 개의 단위 부대들로 이루어지게 될 것이었다.

　'로사라. 언제 내가 로사(路師)들로 이루어진 부대를 지휘할까? 그런 날이 과연 올까?'

　자신에 대한 물음에 답하는 것처럼, 그는 천천히 고개를 끄덕였다. 힘든 일이었지만, 그렇다고 비관적인 것은 아니었다.

　여숫. 단대는 딕수이, 듕대는 딕위, 대대는 경위, 졍대는 부령이, 로사는 딕쟝이 잇그는 것을 법도로 삼되, 부대쟝의 직에 맞는 품계를 가진 사람이 없을 때는, 늦은 품계를 가진 사룸이 그 직을 맛돌 수 이시도다.

닐굽. 부대장둘해게는 그 직에 맞눈 별봉을 봉록과 홈끠 주노라.
별봉의 액수는 원녁과 곧흐도다.

단대쟝　　쓸 서 말
듕대쟝　　엿 말
대대쟝　　열 말
졍대쟝　　혼 셤
로ᄉ쟝　　혼 셤 엿 말
원슈　　　두 셤

긔묘 삼 월 팔 일
호셔챵의군 원슈 리언오

김과 마가 다시 풀을 바른 종이를 집어 들었다. 이번엔 종이가
훨씬 길었다.

"함끠……" 두 사람이 맞잡은 종이의 한가운데가 처지는 것을
보고, 그가 앞으로 나섰다.

"쇼인이 하겠압나니이다." 그가 종이를 향해 손을 내밀자, 그의
옆에 섰던 묵돌이 재빨리 앞으로 나서서 처진 종이를 받들었다.

호셔챵의군 군령 데사호

흐나. 긔묘 삼 월 팔 일 호셔챵의군은 원녁과 곧히 편셩두외얏도다.

원슈부

　원슈 리언오

　비셔병 딕병 신우츈

군슈부

　군슈　　부령 윤긔

　부군슈 졍위 리산구

　부군슈 졍위 신경슈

　딕군슈 부위 김경문

　딕군슈 딕위 최연규

　딕군슈 딕위 심연용

　딕군슈 졍수 신졈필

　딕군슈 딕수 최긔호

　딕군슈 졍병 박션동

　비셔병 딕병 홍두

　김경문은 향텽(鄕廳)의 별감(別監)이었다. 례산현 향텽엔 좌슈
(座守) 한 사람과 별긴 두 사람이 있있다. 어저께는 김 혼사 자리를
지키다가 챵의군에게 붙잡혔다. 심연용은 아전들의 우두머리인 호
쟝(戸長)이었다. 최연규는 봉션이 할아버지였고, 최긔호는 봉션이
아버지였다.

　군사부(軍師府)에 들어간 이름들을 한번 훑어본 다음, 미묘한 부

분들을 음미하면서, 그는 다시 천천히 읽었다. 군사부의 구성엔 언뜻 보기보다는 복잡한 계산이 담겨 있었다.

갑작스럽게 모인 사람들을 정규군으로 조직하면서 그가 먼저 부딪친 문제는 리산구를 비롯한 대지동의 유력자들을 적절하게 대우하는 일이었다. 그것은 꽤나 미묘한 문제였다. 비록 그들은 챵의군의 움직임에 실제로 간여하지 않았지만, 그들을 챵의군의 편제 안에 받아들이는 것은 긴요했다. 그들은 처음부터 모반 행렬에 들었고, 마을 사람들은 그들의 의견을 존중했으며, 그들의 지속적 지원은 챵의군의 성공에 꼭 필요했다. 반면에, 그들을 지휘관들로 삼을 수는 없었다. 대지동 싸움을 치르면서, 챵의군은 자연스럽게 네 대장들을 중심으로 한 지휘 체계를 갖춘 것이었다.

붙잡힌 관원들의 우두머리들을 적절하게 대우하는 일은 더 어려웠다. 이번에 붙잡힌 '읍내 사람들'을 챵의군 속으로 받아들이려면, 먼저 현감을 비롯한 높은 관원들에게 그들의 사회적 지위에 걸맞은 자리들을 마련해주어야 했다. 그렇게 해야, 다른 관원들이 안심하고 챵의군에 들어올 터였다. 그러나 막상 작업을 해보니, 관원들과 대지동 사람들 사이에서 균형을 찾는 일은 거의 불가능했다.

그가 고심 끝에 찾아낸 방안이 군사(軍師)란 직책이었다. 현대의 갖가지 단체들에서 대우하기가 곤란한 사람들을 위해 흔히 고문이란 자리를 두었다는 사실과 『삼국연의(三國演義)』에서 유비(劉備)가 제갈량(諸葛亮)과 방통(龐統)에게 군사의 직책을 주어서 이미 체제가 꽉 짜인 군대 안으로 그들을 무난하게 받아들였던 일이 생각났던 것이다.

'군사란 직책이 볼수록 그럴듯한데. 미묘한 대우 문제를 깔끔하게 풀었지. 마다할 사람은 없겠지. 종륙품 병마절제도위(兵馬節制都尉)가 전쟁 놀이터의 군대 같은 반란군의 부령이 된 것이 윤현감에겐 좀 뭣하겠지만.' 만족스러운 마음으로 그는 턱을 문질렀다. 까슬까슬했다. 배영집의 일로 경황이 없어서, 오늘 아침엔 면도도 하지 못했다.

그가 군사부의 설치에서 느낀 만족감엔 또 하나의 바탕이 있었다. 관원들의 우두머리 세 사람을 군사로 맞이함으로써, 그의 군대는 이곳의 적대 세력 셋을 적어도 겉으론 받아들인 셈이었다. 현감 윤귀는 중앙 정부를 대표했고, 별감 김경문은 이곳의 사족(士族)들을 대표했고, 호장 심연용은 이곳의 토착 세력이며 현령을 실제로 움직이는 이족(吏族)들을 대표했다. 그는 호장을 받아들인 것이 특히 흐뭇했다. 사족들은 례산현 전체에 퍼져 살아서, 읍내에 사는 양반들은 얼마 되지 않았다. 반면에, 이족들은 모두 현령 가까이 모여 살았고, 그들의 태도는 그만큼 더 중요했다.

　　근위 단대
　　　　대쟝　부병 묵돌
　　　　　　딕병 림형복
　　　　　　딕병 김병달

　　총참모부
　　　　슈 총참모쟝　부위 리산웅

비셔병 딕병 박우동

총참모쟝 앞에 '슈(守)'를 붙인 것은, 총참모쟝이 워낙 중요한 자리였으므로, 직책과 품계 사이의 틈을 나타내는 이곳의 관행을 따른 것이었다. 이곳에선 어떤 직책을 맡은 사람의 품계가 그 직책에 책정된 품계보다 낮으면, 직책 앞에 '슈'를 붙였고, 품계가 높으면, '행(行)'을 붙였다.

리산응을 발탁한 것은 리가 그의 예상대로 이번 기병을 다른 사람들에 비해 훨씬 흔쾌하게 받아들였기 때문이었다. 물론 향반이라는 신분과 뛰어난 지식은 리를 적임자로 만들었다.

문셔 참모부
　　참모부쟝 딕병 김교듕
　　　　훈병 마갑슈
　　　　훈병 박윤도

쳑후 참모부
　　참모부쟝 부병 김을산
　　　　딕병 황구용
　　　　훈병 안정훈

안정훈은 병방에 속한, 젊은 라쟝(羅將)이었는데, 사람들의 얘기로는 말을 아주 잘 탔다. 어저께 대지동 싸움터에서 말 한 마리

를 얻었고 이제 말을 잘 타는 사람까지 찾았으니, 척후대를 제대로
운용할 수 있었다. '척후병이 말을 타고 그대로 내빼지만 않는다
면……'

　　행군 참모부
　　　　겸행 참모부쟝　부위 리산응
　　　　　　　　　　　훈병 손향모

　　훈련 참모부
　　　　겸행 참모부쟝　부위 리산응
　　　　　　　　　　　훈병 죠한긔

　　티부 참모부
　　　　겸행 참모부쟝　부위 리산응
　　　　　　　　　　　훈병 신듕근
　　　　　　　　　　　훈병 황유딕

　　믈자 참모부
　　　　겸행 참모부쟝　부위 리산응
　　　　　　　　　　　훈병 김진팔
　　　　　　　　　　　훈병 김문회
　　　　　　　　　　　훈병 한위삼

지휘관이 부대를 제대로 지휘하려면, 참모부의 도움이 꼭 필요했다. 그러나 중세까진 그 점이 뚜렷이 드러나지 않았고, 참모부는 지휘관이 가까이 두고 형편에 따라 정찰이나 명령 전달과 같은 임무를 맡긴 장교들의 비공식적 집단에 지나지 않았다. 서양에서 참모 제도를 제대로 도입한 것은 17세기에 군대의 조직과 전술에서 혁명을 일으킨 스웨덴의 구스타부스 아돌푸스였다. 그러나 그의 참모 제도는 완전하지 못했었다. 그러다가 19세기 초엽 '예나 싸움'에서 프로이센 군대가 프랑스 군대에게 참패한 뒤, 게르하르트 폰 샤른호르스트가 프로이센 군대를 재건할 때, 현대적 총참모부 제도가 도입되었다. 19세기 후반 총참모장 헬무트 폰 몰트케의 지휘 아래 총참모부가 마련한 작전 계획에 크게 힘을 입어서, 프로이센 군대가 '칠주(七週) 전쟁'에서 오스트리아 군대를 단숨에 쳐부수고 이어 '보불 전쟁'에서 쉽게 이기자, 모든 나라들이 총참모부의 중요성에 눈을 뜨게 되었다.

지금 챵의군에 그런 참모 조직이 꼭 필요한 것은 물론 아니었다. 실은 꽤 먼 장래에도 그가 챵의군의 움직임을 일일이 살펴야 할 터였다. 그러나 그는 참모의 직책을 수행할 수 있는 장교들을 되도록 빨리 키우고 싶었다. 그것은 그의 죽음에 대한 일종의 보험이기도 했다. 홀륭한 참모 장교들을 키워놓으면, 그가 챵의군에 도입한 여러 가지 혁신들이 그가 죽은 뒤에도 살아남을 가능성이 그만큼 클 터였다.

총참모부를 조직하는 데서 그가 본받은 것은 조선공화국 군대의 편제였다. 문서 참모부는 'G-1'의 인사 기능을 맡았고, 척후 참모부는 'G-2'의 정보 기능을 맡았다. 행군 참모부와 훈련 참모부는 각기 작전과 훈련을 맡아서, 'G-3'의 기능을 나누어 맡았고, 회계를 맡은 티부(置簿) 참모부와 병참을 맡은 믈자(物資) 참모부는 다른 부대들과 함께 'G-4'의 군수 기능을 나누어 맡았다.

그런 방식으로 참모부의 기능을 나누는 것은 원래 남조 군대의 관행이었는데, 그런 관행은 남조 군대를 처음부터 만들고 키웠던 미국 군대의 관행을 그대로 베낀 것이었다. 실은 그런 관행은 미국 군대에서 처음 나온 것이 아니라 원래 프랑스 군대에서 나온 것이었다. 제1차 세계대전에서 미국의 유럽 원정군을 이끌었던 존 퍼싱은 프랑스 군대의 참모부에 반해서 그것을 본뜬 기구를 자신이 거느린 군대에 도입했다. 참모 기능 앞에 'G'를 붙이는 관행까지도 프랑스 군대의 관행을 따른 것이었다. 뒤에 미국 육군의 최고 지휘관이 되자, 퍼싱은 참모부 조직을 미국 육군 전체에 도입했다.

'십구 세기 말엽에 프랑스 군대가 만든 관행이 미국 군대를 통해서 남조 군대에 도입되었다가, 다시 조선공화국 군대가 이어받고, 이제 시간 줄기를 거슬러 오백 년을 건너뛰어 여기에 도입되었구나. 지금 동양의 한구석에서 일어난 조그만 반란군의 조직에 도입된 그 관행이 언제 어떻게 서양의 군대들에 영향을 미칠까? 십팔 세기에? 십구 세기에? 그렇다면, 그것은 인제 어디서 비롯한 것이 되는가? 십구 세기 말엽 프랑스에서? 아니면, 십육 세기 조선에서?' 시간 여행이 품은 역설들 가운데 하나를 만나자, 그의 입가에 서글픔 엷게 어린 웃음이 자리 잡았다.

보급 단대

 대쟝 부병 배고개댁

  딕병 고사리댁

  ……

  ……

그의 입가에 어린 조그만 웃음이 잔잔한 물결로 얼굴에 퍼졌다. 이 부분이 그가 시도한 혁명적 군사 조직에서 가장 혁명적인 부분이었다. 여자들을 군인들로 삼는 것은 이 세상에선 상상하기 어려운 일이었다. 실은 모든 사회들에서 그랬다. 여자 전사들로만 이루어진 군대를 갖추었다는 아마존족의 전설에도 불구하고, 여자들을 군대의 공식적인 구성원들로 받아들인 사회는 20세기 이전엔 없었다. 자연히, 여자들을 군인들로 삼는 것은 무척 혁명적이었고 이 사회의 성적 차별을 허무는 데 큰 몫을 할 것이었다.

그는 거기에서 한 걸음 더 나아갔다. 배고개댁에게 부병의 품계를 주기 전에, 그는 꽤 오래 망설였었다. 어저께 대지동 싸움에 참가했던 사내들도 대부분 딕병의 품계를 받은 터에, 그녀에게 부병의 품계를 주는 것은 남존여비를 기본 이념으로 삼은 사회에서 자라난 사람들에게 작지 않은 충격을 줄 터였다. 품계를 정하는 일엔 말썽들이 따르게 마련이었지만, 그녀에게 부병의 품계를 주는 것은 어떤 것보다 큰 말썽을 일으킬 가능성이 있었다. 그러나 그는 그것이 말썽을 무릅쓸 만한 일이라고 여겼다. 이 사회에서 성적 차별을 줄이는 일은 어차피 힘들 수밖에 없었다. 지금 싸움의 소용돌이 속에서 우격다짐으로 혁명적 선례를 만들어놓지 않으면, 그 일은 점점 더 어려워질 터였다.

    의약 단대
        대장 딕병 월매
            훈병 도화
            훈병 션월
            훈병 츈월
            훈병 소향
            훈병 강션

　월매는 항슈 기생이었다. 그러나 아까 김교듕에게 얘기를 들어보니, 례산현에는 기적(妓籍)에 오른 정식 기생은 없었다. 기생 노릇을 하는 여섯 사람도 공식적으론 쥬탕비(酒湯婢)라 불리는 관비들이었다. 어쨌든, 내외가 엄격한 사회에서 간호병 노릇을 할 여자들은 기생들 말고는 없었다.
　'저 여인들이 차츰 현대 의술을 배워서……' 그는 자신에게 고개를 끄덕여 보였다. 이세 부상병들을 보살피는 데 전념할 사람들이 있다는 것은 당연히 흐뭇했지만, 지금까지 아주 비참한 일을 해온 여인들에게 좋은 직업을 마련해주었다는 사실과 그들을 통해 현대 의학 지식이 차츰 중세 조선 사회에 퍼지리라는 전망도 적잖이 흐뭇했다.

민사 참모부

　　겸행 참모부쟝 부위 리산웅

　　　　훈병 김병룡

륙군 본부

　　슈 륙군 총독 딕수 김항텰

　　　문셔병 훈병 노을환

뎨일등대

　　겸슈 등대쟝 딕수 김항텰

　　　문셔병 훈병 옥길셩

　　　문셔병 훈병 오송희

　김항텰을 륙군 총독으로 임명한 것은 물론 김이 다른 대쟝들을 제대로 지휘할 수 있도록 하려는 생각에서였다. 다른 대쟝들은 이미 김의 특별한 위치를 인정하고 김의 뜻을 존중하고 있었지만, 그렇게 공식적으로 김의 권한을 정해놓지 않으면, 그가 없을 때, 대쟝들이 서로 다툴 수 있었다.

　다른 편으론, 김에게 알맞은 자리를 마련해주기 위해서라면, 꼭 륙군 본부를 둘 필요는 없었다. 김을 대대쟝이나 졍대쟝으로 삼는 것이 훨씬 간단했고 조직이 쓸데없이 살찔 위험을 줄일 수 있었다. 그가 굳이 륙군 본부를 든 것은 언젠가는 슈군(水軍)을 창설하겠다

는 야심이 가슴속에서 꼬물거렸기 때문이었다. 해군 출신인 그로
선 자연스러운 꿈이었다. 그리고 지금 챵의군의 작전 무대가 긴 해
안을 가진 튱쳥도 서북부 지방이므로, 멀지 않아 챵의군은 슈군의
필요성을 느끼게 될 터였다.

'아무래도 딕사는 좀 낮은데…… 총독 자리를 맡겼으니, 너무
서운하게 여기진 않겠지.'

사람들에게 공평한 품계를 매겨주는 일은 생각보다 훨씬 힘들었
다. 기본 원칙은 어저께 대지동 싸움에 챵의군으로 참가했던 사람
들에겐 일단 딕병 품계를 주고 그렇지 않은 사람들에겐 훈병 품계
를 주되, 지휘관 자리를 맡은 사람들에겐 직책에 걸맞게 품계를 올
려준다는 것이었다.

막상 일을 시작해보니, 그런 원칙은 엄격하게 지키기 힘들었고
충분치도 않았다. 신분이 엄격하게 구별된 사회인지라, 더욱 그랬
다. 비록 반란의 목표들 가운데 하나가 신분적 차별이 없는 사회
가 나오도록 돕는 것이었지만, 그로선 눈앞의 현실을 무시할 수 없
었다. 그래서 리산구나 신경슈는 높은 품계를 받았고, 그들보다 나
이가 많고 챵의군에 크게 공헌한 봉선이 할아버지는 리산웅보다도
낮은 품계를 받았다. 그 바람에 이번 반란의 주역인 김항텰도 딕사
에 머물렀다.

뎨일단대
　　대쟝　부병 박초동
　　　딕병 신죵구

딕병 졍오근

　……

　……

훈병 송옥신

훈병 리규셕

훈병 젼무영

　'격이 상당히 다른 사람들을 한데 묶어서 훈병 품계를 주었으니, 불평이 나오겠지. 많이 나오겠지.'

　뎨일단대에 속한 훈병 셋 가운데 송옥신은 디인(知人)이었고 나머지 두 사람은 통인(通人)들이었다. 디인은 현의 관인을 보관하고 쓰는 일을 맡아보는 아전이었고, 통인은 잔심부름을 하는 사람이었다.

　'그러나 그것보다 더 문제가 되는 것은 권세를 부리던 "읍내 사람들"이 산골 사람들과 잘 어울려 부대다운 부대를 이룰 수 있을까 하는 건데. 거기에 많은 것들이 달렸는데……' 생각에 잠긴 눈길로 포고문을 바라보면서, 그는 턱을 쓰다듬었다.

　다행히, 그들이 어저께 적으로 싸웠다는 사실은 두 집단 사이에 별다른 앙금을 남기지 않은 듯했다. 하긴 지금 '읍내 사람들'이 속에 품은 감정을 드러낼 처지는 아니었지만.

　　뎨이단대

　　　대쟝　부병 백용만

244

딕병 손갑셕

딕병 명쥰일

딕병 신홍식

……

데삼단대

   대쟝 부병 윤삼봉

   딕병 김현팔

   ……

윤삼봉은 곳뜸 젊은이였는데 대지동 싸움에서 돋보이는 활약을 했다. 현감이 도망치다가 말에서 떨어져 붙잡힌 것은 윤이 급하게 쫓아갔기 때문이었다. 윤은 몸집이 크고 기운이 대단했다. 어느 싸움터에서나 뛰어난 병사들이 나타나게 마련이었다. 어느 전쟁에서나 뛰어난 장군들이 나타나듯이. 그런 과정이 이미 시작되었음을 확인한 것은 그의 마음을 든든하게 했다.

'대대 정도는 충분히 지휘할 사람인데. 장군감인진 좀더 두고 봐야겠지만…… 하기야 난 장군감인가? 원슈감은 그만두고라도? 내가 군복을 입었을 때, 윗사람들은 날 제독감으로 봤을까?'

그는 천천히 고개를 저었다. 그는 자신이, 교통사고만 아니었다면, 언젠가는 훌륭한 함대 사령관이 되었으리라고 믿었지만, 사관학교에서나 군대에서 그를 알았던 사람들 가운데 그를 제독감으로 여겼던 이는 없었음을 잊지는 않았다. 사람들은 훌륭한 군인이 되기엔 그에게서 지식인 냄새가 너무 많이 난다고 여기는 듯했었다.

뎨이듕대
　　슈 듕대쟝　졍병 쟝츈달
　　문셔병　훈병 졍막동

뎨일단대
　　대쟝　부병 류갑슐
　　딕병 박희관
　　……

뎨이단대
　　대쟝　부병 김인식
　　딕병 강찬삼
　　……

공병단대
　　대쟝　딕병 오명한
　　훈병 셔긔쥰
　　훈병 삼달

　사람들이 제대로 배치된 다른 단대들과는 달리, 겨우 세 사람으로 이루어진 공병 단대에 그의 눈길이 오래 머물렀다. 공병은 그의 군대에서 또 하나 새롭고 중요한 부분이었다.

공병은 화려한 병과는 아니었다. 그러나 군대에서 공병이 하는 일들은 밖에서 보기보다는 많고 중요했다. 군사 기술이 발전한 현대에서야 당연한 얘기였지만, 실은 군사 기술이 원시적이었던 고대에서도 그랬다. 고대와 중세에서 공병들은 성이나 요새를 치거나 지키는 데서 중심적 자리를 차지했었으니, 그들은 투석기(投石機)나 충차(衝車)와 같은 공성(攻城) 기계들을 만들어 썼고 적군의 진지에 이르거나 무너뜨리기 위한 참호나 굴을 팠다. 군사 기술의 발전에 따라, 근대로 내려올수록 공병의 중요성은 자연스럽게 커졌다.

공병의 중요성은 공병의 능력이 전술과 전략에 영향을 미칠 때 또렷이 드러났다. 스키타이 사람들과 싸우려고 뒤에 '시르다리야'라고 불린 자크사르테스 강을 건널 때, 알렉산드로스 대왕의 군대는 투석기로 대안에 적병이 접근하는 것을 막음으로써 강을 쉽게 건널 수 있었다. 제2차 포에니 전쟁에서 공성 장비를 갖추지 못한 카르타고 군대는 단단한 성벽으로 둘러싸인 로마의 도시들을 제대로 치지 못했다. 공성 능력의 중요성을 깨닫지 못한 것이 한니발이 승기를 놓친 결정적 원인이었다고 존 풀러는 지적했다. 전사 시간에 유한필 교관은 거듭 강조했었다. 전쟁을 이해하려면, 싸움의 기술적 측면을 살피는 것이 필수적이고, 그것은 싸움에서 공병들이 한 일들을 살피는 것에서 시작되어야 한다고.

공병 단대에 속한 사람들은 모두 례산현령에 딸린 공쟝(工匠)들이었다. 오명한은 화살을 만드는 시인(矢人)이었고, 서귀쥰은 나무를 다루는 목장(木匠)이었고, 삼달은 가죽을 다루는 피장(皮匠)이었다. 례산현령에 딸린 공장들은 열이 넘었는데, 대부분 밖에서 살면서 일했다. 그래서 세 사람을 얻은 것만도 다행이었다. 아쉽게도 례산현청의 공장들 가운데엔 활을 만드는 궁인(弓人)은 없었다.

지금 그가 공병에 큰 무게를 두는 것은 자연스럽고 합리적이었다. 그가 자신의 군대에 도입하려는 기술적 혁신들은 먼저 공병들에 의해 수행될 터였다. 실제 역사에서도 그랬었다. 영국과 프랑스처럼 군사 기술이 발전했던 나라들에서, 뒤에 포병, 수송, 야전 통신, 항공, 화학과 같은 병과들이 수행하게 된 기능들은 처음엔 모두 공병이 맡았었다. 그런 기능들이 발전하고 중요해지면서, 그것들을 전담하는 병과들이 독립한 것이었다.

따라서 지금 겨우 세 사람으로 이루어진 공병 단대에서 머지않아 여러 병과들이 떨어져 나올 터였다. 그것은 가슴이 뿌듯해지는 생각이었지만, 그의 야심은 거기서 끝나지 않았다. 그의 반란이 성공해서 그가 어떤 사회를 다스리게 되면, 그것이 조선 전체든 그한 부분이든, 그는 챵의군의 공병대를 그 사회에 새로운 기술들을 도입하는 조직으로 쓸 꿈을 품고 있었다. 산업 사회와는 달리, 기술 발전에 필요한 사회 간접 자본이 거의 없는 농업 사회에서 기술의 도입은 힘들고 느릴 수밖에 없었다. 그것은 그가 저수지를 쌓으면서 절실하게 느낀 사실이었다.

다행스럽게도, 그런 꿈이 이루어질 수 있음을 보여주는 선례가 있었다. 역사상 아마도 가장 성공적이었고 이름이 높았던 공병대는 미국 육군의 공병대였다. 그들은 여러 싸움들에서 미국 군대의 승리에 크게 공헌했지만, 그들의 높은 명성의 상당 부분은 그들이 평화 시에 수행한 일들에서 나온 것이었다. 19세기 중엽 미국 서부의 탐험과 20세기 초엽 파나마 운하의 건설은 특히 그들의 명성을 높였다. 실은 그들은 처음부터 군사적 기능만이 아니라 탐험, 지도 제작, 홍수 통제, 그리고 수로 건설과 같은 민사적 기능들까지도 수행하도록 되었었다.

    뎨삼듕대
        슈 듕대쟝 졍병 최셩업
        문셔병 훈병 리샹훈

    뎨일단대
        대쟝 부병 김갑산
        딕병 홍진효
        ……

    뎨이단대
        대쟝 부병 김셰윤
        딕병 채졈돌
        ……

뎨삼듕대는 어저께 농악대에 들었던 사람들이 중심이었다. 이제는 그들도 무기를 갖췄지만, 뎨삼듕대는 군악대의 기능도 지녔다.

현텽에 있던 악기들이 적지 않았으므로, 특히 날라리가 늘고 북이
새로 생겼으므로, 그들은 군악대다운 소리를 낼 수 있을 터였다.

    뎨오듕대
        슈 듕대쟝 정병 류죵무
        문셔병 훈병 김동인

    뎨일단대
        대쟝 부병 리쟝근
        딕병 박슌홍
                ……

"원슈님."

그가 돌아다보니, 류죵무가 두 손을 맞잡고 공손하게 목례를 했
다. 리쟝근이 옆에 서 있었다. "아, 녜. 어셔 오쇼셔, 류 대쟝, 리
대쟝."

"별일이 없으시면, 쇼쟝안 이제 대지동애 돌아가고져 하압나니
이다," 류가 말했다.

"그리하쇼셔." 그는 고개를 끄덕이고 벽에 붙여진 종이를 가리
켰다. "류 대쟝, 뎌긔 보쇼셔. 이제 류 대쟝끠셔는 뎨오듕대랄 잇
그시나이다. 리 대쟝끠셔는 뎨오듕대의 뎨일단대랄 잇그시고."

"녜, 원슈님." 종이에 쓰인 글을 살피던 류의 얼굴이 문득 밝아
지면서, 흐뭇한 웃음이 피어났다. "원슈님, 참아로 감샤하압나니

이다. 대쟝 노랏알 이대 하게 힘을 쓰겠압나니이다."

"쇼인도……" 말수가 적고 말주변도 없는 리가 어렵게 입을 열더니 이내 말끝을 흐렸다. 리는 최셩업과 함께 숯을 굽는 사내로 돌무들기에 살고 있었다. 최보다 나이가 몇 살 위라고 했으니, 쉰 가까이 되었을 터였다. 리를 단대쟝으로 삼은 것은 능력보다는 나이를 생각해서였다.

"류 대쟝끠셔 아니 겨신 사이, 션임 단대쟝이신 리 대쟝끠셔 듕대랄 잇그쇼셔."

"녜, 원슈님," 리가 두 손을 앞에 모으면서 공손히 대꾸했다.

"그리하시고," 그는 류에게 말했다. "몇 사람이나 마알로 돌아간다 하얏나니잇가?"

"다삿이압나니이다. 다삿하고, 최긔호이 함끠 돌아간다 하압나니이다."

"봉션이 아버지?"

"녜, 원슈님. 집에 급한 볼일이 있다고……"

"그러하나니잇가?" 그는 고개를 갸웃했다. 봉션이 아버지는 아직 그에게 아무런 얘기를 하지 않은 터였다. "알았나이다. 길이 머니, 바로 떠나시는 것이……"

두 사람이 떠나자, 그는 군령을 이어 읽었다.

데이단대

　　대쟝　딕병　왕부영

　　　훈병　왕병듀

......

마음이 한결 밝아지면서, 가슴에 따스한 기운이 번졌다. '저 왕
씨들 부대가 얼마나 강한 부대가 되느냐에 챵의군의 장래가 달렸
다고 해도 과언이 아닌데……'

어젯밤 그와 얘기했던 관노 여섯 사람은 모두 왕씨를 성으로 삼
고 례산을 본관으로 정했다. 자신들의 정체를 '례산 왕씨'로 내세
운 것은 그들의 생각을 유창하게 말해주었다. 이제 그들은 자신들
이 막 얻은 것들을, 사람답게 살 수 있는 기회와 터전을, 지키려고
끝까지 싸울 터였다.

그의 눈길이 왕은복과 왕개복의 이름을 찾았다. 그를 특히 기쁘
고 든든하게 한 것은 그 두 사람이 어저께 챵의군에게 붙잡히지 않
고 미리 현청에서 빠져나갔다가 나중에 일부러 돌아온 사람들이라
는 사실이었다. 어젯밤 늦게 부영이 그를 찾아와서 도망친 관노들
몇 사람을 만나서 챵의군에 들어오도록 설득하겠노라고 했다. 도
망친 관노들이 돌아올 가능성에 대해선 회의적이었지만, 그는 부
영의 성의가 고마워서 선뜻 허락했었다. 부영은 밖으로 나가더니
새벽에 두 사람을 데리고 돌아왔다.

둘. 군령 데이호롤 좇아셔, 이제 모돈 사롭돌흔 량인돌히며 자갸
돌희 쥬인돌히도다. 그러모로 모돈 사롭돌흔 성을 갖는 것이
옳도다. 아직 성을 못 가진 사롭돌흔, 스나해와 간나해랄 굴
해디 아니 흐고, 새로이 성과 본관올 문셔 단대쟝 김교듕에게

252

알외기롤 바라노라.

긔묘 삼월 팔일

호셔챵의군 원슈 리언오

'저만하면, 아쉬운 대로 군대 꼴을 갖춘 셈인데……' 가슴을 펴고, 그는 군령이 쓰인 종이들을 대견스러운 눈길로 살폈다. 간단한 조직을 나타낸 조그만 문서들이었지만, 사물의 결을 살피는 눈길에겐 그것들은 챵의군이 앞으로 갖출 모습을 제대로 보여주었다. 몇십 년 뒤의 우람한 참나무들을 보여주는 도토리 싹들처럼. 그리고 상상력까지 갖춘 마음이라면, 그 여린 싹들에서 바다를 넘는 웅장한 돛배를 볼 수 있을 터였다.

"아," 뒤에서 누가 소리를 냈다.

돌아다보니, 챵츈달이 입을 벌리고 벽에 붙은 군령들을 읽고 있었다. "어서 오쇼셔, 챵 대쟝."

"원슈님, 이것이 우리 챵의군의……?"

"녜. 이제 우리 챵의군도 군대다온 군대 다외얏나이다."

"아, 녜. 그러하압나니이다." 마을의 소목 노릇을 해온 챵은 한글을 좀 알았다. 글을 알기 때문에 대쟝 직책을 맡긴 것은 아니었지만, 대쟝들이 모두 한글을 안다는 것은 다행이었다.

"뎌긔를 보쇼셔." 그는 챵의 이름이 나온 곳을 가리켰다. "이제 챵 대쟝끠셔는 뎨이듕대랄 잇그시나이다."

"아, 녜." 챵이 싱긋 웃으면서 덜미를 문질렀다. "뎨이듕대라.

제8부 · 혁명가 253

잘하여야 다외난듸……"

"그러하고, 으음, 쟝 대쟝꾀셔는 공병 단대도 잇그시나이다."

"공병 단대…… 공병은 공쟝이라난 뜯이압나니잇가?"

"녜. 공병 부대난 공쟝달로 이루어딘 부대니이다. 그러하야셔 싸홈에 쓰일 연쟝달할 맹갈고 다리도 놓고 집도 짓나이다. 뎌긔 공병 단대쟝 오명한안 시인(矢人)이니이다. 여긔 현텽에셔 화살알 맹가난 공쟝이니이다."

"아, 녜." 쟝이 생각에 잠긴 낯빛으로 천천히 고개를 끄덕였다.

"원슈 나아리," 옆으로 다가온 김교듕이 조심스럽게 불렀다.

"녜, 김 부쟝." 그는 김과 마갑슈에게 웃음을 지어 보였다. "두 분끠셔 슈고랄 많이 하샀나이다. 죠곰 쉬시고셔, 「챵의문」을 몇 쟝 더 벗기쇼셔."

선전전은 어느 전쟁에서나 중요했지만, 이번과 같은 인민 반란에서는 특히 중요했다. 그는 「챵의문」을 적어도 례산현의 면마다 한 장씩 돌려서 모든 사람들이 볼 수 있도록 할 생각이었다.

"녜, 원슈 나아리. 분부대로이 거행하겠압나니이다." 두 사람이 읍하고셔 동헌으로 돌아갔다.

"쟝 대쟝," 어두운 상념들이 가슴에 남긴 앙금이 거의 다 씻겨 나갔음을 느끼면서, 그는 순간적 충동에서 쟝에게 어젯밤부터 마음속으로 굴리던 생각을 털어놓았다. "쟝 대쟝과 나난 앏아로 맹갈 것들히 아조 많나이다. 신긔한 연쟝달할 많이 맹갈아셔, 뎍군들히 오면, 그것들로 믈리티사이다. 전에 셕궁을 맹갈았던 것텨로."

"녜, 원슈님," 마주잡은 두 손을 힘주어 비비면서, 쟝이 대꾸했다. 목소리에 기름진 울림이 있었다.

"싸홈애 쓰이는 연장달 가온대난 투셕긔라 하난 연장이 있는듸, 그 연장안 큰 돌달할 멀리 던디는 긔계니이다. 그것이 엇디 삼기었나 하면……" 그는 쪼그리고 앉아서 기름한 돌맹이를 집어 들었다.

어저께 내린 비로 촉촉한 땅 위에 포근한 햇살이 내려서, 동헌 옆 마당의 흙에선 향긋한 냄새가 올라왔다. 어느새 억세어지기 시작한 냉이들 사이에 돋은 쑥들이 문득 풋풋한 시장기를 불러냈다.

쟝도 쪼그리고 앉아 그가 땅에 그리는 그림을 들여다보았다.

투석기는 고대부터 화약을 쓰는 무기들이 나타난 중세 말기까지 널리 쓰인 무기였다. 실은 석탄(石彈)을 쏘는 초기의 원시적 대포가 나온 뒤에도 상당히 오랫동안 쓰였다. 투석기는 여러 가지가 있었는데, 그가 지금 그리는 것은 꼬인 줄의 비틀림을 추진력으로 삼는, 가장 흔했던 투석기였다.

그가 설명을 마친 뒤에도, 쟝은 한참 동안 생각에 잠겨 땅에 그려진 그림을 내려다보았다.

둘레에서 사람들이 내는 갖가지 소리들이 들려왔다 — 여럿이 함께 힘을 쓰는 소리, 사내들이 다투는 소리, 악의 없는 욕설들, 어린애가 칭얼대는 소리, 누가 가볍게 두드리는 꽹과리 소리, 나무 둥치에 박히는 도끼 소리. 그의 귀에는 그 소리들이 이울려 내는 불협화음이 어떤 교향곡보다도 달콤하게 닿았다. 그 소리들은 이곳이 활기찬 병영임을 가리키고 있었다.

"그러하오면, 원슈님," 여전히 그림을 내려다보면서, 쟝이 말했다. "여긔셔 종요로온 것은 줄이압나니이다?"

"옳아신 말씀이시니이다." 쟝의 반문에 담긴 통찰에 놀라서, 그는 고개를 열심히 끄덕였다. "쟝 대쟝끠셔 아조 잘 보샸나이다."

투석기에서 가장 중요한 부분은, 다른 미사일 무기들과 마찬가지로, 추진력을 제공하는 부분이었다. 꼬인 줄의 비틀림에서 추진력을 얻는 투석기에서 줄은 대포에서 추진 화약이 하는 것과 같은 일을 했다. 그 줄은 밧줄, 말털 또는 짐승 힘줄을 써서 만들었는데, 어려운 것은 그것의 탄력성을 유지하는 것이었다. 그런 기술은 결코 쉽게 얻어지는 것이 아니어서, 고대인들이 지녔던 비결은 투석기를 재현한 현대의 연구자들도 밝혀내지 못했다. 그래서 투석기의 성공은 좋은 줄을 구하는 데 달린 셈이었다. 실제로 알렉산드로스 대왕의 군대는 투석기에서 줄과 같은 중요한 부분들만을 지니고 다녔고 무거운 틀은 싸움터에 가까운 곳에서 얻은 큰 재목들로 만들었다고 했다.

"원슈님, 줄을 므슥으로 맹간다 하샷나니잇가? 말털이라 하샸나니잇가?"

"녜, 말털을 쓰나이다. 즘생달희 힘줄도 많이 쓰나이다."

"아, 녜." 고개를 끄덕이더니, 쟝은 다시 생각에 잠겨들었다. "그러하오면 이 투셕긔라난 연장알 맹가난 대난 날달이 많이 걸월새니이다?"

"실로난 바로 그것이 걱뎡이 다외나이다." 쟝이 다시 요점을 짚은 것이 흐뭇해서, 그의 얼굴에 어린 웃음이 짙어졌다. "쟝 대쟝끠셔 묘한 계책알 내놓아쇼셔."

"흐음." 쟝의 얼굴에 느린 웃음이 배어 나왔다. "쇼쟝의 생각애난 줄을 맹가난 대 더 묘한 길이 이실 닷도 하압나니이다. 말털이나 즘생 힘줄을 쓰는 것보다 빨리 맹가난 길이……"

"그것이 므슥이니잇가?" 인사치레로 계책을 내놓아보라고 말했던 그는 이제 기대에 차서 물었다.

"사람달회 머리니이다." 쟝이 싱긋 웃었다. "녀자달회 머리는 말털보다 길어서 훨씬 나알 닷하나이다. 말털이나 즘생 힘줄보다 구하기도 쉽고."

"흠. 사람 머리라……" 듣고 보니, 그럴듯했다. 쟝의 안목에 다시 감탄하면서, 그는 열심히 고개를 끄덕였다. "참아로 묘한 계책이니이다."

"그리하면, 사람달히 모도 즁머리 다외야셔……" 쟝이 소리 내어 웃다가 급히 입을 다물었다. 언오가 어제 아침까지만 해도 불승이었다는 사실이 뒤늦게 생각난 모양이었다.

"계책이 묘티마난, 사람달히 선뜻 머리를 자라려 하겠나니잇가?" 그는 모른 체하고 물었다. 조선조 말기에 '단발령(斷髮令)'이 나왔을 때, 사람들이 거세게 반발한 일이 떠올랐다. 당시 사람들은 '손발은 자를지언정 두발은 자를 수 없다'고까지 했었다. 머리 형태를 바꾸는 것도 아니고 강제로 자르는 것도 아니었지만, 선뜻 머리를 자르려는 여자들은 드물 터였다.

"녜. 그것이 졈 어려울 새니이다. 그러하야도……" 쟝이 좀 아쉬워하는 낯빛으로 말끝을 흐렸다.

"엇디 다외얐든, 사람 머리채랄 쓴다난 것은 아조 묘한 계책이니이다. 두고두고 생각해보사이다. 그렇디마난 셜령 사람달히 션

뜻 머리채랄 자라겠노라 하더라도, 그 머리채랄 꼬아서 줄을 맹갈려면, 날달이 오래 걸월 새니이다. 말털이나 힘줄을 쓰는 것보다야 빠라겠디마난. 우리는 당장 투셕긔 이셔야 하난듸."

"녜." 쟝이 천천히 고개를 끄덕이면서 입맛을 다셨다.

잠시 뜸을 들인 다음, 그는 말을 이었다. "그러나 투셕긔를 맹가난 대난 다란 길도 이시나이다. 쉽고 빠란 길이 이시나이다."

"아, 그러하압나니잇가?"

"만일 우리," 그는 한 걸음 옆으로 옮겨 앉아서 다시 땅에 그림을 그리기 시작했다. "이리 틀을 맹갈아서 셰우고, 그 우혜 긴 나모랄 이리 었어셔 팔텨로 움즉이게 한 다암……"

그가 그린 것은 '트레뷔셰trebuchet'라 불린 투석기였다. 트레뷔셰는 서양에서 쓰여온 다른 투석기들과는 내력과 성격이 달랐다. 그것이 원래 서양에서 발명된 것이 아니라, 중세에 중국에서 발명되었기 때문이었다. 중국 사람들은 그것을 '포(砲)'라 불렀는데, 아랍 문명권을 거쳐 13세기에 유럽에 전래되어, 화약을 쓴 대포가 나오기까지 한 세기 동안 공성전에서 요긴하게 쓰였다. 그것의 가장 두드러진 특질은 비틀림이나 장력이 아니라 평형력을 추진력으로 삼았다는 점이었다. 그것은 먼저 기둥을 세우고 그 위에 긴 막대기를 가로 붙여서 두 팔처럼 아래위로 움직일 수 있게 만든 기계로, 짧은 팔엔 무거운 추를 달았고 긴 팔의 끝엔 돌을 넣는 홈을 파놓았다. 그것을 쓰려면, 먼저 긴 팔을 당겨서 내려놓고 홈에 돌을 넣은 다음, 그 팔을 붙잡아맨 줄을 갑자기 놓으면 되었다. 그러면 다른 팔에 달린 무거운 추가 내려가면서, 돌이 멀리 날아갔다. 원

래 '기운다'는 뜻을 지닌 프랑스 말에서 나온 트레뷔셰라는 이름이
그 모습을 잘 나타냈다.

그가 설명을 마치고 일어서자, 쟝이 따라 일어서면서 고개를 끄
덕였다. "그리 맹갈면, 원슈님 말쌈대로이 아조 쉬이 맹갈 수 이실
새니이다."

"돌이 날아가난 거리는 추의 므그를 밧고아셔 죠곰안 조정할 수
있나이다. 그러나," 그는 고개를 저었다. "이대 견호아셔 쏠 수는
없나이다."

"녜. 그러하겠압나니이다."

"그러모로 우리는 앗가 녜아기한 연장알," 그는 옆에 그려진 그
림을 가리켰다. "뎌 연장알 언젠가난 맹갈아야 하나이다. 시방 안
날이 없으니, 이 연장알 몬져 맹갈아셔 쓰고."

"녜, 원슈님. 이대 알겠압나니이다."

"원슈 나아리," 옆에서 잘 다듬어진 목소리가 났다.

돌아다보니, 별감 김경문과 호쟝 심연용이었다. "어셔 오쇼셔."

"죵요로온 말쌈알 하압시난듸, 쇼인달히……" 김이 미안한 낯
빛을 지었다.

"아니오이다. 쟝 대쟝하고난 녜아기 다 끝났나이다." 그는 쟝에
게로 고개를 돌렸다. "그러하시면 쟝 대쟝끠셔는 투셕긔를 맹가난
일에 대하야 생각하야보쇼셔."

"녜, 원슈님. 이대 알겠압나니이다. 그러하시면 쇼쟝안……"

쟝이 인사하고 돌아서자, 그는 두 사람에게로 몸을 돌렸다. "므
슴 일이시니잇가?"

두 사람은 서로 흘긋 쳐다보더니 잠시 머뭇거렸다. 그들의 얼굴들은 유리 가면들 같았다. 매끄럽고 단단하나 깨어지기 쉬운 유리 안쪽에서 감정들이 즙처럼 출렁거렸다.

"실로난 죠곰 전에," 헛기침으로 목을 가다듬더니, 심이 무거운 목소리로 얘기를 시작했다. "쇼인이 여긔 마알 사람달할 만났압나니이다."

"그리하샀나니잇가? 슈고랄 많이 하샀나이다." 그는 '읍내 사람들'에게 현텽 안에 남아 있도록 했지만, 바깥사람들과는 바깥문에서 자유롭게 만나도록 하고 있었다.

"녜, 원슈 나아리. 사람달히 어제 죽은 세 사람의 시신알 오날 새배애 파내셔 읍내로 가져왔다 하얐압나니이다," 하기 어려운 얘기를 빨리 마치고 싶어 하는 것처럼, 심은 빠르게 말했다. "그리하고셔 쇼인애게 나와셔 장례를 보살펴달라 하얐압나니이다."

"아, 그러하나니잇가?" 그의 귀엔 거의 기계적으로 대꾸하는 자신의 목소리가 남의 것처럼 들렸다. 자신이 이끄는 군대가 가까운 미래에 지닐 모습을 그려보고 새로 도입할 무기들을 생각해보는 꿈의 세상에서 피 묻고 골치 아픈 현실의 땅으로 거칠게 끌려 내려온 충격으로, 그는 한순간 마음이 얼얼했다. 아직 컴컴한 새벽에 대지동 산기슭의 구덩이들에서 파내어져 읍내로 옮겨지는 피와 흙이 범벅이 된 주검들이 눈앞에 떠올랐다.

이마를 찌푸리면서, 그는 자신도 모르게 고개를 흔들었다. '싸움에서 이기면, 나머진 저절로 풀리도록 된 것 아닌가? 적병들의 장례에까지 신경을 써야 한다는 건…… 어디에도 그런 얘긴 나오지 않았잖나.' 누구에게 향하는지 모를 불평이 나왔다.

싸움을 설명한 책들에선, 사서에서든 회고록에서든 소설에서든, 싸움에서 이긴 사람들이 그런 골치 아픈 일들을 처리하는 모습은 나오지 않았었다. 그런 일들은 저절로 처리되고, 그들은 승리가 가져다준 갖가지 열매들을 즐기면 되었다.

'내가, 큰일을 해야 하는 내가……' 그는 그런 골치 아픈 일을 다른 사람들에게 미루고 싶은 유혹을 느꼈다. '내가 지금 그런 사소한 일에……'

그러나 그는 잘 알았다, 그것이 결코 사소한 일이 아님을. 챵의군에게 죽은 아전들의 장례는 그와 챵의군에 대한 반감과 저항을 일으킬 수 있었다. 그렇게 정치적 함의를 지닌 일이야말로 반란의 지도자인 그가 다루어야 할 일이었다. 마음을 다잡으면서, 그는 조심스럽게 그의 낯빛을 살피는 심에게 물었다, "장례는 언제……?"

"잘 모라겠압나니이다. 날안 아직……"

"그러하면, 장례 빨리 치러디게 호쟝 얼우신끠셔 힘을 써주쇼셔. 시졀이 시졀인 만큼, 장례를 미루어서 됴한 일안 없을 새니이다."

"네, 원슈 나아리. 옳아신 말쌈이시니이다." 심이 가볍게 한숨을 내쉬었다. 심이 맡은 일은 달갑지도 쉽지도 않은 일이었다. "장례 빨리 치러디게 쇼인이……"

"쇼인도 그리다외개 하겠압나니이다," 김이 덧붙였다.

그는 두 사람에게 작지 않은 동정을 느꼈다. 이곳의 토착 지배 세력을 대표하는 그들은 현령을 점령한 반란 세력과 적어도 겉으로는 협력해야 한다는 아주 어려운 일을 맡고 있었다. 당연히, 처지가 고달프고 마음이 불안할 터였다. 그는 그들을 안심시키고 싶었다. 안타깝게도, 그는 몰랐다, 무슨 얘기를 해야 그들의 마음이 좀 가벼워질지.

대신 그는 사무적 얘기를 꺼냈다, "세 분끼셔 돌아가신 일이야 마암이 알판 일이디마난, 이제는 엇디할 수 없나이다. 다만 우리 챵의군에셔 애도하난 뜻을 겸 나타내난 것이 엇더할디…… 챵의군에셔 부의로 베 한 필식 내놓난 것이 엇더할디 모라겠나이다."

두 사람이 서로 쳐다보면서 눈길을 주고받았다. 김이 입을 열었다, "참아로 고마우신 말쌈이시니이다."

심이 고개를 끄덕였다. "그리하시면, 사람달히 모도 깃거할 새니이다."

"그러하면 단자(單子)이 이셔야 하난듸…… 잇다가 문셔 단대쟝인 김교듕 대쟝애게 단자랄 써달라 녜아기하쇼셔. 아, 뎌긔를 보쇼셔." 그는 벽에 붙은 챵의군 편성표를 가리켰다. "이제 두 분끼셔는 군사부에 소속다외샸나이다."

두 사람이 벽에 붙여진 글들을 읽었다.

"이제 두 분끼셔는 군사로셔 쇼쟝알 도와주쇼셔," 두 사람이 군령들을 다 읽자, 그는 정중하게 말했다.

두 사람이 잠시 머뭇거리더니, 심이 먼저 말했다, "녜, 원슈 나아리. 쇼인이 아난 것은 없디마난……"

문득 길텽 쪽에서 징 소리가 났다. 돌아다보니, 길텽 옆 마당에

악기를 든 사람들이 모여 있었다. 읍내로 나가서 포고문들을 붙일 예삼등대 사람들이었다. 시끄러운 꽹과리 소리 위로 날라리 소리가 매끄러운 몸매로 날아올랐다.

길텽 모퉁이를 돌아서, 최성업이 행렬을 이끌고 다가왔다. 최의 바로 뒤에 깃발이 따랐다. 기수가 깃대를 한 번 크게 휘저었다. 긴 무명천에 힘찬 필치로 쓰인 '호셔챵의군湖西倡義軍'이 눈에 들어오면서, '반기를 든다'는 어구가 문득 산뜻한 얼굴을 하고서 탄력 있는 걸음으로 다가왔다.

4

"원슈님, 이제 쇼쟝이 파곘압나니이다." 셩묵돌이 다시 손을 내밀었다. "이리 주쇼셔."

군령에 따라, 묵돌은 '셩(成)'을 자신의 성으로 삼았다. 원래 묵돌의 집안은 슐곡에 있는 향반의 외거노비(外居奴婢)라 했다. 외거노비는 주인집에서 떨어져 살며 신공(身貢)만을 바치므로, 주인과 함께 사는 솔거노비(率居奴婢)보다는 비교적 사람답게 살 수 있었다. 그래도 언제라도 주인이 부르면, 주인집에 들어가서 종살이를 해야 했다. 그는 묵돌이가 '셩'을 자신의 성으로 삼은 까닭이 궁금했지만, 일부러 묻지는 않았다.

삽에 퍼 담은 흙을 무너진 돌담 쪽으로 던지고서, 언오는 삽을 땅에 세웠다. "휴우. 그리하쇼셔."

"녜." 셩이 흙을 파낸 자리로 내려서더니, 그에게서 삽을 받아들고서 손바닥에 걸쭉하게 침을 뱉어서 문질렀다.

"하아, 그것도 일이라고……" 뻣뻣한 오른팔을 주무르면서, 그는 위쪽으로 올라왔다. 삽은 껍질을 벗기지 않은 나무를 자루로 삼아서, 손바닥이 화끈거렸다. 그래도 살 속엔 한껏 힘을 쓴 즐거움이 파릇한 즙으로 고여 있었다. 끊임없이 나오는 걱정거리들에서 잠시 벗어나, 마음도 가벼웠다.

'이만큼만 해도, 좀 낫겠지.' 숨을 깊이 쉬면서, 그는 그동안 한 일을 살펴보았다. '목욕탕을 짓는 일이 끝나면, 그 사람들을 동원하지. 오등대를 모두 투입하면, 일이 훨씬 빨리……'

그는 모자를 벗고 주머니에서 수건을 꺼냈다. 이제는 호셔창의 군 원슈의 정모가 된 빨강 운동모자에 그는 잠시 대견스러운 눈길을 주었다. 아래쪽에서 올라오는 산들바람이 땀 젖은 이마를 서늘한 손길로 씻어주었다.

바람결에 실려, 문득 아련한 함성이 다가왔다. '괭이갈매기들'의 묘기에 관중이 자리에서 일어나 환호하고 있었다. 늦봄 휴일 한나절을 즐기는 그들 원산 시민들 위로 옆구리에 붉은 광고 글자들이 쓰인 비행선이, 고인 물에 얹힌 듯, 한가롭게 돌고 있었다. 그곳 어디엔가 긴 잠수함 근무를 마치고 휴가를 얻은 젊은 수병 하나가 동료들과 함께 긴장된 나날의 일과들에서 벗어난 홀가분함을 즐기고 있었다.

종이컵에 든 커피 냄새가 닿으면서, 그는 자신도 모르게 코를 킁킁거렸다. 잊었던 커피 맛이 문득 돌아오고, 입안에 침이 고였다.

"아하," 신음에 가까운 소리가 그의 입에서 나왔다. 그리도 밝고 그리도 근심 없는 세상이었다. 그리도 익숙하고 그리도 아득한 세상이었다. 너무 짙어서 산(酸)처럼 느껴지는 그리움의 물살이 그의 몸을 덮었다. 부서져 내린 그 물살에 모래로 만든 사람처럼 그의 몸이 허물어졌다.

"다외았다," 옆에서 일하던 림형복이 숨찬 목소리로 말했다. "근다거리기 시작한다." 김병달과 짝이 되어 땅을 파던 림은 땅에 깊이 박힌 큰 돌을 두 손으로 잡고서 앞뒤로 흔들고 있었다.

깊은 물속에서 솟구쳐 나온 것처럼, 그는 가쁜 숨을 몰아쉬었다. 마비되었던 살이 되살아날 때처럼, 저릿한 기운이 살을 휘저었다. 아직 초점이 제대로 잡히지 않은 눈길로 그는 비탈을 둘러보았다. 소나무 가지들이 드리운 성긴 천막을 지나, 보드라운 봄 햇살이 조용히 내리고 있었다. 그 햇살을 매끄러운 몸짓으로 헤치고서, 맑은 산새 울음 한마디가 닿았다. 묵은 소나무들의 송진 냄새와 막 드러난 땅의 싱그러운 흙냄새가 코를 채우면서 아직 그의 마음에 얼씬거리는 저 세상의 냄새를 밀어내기 시작했다. 가슴을 묵직한 아픔으로 채웠던 그리움과 절망이 마지못해 몇 걸음 물러났다.

'생각지 말자,' 비행선이 떴던 자리에 걸린, 어떻게 보면 비행선과 비슷한 옅은 잿빛 구름덩이를 망연한 눈길로 바라보면서, 그는 자신에게 일렀다. '내게 지금 존재하는 것은 이 세상뿐이다. 이 땅, 이 하늘, 이 사람들뿐이다. 저 세상은 이미 존재하지 않는다. 내 아이까지도. 아버지 얼굴도 모르는, 불쌍한 내 딸아이까지도……'

"죠곰 더 파야 다외겠다. 형복아, 므르거라. 나이 파마." 돌이 쉽사리 빠지지 않자, 위쪽에서 내려다보던 김이 내려서서 괭이를 집어 들었다.

그는 이끼가 파랗게 돋은 곳에 모자를 내려놓고 수건을 펴서 얼굴의 땀을 훔쳤다. 달차근한 향내가 코에 닿으면서, 아까 내아에 들러 다친 사람들을 살피던 그에게 슬쩍 수건을 건네면서 얼굴을 붉히던 강선의 모습이 성큼 다가왔다. 저 세상에 대한 그리움과 절망이 남긴 허전한 자리를 따스한 기운이 채우기 시작했다. 그는 고마움으로 그녀의 모습을 맞았다. 이럴 때는 저 세상을 마음으로부터 밀어낼 수 있는 것이라면 무엇이나 반가웠지만, 그녀 모습은 다른 것들보다 훨씬 자연스럽게 어둡고 썰렁한 가슴을 밝고 따스하게 만들었다.

'내게 맘이 끌린 건 확실한데……' 어젯밤에 있었던 일을 생각하면, 그에게 수건을 건넨 것은 그녀로선 큰마음을 먹어야 할 수 있는 일이었다. 더욱 뜻이 깊게 느껴지는 것은 수줍게 얼굴을 붉히던 그녀의 모습이었다. 오늘 아침엔 어젯밤보다 그녀의 모습에서 좀 천박한 교태가 많이 가시고 산골 처녀 같은 수줍음이 두드러졌다.

'나를 한 사내로 대한 걸까? 아니면, 내가 챵의군 원슈라는 사실에 맘이 끌렸을까?' 한끝에 모란꽃 무늬가 들어간 보드라운 수건을 내려다보면서, 그는 한결 느긋해진 마음으로 자신에게 물었다.

그는 물론 그녀가 그를 한 사내로 대했기를 바랐다. '챵의군 원슈라는 직책이 날 돋보이게 했을 건 분명하지만, 그래도…… 내가 전부터 여자들에게 매력이 아주 없진 않았었는데……'

그러자 마음 한구석에 웅크렸던 목소리가 퍼뜩 고개를 들었다. '뭐라고? 매력이 아주 없진 않았다고? 흠, 아주 없진 않았다.' 동그랗게 떴던 눈에 야릇한 웃음을 담고, 그 목소리가 혼자 고개를 끄덕였다.

그럴 만도 했다. 후하게 얘기하더라도, 저 세상에서 그가 여자들에게 인기가 있었다고 하기는 어려웠다. 그는 여자들 눈에 잘 뜨이지 않는, 평범한 사내였었다. 학교 다닐 때부터 그랬었다. 그는 사교적이지 못했고, 모임엔 좀처럼 나가지 않았다. 공부는 잘했지만, 성적이 사람들의 눈길을 끌 만큼 뛰어났던 것은 아니었다. 결정적이었던 것은 그가 운동선수가 아니었다는 사실이었다. 여학생들에게 정말로 인기가 있으려면, 학교를 대표해서 시합에 나갈 만큼 운동을 잘해야 했다.

운동선수들을 높이 여긴 것은 젊은이들만이 아니었다. 모든 사람들이 운동에 관심을 가졌고 운동선수들을 우상으로 섬겼다. 실은 그런 현상은 젊음을 숭상하는 사회적 현상의 한 부분이었다. 21세기 사회들이 정말로 가치 있게 여긴 것은 나이가 들어야 얻어지는 지식이나 지혜가 아니라 젊어 보이는 용모와 행동이었다. 모든 사람들이 젊은 모습을 되도록 오래 지니려고 애썼고 거의 모든 시간과 돈을 그렇게 하는 데 썼다. 그것은 현대의 물질적 풍요와 발전된 기술에서 필연적으로 나온 현상이었다.

그런 시대에 젊음의 상징인 운동선수나 배우나 가수가 될 수 없었다는 사실은 그에게 작지 않은 실망을 주었다. 젊은이가 이름과 돈을 얻는 가장 빠른 길은 그 셋 가운데 하나가 되는 것이었다. 이미 21세기 초엽에 대부분의 사회들에서 운동 산업을 중심으로 한 오락 산업은 가장 큰 산업이 되었다. 게다가 인쇄 문화의 몫이 점점 줄어드는 시대에 '책벌레'로 태어난 것은 개인적으론 재앙에 가까웠다.

　그가 군인이 된 것도 도움이 되지 않았다. 21세기에서 군인이란
직업은 매력을 많이 잃었다. 아마도 가장 큰 까닭은 무기들이 거의
다 자동화되어서 군인들이 예전에 지녔던 '군인다운' 특질들을 많
이 잃고 무기들을 다루는 기술자들이 되었다는 사실일 터였다. 세
계가 점점 통합되었고 '국제연합'의 기능과 권위가 점점 커졌으므
로, 비록 애국심은 여전히 강렬한 감정이었지만, 민족국가들의 군
대들은 빠르게 지난 시대의 유물이 되어갔다. 게다가 그는 수병이
었다. 배를 탈 때마다 가족과 오래 떨어져야 하는 수병들은 결혼하
기가 쉽지 않았고 이혼율도 높았다.

　군복을 벗은 뒤에도, 사정은 그다지 나아지지 않았다. 마음에 드
는 여자를 만나면, 자신이 다리를 전다는 생각을 그는 떨쳐버릴 수
없었다. 다리를 저는 것은 부끄러워할 것이 아니며 오히려 자랑스
럽게 여길 것이라고 자신을 격려했지만, 마음에 드는 여자 앞에 서
면, 신체적 열등감을 누르기 어려웠다. 물론 여자들은 그의 다리에
대해서 얘기하는 것을 조심스럽게 피했고, 그는 자신이 다리를 절
게 된 사연을 밝힐 기회를 좀처럼 얻지 못했다.

　김정온이 그와 결혼한 것은 지금도 잘 이해되지 않았다. 그녀는
어느 모로 보나 매력적인 여자였고 언제나 많은 남자들이 따랐다.
모든 일에 적극적이었던 그녀는 그와 만나기 전에 세 번이나 계약
결혼을 했던 터였다. 지금 돌아다보면, 그녀가 그의 저는 다리에
대해서 자세히 물었던 것이 나름의 뜻을 지닌 계기였던 것 같았다.

　'어쨌든, 그건 저 세상에서 있었던 일이고……' 그는 마음에서

아내 생각을 밀어냈다. 그럴 때마다 느끼게 되는 미안함도 함께 밀어냈다. '이제 중요한 건⋯⋯'

이 세상에선 그는 당연히 여자들의 눈길을 끌었다. 그것은 분명히 환상이 아니었다. 그는 여러모로 이내 눈에 뜨이는 존재였으니, 차림과 몸집부터 사람들의 눈길을 끌었다. 신기한 지식과 재주를 지녔고, 이젠 챵의군을 거느리고 한 고을을 점령하기까지 한 터였다. 개인적으로 별다른 매력이 없는 사람이라도, 한번 권력을 쥐면, 여자들에게 매력적으로 보이게 마련이었다.

그러나 자신이 강션의 마음을 끌었다는 것을 확인하자, 그는 새로운 욕심이 생겼다. 자신이 챵의군 원슈로서가 아니라 한 사내로서 그녀의 마음을 끌었기를 바라는 마음이 든 것이었다. 사회적 지위로 여자들의 마음을 끄는 것은 남성적 매력만으로 마음을 끄는 것보다 어쩐지 초라해 보였다. 그러나 그는 이내 고개를 갸웃했다.

'그런 생각은 합리적이 아닌데. 사람이 사회적 존재인데, 한 사내의 매력에서 과연 "남성적 매력"이란 것을 따로 떼어놓을 수 있을까? 그리고 어떤 여자가 "남성적 매력"만을 보고 배우자를 고른단 말인가? 여자가 배우자를 고를 때는, 오히려 재산이나 사회적 지위와 같은 것들이 더 중요한 고려 사항들이라고 하잖나? 그런 태도가 실은 생리적 사실에 바탕을 둔, 합리적 태도라는데?'

그런 생각은 바로 귀금이 생각을 불러냈다. '지금 귀금이가 날 보면, 어떨까? 나에 대한 생각이 좀 달라질까?'

다시 땀을 씻고서, 그는 비행복 앞자락을 올라오는 개미를 수건 자락으로 털어냈다. '달라지겠지. 혼인하지 못하는 불승에서 권력을 쥔 챵의군 원슈가 되었으니……' 지금 그녀가 그의 모습을 보지 못하는 것이 꽤나 아쉬웠다.

'그런데 내가 지금……' 챵의군 원슈란 직책 덕분에 자신의 매력이 커졌다는 사실이 귀금이를 생각할 때는 강선을 생각할 때와는 다르게 다가온다는 것을 깨닫고, 그는 잠시 혼란스러워졌다. 강선을 생각할 때는, 그녀가 그의 남성적 매력에 끌렸기를 바랐다. 귀금이를 생각할 때는, 원슈란 직책이 가져다줄 이점을 마다하지 않았다. 채워진 욕망은 이미 욕망이 아니었다. 검붉은 늪에서 부글부글 솟는 거품처럼 자신의 마음속에서 끊임없이 솟는 욕망들의 모습에 그는 한순간 아득함을 느꼈다.

'그러나저러나 귀금인 지금 뭘 할까? 소식은 들었겠지? 어쩌면 여기로 나올지도 모르지. 긔훈이 아버지나 긔례 아버지에게 뭘 갖다주려고. 녀름지을 철에 사람들이 이리로 많이 나왔으니, 한산댁에서 남자 대신 귀금일 내보낼지도 모르지.' 머리에 함지를 이고서 대지동 골짜기를 내려오는 그녀 모습이 떠오르면서, 가슴이 저려 왔다.

수건을 접어 다시 주머니에 꽂으면서, 그는 귀금이 생각이 강선 생각을 멀리 밀어냈음을 깨달았다. 그가 강선에게 품은 호감은 작지 않지만, 귀금이에 대한 그리움 옆에 놓고 보니, 어쩐지 깊이가 없는 감정처럼 느껴졌다. 강선에게 끌리는 것은 그의 살이었지만, 귀금이를 그리워하는 것은, 살만이 아니라, 아니 살이라기보다, 그 살 속 어느 깊은 곳에 깃든 넋인 것만 같았다.

호박벌 한 마리가 민들레꽃 위에서 붕붕거렸다. 꽃이 마땅치 않았는지, 녀석은 건성으로 꽃을 더듬다가 좀 무거워 보이는 몸을 이끌고 담을 넘어갔다. 노랑나비 한 마리가 가벼운 몸짓으로 뒤를 따랐다. 이어서 두 마리가 담을 넘었다. 그러고 보니, 산기슭이었는데도, 둘레엔 나비들이 많았다. 이 세상엔, 벌과 나비만이 아니라, 모든 곤충들이 많았다. 그래서 들에 나가게 되면, 어쩌다 남아 있는 현대의 들판에서 받았던 것과는 뚜렷이 다른 느낌을 받았다.

담 너머로 내려다보이는 내아 뒷마당에 복사꽃이 핀 것이 처음으로 눈에 들어왔다. 고운 연분홍 꽃이 귀금이에 대한 그리움을 더욱 짙게 했다. 나오려는 한숨을 미리 죽이고서, 그는 드러난 굵은 솔뿌리 위에 엉덩이를 걸쳤다.

셩은 열심히 삽질을 하고 있었다. 그러나 발로 삽을 힘껏 땅에 박아서 흙을 퍼내는 것이 아니라 주로 팔의 힘으로 흙을 파고 있어서, 보기에 그리 시원스럽지 않았다. 나무뿌리들이 얽히고 돌도 많은 땅이라, 삽질을 시원스레 하기가 어렵기도 했지만, 창이 얇고 부드러운 가죽신을 신은 셩으로선 발에 한껏 힘을 주어 삽을 땅에 박기가 쉽지 않을 듯했다.

'하긴 모처럼 얻은 갓신을 닳리고 싶지도 않겠지.' 셩은 아침에 얻은 가죽신이 무척 마음에 드는 듯했다. 그럴 수만 있다면, 다른 두 사람처럼 아예 신을 벗고서 일할 터였다. 이곳 사람들은 일할 때는 거의 언제나 맨발이었다. 더구나 지금처럼 싱그러운 흙을 맨발로 밟는 것은 기분 좋은 일이었다. 그러나 셩은 근위대쟝의 임무를 아주 무겁게 여겼고, 그를 호위할 때는, 차림을 조금도 흐트러뜨리지 않았다. 지금도 등에 칼을 멘 채 일하고 있었다.

'분명히 성공이었지?' 가죽신을 받아 든 사람들의 반응이 생각나면서, 그의 얼굴에 조용한 웃음이 번졌다.

아침에 가죽신을 나누어준 일에 대한 반응은 기대했던 것보다 훨씬 좋았다. 가죽신이 짚신보다 훨씬 편하기 때문만은 아니었다. 가죽신은 양반들만 신을 수 있었으므로, 병사들 가운데 가죽신을 실제로 신어본 적이 있는 사람은 드물었다.

아쉽게도, 현청에서 거둔 가죽신은 얼마 되지 않아서, 가까스로 부대장들과 척후병들에게만 돌아갔다. 물론 가죽신을 받지 못한 병사들의 실망은 컸고, 그는 서둘러 약속했다, 곧 모든 사람들에게 가죽신을 마련해주겠노라고. 즉흥적 약속은 아니었다. 병사들의 신발은 그가 처음부터 마음을 쓴 문제였다. 좋은 신을 마련해주는 것은 빠르게 행군할 수 있는 군대를 만드는 데 필수적이었다. 지금도 공병 단대의 피장 삼달은 대지동의 싸움터에서 죽은 말의 가죽을 손질하고 있었다.

'그러나 과연 내가 그 약속을 제대로 지킬 수 있을까?' 그는 고개를 갸웃했다. '어디서 그 많은 가죽을 구하나? 병사들은 빠르게 늘어날 텐데?'

이곳에선 거의 모든 사람들이 농사를 지었지만, 가축은 이상하게 느껴질 만큼 적었다. 대부분의 집들에서 개 한두 마리에 닭 대여섯 마리를 길렀다. 많이 기를 만한 돼지나 염소도 그리 흔하지 않았다. 농사짓는 데 큰 도움이 되는 소는 특히 적어서, 소는 아주 큰 재산으로 여겨졌다.

'가죽을 구하기 전에 먼저 돼지를 기르라고 사람들을 설득해야

할지도 모르겠다……'

성이 위쪽에서 뻗어온 솔뿌리를 삽날로 자르기 시작했다. 팔의 힘줄이 새끼줄처럼 꿈틀거렸다.

'흠. 삽도 개량해야 되는데. 삽날이 저래선, 능률이 오를 수가 없지.'

이곳의 삽은 생김새가 좀 원시적이었다. 삽처럼 원시적인 도구에 대해 원시적이란 말을 쓰는 것이 좀 우습긴 했지만, 저 세상의 삽과는 달리, 날의 밑부분이 밋밋했다. 그래서 땅을 파기보다는 무엇을 퍼 담는 데 알맞았다.

'날의 가운데를 뾰족하게 하면, 비록 아주 작은 개량이지만……'

타고난 성격에서나 받은 훈련에서나 그는 그런 조그맣지만 실질적인 개량에 무게를 두는 사람이었다. 그런 개량들이 문명의 바탕을 이루며 그런 바탕이 놓인 뒤에야 혁명적 발명들이 나올 수 있다고 믿었다. 삽과 같은 도구들을 개량하는 일은 눈에 뜨이지 않았지만, 길게 보면, 그 효과는 무척 클 터였다.

그가 삽에 관심을 가진 데엔 또 하나의 까닭이 있었다. 이곳은 이미 화기가 나온 세상이었다. 화약은 10세기 중국에서 처음 발명되었다. 그 뒤로 화약은 싸움터에서 점점 더 효과적으로 쓰였고 몽골 군대에 의해 서아시아의 이슬람 세계와 유럽의 기독교 세계로 퍼졌다. 그래서 14세기 초엽엔 동양과 서양에서 총신을 가진 유통식(有筒式) 화기들이 거의 동시에 나타났다. 명(明)이 원(元)을 몰아내고 어지러웠던 중국을 안정시킨 뒤로, 동양에선 화기의 발달이 느렸다. 그러나 크고 작은 싸움들이 끊이지 않았던 서양에선 원시적 화기들이 빠르게 개량되어 지금은 근대적 소총들과 대포들이 쓰이고 있었다. 열 몇 해 뒤엔 바로 이 땅에, 그런 서양 소총을 본뜬 조총(鳥銃)으로 무장한 일본 군대가 쳐들어올 터였다.

성능 좋은 소총이 싸움터에 나타나면, 병사들이 흉장(胸牆)을 쌓고 참호를 파는 일은 아주 중요해졌다. 그래서 소화기에 대한 가장 좋은 방어 수단은 삽이었다. 이제 이곳에서도 소총으로 무장하고 참호 속에 웅크린 보병 병사들이 싸움터에서 점점 큰 몫을 차지할 것이었다. 지금 그는 자신이 거느린 병사들이 현대 병사들이 지녔던 것처럼 간편한 야전삽을 갖추는 것이 실제적인가 따지고 있었다.

'삽날도 좀 옴폭해야 되겠고……'

이곳의 삽은 현대의 삽보다 날이 덜 오목했다. 다른 연장들이나 그릇들도 대체로 그랬다. 특히 숟가락은 밋밋해서, 푸슬푸슬한 보리밥을 먹거나 국물을 떠먹을 때, 꽤나 불편했다.

삽날을 개량해야 되겠다는 생각은 대장장이가 필요하다는 사실을 일깨웠다. 현령을 작전의 거점으로 삼은 지금, 현령 안에는 무디어진 무기들의 날을 벼리고 작은 무기들을 새로 만들 만한 대장간이 꼭 있어야 했다.

'이런 내가 깜빡했구나. 그걸 알아보리고 한다 히고서……' 그는 가볍게 혀를 찼다.

아까 농악대를 이끌고서 읍내로 나가는 최성업에게 대장장이를 찾아보라고 이른다 하고서, 깜빡 잊은 것이었다. 지난겨울 석궁 화살을 만드는 일로 최는 억보라는 읍내의 대장장이와 아주 친하게 되었다고 했다. 화살을 만든 솜씨가 마음에 들었으므로, 그는 그 대장장이를 현청 안으로 불러들이고 대장간을 지을 생각이었다.

"아, 여긔 겨셨압나니이다, 원슈님." 담 모통이를 돌아서, 김항텰이 올라왔다. 그 뒤로 김을산과 김교듕이 보였다.

"아, 김 총독. 어셔 오쇼셔." 그는 일어나 다시 모자를 쓰고 그들을 맞았다.

"원슈님, 이제 쇼쟝달한 떠날 준비 다외얐압나니이다."

"아, 녜." 김에게 고개를 끄덕여 보이고셔, 그는 김교듕에게 물었다, "문셔들도 다 마련다외얐나니잇가?"

"녜, 원슈님. 이리 가자오리잇가?"

"아니이다. 나이 나려가겠나이다." 왼손으로 오른쪽 어깨를 가볍게 두드리면서, 그는 싱긋 웃었다. "팔이 발셔 알파나이다. 나이 여긔셔 할 일은 그츤 닷하나이다."

"담알 고티시나니이다?" 둘러다보던 김항텰이 물었다.

"담알 고틴다기보다 여긔에 굴헝을 파난 혜옴이니이다. 적병들히 단숨에 담알 넘디 못하개……"

"녜에." 천천히 고개를 끄덕이고셔, 김이 침중한 낯빛으로 수염을 쓰다듬었다.

"여긔 모롱이난 비탈이 급하야셔, 우리 이리 굴헝을 파고 홁아로 담알 돋아도, 적병들히 쉬이 안알 굽어볼 수 이실 새니이다," 그는 덧붙였다.

이곳은 현청을 둘러싼 담의 서북쪽 모서리였다. 현청은 례산 읍내의 북쪽에 가파르게 솟은 진산(鎭山)인 금오산(金烏山)의 남쪽

기슭에 자리 잡았다. 그래서 서북쪽 산비탈에선 현청이 훤히 내려다보였다. 게다가 눈에 잘 뜨이지 않는 이쪽 담은 여러 군데 허물어져 있었다.

김항렬이 산비탈을 올려다보고 다시 현청 안을 내려다보더니, 고개를 무겁게 끄덕였다. "원슈님 말쌈대로이, 관군이 오면, 여긔 가장 위태로올 새압나니이다. 므슥을 쌓아야……" 김이 생각에 잠긴 얼굴로 수염을 쓰다듬었다. "원슈님, 여긔에 므슥을 겸 쌓아야 하겠압나니이다. 담만아로난 아모리 하야도……"

"옳아신 말쌈이시니이다." 싱긋 웃으면서, 그는 고개를 끄덕였다. "실로난 그러하야셔 사람달할 쓸 수 이시게 다외면, 담 바로 안녁에 남가로 탑알 세울 생각인듸. 뎌 안해 남가로 탑알 세우고셔 두어 사람이 활알 쏠 수 이시게 하면, 격병들히 쉬 담알 넘디 못할 새니이다."

모두 고개를 끄덕였다. 그러나 김의 얼굴은 그리 밝아지지 않았다.

다시 산비탈을 올려다보는 김의 옆얼굴을 보면서, 그는 김의 얼굴이 바싹 야위었음을 깨달았다. 끊임없이 나오는 걱정들이 이마의 주름살을 깊게 했고, 부족한 잠은 눈 아래에 거무스레한 그늘을 드리웠다. 탐스러운 수염까지도 윤기가 없이 꺼칠했다. 어저께 새벽에 신경슈의 집에 쳐들어갔을 때나 어저께 낮에 쟝복실에서 관군을 맞았을 때, 김의 몸에서 풍기던 차분한 긴장은 이제 느껴지지 않았다. 중요한 직책을 맡아 많은 병사들을 거느리는 일의 어려움을 힘겹게 견디는 모습이었다.

"그러하면 나려가사이다. 빨리 떠나셔야 하니," 김의 지친 모습에 떠오른 어두운 생각들을 눌러놓고서, 그는 짐짓 가벼운 목소리를 냈다.

"녜." 그가 앞장서도록 김이 한 걸음 비켜섰다.

그는 땅을 파는 사람들을 둘러보았다. "나이 나려가셔 일을 살피고 다시 올아오겠나이다."

"녜, 원슈님," 림형복이 대구하고서 성묵돌을 쳐다보았다.

"이 삷알 받아라." 성이 삽을 림에게 내밀었다. "나이 뫼시고셔 나려갔다 올 새니, 너희는 그대로이 일하거라."

"자, 가사이다." 그는 앞장서서 비탈을 내려가기 시작했다.

아래쪽에선 사람들이 나무들을 베고 있었다. 막 잎새들을 단, 커다란 나무들이 허리가 잘리는 광경은 모든 생명체들이 한 뿌리에서 나왔고 나무들은 지구 생태계의 가장 중요한 부분이란 사실을 어려서부터 배운 사람에겐 바라보기 어려울 만큼 끔찍했다. 도끼가 나무 둥치에 박히는 소리가 그의 가슴에 아프게 울렸다.

"김 총독." 산비탈에서 평지로 내려오자, 그는 김항렬을 돌아다보았다.

"녜, 원슈님."

"우리 긔병한 일이 이제는 너비 알려뎠을 새니이다. 그러하니, 밧개 쳑후를 내보내셔 격졍을 살피난 것이 됴할 닷하나이다. 김 총독 생각안 엇더하시나니잇가?"

"옳아신 말쌈이압시니이다," 김이 선뜻 대구했다. "실로난 쇼쟝도 그리 쳑후를 내보내난 것을 생각하고 이셨압나니이다."

"아, 김 총독끠셔도 그리 생각하샷나니잇가?" 싱긋 웃으면서, 그는 걸음을 멈추었다. "내 생각애난 쳑후를 역내다리로 내보내난 것이 됴할 닷한듸, 김 총독 생각애난 엇더하나니잇가?"

역내다리는 무한쳔 위에 걸린 나무다리였다. 동쪽의 한셩이나 튱쥬(忠州)와 서남쪽 내보(內浦) 지방을 잇는 길목이어서, 쳑후가 지킬 만한 곳이었다.

"원슈님 말쌈대로이 역내다리애 내보내난 것이 됴할 닷하압나니이다. 관군이 내보 녁에셔 몬져 올 새니, 역내다리애 나가 이시면…… 쇼쟝 생각애난 감영보다난 홍쥬진이나 해미 병영에셔 몬져 군사달할 보낼 닷하압나니이다."

"맞난 말쌈이시니이다. 내 생각애도 관군은 내보 녁에셔 몬져 올 닷하나이다." 문득 마음이 밝아졌다. 김의 생각이 그의 생각과 같은 것도 반가웠고, 김이 이미 그런 데까지 멀리 내다보았다는 것도 꽤나 든든했다.

한셩에서 떠날 경군(京軍)이나 튱쳥도 감영이 있는 튱쥬에서 떠날 튱쳥좌도(忠清左道) 군대가 이곳까지 오려면, 시간이 많이 걸릴 터였다. 그들이 먼저 대비해야 할 관군은 례산현이 속한 진관의 본부인 홍쥬나 튱쳥우도(忠清右道) 병영이 있는 해미(海美)에서 떠날, 어쩌면 이미 떠났을, 군대었다. 억내나리는 그 군대에 대한 1차 방어선을 칠 만한 곳이었다. 물론 관군의 움직임은 배영집이 어디로 가서 고변(告變)했느냐에 많이 달렸을 터였다.

"원슈님," 김이 조심스럽게 말했다. "시방 쳑후를 내보내리잇가?"

"아니이다. 시방 김 총독끠셔 밧개 나가시니, 오날안 내보내디 아니하야도…… 쳑후는 래일 아참애 내보내사이다." 그는 김을산을 돌아다보았다. "김 대쟝끠셔 래일 아참애 쳑후 참모부 군사달 할 잇그시고셔 역내다리로 나가시난 것이 됴할 닷한듸…… 두 분 생각애난 엇더하나니잇가?"

"쇼쟝 생각애난 그리하난 것이 됴할 닷하압나니이다." 김항렬이 선뜻 동의했다.

"쇼쟝 생각애도 그러하압나니이다," 김을산이 고개를 열심히 끄덕였다.

"두 분 생각이 그러하시면, 그리하사이다." 그는 다시 걸음을 옮겼다. "그리하시고…… 우리 챵의군의 군셰 커디면, 이웃 고을들헤도 셰쟉달할 내보내사이다. 다란 고을들흔 모라도, 덕산과 신챵애난 내보내야, 격경을 알 수 이실 새니이다."

덕산현(德山縣)과 신창현(新昌縣)은 바로 이웃이었고, 각기 내보 지방과 한성으로 가는 길목이었다.

"녜, 원슈님. 옳아신 말쌈이시니이다," 대답하는 김의 얼굴이 좀 밝아진 듯해서, 그의 마음도 한결 가벼워졌다.

그들이 관군의 움직임을 알 길이 없다는 것은 당장 큰 문제였다. 척후들을 멀리 내보낼 처지도 못 되었고, 그들에게 관군의 움직임을 알려줄 만한 사람들도 없었다. 최고 지휘관인 그가 관군의 움직임이나 작전을 제대로 예측할 능력이 없었으므로, 관군의 움직임을 빨리 아는 것은 그만큼 더 중요했다.

그가 지금 조선의 군사 체제에 대해 아는 것은 개략적이었다. 그동안 관군의 실정에 대해 김항텰에게 자세히 물어보았지만, 관군에 대해 얻은 정보는 그리 많지 않았다. 관군에 대해서보다는 김 자신에 대해서 알아낸 것들이 훨씬 많았다. 김은 전문적으로 대번(代番)을 서는 졍병(正兵)이었고, 자연히, 현재의 조선 군대에 대해서 무척 비판적이었다. 무예는 뛰어났지만, 빈한한 까닭에, 갑사(甲士)가 될 길이 없다는 개인적 불만도 컸던 듯했다.

더 큰 문제는 그가 잘못 알고 있는 것들이 많으리라는 점이었다. 이곳 16세기 조선 사회에 대해 그가 지닌 지식들은 거의 다 21세기 사람들이 쓴 책들을 통해서 얻어졌으므로, 틀린 것들이 많을 수밖에 없었다. 특히, 세세한 부분들에서 모르거나 틀린 것들이 많았다. 이곳 사람들에겐 상식인 튱청도 감영의 위치만 하더라도, 그는 감영이 공쥬에 있다고 여겼었고 겨우 어젯밤에야 튱쥬에 있다는 것을 알았다. 그는 자신의 지식에 있는 그런 틈들이 결정적 고비에서 잘못된 판단을 불러올까 적잖이 걱정되었다.

병사 둘이 가죽나무를 베고 있는 곳에 이르자, 그는 다시 걸음을 멈추었다. "슈고랄 많이 하시나이다."

땅에 주저앉아 쉬던 사람이 급히 일어났다. 뎨일듕대 뎨일단대의 훈병 전무영이었다. 현청의 통인 노릇을 하던 사람으로, 나이는 스물 두엇쯤 되었다. "아니압나니이다, 원슈 나아리." 현청에서 일하던 사람답게 말씨가 매끄러웠다.

위통을 벗어부친 채 도끼를 휘두르던 사람이 흘긋 그를 돌아다보고 좀 멋쩍은 웃음을 지었다. 숯골에 사는 류화슉이었다. 단단해 보이는 가슴이 땀으로 번질거렸다.

"나모랄 버히는 것이 품이 많이 드나이다?" 다시 도끼를 휘두르는 류를 바라보다가, 그는 김항렬을 돌아다보았다.

"녜." 김이 고개를 끄덕였다. "연장이 브죡하야…… 류 대장애게 톱과 도채랄 구하야 나오라 하얏압나니이다."

"이대 하샸나이다." 입맛을 다시면서, 그는 다시 류가 일하는 모습을 바라보았다.

가죽나무는 그리 단단해 보이지 않았지만, 도끼 하나로 하는 일이라, 무척 힘들고 더디게 느껴졌다. 이처럼 힘들고, 위험하고, 단조로운 일들은 모두 로봇들이 하는 세상에서 산 그는 이럴 때는 아직도 마음이 무거워졌다. 김항렬의 말대로, 연장이 부족한 것이 문제였다. 류종무가 톱이나 도끼를 많이 구해 오기를 기대하기는 어려웠다. 대지동에선 나무하러 가는 사람이 도끼나 톱을 빌리러 다니는 모습을 흔히 볼 수 있었다. 농기구에서 무기에 이르기까지 쇠로 만든 것들은 하나같이 넉넉지 못한 세상이었다.

"원슈님," 김이 좀 머뭇거리는 소리를 냈다.

"녜?"

"뎌긔 뎌 느틔나모난," 김이 외삼문에서 나온 길 옆에 선 커다란 느티나무를 가리켰다. "현텽을 디켜주는 나모라 하압나니이다. 사람달히 모도 그리 말하압나니이다. 뎌 나모가 현텽을 디켜준다고. 그러하야셔 해마다 뎌 나모애 졔한다 하압나니이다."

"아, 그러하나니잇가?" 하긴 그렇게 숭상을 받을 만큼 우람하고 오래된 나무였다. 나이를 알 수야 없었지만, 1, 2백 년 된 나무는 아니었다. 밑동이 삭아서 생긴 구멍이 크고 깊어서 작은 짐승들이 살 만했다. 서낭으로 섬겨지는 듯, 가지들엔 울긋불긋한 천 조각들이 걸려 있었고 밑동 둘레엔 자잘한 돌들이 수북이 쌓여 있었다.

"디난 경월에도 호쟝이 졔하얐다 하압나니이다."

그는 잠자코 고개를 끄덕였다. 현감이나 좌슈가 아니라 호쟝이 제주(祭主)였다는 얘기는 뜻밖이었다. 호쟝이란 직책의 내력과 성격에 대해서, 특히 이런 향토적 행사에서 호쟝이 차지하는 자리와 관련하여, 새길 만한 얘기였다.

'그런데……' 그는 고개를 돌려 읍내 쪽을 살폈다. '왜 호쟝은 아직 돌아오지 않나? 혹시…… 일이 잘못된 건 아니겠지.'

"……손알 대난 사람안 화랄 입는다 하압나니이다. 시방 뎌 나모랄 버히는 것은 졈……" 김이 말끝을 흐렸다. 그 느티나무는 외삼문을 공격하는 적병들이 몸을 숨기기 좋을 터였지만, 김이 그 나무를 베어내고 싶은 생각이 없다는 것은 분명했다. 하긴 그 나무를 베어내는 일도 만만치 않을 터였다.

"알겠나이다." 그는 싱긋 웃었다. "그러하면, 김 총독, 뎌 나모랄 버힐 것이 아니라, 잇다가 뎌 나모애 졔하사이다. 내죵애 싸홈이 그츠면, 오날 버힌 나모달보다 많안 나모달할 심겠노라 뎌 나모애 고하사이다."

그 얘기는 실은 베어진 나무들로 마음이 어두워진 그가 스스로에게 두는 다짐이었다. 그는 웃음 띤 얼굴로 사람들을 둘러보았다. "그리하고셔 함끠 음복하사이다. 모도 목이 마랄 새늬."

김의 얼굴이 밝아졌다. "원슈님, 그리하겠압나니이다."

그는 김교듕을 바라보았다. "김 대쟝끠셔 또 슈고랄 하셔야 다외겠나이다. 잇다 나죄 뎌 나모애 졔하개 쥰비하야주쇼셔."

"네, 원슈님."

'문셔 참모부에 일이 너무 많이 몰리는구나. 사람을 늘리든지, 일을 쪼개든지, 무슨 조치가 있어야 하겠다.' 그는 일하는 두 사람을 돌아다보았다. "자아, 그러하면 슈고로오시더라도……"

"녜, 원슈 나아리," 전무영이 대꾸했다. 류화슉이 따라서 우물거렸다.

현텽 안에서도 사람들은 바삐 움직이고 있었다. 눈에 뜨이는 사람들만 바쁜 것이 아니었다. 실은 안에 들어앉은 사람들이 더 바빴다. 길텽에선 참모부 병사들이 갖가지 문서들을 만들고 있었고, 내아에선 여군들이 병사들의 계급장들과 원슈기를 만들고 있었다.

그들을 보자, 졍문 옆 담 아래 그늘에서 쉬던 사람들이 일어섰다. 녜이듕대 병사들이었다. 담 안쪽에 발판이 서너 발쯤 놓여 있었다.

그는 그 발판 위에 올라서서 담을 넘어오려는 관군들을 막아내는 병사들의 모습을 그려보았다. 아쉬운 대로 담을 지키는 데 도움이 될 것 같았다. '그리고 다음 싸움에서 큰 도움이 되지 않을지 몰라도, 사람들에게 할 일을 마련해준 것만으로도……'

막상 시작해보니, 현텽의 방비를 튼튼히 하는 일은 생각보다 훨씬 힘들고 더뎠다. 그래서 계획했던 방비가 제대로 되지 않은 상태에서 다음 싸움을 치러야 될 터였다. 다른 편으로는, 방비를 튼튼히 하는 일은 병사들에게 일거리를 주어서 지루해질 새가 없도록 만들었다. 지금과 같은 처지에서 병사들이 지루해지는 것은 치명적이었다. 챵의군처럼 갑자기 만들어진 군대는 조그만 일에도 흩어지게 마련이었다. 게다가 이번 일은 새로 부대를 이룬 병사들이 조직적으로 일하는 것을 배우는 기회이기도 했다.

'내가 이 일을 일으킨 지 얼마나 되었나?' 무척 오래된 것처럼 느껴졌지만, 막상 따져보니, 옥에 갇힌 박우동을 구하러 가자고 골짜기 사람들을 이끌고 저수지 터를 내려온 지 겨우 하루가 지난 것이었다.

'하루 만에 이만큼 해놓았으면, 뭐⋯⋯' 그는 만족스러운 한숨을 길게 내쉬었다. '이젠 일이 조직적으로 되어나가기 시작했으니, 고비를 넘겼다고 봐도 되겠지.'

지금 중요한 것은 일을 조직하는 것이었다. 억압받는 사람들을 부추겨서 반란을 일으키는 일은 비교적 쉬웠다. 조선조처럼 안정된 사회에서도 인민들의 반란은 자주 일어났다. 더구나 지금은 체제나 지배 계급에 대한 인민들의 환멸과 미움이 무척 클 때였다. 조선조 초기의 활력이 연산군(燕山君)의 실정에서 비롯한 혼란으로 사그라지고 인민들의 삶이 어려워진 것이었다. 그러나 인민들이 일으킨 반란에 지속력을 주는 일은 어려웠다. 그렇게 하려면, 갑자기 내뿜은 인민들의 에너지를 제어하고 조직해서 정부군과의 긴 싸움으로 돌리는 것이 필요했다. 반란에 참여한 인민들의 활동을 조직하는 일은 반란을 이끄는 사람들이 맨 먼저 만나는 고비였고, 인민 반란들은 대부분 그 단계에서 꺾였다. 조직력은 인민 반란의 지도자들이 갖추기 어려운 능력이었다.

동헌 앞뜰에 사람들이 모여서 웅성거렸다. 모두 무기를 들고 있었다. 밖으로 나갈 수색대의 병사들이었다. 한쪽에 섰던 왕부영이 앞으로 나오더니 그에게 공손히 읍했다.

"죠곰만 기다리쇼셔," 왕에게 답례하고서, 그는 그들에게 밝은 목소리로 말했다.

그가 섬돌을 올라서자, 먼저 온 김교등이 서안을 마루로 내왔다. "원슈 나아리, 말쌈하신 문셔들히 여긔 이시압나니이다."

"녜." 그냥 마루에 걸터앉으려다가, 동헌 안쪽에서 일하는 신경 슈를 보고, 그는 신을 벗었다.

마루로 올라선 그를 보자, 신이 붓을 놓고 일어섰다. 신은 「챵의 문」을 한문으로 옮기고 있었다. 「챵의문」을 한문으로 옮기는 일은 필요했지만, 당장 급하진 않았다. 그가 신에게 그 일을 맡아달라고 부탁한 속뜻은 신에게 일거리를 주려는 것이었다. 신의 마음을 붙잡아두는 데는 경위라는 비교적 높은 품계와 군사라는 그럴듯한 직책만으론 아무래도 모자랄 듯했다. 할 일이 없으면, 신과 같은 사람은 일을 꾸미게 마련이었다. 아울러 그는 신과 같은 고급 인력을 낭비하는 것이 싫었다. 실은 그것은 신에게만 해당되는 얘기가 아니었다. 지금 리산구와 봉선이 할아버지는 함께 창고에 든 물건들을 점검하고 있었다.

"신 군사끠셔 슈고랄 많이 하시나이다."

"슈고라 하실 것까지야……" 얼굴에 흡족한 웃음을 띠면서, 신이 대답했다. "쇼인이 응당 할 일이압나니이다."

"아바님," 개똥이의 목소리가 났다. 돌아다보니, 녀석이 신을 벗어 던지면서 마루로 올라오고 있었다. 우츈이가 천천히 섬돌을 올라왔다.

　"조심하거라." 아들을 보고 인자한 웃음을 짓던 신이 짐짓 엄한 낯빛을 지었다. "여긔셔는 그리하면 아니 다외나니라."

　"개똥이 도령님, 엇더하나니잇가? 여긔셔 디대시난 것이? 자미이시나니잇가?"

　그의 웃음 띤 얼굴을 올려다보더니, 녀석이 싱긋 웃었다. 때 묻은 손에 흰떡 한 조각을 들고 있었다. "녜, 원슈님. 자미이시압나니이다."

　"하," 녀석의 뜻밖에도 의젓한 대답에 그는 입을 벌리고 감탄했다. 사람들이 그에게 말하는 것을 보고 배운 모양이었다.

　"원슈님," 녀석이 정색하더니 어른스럽게 그를 불렀다.

　"녜?"

　"긔는 져비는 므슥이니잇가?"

　"긔는 져비?" 녀석의 말뜻을 몰라, 그는 녀석의 얼굴을 멀거니 쳐다보았다.

　"녜. 긔는 져비는 므슥이니잇가? 슈지엣말이니이다." 녀석이 자랑스럽게 설명했다.

　"아, 녜. 슈지엣말." 그는 고개를 끄덕였다. 녀석은 누구와 수수께끼 놀이를 하다 온 모양이었다. "긔는 져비라…… 음. 그것은 족 져비니이다."

　이곳 사람들은 수수께끼를 무척 즐겼다. 마땅한 오락 수단이 드문 세상에서 사람들이 옛날이야기에 열광하고 수수께끼를 즐기는 것은 당연했다. 대부분의 수수께끼들은 산골에 사는 사람들에게 익숙한 사물들에 관한 것이었다. 자신들의 지체가 높다고 여기는 사람들은 한자에 관한 수수께끼들을 즐겼다. 짚 고(藁) 자를 두고 '나모도곤 높안 플은?'이라 묻거나 그릇 기(器) 자를 두고 '입이 네 힌 가히난?'이라 묻는 식이었다. 겨울을 나는 동안 귀동냥을 많이 한지라, 그도 어지간한 수수께끼들은 알고 있었다.

그가 쉽게 맞히자, 개똥이가 실망한 낯빛을 지었다. "그러하오 면…… 먹는 져비는 므슥이니잇가?"

"음……" 잠시 생각한 다음, 그는 고개를 저었다. "참아로 어려운듸. 모라겠나이다."

"슈져비," 녀석이 신이 나서 외쳤다. "슈져비니이다."

"아하, 그러하나이다. 슈져비."

그사이에 마갑슈가 방석을 가져왔다. 밝은 데서 들어와 어둑하게 느껴졌던 자리가 좀 환해졌다.

"앉아쇼셔." 그는 신에게 자리에 앉으라고 손짓하고서 자리에 앉았다. "개똥이 도령님, 슈지엣말안 내죵애 다시 하사이다."

시간만 있다면, 녀석과 수수께끼 놀이를 좀더 하고 싶었다. 볼모로 삼아 싸움터에 데려온 터라, 녀석을 볼 때마다 안쓰러운 생각이 들었다. 녀석이 그런 사정을 모르고 그를 따랐으므로, 그는 적잖이 부끄럽기도 했다.

"녜," 좀 아쉬운 얼굴이었지만, 녀석은 선선히 대꾸했다.

"나가셔 놀아라. 우츈이하고 놀아라," 신이 말했다.

"진셔로 옮기시난 일안 엇디 다외얏나니잇가?" 개똥이가 다시 밖으로 나가자, 그는 은근한 어조로 신에게 물었다.

"초난 다 잡았고 시방안 벗기고 이시압나나이다." 신이 서안 한쪽에 놓인 종이를 그 앞으로 밀어놓았다. 많이 고친 것을 보니, 초안인 듯했다.

그는 그것을 집어 들고 살폈다. 초서로 흘려 쓰고 많이 고쳐서, 처음에는 글자를 알아보기도 어려웠다. 거듭 읽어보니, 글에서 차츰 낭랑한 음조 같은 것이 느껴졌다. 신의 한문 실력은 리씨 형제도 인정하는 터였다.

"쇼쟝의 글이 댜라셔, 잘안 모라디마난, 아조 묘한 문쟝인 닷하나이다. 이 글을 닑난 사람달한 모도 챵의군이 엇던 군사인디 이내 알고 딸올 새니이다. 신 군사끠셔 우리 챵의군을 위하야 슈고랄 많이 하샸나이다." 그는 모처럼 신을 정직하게 칭찬할 수 있게 된 것이 반가웠다. 저수지 사업을 시작한 뒤로 외교적 언사를 많이 쓰게 되었고 어저께부터는 부쩍 많이 썼지만, 그런 일은 아직도 그의 입안에 야릇한 뒷맛을 남겼다.

신의 얼굴에 환한 웃음이 피어났다. "쇼인의 문쟝이 묘한 것이 아니라, 원슈님끠셔 디으신 「챵의문」이 아조 묘한 문쟝이시니이다. 쇼인이 닑으면셔, 거듭거듭 탄복햐얐압나나이다."

신의 칭찬이 외교적 언사라는 것은 알고 있었지만, 그래도 그는 기분이 좋았다. 그는 자신이 지은 「챵의문」에 대해 은근한 자랑을 품고 있었다. "과찬이시니이다. 그러하오면 쇼쟝안 뎌긔 일을 보겠나이다. 신 군사끠셔 슈고랄 많이 하셔야……"

그가 일어나자, 신이 따라 일어났다. "이대 알겠압나나이다."

다시 마루로 나오자, 그는 서안 위에 놓인 서류들 가운데 좀 큰 것을 집어 들었다.

湖西倡義軍
軍令第伍號

湖西倡義軍行軍事
禮山縣所在諸縣倉庫所藏稅穀
移於禮山縣邑治所在倉庫爲行
臥乎如禮山縣倉靑陽縣倉及大
興縣倉有司勿違移關所藏稅穀
於本軍有司爲遣……

아침에 챵의군의 편성을 밝힌 군령이 나오자, '읍내 사람들'은 움직임이 눈에 뜨이게 활발해졌고 자신들이 맡은 일에 관해서 훨씬 적극적이 되었다. 점심을 먹은 뒤, 그가 참모부 사무실로 쓰이는 길텽을 찾아가서 참모부에 속한 병사들과 얘기했을 때, 거의 모두 '읍내 사람들'인 그들은 그의 물음들에 기꺼이 대답하고 자신들의 의견을 내놓았다.

그가 군량이 부족한 것이 걱정된다고 말하자, 군사부 요원인 김진팔이 무한쳔 하류에 있는 창고에 세곡이 남았을 것 같다고 조심스럽게 얘기를 꺼냈다. 례산현에서 세금으로 거둔 곡식은 일단 무한쳔 창고에 보관했다가 아산현의 공셰곶창(貢稅串倉)으로 실어가는데, 곡식을 뱃길로 한성까지 나르는 일이 예정대로 이루어지

290

지 못하면, 공세곳창에 곡식이 넘쳐서, 무한천 창고에 늦봄까지 곡식이 남아 있게 된다는 것이었다. 때로는 여름이 다 지나가도록 남아 있기도 한다는 것이었다. 아직 3월 초순이었으므로, 적잖은 곡식이 남았을 만했다. 아울러 무한천 하류에는 청양현과 대홍현의 창고도 있다는 것이 밝혀졌다.

그는 바로 참모 회의를 열어 간부들과 상의했다. 매사에 신중한 최성업은 창고 일에 대해 잘 아는 호장 심연용이 돌아오기를 기다리자고 했다. 리산응, 김항렬, 그리고 쟝츈달은 당장 나가서 그 창고들을 살펴보는 것이 좋겠다고 했다. 그는 세 사람의 의견을 따라 수색대를 내보내기로 했다. 언제 관군이 닥칠지 모르는 판이라, 그런 일은 빠를수록 좋다는 생각이었다. 게다가 수색대를 내보내는 것은 실전적 훈련이었다. 병사들이 행군하는 모습을 읍내 사람들에게 보이는 것도 해롭지 않을 터였다. 수색대는 김항렬이 이끌기로 했다.

그러나 창고를 지키는 무한천의 관원들이 순순히 곡식을 내줄 것 같지 않았다. 세 창고를 합하면, 관원들의 수도 작지 않을 터였다. 일을 매끄럽게 할 길을 찾다가, 그는 김항렬이 정당한 권한을 지닌 것처럼 보이게 할 문서들에 생각이 미쳤다. 그럴듯해 보이는 문서들을 보면, 사람들은 명령을 훨씬 잘 따르게 마련이었다. 더구나 그런 문서들은 관료들이 일을 처리하는 데 도움이 되었으므로, 창고를 지키는 관원들의 저항은 상당히 줄어들 터였다.

어쨌든, 한문으로 쓰인 글에 이두까지 섞여서, 뜻을 알기가 쉽지 않았다. 첫 문장의 '위백와호여(爲白臥乎如)'는 '하삷누온다'로 읽어야 했다. 그동안 문서들을 다루면서 배영집과 김교듕에게 많이 쓰이는 이두 문구들을 배운 덕분에 그럭저럭 뜻은 짐작할 수 있게 되었다.

望良白去乎誠心輸其稅穀事
合行移關請
照驗施行須至關者
右關
禮山縣倉
靑陽縣倉
大興縣倉
萬歷柒年三月初八日
　　　　　行軍
關

'흠.' 그의 입가에 야릇한 웃음이 어렸다. '곡식을 내놓으라는 얘기만이 아니라, 성심으로 나르라고. 하긴 그렇게 얘기하는 것도 해롭진 않겠다.'

서안 위에는 그 문서가 두 장 더 있었고 좀 작은 문서가 석 장 있었다. 그는 작은 문서를 집어 들었다.

到付禮山縣無限川倉
依本軍軍令第伍號

稅穀 糙米　　石　　升

　　　田米　　石　　升

　　　黃豆　　石　　升捧上印

湖西倡義軍

　　守陸軍總督 直士 金恒鐵

　곡식을 가져올 때 창고를 지키는 관원들에게 줄 영수증이었다. 고개를 끄덕이고서, 그는 옆에 쪼그려 앉은 김교듕을 돌아다보았다. "이대 다외얐나이다."

　"녜, 원슈님. 여긔에 슈결을 두쇼셔." 김이 큰 문서의 왼쪽 끝을 가리켰다.

　"녜." 그는 고개를 끄덕이고서 마갑슈가 내민 붓을 받아서 군령이 적힌 종이들에 수결을 두었다. "자아, 그리하면, 다외얐나? 김 총독."

　"녜, 원슈님." 토방에서 기다리던 김항텰이 다가섰다.

　"이 문셔들홀 가져가쇼셔. 이 문셔들홀 보고셔 창고랄 디키는 관원들히 슌슌히 곡식알 내놓아면 됴티마난…… 만일애 일이 우리 뜯대로이 다외디 못하면, 김 총독끠셔 혜아려 쳐티하쇼셔."

　"녜. 그리하겠압나니이다." 김이 문시 하나를 조심스럽게 십어 들었다. 그러자 김교듕이 익숙한 솜씨로 문서들을 접어서 봉투에 넣기 시작했다.

　"만일애 창고애 남안 곡식이 이시면, 김을산 대쟝알 보내쇼셔. 곡식알 뎌올 사람달할 모도아셔 보내리다."

"녜, 알겠압나니이다."

"그러하면 떠나쇼셔. 이십 리 길이라 하난듸, 발셔……" 그는 고개를 들어 해를 살폈다. 해는 처마 끝에 걸려 있었다. 시계를 보니, 2시 40분이었다.

"녜. 그러하오면, 원슈님, 쇼쟝안 떠나겠압나니이다."

그들은 함께 섬돌을 내려왔다. 마당에서 바라보던 사람들이 웅성거렸다.

"자, 가보새," 김이 백용만에게 말했다.

수색대에 뽑힌 부대들은 백이 거느린 1등대 2단대와 왕부영이 거느린 5등대 2단대와 김을산이 거느린 쳑후 참모부였다. 창고 일을 잘 아는 김진팔이 더해져서, 수색대는 모두 스물네 사람이었다.

"알았내," 백이 쾌활하게 대꾸하고서 사람들을 둘러보았다. "자아, 가보새."

김항렬에 딸린 문셔병 노을환이 호셔챵의군 깃발을 치켜들었다.

역내다리로 가는 길을 따라 한 줄로 걸어가는 수색대를 그는 아쉬움과 기대가 섞인 마음으로 바라보았다. '언제 내가 기병들로 이루어진 수색대를 내보낼 수 있을까?'

이런 경우엔 물론 기병대를 내보내는 것이 좋았다. 고대와 중세의 싸움터에서 기병대가 지녔던 중요성은 현대 사람들은 상상하기 쉽지 않을 만큼 컸다. 기병대가 없는 군대가 강한 기병대를 가진 군대를 막아내는 일은 아주 어려웠다. 기병대의 돌격이 상대에게 주는 충격은 그만큼 컸다. 기병대의 중요한 기능들 가운데 덜 알려진 것은 정찰과 수색이었다. 기동력을 지닌 기병대는 지휘관의 눈

노릇을 했고 기병대를 갖지 못한 지휘관은 정보를 제대로 얻을 수 없었다.

'이곳에서 말을 구하려면…… 내일은 먼저 일홍역에 나가봐야 겠다. 내가 미쳐 그 생각을 못했구나. 순서가 뒤바뀐 것인지도 모르겠다. 먼저 역에 있는 말들을 얻고 그다음에 창고를 수색하는 것이…… 그랬으면, 곡식을 나르는 데도 도움이 되었을 텐데.' 그는 속으로 가볍게 혀를 찼다.

일홍역(日興驛)은 무한천 서쪽에 있었는데, 이곳에서 15리쯤 되었다. 어젯밤 지도에서 찾아보니, 뒤에 장항선의 오가역(吾可驛)이 자리 잡을 곳이었다. 일홍역은 튱쳥도 서북부를 동서로 지르는 시홍도(時興道)에 속해서 신창현의 챵덕역(昌德驛)과 덕산현의 급쳔역(汲泉驛)을 이어주었다. 따라서 일홍역을 점령하거나 무력화하는 것은 내보 지방의 홍쥬진 및 해미 병영과 튱쥬의 감영 및 한성의 중앙 정부 사이에 정보가 흐르는 통로를 끊는다는 점에서 꽤 큰 전술적 뜻을 지닌 일이기도 했다.

다시 현텽 안으로 들어오기 전에, 그는 모인 사람들 속에서 박초동을 찾았다. "박 대쟝."

"녜, 원슈님." 박이 급히 다가왔다.

"김항텰 총독이 밧개 나간 동안, 션임 단대장이신 박 내쟝꾀셔 뎨일듕대랄 잇그쇼셔. 사람달히 나모랄 버히는 일이 이대 다외개 하쇼셔."

"녜, 원슈님. 이대 알겠압나니이다." 박이 좀 불안한 낯빛을 지었다.

'우동이가 빨리 나아야 할 텐데.' 박초동은 착하고 믿을 만했지만, 마음이 너무 고왔다. 그래서 사람들을 지휘하는 데는 뚝심이 있는 박우동이 형보다 훨씬 나았다.

걸음을 옮기면서, 그는 옆에 선 쟝츈달을 돌아다보았다. "쟝 대쟝끠셔 맛다신 일은 엇디 나아가나닛가?"

좀 열적은 웃음을 지으면서, 쟝이 턱을 문질렀다. "생각하얏던 것보다난 졈 어려워셔…… 아직……"

눈치를 보니, 쟝이 얘기한 것은 투셕긔를 만드는 일이었다. 그는 발판을 만드는 일에 대해 물었던 것이었다.

"투셕긔를 맹가난 대난 형구들흘 쓰는 것이 엇더하겠나닛가?"

그의 말뜻을 제대로 알아듣지 못한 듯, 쟝이 그의 얼굴을 멀거니 쳐다보았다.

"사람달희 죄랄 다살 때 쓰는 형구들흘 투셕긔를 맹가난 대 쓰자 하난 녜아기니이다. 어졔 나죄 형틀을 보니, 투셕긔를 맹갈기 됴히 삼기얏더니이다."

"아, 녜. 형틀로 투셕긔를 맹간다난 말쌈이시니닛가?"

"녜. 나이 생각하야보니, 앒아로난 사람달할 형구로 모딜개 다사난 일안 없을 닷하나이다." 그는 단호하게 말했다. "셜령 큰 죄랄 지은 사람이라도 이제는 형구로 모딜게 다사난 일안 없게 하겠나이다."

어저께 현텽을 둘러다볼 때, 그는 형구들을 보고 끔찍한 생각이 들었다. 창고에 쓸 만한 무기들은 드물었어도, 매에서 나무칼에 이르기까지, 형구들은 가지도 많았고 잘 간수되어 있었다. 형구들은 모두 끔찍했지만, 압슬(壓膝)에 쓰이는 것들은 특히 끔찍했다. 얘기를 들어보니, 압슬을 할 때는 고문을 받는 사람의 무릎 아래에 사금파리들을 깔아놓고 무릎 위에 무거운 돌을 얹었다. 그는 그 자리에서 형구들을 모두 없애기로 마음먹었다. 앞으로 그가 어떤 법체계를 세우든, 고문이나 체벌이 설 자리는 없을 터였다.

"아, 녜," 쟝은 자신 없는 어조로 대꾸하고서 고개를 끄덕였다.

"그 일안 문셔 참모부 김 대쟝과 샹의하쇼셔." 그는 김교듕을 찾았다. "김 대쟝, 형구들흘 모도 쟝 대쟝끠 넘기쇼셔. 형구들로 연장달할 맹갈 새니이다."

"녜, 원슈 나아리," 김이 좀 얼떨떨한 얼굴로 대꾸했다.

그는 속으로 야릇한 웃음을 지었다. 형방의 셔원이었던 김에게 형구들을 없앤다는 얘기는 작지 않은 충격을 주었을 터였다. 김에게 피의자들을 고문하는 것은 당연한 절차였고 갖가지 형구들은 법 집행에 필수적인 도구였다.

그는 다시 쟝에게로 고개를 돌렸다. "그리하고 앗가 맹간 발판 알 보니, 이대 다외얏더니이다. 그대로 맹갈아쇼셔."

"녜, 원슈님. 알겠압나니이다." 쟝의 얼굴이 비로소 밝아졌다.

현텽 안으로 들어서자, 사람들은 제각기 일을 찾아 흩어셨다.

"김 대쟝," 길텽으로 향하면서, 그는 김교듕에게 물었다. "쌀어음을 맹가난 일안 엇디 나아가나니잇가?"

"관과 자문알 맹가노라, 죠곰 늦었압나니이다. 이제 한 셜흔 쟝 맹갈았압나니이다." 관(關)은 다른 관청에 보내는 공문이었고 자문(尺文)은 영수증이었다.

"일이 너모 많나이다?"

"녜, 죠곰……"

"곧 문셔 참모부의 사람알 늘리겠나이다. 슈고로오시더라도, 며 츨만 더……"

"녜, 원슈 나아리."

"그러하면 맹간 것이 엇더한가 보사이다."

그가 길텽 앞마당에 이르자, 마루 위에 앉았던 사람들이 부산하 게 일어섰다. 리산웅이 급히 앞으로 나와서 토방으로 내려섰다.

"모도 하던 일들흘 하라 하쇼셔," 리에게 얘기하고서, 그는 신을 벗었다.

"모도 하던 일들흘 하라 하시내," 이런 일에 익숙지 못한 리가 좀 어색한 어조로 사람들에게 말했다.

그가 마루로 올라서자, 김교듕이 한쪽에 있는 문셔 참모부를 가 리켰다. "원슈 나아리, 뎌긔로……"

"녜." 그는 그리로 가서 서안 앞에 앉았다.

"여긔 이시압나니이다." 김이 박윤도의 서안에서 종이 한 장을 집어 그의 앞에 놓았다.

가슴속에 기대가 묵직하게 자리 잡는 것을 느끼면서, 그는 그것 을 들여다보았다.

쌀어음 (米於音)

훈문 (壹文)

데 호

ᄒ나. 이 어음은 호셔챵의군에셔 펴아낸 것으로 쌀 ᄒ 말(米壹斗)
의 값을 디니도다.

둘.　이 어음을 쌀로 밧고고져 ᄒ는 사ᄅᆷ은 이 어음을 호셔챵의
군 티부 참모부쟝애게 내면 두외도다.

세.　호셔챵의군에게 진 빋을 갚을 때는, 엇던 졀졔도 받디 아니
ᄒ고 이 어음을 쓸 수 이시도다.

긔묘 삼월 초파일

호셔챵의군 원슈 리언오

티부 참모부쟝 리산웅

그는 고개를 끄덕였다. 그가 아침에 지시한 대로 만들어진 것이
었다. "이대 다외얏나이다."

긴장해서 그를 살피던 김과 박의 얼굴이 밝아졌다.

'쌀어음'과 같은 것이 있어야 되겠다는 것은 봉록을 정한 군령을
낼 때부터 분명했다. 병사들의 봉록을 모두 쌀로 주는 일은 불편할
뿐 아니라 위험하기도 했다. 한번 쌀을 받으면, 병사들은 그 쌀을
보관하는 일에 신경을 쓰게 될 터였다. 더 걱정스러운 것은 병사들

이 그 쌀을 한시라도 빨리 가족에게 갖다주고 싶어 하리라는 점이었다. 자칫하면, 첫 봉록을 내주는 날이 챵의군이 흩어지는 날이 될 수도 있었다. 쌀어음은 그런 사정을 적잖이 누그러뜨릴 터였다.

그는 대견한 눈길로 쌀어음을 살폈다. '돈으로 쓰는 데는 좀 크지.'

쌀어음은 폭이 한 자고 길이가 한 자 반이었다. 인쇄를 해야만, 크기를 줄일 수 있을 터였다.

'너무 얇고.' 그는 손가락으로 문질러보았다. '몇 번 쓰지 않아서, 해지겠다. 나중에 인쇄할 땐, 두꺼운 종이를 따로 만들어 써야겠다. 그럴 수만 있다면, 위조가 어렵게 만들면서.'

쌀어음은 이름에서나 성격에서나 어음에 지나지 않았다. 그래도 그가 그것에 거는 기대는 컸다. 그것을 차츰 챵의군의 통치 지역에서 통용되는 화폐로 삼아서, 언젠가는 근대적 화폐 제도를 도입할 생각이었다. 가슴속에 묵직하게 자리 잡은 야심에서 전해오는 따스함을 느끼고, 그는 혼자 싱긋 웃었다.

생각해보면, 그것은 대단한 야심이었다. 지폐를 발행하는 일은 쉬웠다. 종이와 필묵만 있으면, 되었다. 어려운 것은 그 지폐가 인민들에게 화폐로 받아들여져 실제로 쓰이도록 하는 일이었다. 실은 지금 이곳에선 지폐만이 아니라 어떤 화폐라도 도입하기 어려웠다. 조선조 정부는 처음부터 화폐를 유통시키려고 무던히 애썼지만, 거듭 실패해서, 아직도 쌀이나 포목과 같은 물품 화폐가 쓰이고 있었다. 정부가 2백 년 가까이 애쓰고도 실패한 일을 반란군이 단숨에 이루겠다는 얘기였다.

조선조 정부의 노력이 그렇게 실패한 까닭은 물론 여럿이었다. 먼저, 인민들이 화폐의 성격이나 쓸모에 대해 제대로 알지 못했다. 고려 중기에 화폐가 꽤 널리 쓰인 적도 있었지만, 조선 역사에서 화폐가 제대로 쓰인 시기는 아주 짧았다. 그래서 사람들이 낯선 제도를 의심하는 눈길로 보는 것은 자연스러웠다. 금속 화폐의 경우, 주조된 화폐의 양이 너무 적어서, 화폐가 널리 유통되기 어려웠다는 사정도 있었다. 조선 사회가 아직 경제적으로나 사회적으로 덜 발전해서, 화폐의 필요성이 그리 크지 않았다는 사정도 있었다. 상업이 발달하고 큰 도시들이 나와서 시장 경제가 자리 잡았다면, 어떤 형태로든지 화폐가 널리 유통되었을 터였다.

그러나 조선 정부의 노력이 실패한 가장 큰 까닭은 인민들이 화폐의 가치를 믿지 못했다는 사정이었다. 법정 통화의 가치는 그것이 만들어진 재료에 바탕을 둔 것이 아니라는 점을 사람들은 쉽사리 이해할 수 없었다. 자연히, 실질 가치가 명목 가치보다 작은 화폐들은 환영받지 못했다. 특히 실질 가치가 거의 없는 종이로 만들어진 저화(楮貨)는 사람들이 드러내놓고 배척했다. 그들이 느꼈던 불안이 근거가 있었음이 저화의 평가절하로 증명되자, 저화는 다시 쓰이기 어려웠다. 그래서 인민들에게 쌀이나 포목과 같은 물품 화폐 대신 저화를 쓰도록 강요한 조선 정부의 조치는 으레 인민들에게 큰 고통을 주고 실패로 끝났다. 저화가 들어간 관에다 못질을 한 것은 정부가 쓰지 못하게 된 저화들을 물품으로 바꿔주지 않았다는 사실이었다.

당연히, 지폐의 도입에서 결정적 요인은 태환(兌換)의 보장이었다. 쌀어음은 실제로는 미본위제(米本位制) 태환지폐였다. 역사적으로 미본위제가 시행된 적은 없었지만, 그것의 원리는 근대의 금본위제와 같을 터였다. 비록 그가 지닌 경제학 지식은 많지 않았지만, 그는 금본위제가 움직인 방식에 대해서 어느 정도 알고 있었다. 쌀어음이 차츰 사람들에게 익숙해지면, 그것의 명목 가치와 실질 가치 사이의 관련은 점점 약해질 터였고, 마침내 사람들은 그것이 다른 사람들에 의해 돈으로 받아들여진다는 사실 때문에 그것을 돈으로 받아들일 터였다.

박물관에서 본 갖가지 지폐들의 모습을 떠올리면서, 그는 볼펜을 꺼내 들었다. 쌀어음에 들어간 문구들을 살피면서, 그는 천천히 고개를 끄덕였다. '이렇게 여러 조항들을 넣을 필요가 없어질 때, 그저 한 문짜리 쌀어음이란 문구만 들어갈 때, 지폐의 도입이 성공했다고 볼 수 있겠지.'

파랑 심을 밀어내놓고서, 그는 잠시 머뭇거렸다. 지금 쌀어음의 위조를 막는 데 가장 좋은 길은 그가 볼펜으로 수결을 두는 것이었다. 이 세상의 누구도 볼펜의 기름 잉크를, 만드는 것은 그만두고라도, 흉내 낼 수 없었다. 그리고 파랑 잉크는, 검은 먹글씨에 익숙한 사람들의 눈길을 끌어서, 쌀어음의 권위를 높일 수도 있었다. 그러나 볼펜의 잉크는 착시물이었다. 만일 후세의 학자들이 16세기 말엽에 발행된 화폐에 쓰인 잉크가 19세기까지는 만들어질 수 없었던 것이란 사실을 발견하면, 역사가 스스로 풀 수 없는 역설이 나올 터였다.

찬물 속으로 뛰어드는 마음으로 그는 볼펜을 잡은 손에 힘을 주어 수결을 두었다. '삼백 년 뒤의 역사를 걱정하는 일은 얼결에 산골 사람들을 모아서 반란을 일으킨 사람에겐 사치지. 시간 줄기를 지키는 문제는 나중에 생각해도 되지. 지금은 살아남는 문제를 풀어나가는 것만도……'

지켜야 할 도덕률을 당장의 이익이나 욕구 때문에 지키지 않았을 때 맛보는 야만적 즐거움이 마음 한구석에서 고개를 드는 것을 느끼면서, 그는 쌀어음들 위에 힘찬 손길로 수결을 두어나갔다. 시간 줄기를 지키기 위해 그가 한 일은 쌀어음에 일련번호를 준 것뿐이었다. 때가 되면, 이번에 발행하는 쌀어음들을 모두 회수하여 없앨 생각이었는데, 쌀어음이 일련번호를 주면, 그것들을 추적하는 일이 좀 수월할 터였다.

쓰기를 마치고서, 그는 가지런히 추려진 쌀어음 뭉치를 생각에 잠긴 눈길로 내려다보았다. '쌀 서른일곱 말의 가치를 지닌 종이쪽지 서른 일곱 장. 그러나 이 종이쪽지들이 지닌 뜻은 문자 그대로 혁명적일 것이다.'

지금 지폐를 발행하는 것은 실질적으로만 중요한 것은 아니었다. 어느 때나 자신의 화폐를 갖는 것은 독립된 정부의 상징이었다. 그리고 물품 화폐를 쓰는 사회에 지폐를 도입하는 것은 중세 사회에서 현대적 이상들을 이루려는 그의 반란 정권을 무엇보다도 잘 상징했다.

자신이 실은 화폐를 만진 적이 없다는 사실을 생각하고서, 그는 야릇한 웃음을 지었다. 21세기 중엽까지는 거의 모든 사회들에서 현금이 사라졌다. 신분증과 신용카드를 겸하는 카드 하나로 거의 모든 거래들이 이루어졌다, 거지에게 동냥하는 것부터 집을 사는 것까지. 나머지는 휴대전화로 이루어졌다. 화폐를 실제로 만지는 사람들은 화폐를 골동품으로 다루는 사람들뿐이었다.

"스승님."

그를 부르는 소리보다 '스승님'이라는 호칭의 어색함이 생각에 잠긴 그의 마음을 흔들었다. 그는 고개를 들고 돌아다보았다. "아, 신 군사. 어셔 오쇼셔."

"쇼인 시방 막 닿았압나니이다." 마루로 올라선 신점필이 읍했다. 신은 자신이 딕군사(直軍師)로 임명되었다는 것을 아직 모르는 듯했다.

"아, 녜. 슈고랄 많이 하샸나이다. 이리 앉아쇼셔."

"녜, 스승님."

"마알안 엇더하나니잇가?"

"별일 없압나니이다." 신이 밝은 목소리로 말했다. "모도 여긔 일을 쟝하게 녀기고 이시압나니이다."

"아, 그러하나니잇가?" 그는 잠시 신의 애기를 새겨보았다. 신의 애기는 미덥지 않았다. 그러나 이번 거사에 대한 골짜기 사람들의 반응은 나쁘지 않다고 믿어도 될 듯했다. "류죵무 대쟝알 보샸나니잇가? 아참애 마알로 들어갔난듸."

"녜. 앗가 곳뜸애셔 보았압나니이다. 녀름짓는 일을 살피고셔 나온다 하얐압나니이다. 믈을 맞노라, 모도 졍신이 없압나니이다."

"날이 너무 가믈어셔……" 그는 처마 아래로 드러난 하늘을 살폈다.

"스승님끠셔 말쌈하신 대로 못 바닥알 파고셔 믈을 퍼내고 이시
압나니이다."

"아, 믈이 나오나니잇가?" 그는 반갑게 물었다.

"녜. 숫골하고 돌무들기의 논이 해갈할 만하압나니이다."

"다행이니이다. 그러하고 신 군사끠셔는…… 아, 참. 신리경끠
셔는 이제 군사이 다외샸나니이다."

"녜, 스승님. 쟝츈달이애게 들어셔 알고 이시압나니이다. 쇼인
애게 그리 높안…… 참아로 감샤하압나니이다."

"아, 쟝 대쟝애게셔 들으샸나니잇가?" 그는 신의 어조에서 신이
쟝을 아주 낮추본다는 것을 느꼈다. 골짜기 사람들 사이에서 쟝의
위치는 아주 낮았다. 그런 반응이 나오리라고 예상했었지만, 막상
대하니, 마음이 적잖이 언짢았다. "신 군사끠셔는 혼자 나오샸나
니잇가?"

"아니압나니이다. 사람달하고 함끠 나왔압나니이다." 신이 몸을
돌려 뜰을 바라보았다.

신의 눈길을 따라 그는 마당을 바라다보았다. 그의 가슴이 문득
오그라들면서, 탄성이 저절로 나왔다, "아."

마당 한쪽 리산웅 앞에 다소곳이 고개를 숙이고 선 것은 귀금이
였다. 그녀 옆에 홍두가 커다란 보퉁이를 들고 서 있었다.

자신도 모르게 몸을 일으키려다가, 그는 가까스로 멈추었다. 좀
멋쩍어져서, 그는 급히 둘러대었다, "한산댁에서 뉘 나온 닷하나
이다."

"녜. 한산댁 얼우신들끠 옷가지랄 갖다드린다고……"

"시드러우실 새니, 신 군사끠셔는 좀 쉬쇼셔." 그는 김교듕과 박윤도를 돌아다보았다. "이대 맹갈아샸나이다. 이대로 하쇼셔. 아, 그리하고 참모부쟝보고 여긔 슈결을 두라 하쇼셔."

"녜, 원슈님," 김이 대꾸했다. "그러나한듸…… 원슈의 인이 이셔야 다외겠압나니이다."

듣고 보니, 맞는 얘기였다. 문서들을 많이 만드는 처지에선 원슈의 인이 당쟝 필요했다. 격식도 격식이었지만, 붉은 도쟝은 챵의군에서 내는 문서들의 권위를 높일 터였다. "옳아신 말쌈이시니이다. 원슈의 인이 있기는 이셔야 하난듸…… 두 분 생각애난 엇디 하면 됴하겠나니잇가?"

"뎌긔……" 잠시 머뭇거리더니, 김이 힘들게 입을 열었다. "병마졀졔도위의 인이 이시압나니이다. 그 인이 시방 별로 쓰이디 아니 하니, 졀졔도위의 인알 지우고 거긔에다 호셔챵의군 원슈의 인알 파난 것이 엇더하올디……"

"아, 그러하나니잇가? 참아로 됴한 생각이니니다. 그리 인알 팔 만한 사람이 시방 이시나니잇가?"

"호방의 김문회 인알 이대 파압나니이다," 박이 말했다.

"시방 믈자 참모부에 이시는 김문회 인알 팔 줄 아압나니이다," 김이 덧붙였다.

"그러하면 그리하개 하쇼셔." 속에서 끓는 조급함을 억지로 누르면서, 그는 천천히 자리에서 일어섰다.

"녜, 원슈님. 알겠압나니이다." 김이 급히 일어서면서 대꾸했다.

다른 사람들이 따라서 일어섰다.

　귀금이를 곁눈으로 살피면서, 그는 천천히 마루로 걸어 나왔다. 그녀가 감물 들인, 거칠어 보이는 치마저고리를 입은 것이 가슴에 안쓰럽게 닿았다. 그나마 치마는 아랫자락을 빛깔이 다른 천으로 기운 것이었다. 곱게 차린 기생들을 본 터라, 그녀의 초라한 차림이 더욱 초라하게 느껴졌다.

　마루 끝에 서서, 그는 귀금이를 내려다보았다. 그녀의 자세가 짙은 감정들로 가득한 그의 마음속으로 비집고 들어왔다. 리산응 앞에 서서 묻는 말에 대답하는 그녀의 자세엔 리에 대한 깊은 존경이 배어 있었다. 그는 느꼈다, 그런 존경은 아씨만을 믿고서 낯선 곳으로 온 몸종이 인자한 바깥주인에 대해서만 품을 수 있는 것임을, 그가 아무리 애써도 그녀가 그에겐 결코 그런 마음을 품지 않으리라는 것을. 문득 질투의 불길이 거세게 타올랐다.

　그 불길이 가슴의 살을 지지면서, 자신이 지닌 권력을 알몸으로 드러내서 그녀에게 보여주고 싶은 충동이 머리를 움켜쥐었다. '내가 맘만 먹으면, 누구도…… 긔례 아버지까지도……'

　그는 질투에 사로잡힌 폭군의 마음을, 총희(寵姬)가 마음 둔 사내의 목을 잘라서 그녀에게 내미는 폭군의 행동을 이해할 수 있을 것 같았다. 그뿐이 아니었다. 그런 폭군에게 다소곳이 몸이 맡기는 여인들의 마음도 알 것 같았다. 권력은 본질적으로 생식의 권리였다. 그래서 벌거벗은 권력을 휘두르는 일은 무엇보다도 음탕한 몸짓이었다. 한순간 그는 권력의 황음(荒淫)에 취해 알몸으로 춤추는 자신의 모습을 보았다.

어떻게 마루에서 내려섰는지도 모르게, 그가 신을 신고 몸을 폈을 때, 귀금이가 흘긋 그를 쳐다보았다. 그녀가 얼굴을 살짝 붉혔다. 그러나 아는 척하지는 않았다.

그녀 눈길을 따라, 리산웅이 돌아다보았다.

'얼마나 비참한 인간인가, 나는⋯⋯' 부끄러움에 덴 가슴의 살이 자신에 대한 경멸로 문드러지기 시작했다. 그러나 질투의 불길은 수그러들지 않고 여전히 거세게 타올랐다. 그는 천천히 섬돌을 내려왔다.

그가 다가오는 것을 보고, 리산웅이 돌아서서 몸을 공손히 굽혔다.

"어서 오쇼셔, 귀금 아씨." 한껏 매끄럽게 낸 자신의 목소리가 그의 귀에는 녹슨 톱니바퀴 소리처럼 들렸다. 그의 머리 뒤쪽에선 아직 벌거벗은 망나니가 붉은 칼을 휘두르고 있었다.

5

"그러하시면, 원슈님," 앞줄에 앉은 역쟝(驛長) 쳔영셰가 조심스럽게 입을 열었다.

사람들의 눈길이 일제히 쳔의 얼굴로 쏠렸다. 벗겨진 이마에 튀어나온 광대뼈, 숱이 많은 구레나룻, 개기름이 흐르는 거무튀튀한 살결하며 가라앉은 콧등이 억센 느낌을 주었다. 어느 모로 보나 녹록지 않은 사내였다.

"챵의군끠셔는 말만 거두시고," 쳔이 마른침을 삼켰다. "여긔 역에 말이 없어도, 쇼인달히 시방 가쟌 논밭안 모도 그대로 가쟐 수 이시다 하난 말쌈이시니잇가?"

"녜. 그러하나이다," 언오는 목소리에 힘을 주어 대꾸했다. "시방 여러분들끠셔 가자신 논밭안 모도 여러분들 것이니이다. 앒아로 여러분들회 재산이 다욀 새니이다. 그리하고 내죵애난 여러분들회 자식달히 믈려받알 새니이다."

"이대 알겠압나니이다. 원슈님, 참아로 감샤하압나니이다." 쳔의 낯빛이 좀 밝아졌다. 다른 사람들이 서로 쳐다보면서 고갯짓을 했다.

쳔의 걱정은 이해할 만했다. 말이 없으면, 여기 역이 제구실을 할 수 없고, 역리(驛吏)들도 필요 없을 터였다. 따라서 말을 징발한 챵의군이 역리들에게 지급되었던 땅까지 거두어가겠다고 나올 수도 있었다.

"멀디 않아서, 여긔 일홍역에는 다시 말달히 이시게 다욀 새니이다. 시방 우리 챵의군은 역을 없애고 말달할 아조 거두어가난 것이 아니오이다. 사람달히 사난 곳애난 역이 이셔야 하나이다. 우리 챵의군의 행군이 그쳐셔 다시 사람달히 왕래하게 다외면, 다시 역을 세우겠나이다. 그때난 우리 말달할 이곳아로 다려오겠나이다. 지금 다려가난 바로 그 말달한 아닐디 모라디만." 말을 잠시 멈추고, 웃음 띤 얼굴로 그는 마당에 쪼그려 앉은 사람들을 둘러보았다.

그러나 사람들은 그의 얘기에 반응을 보이지 않았다. 굳은 얼굴로 그의 눈길을 애써 피했다.

그는 이 사람들로부터 자신의 가벼운 농담에 대한 반응을 기대한 것이 무리였음을 깨달았다. 이곳 사람들이 해학을 몰라서 그런 것은 아니었다. 이곳 사람들은 현대 조선 사람들만큼 해학을 즐겼다. 물론 그들이 즐기는 해학이 현대의 직업적 익살꾼들이 만들어내는 날카로운 재담과는 달랐지만. 그러나 스스로를 '호셔챵의군'이라 부르는 사람들이 갑자기 나타나서 역에 있는 말들을 징발하겠다고 나선 지금, 그들은 그 낯선 사람들의 우두머리가 하는 농담을 즐길 마음이 나지는 않을 터였다. 낯빛이 처음보다는 많이 풀렸지만, 마음은 아직 두려움으로 가득할 터였고, 아마도 자신들의 일상적 삶을 위협하는 챵의군에 대한 유감도 작지 않을 터였다.

다행히, 말을 징발할 때, 폭력을 쓸 필요는 없었다. 느닷없이 밀어닥친 서른 넘는 군사들 앞에서 역에 있던 사람들은 저항할 생각을 품지 못했다. 그리고 시흥도의 역승(驛丞)과 역장들에게 그들이 가진 말들을 모두 챵의군에 넘기라는 군령 제5의 2호와 그 군령에 따라 만들어진 자문은 관부 문서의 모습을 제대로 갖추었고 역에 있던 사람들이 챵의군 원슈의 지시에 순순히 따르도록 도왔다.

"그러나 그리하난 대난 날달이 졈 걸월 새니이다. 그때까장안 지금토록 하시던 것텨로 시방 가자신 논밭애 녀름을 지으쇼셔." 잠시 뜸을 들인 다음, 그는 천에게 물었다. "녀름짓는 일안 엇디 다외얐나니잇가? 논애 씨난 다 쁘리샸나니잇가?"

"녜, 원슈님. 어제까장 다 쁘리얐압나니이다."

"아, 녜." 그는 사람들을 둘러보았다. "쇼쟝애게 더 물어보실 일이 이시나니잇가?"

사람들이 서로 얼굴을 쳐다보았다. 이어 나지막하게 웅얼거리는 소리가 났다. 그러나 정작 그에게 무엇을 물어보려는 사람은 없었다.

"그러하면 이제 모단 일달히 다 뎡하야뎠나이다. 그러나한듸 우리 챵의군이 례산 읍내로 돌아가기 전에, 쇼쟝이 여러분들끠 드릴 말쌈이 하나 이시나이다. 시방 녀름지을 철이라, 모도 밧바디마난, 우리 챵의군에셔 말달할 쓰는 사이애난, 여긔 겨신 분들끠셔 하실

일달히 그리하디난 아니할 새니이다. 그러나 우리 챵의군에는 할
일달히 아조 하나이다. 여러분들텨로 말알 이대 보살피고 달홀 줄
을 아난 사람달한 할 일이 아조 하나이다."

그가 하려는 얘기가 중요하다는 것을 느낀 듯, 사람들이 문득 긴
장했다. 눈빛들이 또렷해졌다. 자세를 고쳐 앉는 사람들도 있었고
다른 사람들이 어떻게 생각하는지 슬그머니 훔쳐보는 사람들도 있
었다.

"우리 챵의군은 모단 사람달히 사람다이 살 수 이시게 하려 니
러셨나이다." 그는 목소리를 좀 낮추어 말을 이었다. "이 셰샹알
모단 사람달에게 살기 됴한 곳아로 맹갈려 니러셨나이다. 권셰를
가쟜고 논밭알 많이 가잔 냥반달에게만 살기 됴한 셰샹이 아니라,
신분이 쳔하고 가잔 것 없난 사람달에게도 살기 됴한 셰샹알 맹갈
려 니러셨나이다. 이믜 여러분들끠셔 보샸겠디마난, 바로 그러한
녜아기가 여긔「챵의문」에 씌어 있나이다." 그는 몸을 돌려 벽에
붙여진「챵의문」을 가리켰다. 그 옆에 신경슈가 쓴 한문「챵의문」
이 붙어 있었다.

"나이 한 디위 닑어보겠나이다." 역에 있는 사람들은 글자를 조
금씩은 깨우쳤을 듯했지만, 모두「챵의문」을 읽고 그 뜻을 새겼을
것 같지는 않았다.

"시방 우리나라해셔는 사람달히 힘까쟝 일하야도, 사람다이 살
기 어렵도다. 그러하야셔 뜻이 이시난 사람달한 모도 나라랄 걱뎡
하고 이시도다……" 그는 자신의 목소리가 글의 운율을 타고서
차츰 낭랑해지는 것을 느꼈다. 지금은「챵의문」을 거의 다 외고

312

있었다.

"……우리와 뜻을 함끠하려는 사람달한 머뭇거리디 말디어다. 챵의군에 들어와서 나라랄 디키고 님굼을 도와셔 백셩을 편히 하기랄 바라노라." 읽기를 마친 그의 귓속에 여운이 길게 남았다.

잠시 마당에 정적이 무겁게 깔렸다. 참을성 있게 쪼그려 앉아서 그의 목소리에 귀를 기울인 사람들의 패랭이와 어깨 위에 햇살이 조용히 내리고 있었다. 뒤쪽 방목장에서 날아온 말 울음 한마디가 정적의 긴 자락을 휘젓고 사라졌다. 그의 목소리가 건 주술에서 깨어나는 것처럼, 사람들이 고개를 움직였다.

'만일 아무도 나서지 않는다면……' 문득 두려움이 가슴을 움켜쥐었다. 사람들의 얼굴들이 흔들리더니 아득히 멀어졌다. 만일 그가 챵의군에 들어오도록 일홍역 사람들을 설득하지 못한다면, 그런 실패의 부정적 영향은 꽤 클 터였다. 어저께 김항렬이 이끈 수색대는 무한천 하류의 창고들에 든 곡식들을 배를 구해서 많이 실어 왔을 뿐 아니라, 례산현창의 고지기들을 여섯이나 챵의군에 들어오도록 설득해서 데려왔다. 이제 사람들은 모두 그가 일홍역의 사람들에 대해 같은 일을 하리라고 기대할 터였다.

'덩연히 비교하겠지, 내가 한 일과 김 총독이 한 일을. 만일 내가 김 총독보다…… 아니지, 그 정도가 아니지. 원슈는 총독보다 일을 훨씬 잘하리라고 모두 여길 테니. 여기 있는 사람들을 몇 설득해서 데려가는 것으론 부족하지.'

숨쉬기 거북할 만큼 가슴이 답답했다. 그는 지금 챵의군 안에서 자신의 권위가 절대적이며 누구도, 김항렬까지도, 그의 경쟁 상대가 아니라는 것을 알고 있었다. 그리고 다른 사람은 몰라도, 김은 믿을 수 있었다. 그러나 그의 모병 실적이 김의 그것과 비교되리라는 생각과 원쉬의 체면을 세울 만큼 성공적으로 모병하기는 어려우리라는 판단은 조금 전까지만 하더라도 생각하기 어려웠을 만큼 무겁게 그의 마음을 눌렀다.

"공자님끠셔는 슈신한 뒤헤야 졔가하고 졔가한 뒤헤야 티국하고 티국한 뒤헤야 비르소 텬하랄 평안히 할 수 이시다 하샸나이다." 다행히, 목소리는 매끄럽게 나왔다. 그는 마음을 가다듬었다. 부연 물결처럼 흔들리던 얼굴들이 차츰 또렷해졌다.

"그러모로 텬하랄 평안하게 맹갈려고 니러선 우리 챵의군은 응당 몬져 스스로 닦아야 하나이다. 그러하야셔 우리 챵의군이 이 세상애 너비 펴려 하난 뜰 몬져 우리 안해셔 펴고 이시나이다. 우리 챵의군 안해셔는 모단 사람달히 똑같이 대졉알 받나이다. 맛단 일알 이대 하면, 신분이 쳔한 사람이라도 높안 자리애 오랄 수 이시나이다. 실로난 쇼쟝안 그젓긔까장만 하야도, 불승이얐나이다. 냥반달히 낮이 녀기는 즁이얐나이다. 쇼쟝안 어젓긔 비르소 환쇽하얐나이다. 그리하고 쇼쟝 바로 밑애 이시난 륙군 총독안 한셩에셔 번을 셔다 부친샹알 당하야 집애 나려왔던 군사이니이다. 냥반이 아니이다. 다란 대쟝달토 모도 그러하나이다."

그는 왕부영의 얘기를 꺼내려다가 그만두었다. 왕이 스스로 얘기하는 편이 오히려 좋을 것 같았다. 얘기를 매끄럽게 마무리하는 길을 찾아내고서, 그는 목소리를 높였다, "여러분, 엇던 군사이 미덥고 부즈런하고 하난 일애 재조이시면, 그 군사난 신분을 관계티 아니 하고, 냥반이든 샹인이든 천인이든, 높안 품계를 받고 대쟝이 다욀 수 이시나이다."

사람들은 말이 없었지만, 얼굴들에는 흥미가 어렸다. 누가 조심스럽게 낸 헛기침이 크게 들렸다.

"여러분." 사람들을 한번 둘러본 다음, 그는 부드러운 목소리로 물었다. "쇼쟝의 녜아기랄 아시겠나니잇가?"

"녜," 쳔영셰가 대꾸하자, 서넛이 따라 대꾸했다.

"그러하시면 우리 챵의군이 엇더한가 다란 사람달해게셔 들어 보쇼셔." 그는 토방 한쪽에 선 왕부영을 찾았다. "왕 대쟝."

"녜, 원슈님."

"이리 오쇼셔. 그리고 김 대쟝도 이리 오쇼셔," 그는 김교듕도 불렀다.

"여러분, 여긔 션 분이 왕부영 대쟝이시니이다. 우리 챵의군의 오듕대 이단대랄 잇그시나이다. 이제 왕 대쟝끼셔 우리 챵의군이 엇던 사람들로 이루어뎠는디 여러분들끠 말쌈드릴 새니이다." 사람들이 손뼉을 쳐서 왕부영을 환영하리라 기대하면서, 그는 말을 멈추었다.

그러나 사람들은 아무런 반응을 보이지 않았다. 왕이 읍을 했어도, 모두 말끄러미 왕을 올려다보았다.

속으로 고개를 끄덕이면서, 그는 김을 가리켰다. "이분은 김교듕 대쟝이시니이다. 문셔 참모부를 잇그시나이다. 김 대쟝끠셔는 여러분들끠 우리 챵의군의 품계와 봉록과 갇한 일달알 말쌈드릴 새니이다."

김이 읍했다. 역시 사람들은 아무런 반응이 없었다.

"자아, 우리 모도 손뼉을 텨셔 두 분을 환영하사이다," 한 걸음 물러서면서, 그는 먼저 손뼉을 쳤다.

그제야 사람들이 손뼉을 치기 시작했다. 분위기가 이내 바뀌었다. 사람들의 굳었던 낯빛들과 몸들이 풀렸다. 사람들이 드러내놓고 수군대기 시작했다.

"몬져 왕부영 대쟝끠 우리 챵의군이 엇던 군대인디 물어보쇼셔. 그리하신 다홈애 김교듕 대쟝끠 우리 군대애셔는 군사달회 품계와 봉록이 엇더한디 물어보쇼셔. 아시겠나니잇가?"

이번에는 대꾸하는 목소리들이 훨씬 크고 밝았다.

"그러하시면," 그는 역장에게 손짓했다. "쇼쟝과 천역쟝안 방목장알 둘어보겠나이다. 여러분들끠셔 물어보고 식브신 일이 이시면, 마암 놓고 두 분 대쟝끠 물어보쇼셔. 그러하면, 왕 대쟝, 우리 챵의군이 엇더한가 여러분들끠 말쌈 드리쇼셔."

"녜, 원슈님."

"이분들끠 몬져 왕 대쟝끠셔 우리 챵의군에 응모하게 다외얀 사정을 말쌈드리쇼셔."

"녜, 원슈님. 이대 알겠압나니이다."

그는 토방에서 내려서서 밖으로 향했다. 천영세와 셩묵돌이 그를 따랐다.

"쇼쟝안 왕부영이라 하난 사람이니이다. 품계는 딕병으로 뎨오 듕대의 뎨이단대랄 잇그나이다. 쇼쟝안 어젓긔까장만 하야도 례산현텽에 달인 관노이었나이다……" 무겁게 가라앉아 삐걱거리는 왕의 목소리가 따라왔다.

'저 목소리…… 낮지만 어쩔 수 없이 감정에 북받쳐 삐걱거리는 저 목소리가 저 사람들을 움직이지 못한다면, 내가 내놓을 수 있는 것이 있을까?'

"원슈님, 이리 오쇼셔." 쳔이 앞장을 섰다.

나지막한 야산 기슭에 자리 잡은 방목장은 꽤 넓었다. 말들이 한가롭게 거닐면서 풀을 뜯고 있었다. 지금 방목장에는 말이 아홉 마리가 있었다. 일홍역에 배정된 말은 원래 열 마리라고 했다. 샹등마(上等馬) 둘, 듕등마(中等馬) 넷, 그리고 하등마(下等馬) 넷. 그러나 두 마리가 작년에 죽고 올 봄에 망아지 한 마리가 태어나서, 아홉 마리였다. 지금 두 마리는 홍쥬 관원들을 태우고서 신챵의 챵덕역으로 갔고 한 마리는 튱쥬에서 온 관원을 태우고 덕산의 급쳔역으로 갔다고 했다. 대신 그 관원들이 타고 온 말들이 있었다.

한 손으로 방목장 울타리를 짚고서, 그는 쳔을 돌아다보았다. "말알 돌보난 일이 힘이 많이 드나이다? 병에 걸위디 아니 하게 돌보려면?"

"녜, 원슈님." 그의 얼굴에 앉은 웃음을 보자, 쳔도 걱정으로 어두워진 얼굴에 억지로 웃음을 얹었다. "여러 사람달히 말알 타니, 자연히 말달히……"

"말이 죽으면, 엇디하나니잇가?" 아까 말을 징발할 때, 그가 말의 수를 묻자, 쳔은 말들이 죽게 된 사정을 길게 설명했었다. 눈치를 보니, 말들이 죽은 일로 무슨 문책을 받을까 꽤나 걱정해온 듯했다.

천의 얼굴에 당혹스러운 빛이 어렸다.

그는 자신의 심리적 우세를 한걸음 더 밀고 나갔다. "우혜셔 므슴 문책알 나리디 아니하나니잇가?"

천이 어두운 얼굴로 마른침을 삼켰다. "말이 죽으면, 쇼인이 변상하압나니이다." 그의 얼굴을 흘긋 살피더니, 덧붙였다. "말이 너모 많이 죽으면, 쇼인이 벌을 받사압나니이다."

고개를 끄덕이고서, 그는 화제를 바꾸었다. "뎌긔 뎌 말이 샹등마이니잇가?" 그는 건너편 울타리를 따라 갑자기 내닫는 말을 가리켰다.

"녜, 원슈님. 그러하압나니이다. 졈백이라 하는 놈인듸, 기운이 아조 묘한 말이니이다." 천의 말씨에 자랑이 배어 있었다.

처음부터 눈에 뜨인 말이었다. 짙은 밤색 말이었는데, 몸집이 다른 말들보다 훨씬 컸다. 털은 깨끗했고 기름기가 흘렀다. 풀려날 곳을 찾는 힘이 살에 고인 듯했다.

그는 마른침을 삼켰다. 가슴속에서 그 말을 타고 싶은 욕망과 말에서 떨어져서 웃음거리가 될지도 모른다는 두려움이 거의 비슷한 힘으로 겨루고 있었다.

그가 말을 타야 한다는 것은 말할 나위가 없었다. 말 탄 지휘관은 걸어다니는 지휘관보다 여러 곱절 너른 싸움터를 살피고 훨씬 많은 부대들을 직접 지휘할 수 있었다. 말 탄 지휘관은 언제나 앞장서서 돌격할 수 있었다. 그리고 말 탄 지휘관은 병사들이 멀리서도 쉽게 볼 수 있었다. 중세의 싸움터에서 그것은 결코 작지 않은 고려 사항이었다. 그처럼 훈련을 전혀 받지 못한 병사들로 이루어진 군대를 이끄는 지휘관에겐 특히 중요한 고려 사항이었다. 그것들 말고도 그는 자신이 말을 타야 할 까닭은 여럿 생각해낼 수 있었다.

그래도 그는 선뜻 나서지 못하고 머뭇거렸다. 말에서 떨어지는 것은 결코 가볍게 여길 수 없는 위험이었다. 많은 장군들이 말에서 떨어질 때 입은 상처 때문에 죽거나 싸움에서 졌다. 말을 타는 일에 관해서 잘 알 만한 사람들이 그런 위험에 대해서 경고했다.

무초 스포르차의 얘기가 떠올랐다. 스포르차는 아들에게 세 가지를 당부했다: "다른 사람의 아내를 건드리지 마라; 네 추종자들을 때리지 마라; 고삐를 잡기 힘든 말을 타지 마라." 어지러운 중세 말기의 이탈리아에서 농민의 신분을 극복하고 이름난 용병대장이 되어 강력한 공국(公國)의 기틀을 만든 사람의 체취가 물씬 풍기는 잠언이었지만, 그가 그 얘기를 또렷이 기억하게 된 것은 좀 뜻밖으로 느껴졌던 말에 관한 당부 때문이었다.

말 타기를 배우려면, 말에서 여러 번 떨어져야 할 터였다. 그가 말을 타본 것은 어릴 적 관광지에서 사진을 찍기 위해 아주 양순한 말 위에 잠깐 올라탔던 때뿐이었다. 지금 그가 말에서 떨어져 다치기라도 하면, 큰일이었다.

그러나 그가 정말로 두려워하는 것은 말에서 떨어져 다른 사람들의 웃음거리가 되는 광경이었다. 그런 두려움은 어리석은 것이라고 자신에게 타일렀지만, 남의 눈길을 의식하는 마음은 여전했다.

'내가 "창조적 시대착오"와 같은 일에 조금만 흥미를 가졌어도, 지금……' 그는 쓸쓸하게 회상했다.

옛사람들의 삶을 충실하게 재현하는 '창조적 시대착오'는 21세기에 유행했던 취미들 가운데 하나였다. 물론 싸움에 관한 주제들이 인기가 있었고, 서양의 기사도와 일본의 무사도는 특히 인기가 높았다. 해사에도 '창조적 시대착오' 모임이 있었다. 전공이 해전인지라, 그들은 주로 고대와 중세의 전선들을 만들어서 이름난 싸움을 재현하는 일을 즐겼지만, 그래도 그들은 옛날 전사들의 삶에 익숙했다.

그는 고대와 중세의 역사에 대해서, 특히 전사에 대해서, 큰 흥미를 가졌었다. 그러나 책벌레였던 그는 '창조적 시대착오'를 낮추보았었다. 머릿속에서 상상하면 되고, 정 필요하면, 컴퓨터로 재현하여 검증할 수 있는 것들을 굳이 만들어보려는 사람들에게 그는 공감할 수 없었다. 물론 그들이 익힌 것들은, 말을 타는 것에서부터 창을 던지는 것에 이르기까지, 지금 그에게 쓸모가 무척 클 터였다.

"졈백이라 하샸나니잇가?" 마음을 정하기까지 시간을 벌려고, 그는 별 뜻 없는 물음을 던졌다.

"녜, 원슈님. 뎌놈안 콧잔등에 흰 졈이 이셔셔……"

"아, 녜."

제 얘기를 하는 줄 아는지, 그 말이 가벼운 걸음으로 다가오고 있었다.

말의 온몸에서 느껴지는 탄력이 젊은 여체의 매혹처럼 그의 마음을 껴안았다. 그는 충동적으로 마음을 정했다. "군대랄 잇그난 쟝슈는 말알 탈 줄 알아야 하난듸, 쇼쟝안 말알 타본 적이 없나이다. 천 역쟝끼셔 쇼쟝애게 말 타난 법을 가라쳐주시겠나니잇가?"

　잠시 말없이 그의 얼굴을 살피던 천의 얼굴에 환한 웃음이 퍼졌다. "녜, 원슈님."

6

"워워," 부드러운 목소리를 말을 구슬리면서, 언오는 가볍게 고삐를 당겼다. 어느새 역내다리 앞이었다. 김을산이 거느린 척후 참모부는 벌써 다리 건너에서 기다리고 있었다.

그냥 달려나가고 싶은 말의 뜻이 그의 허벅지에 전해왔다. 하긴 그도 한껏 달리고 싶었다. 다리 너머 길게 뻗어나간 한길이 그에게 손짓했다.

말을 타는 것은 생각했던 만큼이나 신나는 일이었다. 그리고 그는 자신이 말타기를 빨리 익힌 것이 적잖이 자랑스러웠다. 비록 조심해야 한다고 스스로에게 일렀지만, 이제는 말을 다룰 자신이 있었다. 힘이 넘쳤지만, 겸백이는 거칠지 않았다.

'현텽에 돌아가면, 쳔 역장하고 다시 나와서, 한번 맘먹고 달려보자. 신챵 쪽을 정찰한다는 구실을 대고서……' 그는 조심스럽게 말을 돌려 세웠다.

그에게서 떨어지지 않으려고 애쓰는 근위 단대 병사들이 빠른 걸음으로 다가왔다. 나머지 부대들은 들판 속으로 곧게 뻗은 길을 따라 한 줄로 늘어서 있었다.

그의 가슴이 자랑으로 부풀어 올랐다. 마흔 명이 채 못 되는 부대였지만, 그렇게 늘어서니, 제법 볼만했다. 가벼운 바람에 조용히 펄럭이는 깃발들이 눈길을 끌었다. 무엇보다도, 그가 거느린 군대는 이제 군대라고 불릴 만했다. 어제까지만 해도 군사 훈련을 받은 적이 없었던 병사들이 제법 부대 단위로 모여서 씩씩하게 걸어오고 있었다.

'훈련은 고사하고, 아마 군대가 행진하는 것을 본 적도 없었을 텐데…… 무엇이 저 사람들을 저렇게 바꾸었나?' 감탄하는 마음으로 고개를 천천히 저으면서, 그는 곁으로 다가온 성묵돌을 흘긋 내려다보았다.

검은 바탕에 노란 실로 새겨진 품계장(品階章), 흰 바탕에 검은 실로 새겨진 명찰, 그리고 지휘관임을 뜻하는 자줏빛 견장이 때와 흙으로 꾀죄죄한 옷 위에 산뜻하게 앉아 있었다. 등에 멘 칼보다도 그것들이 성을 군인답게 보이도록 했다.

'여군들이 밤새 수고한 보람이 있다. 품계장과 명찰이 그렇게 병사들의 사기를 높이고 산골 사람들이 군인답게 행동하도록 만들 줄은…… 군기도 한몫 단단히 했고.' 그는 림형복이 든 원슈기를 대견스러운 눈길로 어루만졌다. 비록 무명천으로 거칠게 만들어졌지만, 흰 바탕에 초승달과 별 셋이 붉게 그려진 그 깃발은 짧지 않았던 군대 생활에서 그가 만났던 어떤 깃발보다도 훨씬 깊은 감정들을 그의 가슴에서 불러냈다.

말이 갑자기 몸을 흔들더니 앞발을 조금 쳐들었다. 이어 답답해하는 소리를 냈다.

본능적으로 윗몸을 숙이면서, 그는 고삐를 당겼다. 이어 침착하게 행동하라고 스스로에게 이르면서, 얼굴을 말 머리 가까이 대고 말을 달랬다, "자아, 자아."

다행히, 말은 더 흥분하지 않고 차츰 가라앉았다. 그러나 조급해하는 말을 한곳에 오래 세워놓는 것은 좋은 일이 아닐 듯했다. "성대쟝."

"녜, 원슈님."

"나이 뒤를 살피고 올 새니," 그는 뒤쪽을 가리켰다. "근위대난 잠시 여긔셔 쉬쇼셔."

셩이 잠시 머뭇거렸다. 충실한 근위대장에겐 반가운 제안이 아닐 터였다. "쇼쟝만안 원슈님을 딸와가겠압나니이다."

"다외얐나이다. 잠시 다녀올 새니……"

"녜, 원슈님." 셩이 내키지 않는 낯빛으로 고개를 끄덕였다.

"이제 말이 더 삼기면, 근위대애게 몬져 주겠나이다. 그때난 함끠 다니사이다."

"녜, 원슈님." 그의 달래는 어조에 셩의 낯빛이 좀 풀렸다.

"그러하면 나난……" 근위병들에게 고개를 끄덕여 보이고서, 그는 천천히 행렬 뒤쪽으로 말을 몰았다.

'깃대를 좀더 길게 만들어야 되겠다. 역시 깃발은 높이 치켜들어야 깃발답지.' 대견스러우면서도 비판적인 눈길로 그는 부대기들을 살폈다.

세련된 깃발들은 아니었다. 천이 무명이어서, 보기에도 무거웠다. 깃대는 매끄럽지 못한 막대기였다. 그는 깃대로 대나무를 쓰려 했으나, 사람들은 상서롭지 못하다고 말렸다. 대나무는 상제가 짚는 지팡이로 쓰인다는 것이었다. 깃발의 도안도 간단했으니, 속에 등대의 번호가 쓰인 방패였다. 물론 그런 사정이 크게 중요한 것은 아니었다. 한번 깃발을 들고 밖으로 나오자, 병사들은 모두 자기 깃발을 자랑스럽게 여겼다.

'이제 사람들은 저 깃발들을 따라 싸움터로 나아가리라. 그리고 저 깃발들을 자기 목숨으로 지키리라. 기수가 쓰러지면, 이내 다른 병사가 넘어진 깃발을 다시 세우리라. 싸움터에서 흩어진 병사들은 그 깃발을 보고 자기 부대를 찾아 모여들고 그 둘레에서 다시 부대를 이루어 몰려오는 적을 맞으리라……'

박초동이 이끄는 1등대 1단대가 먼저 다가왔다. 신종구가 자랑스럽게 깃발을 들고 있었다. 다른 병사들의 몸짓과 낯빛에도 선두 부대의 요원이라는 자부심이 어린 듯했다.

그는 말을 세웠다. "박 대쟝."

"녜, 원슈님." 박이 급히 다가왔다.

"이제 부대랄 잇그시고셔 역내다리랄 건너쇼셔. 다리랄 건너신 뒤혜는, 다란 부대달히 모도 다리랄 건널 때까장 기다리쇼셔."

"녜. 이대 알겠압나니이다."

박의 부대가 나아가는 것을 보는 사이에 다음 부대가 닿았다. 그의 얼굴에 어렸던 웃음기가 짙어졌다.

그를 보자, 쳔영셰는 왼손으로 고삐를 잡고 오른손을 맵시 있게 들어서 패랭이의 챙 한끝에 얹었다.

'아, 저것이 역리들 사이에서 말을 탔을 때 하는 인사인 모양이구나.' 쳔이 한 것처럼 오른손을 들어 운동모자 챙에 대면서, 그는 서양 기병대를 다룬 영화의 장면들을 떠올렸다. '그런 인사는 어디서고 비슷하구나. 하기야 말 타고 인사하는 방법이 많진 않겠지.'

"원슈님, 말이 엇더하압나니잇가?" 느긋한 웃음을 얼굴에 올리면서, 쳔이 물었다.

"아조 묘하나이다. 힘이 묘하면셔도, 말알 잘 듣나이다."

"아, 녜. 다행이압나니이다. 졈백이 원래 용한 말이라셔……"

그는 졈빽이의 갈기를 쓰다듬었다. "그러하면, 쳔 대쟝, 부대랄 잇그시고셔 역내다리랄 건너쇼셔. 그리하시고 다란 부대달히 다 건널 때까장 기다리쇼셔."

"녜, 원슈님. 이대 알겠압나니이다." 쳔은 맵시 있게 경례하고셔 쳔쳔히 말을 몰아 앞으로 나아갔다.

그 뒤를 다섯 역리들이 따랐다. 손에 든 죽창을 바로 세우고 여유 있는 몸짓으로 말을 모는 여섯 사람은 행렬에서 단연 돋보였다. 그는 일홍역의 역리들을 6등대 1단대로 편성하고 쳔영셰를 6등대 쟝으로 그리고 부역쟝(副驛長) 안징을 1단대쟝으로 임명했다. 쳔과 안은 각기 정병과 딕병의 품계를 받았고 나머지 역리들은 훈병들이 되었다. 아울러 그는 새로 챵의군에 들어온 병사들이 모두 죽창을 깎아서 지니도록 했다. 군대는 언제나 이내 전투에 투입될 수 있는 상태에 있어야 한다는 것은 그가 일찍이 배운 교훈들 가운데 하나였다.

'저 여섯 사람들을 바탕으로 언젠가는 충실한 기병듕대를 만들어야지. 창기병(槍騎兵) 듕대를 제대로 만들어놓으면……' 그의 눈앞에 공격 나팔 소리에 맞춰 기병대를 이끌고 적진을 향하여 돌격하는 자신의 모습이 영화의 한 장면처럼 산뜻하게 떠올랐다.

'어쨌든, 이번 걸음은 얻을 것을 다 얻은 셈이지.' 부풀어 오르는 가슴으로 그는 아까 역에서 역리들에게 챵의군에 들어오라고 권유할 때 느꼈던 걱정을 떠올렸다. 그 컸던 걱정은 이제는 그만큼 큰 득의를 불렀다.

일흥역에서 일하는 역리들은 모두 스물 넷이었는데, 여덟이 챵의군에 들어왔다. 둘은 말을 타지 않고 그냥 달려서 문서들을 전달하는 '급주(急走)'들이어서 당장 척후 참모부에 배속되었다. 누가 보아도, 그것은 성공적 모병이었고, 그는 이제 김항렬의 성공에서 심리적 압박을 받지 않아도 되었다.

그렇게 역리들을 받아들이는 과정에서 그는 뒤에 쓸모가 있을 것 같은 교훈 하나를 얻었다. 모든 군사 지도자들은 그들이 거느린 군사들의 기대에서 심리적 압박을 느끼게 마련이었다. 그런 심리적 압박은, 그가 이번에 겪은 것처럼, 무척 클 수도 있었다. 이제 그는 절대적 권위를 지닌 군사 지도자들도 자기 아래에 있는 지휘관들이 큰 군사적 성공을 거두는 것을 크게 꺼리는 사정을 보다 잘 알게 되었다. 그것은 단순히 경쟁자들을 키운다는 두려움 때문만은 아니었다.

그다음 부대인 2듕대 1단대를 앞으로 보내고, 그는 마지막 부대를 찾았다. 왕부영이 이끄는 5등대 2단대였다.

그를 보자, 왕이 반갑게 달려 나왔다.

"왕 대쟝."

"녜, 원슈님."

"왕 대쟝 부대난 후위니, 뒤를 이대 살피쇼셔." 얼굴에 웃음을
띠면서, 그는 덧붙였다. "뒤헤 떨어딘 사람이 없나 늘 살피쇼셔."

"녜, 원슈님." 왕이 따라 웃음을 지었다. "이대 알겠압나니이
다."

"원래 군대애셔 후위를 맛단 부대난……"

"원슈님," 뒤쪽에서 누가 숨찬 소리로 다급하게 불렀다. 돌아다
보니, 김을산이 달려오고 있었다.

"녜, 김 대쟝." 속에서 뭉클 솟는 두려움을 누르면서, 그는 차분
한 목소리로 대꾸했다. "므슴 일이시니잇가?"

"원슈님," 몇 걸음 앞에서 걸음을 늦춰 숨을 고르면서, 김이 거
친 목소리로 말했다. "대흥 녁에셔 슈샹한 군대 나타났압나니이
다. 시방 현텽 녁으로 가고 이시압나니이다."

문득 멍해진 머리에서 나온 차가운 생각 한마디가 비어가는 가
슴속에 메아리쳤다, '기습당했구나.'

그의 마음이 흔들리는 것을 느낀 듯, 말이 불안하게 발을 놀렸다.

그는 마음을 다잡았다. "슈샹한 군대라. 김 대쟝, 관군 갇하더니
잇가?"

"녜, 모도 전복알 입었압나니이다."

"몇이나 다외더니잇가?"

"아조 많아셔, 헬 수도 없압나니이다. 백 사람도 넘을 닷하압나니이다."

"백 사람? 시방 그 군대 어듸 이시나니잇가?" 그는 흘긋 앞쪽을 둘러보았다. 말 위에선 멀리까지 보였지만, 무한쳔의 둑이 높아서, 아무것도 보이지 않았다.

"시방 말뫼다리랄 건너고 이시압나니이다." 김이 따라서 뒤를 돌아다보았다. "이제 거의 다 건넜을 새압나니이다."

"알겠나이다. 김 대쟝, 함끠 가보사이다. 그러하면, 왕 대쟝……" 왕부영에게 고개를 끄덕여 보이고서, 그는 말을 몰아 앞으로 나섰다.

"원슈님, 엇디하여야 하압나니잇가?" 김이 급히 따라오면서 걱정스럽게 물었다.

긴장으로 뻣뻣하게 느껴지는 얼굴에 억지로 웃음을 올리고서, 그는 김을 돌아다보았다. "몬져 다리애 가셔 엇더한디 살펴보사이다. 그리하고셔 김항렬 총독애게 알리사이다."

"녜, 원슈님." 여전히 걱정스러운 얼굴로 김이 고개를 끄덕였다.

자꾸 조급해지는 마음을 누르면서, 그는 김을산이 쉽게 따라올 수 있도록 천천히 말을 몰았다. 그래도 처음의 충격에서 좀 벗어나, 마음이 차분해졌다. 그는 찬찬히 상황을 따져보았다.

'도대체 그 군대는 어디서 왔나? 백 명이 넘는다는 군대가 갑자기 나타나다니……' 그는 고개를 저었다. '대흥 쪽에서 왔다면, 공쥬에서 왔나? 대흥현에 백 명이나 되는 군대가 있을 리는 없고. 홍쥬나 해미에서 온 군대가, 우리가 이 길을 차지한 것을 보고서, 딴 길로 돌아갔나? 그것도 이치에 맞지 않고……'

곧 다리에 닿았다. 다행히, 다리 이쪽에 있는 병사들과 다리를 건너는 병사들은 가까운 곳에 수상한 군대가 나타났다는 것을 모르는 눈치였다. 아직까진 다리 건너편에 있는 척후 참모부만 그것을 아는 듯했다. 그는 김을산의 침착함과 신중함이 크게 고마웠다.

"원슈님, 뎌긔……" 김이 손으로 가리켰다. "뎌긔 말뫼다리애……"

말뫼다리는 읍내 동쪽 산줄기에서 나와 무한천으로 합쳐지는 시내에 걸쳐진 조그만 나무다리로 대흥현에서 례산 읍내로 들어오는 길목이었다.

"녜." 그러나 여기서 말뫼다리는 너무 멀어서, 사람들의 모습을 제대로 분간할 수 없었다.

'오 리는 넘겠다. 누가 봤는지, 용케도 찾았다. 나처럼 눈이 나쁜 사람은……' 그는 쌍안경을 들었다.

김이 보고한 것은 대체로 옳았다. 적어도 60명은 되어 보이는 군대였는데, 병사들은 다리를 거의 다 건넜고, 앞머리는 벌써 현텽 쪽으로 향하고 있었다. 바람에 건들거리는 붉은 깃발이 둘레에 음산한 기운을 뻗쳤다. 다행히, 뒤따르는 군대가 있는 것 같지는 않았다.

그는 슬그머니 안도의 한숨을 내쉬었다. '그만해도 다행이다. 한 팔십 명? 딴 데 숨은 사람들이 없다면, 백 명까진 안 될 것 같고. 말뫼다리에서 현텽까지 오리 길은 될 테니, 걸음이 빠른 사람을 보내면, 김 총독이 충분히 대비할 수 있겠다.'

"뉘 몬져 뎌 군대랄 보았나니잇가?" 그는 걱정스러운 얼굴로 올려다보는 김에게 물었다.

"황구용이니이다."

"아, 녜." 그는 고개를 끄덕였다. 황구용은 걸음도 빨랐지만 눈이 밝기로도 이름이 있었다.

"아조 잘하샸나이다. 훈쟝감이로소이다."

"녜?" 김이 흘긋 올려다보았다.

"아, 훈쟝안 싸홈터에셔 맛단 일을 아조 잘한 군사달헤게 주는 샹이니이다. 이번에 슈상한 군대랄 빨리 찾아낸 공이 매이 크니, 내죵애 쳑후 참모부 여러분들끠 훈쟝알 드릴 생각이니이다."

"아, 녜." 김이 싱긋 웃고서 다시 수상한 군대를 살폈다.

그는 다리를 건너는 챵의군 병사들을 살폈다. 좁은 나무다리를 건너는 데 시간이 걸려서, 부대들은 점점 한데 뭉치고 있었다. 말 탄 사람들은 모두 말에서 내려 말을 이끌고 있었다. 쳔영셰가 먼저 조심스럽게 다리 위로 올라섰다. 튼실하지 못한 다리라, 말이 건널 때는 조심해야 했다.

그도 마음을 정하고 말에서 내렸다. "김 대쟝."

"녜, 원슈님."

"이제 현텽으로 가쇼셔. 현텽에 가셔셔 김항텰 총독애게 슈상한 군대 대홍 녁에셔 오고 이시다고 알리쇼셔."

"녜, 원슈님."

"그리하시고…… 나난 여긔 군사달할 잇글고셔 뎌 군대랄 뒤헤셔 들이티겠나이다. 김 총독끠 그리 니르쇼셔."

"녜, 원슈님. 이대 알겠압나니이다."

"그리다외면, 뎌 군대난 앎뒤로 싸화야 하니, 견대기 어려울 새니이다."

"녜, 원슈님." 김이 한결 밝아진 낯빛으로 고개를 끄덕였다.

"안졍훈과 함끠 말알 타고 가쇼셔. 그 말이 힘이 됴하니, 둘이 타도 다외얄 새니이다."

"녜. 그러하오나 뎌 관군들히……"

"아, 김 대쟝끠셔 가실 길은…… 신챵 녘에셔 샤단고개랄 넘어 현텽으로 오난 길이 이시나이다?"

"녜, 원슈님."

"그 길로 가쇼셔. 길이 죠곰 멀디마난, 말알 타면, 뎌 군대보다 몬져 현텽에 닿아실 새니이다."

김을산이 안졍훈과 함께 말을 타고 떠났을 때는, 다리를 건넌 병사들 사이에 수상한 군대가 나타났다는 얘기가 퍼졌다. 병사들은 동쪽을 가리키며 웅성거렸지만, 크게 겁을 먹은 것처럼 보이는 병사는 없었다.

병사들이 모두 다리를 건너자, 그는 부대장들을 불렀다. 걱정과 흥분이 뒤섞인 낯빛으로 그의 얼굴을 살피는 그들을 보자, 그는 김항텰이 없는 것이 무척 아쉬웠다. 김이라면 이럴 때 차분한 자신감을 보일 터였고, 그런 자신감은 다른 사람들의 마음을 진정시킬 터였다.

"이믜 아시겠디마난, 대흥 녘에셔 슈상한 군대 하나이 나타났나이다. 시방 안 말뫼다리랄 건너셔 동녘으로 가고 이시나이다. 아마도 현텽으로 가난 닷하나이다." 그는 짐짓 마른 목소리로 사무적인 말투를 썼다.

류갑슐이 흘긋 말뫼다리 쪽을 돌아다보려다가 멈추고서 멋쩍은 웃음을 지었다.

"그 군대 므슴 군대인디, 어듸셔 왔난디 아직 모라나이다. 그러하나 현텽으로 가난 것을 보면, 우리 챵의군과 싸호려 온 군대인 닷하나이다. 그러모로 우리는 그 군대와 싸홀 쥰비를 하여야 하나이다."

"원슈님, 그 군대난 얼머나 다외나니잇가?" 왕부영이 물었다.

"너모 멀어셔 자셔히 알 수는 없디마난, 젹으면 여슌 명, 많아면 여든 명…… 백 명은 채 못 다외난 닷하나이다. 뒤혜셔 딸오난 군대도 없는 듯하나이다."

사람들이 서로 쳐다보면서 고개를 끄덕였다. 사람들의 낯빛이 좀 풀린 듯도 했다.

"그러하야셔 김을산 대쟝알 현텽으로 보내얏나이다. 쥰비하라고." 그는 황구용을 가리켰다. "시방 쳑후 참모부는 황 대쟝이 잇그시나이다."

황이 열쩍은 웃음을 얼굴에 띠었다.

"뎌 슈상한 군대랄 맨 몬져 본 사람이 바로 황 대쟝이시니이다. 아조 큰 공알 셰우셨나이다."

사람들의 눈길이 자기에게 쏠리자, 황은 기쁨과 수줍음으로 벌게진 얼굴을 돌렸다.

"김을산 대쟝이 말알 타고 갔아니, 현텽에 이시난 우리 군대 미리 알고셔 슈상한 군대랄 맞알 쥰비를 할 새니이다. 김을산 대쟝

보고 내 뜯을 김항텰 총독애게 니르라 하얐나이다. 내 뜯은," 그는
잠시 뜸을 들였다. "뎌 슈상한 군대이 현텽을 티는 사이 우리 뒤헤
셔 갑작도이 나타나셔 들이티난 것이니이다. 그리하면, 군은 앞뒤
로 싸화야 하니, 견댈 수 없을 새니이다. 혹시 물어보실 것이 이시
나니잇가?"

사람들은 고개를 끄덕이면서 서로 쳐다보기만 했다. 궁금한 것
들이 많기야 하겠지만, 정작 물음을 입 밖에 낼 것 같지는 않았다.

"우리는 앗가텨로 행군할 새니이다. 맨 앞애 황 대장이 잇그시
는 쳑후 참모부가 나아가고, 그 뒤헤 셩 대쟝의 근위 단대 셔고, 그
뒤헤 박 대쟝의 일듕대 일단대 셔고. 다시 그 뒤헤 쳔 대쟝의 륙듕
대와 류 대쟝의 이듕대 일단대 셔고. 후위는 왕 대쟝의 오듕대 이
단대 맛고. 아시겠나니잇가?"

"녜, 원슈님," 모두 힘이 들어간 목소리를 냈다.

"우리 현텽에 니르러셔 싸홀 쥰비를 할 때난, 륙듕대의 여섯 사
람하고 나이 앞애 셔겠나이다. 그리하야 말 탄 사람 닐굽이 몬져
뎍병을 텨셔 짓밟아면, 남아지 사람달히 함끠 달려드쇼셔. 물어보
실 것이 이시나니잇가?"

사람들이 다시 서로 쳐다보았다. 셩묵돌이 머뭇거리다가 어렵사
리 입을 열었다. "그리다외면, 원슈님끠셔…… 혹시 원슈님끠 므
슴 일이 닐어날디도……"

그는 웃음을 지었다. "물론 나애게 므슴 일이 닐어날 수도 이시
니이다. 싸홈터헤셔 군사이 다티거나 죽는 일안 상녜 닐어나난 일
아니잇가?"

334

"그러하오나," 이번에는 왕부영이 말했다. "원슈님끠 므슴 일이 삼기면, 참아로 큰일이압나니이다. 원슈님, 쇼쟝달히 앏셔셔 싸홀 새니, 원슈님끠셔는 뒤헤셔 쇼쟝달할 지휘하쇼셔."

사람들이 일제히 고개를 끄덕였다.

"왕 대쟝 말쌈이 옳안 말쌈이시니이다," 박초동이 거들었다.

"아니이다. 나이 여러분들희 뜻을 모라난 배 아니디마난, 이런 때애난 쟝슈이 앏애 셔야 하나이다. 그리하고 시방 안 기병 한 사람이 아쉬운 판이니이다. 나난 기병대랄 잇글고셔 격병을 티겠나이다. 쳔 대쟝."

"녜, 원슈님." 생각에 잠긴 얼굴로 구레나룻을 쓰다듬던 쳔이 자세를 고치고 그를 바라보았다.

"쳔 대쟝끠셔는 엇디 생각하시나니잇가? 몬져 류둥대의 기병으로 적병을 티난 것을?"

개기름 흐르는 쳔의 얼굴에 느긋한 웃음이 배어 나왔다. "쇼쟝의 생각애난 원슈님 생각이 됴하신…… 쇼쟝안 원슈님을 딸와 격병을 티겠압나니이다." 쳔은 입맛을 다시면서 손에 든 채찍을 만지작거렸다.

"그러하면 그리 명하사이다. 더 물어보실 것이 이시나니잇가?"

성묵돌이 무어라고 말하려다가 그만두었을 뿐, 다른 사람들은 말이 없었다.

"그러하면 돌아가셔셔 부대원들헤게 시방 여긔셔 나온 녜아기 달할 알려주쇼셔."

자기 부대로 돌아가는 부대장들을 먼 눈길로 바라보면서, 그는 곧 현형 둘레에서 벌어질 싸움의 모습을 상상해보았다. 이번 싸움의 결정적 요소는 그가 지금 거느린 부대의 기습이었고, 그 기습의 가장 중요한 부분은 일곱 기병들의 돌격일 터였다.

'기병들보고 죽창을 갖추라고 한 것이 아주…… 다 정함장님 덕분이지.' 그리움과 고마움으로 그는 '황주'호를 지휘하던 정기덕 장군의 모습을 떠올렸다. 정대령은 승무원들이 언제나 싸울 준비를 갖추도록 했다. 심지어 잠수함이 모항으로 돌아갈 때도 전투태세를 갖추도록 했다.

그는 자신이 정 장군에게 품은 감정들 속에 부끄러움이 거의 사라졌다는 것을 깨달았다. 부끄러움이 있어야 할 곳에 자랑스러움이 파릇한 싹처럼 돋아 있었다. 그가 배우고 익힌 군사적 교훈들을 잘 실천하고 있다는 자랑스러움이.

그는 거기에 더 머물려는 생각을 끌어당겨서 다가올 싸움으로 돌렸다. '문제는 재편성인데…… 재편성은 아무래도 어렵겠지. 비록 말을 잘 다루지만, 기병으로 훈련받은 사람들은 아니니. 돌격해서 한번 흐트러지면, 다시 모이길 기대할 순 없겠지. 게다가 기병들이 맘대로 움직일 만큼 싸움터가 넓은 것도 아니고. 뒤에선 보병들이 밀어닥칠 테고. 그러니 첫 돌격으로 충분하길 기도하는 수밖엔……'

가벼운 한숨이 새어 나왔다. 모반의 길은 힘든 고비의 연속이었다. 그는 고개를 돌려 기병들을 찾았다.

6등대의 기병들은 한 손으로는 고삐를 쥐고 다른 손으로는 죽창을 잡고 나란히 서 있었다. 천영세가 손짓을 하면서 무엇을 설명했다.

둘러보니, 부대장들이 부대원들에게 사정을 제대로 알린 것처럼 보였다. "셩 대쟝."

"녜, 원슈님."

"모도 이리 모호이개 하쇼셔. 나이 할 녜아기 이시나이다."

곧 병사들이 그의 둘레로 모여들었다. 모두 흥분과 기대와 두려움이 뒤섞인 낯빛으로 그를 훔쳐보고 있었다. 그는 병사들이 땅바닥에 편히 앉도록 했다.

"여러분," 병사들이 자리를 잡아서 좀 조용해지자, 그는 차분하게 말했다. "시방 사정이 엇더한디 여러분들도 잘 아시리라 밋나이다. 마참내 우리 기다리던 때 왔나이다. 군사애게는 싸홈터에 나가셔 싸호난 일보다 더 죵요롭고 흐뭇한 일이 없나이다."

아무도 움직이지 않았다. 아무 소리도 나지 않았다. 긴장된 얼굴들 위에 포근한 봄 햇살만 조용한 몸짓으로 내리고 있었다. 하류 쪽에서 갈매기 한 마리가 한가롭게 날아왔다.

"잇다가 싸홈이 벌어디면, 나이 류듕대의 기병들과 함끠 앒애 셔셔 격군을 티겠나이다. 나이 그리하면, 여러분들끠셔는 앒아로 달려나가셔 격병들흘 티쇼셔. 아시겠나니잇가?"

"녜," 부대장들과 몇몇 병사들이 대꾸했다.

"여러분, 아시겠나니잇가?" 그는 큰 소리로 되물었다.

"녜에," 이번에는 거의 모든 사람들이 대꾸했다.

"챵의군 여러분, 아시겠나니잇가?" 그는 주먹 쥔 손을 힘차게 치켜들었다.

"녜에에," 크고 자신에 찬 함성이 나왔다.

"우리 젹군을 이기면, 내죵애 사람달한 두고두고 이번 싸홈알 녜아기할 새니이다. 여러분들끠셔는 내죵애 여러분들희 자식들콰 손자달해게 오날 이셨던 일을 녜아기하야주게 다욀 새니이다. 시방 일이 그러하다난 것을 닛디 마쇼셔. 여러분들겫셔 내죵애 자식들콰 손자달해개 여러분들히 오날 얼머나 용감하게 싸홨나 녜아기하야주려면, 몬져 용감하개 싸화셔 이긔어야 하나이다. 아시겠나니잇가?"

"녜에."

"우리 젹군을 틸 때, 모도 태평쇼 소래애 맞초아 달여나가사이다." 그는 날라리를 들고 옆에 선 셩묵돌을 돌아다보았다. "셩 대쟝."

"녜, 원슈님."

"공격 군호랄 올여보쇼셔."

"녜." 셩이 날라리를 들어 입에 댔다.

급박한 가락 한 마디가 나왔다. 그가 아침에 가르쳐준 것이었다. 날라리 소리는 군대 나팔 소리에 비길 것은 아니었지만, 듣는 이를 앞으로 몰아붙이는 힘이 있었다.

"시방 들으신 가락이 공격 군호이니이다. 모도 앒아로 달여나가셔 젹군을 티라난 군호이니이다. 이 군호가 나오면, 여러분들끠셔는 젹병들홀 향하야 달여 나가쇼셔. 아시겠나니잇가?"

"녜에."

"그리하시고…… 젹군을 향하야 달여 나가실 때, 모도 '챵의군'

하고 웨쇼셔. 젖 먹던 힘까장 내어셔 크게 웨쇼셔. '챵의군' 하고
격병들회 간이 떨어디게 웨쇼셔. 아시겠나니잇가?"

"녜에." 대답이 우렁찼다.

"그러하면 여긔셔 한번 해보사이다. 셩 대쟝, 다시 공격 군호랄
올이쇼셔."

날라리 소리가 나오자, 그는 등에 멘 칼을 뽑아들고 외쳤다, "챵
의구운."

"챵의구운," 병사들이 한껏 지르는 소리가 햇살의 장막을 걷어
올리면서 하늘로 날아올랐다. 그사이에 다리를 넘은 갈매기는 싸
움터 쪽으로 먼저 날아가고 있었다.

현텽이 가까워지자, 소리는 점점 커졌다. 고함과 비명에 쇳소리
가 섞였다. 그 수상한 군대와 현텽을 지키는 챵의군 사이에 싸움이
벌어진 것이 분명했다. 그러나 아직은 집들에 가려서, 싸움터는 제
대로 보이지 않았다.

당장 앞으로 달려나가서 싸움이 어떻게 되었는지 알아보고 싶은
생각을 누르면서, 그는 전투 서열에 맞추어 부대를 배치했다. 기병
대인 6듕대가 앞으로 나왔다. 박초동의 부대는 좌익이 되고, 류갑
슐의 부대는 우익이 되고, 왕부영의 부대는 후위가 될 터였다.

"원슈님." 황구용이 달려왔다.

"녜. 엇더하나니잇가?"

"관군이 현텽 담알 에워싸고 이시압나니이다. 안애셔 우리 군사
달히 돌알 더디고 살알 쏘고 이시압나니이다."

"아, 녜. 황 대쟝, 관군이 우리 여긔 온 줄 아나니잇가?"

잠시 생각하더니, 황이 고개를 저었다. "아마도 모라난 닷하압나니이다."

"관군이 한대 몰여 이시더니잇가, 아니면, 흩어뎌 이시더니잇가?"

"현텽 문 앒애 많이 몰여 이시더니이다. 문을 바사난 닷하압나니이다."

그는 고개를 끄덕였다. "슈고하샸나이다. 돌아가셔셔 이대 살펴쇼셔."

"녜, 원슈님." 황이 부리나케 돌아갔다.

'잘하는 데. 지휘관감이다.' 그는 황의 뒷모습에 대고 고개를 끄덕였다. 김을산이 없는 동안 쳑후 참모부를 이끌게 되자, 황의 숨은 자질이 나오고 있었다.

부대들이 제대로 배치되자, 그는 왕부영을 찾았다. "왕 대쟝."

"녜, 원슈님."

"앗가 녜아기한 것텨로, 왕 대쟝 부대난 예비대니이다, 예비대. 혹시 급한 곳이 삼기면, 그곳아로 들어갈 부대니이다. 공격 군호가 올아고셔 우리 군사달히 앒아로 달여나가면, 왕 대쟝 부대난 쳔쳔이 걸어 나아가쇼셔, 만일 우리 군대가 밀이는 곳이 이시면, 왕 대쟝끠션 부대랄 그리로 다리고 가셔셔 밀어브티쇼셔. 므슴 일이 이셔도, 우리 군대 젹군에게 밀이디 아니하개 하쇼셔. 아시겠나니잇가?"

"녜, 원슈님. 잘 알겠압나니이다."

"왕 대쟝의 임무는 어렵고 종요롭나이다. 예비대랄 언제 어듸에 쓰느냐 하난 것은 원래 쟝슈가 뎡하난 일이니이다. 이번 싸홈애셔 우리 챵의군이 이기고 디난 것은 왕 대쟝끠셔 어드리 하시느냐애 많이 달렸나이다. 나이 왕 대쟝끠 후위를 맛디난 뜻을 아시겠나니잇가?"

"녜, 원슈님. 원슈님 말쌈 잘 알겠압나니이다," 왕이 결의에 찬 얼굴로 목소리에 힘을 주어 대꾸했다.

"그러하면, 왕 대쟝, 싸홈이 끝난 뒤혜 보사이다." 그는 말 위에서 몸을 숙여 왕의 눈을 들여다보았다.

"녜, 원슈님." 왕의 낯빛이 한순간 흔들렸다.

그가 몸을 바로 하자, 왕은 감정이 북받쳐 삐걱거리는 목소리로 덧붙였다, "원슈님, 부대 조심하쇼셔."

웃는 얼굴로 왕과 부대원들에게 고개를 끄덕여 보인 다음, 그는 말 머리를 돌렸다. 쟝복실에서 싸움을 앞두고 김항텰과 나누었던 얘기가 떠올랐다. '이번 싸움이 끝난 뒤, 우리가 다시 웃고 만날 수 있을까?'

그가 기병대가 선 곳으로 나오자, 쳔영셰가 그를 맞으면서 그의 얼굴을 살폈다.

"자아, 앒아로 나아가사이다."

"녜, 원슈님." 쳔이 부대원들을 돌아다보더니 팔을 휘둘러 앞을 가리켰다. "자아, 앒아로."

그들은 천천히 나아가기 시작했다. 길이 넓지 않아서, 기병들은 겨우 둘이 함께 설 수 있었다. 그가 앞장을 서고 바로 뒤에 쳔과 안징이 따랐다.

척후들이 몸을 숨긴 곳을 지나 골목길에서 나오자, 싸움터의 한껏 달아오른 광경이 그를 후려쳤다. 정신이 어찔했다. 두려움으로 오그라든 가슴에서 맥박만 거세게 뛰고 있었다. 입안은 바짝 말랐는데, 고삐와 죽창을 잡은 손바닥에는 땀이 배었다. 한순간 그는 말을 타고 그대로 도망치는 자신의 모습을 떠올렸다.

마음을 다잡으면서, 그는 손바닥의 땀을 비행복 바지에 문지르고 고삐를 고쳐 잡았다. 그사이에도 싸움터의 상황이 눈에 점점 또렷이 들어왔다.

언뜻 보기엔 현령을 공격하는 관군이 우세한 듯했다. 병력도 많았고, 군복 차림을 한 관군들은 군사다웠다. 현령 안에서 막아내는 챵의군 병사들은 차림부터 군사답지 않았다.

그러나 싸움이 챵의군에게 불리하지 않다는 것이 차츰 드러났다. 관군의 공격은 조직적이 아니었다. 진영은 활기차다기보다 혼란스러웠고, 정문인 삼문(三門) 앞에 너무 많은 병사들이 몰려 있었다. 공격에 가담하지 않고 허둥대고만 있는 병사들도 적잖았다. 큰 병력을 이용하여 일제히 담을 넘으려 하지 않고 모두 삼문을 부수고 들어가는 데 마음을 쏟고 있었다.

반면에, 담 안쪽에서 막아내는 챵의군의 움직임엔 질서가 있었다. 쉬지 않고 돌과 화살이 날아와서, 관군들을 삼문 쪽으로 몰고 있었다. 관군 쪽에서 일제히 담을 넘으려는 시도가 나오지 않도록 유도하는 듯했다. 챵의군이 당황하지 않는다면, 담으로 둘러싸인 현령을 치는 관군보다 지키는 챵의군이 유리할 터였다.

'역시 김 총독이……' 문득 자신감이 가슴을 채우는 것을 느끼면서, 그는 망루 위에 선 사람들을 살폈다. 왼쪽에 선 사람은 김항렬 같았다. 그는 그들에게 손을 흔들었지만, 그들은 그를 보지 못한 듯했다.

그는 눈길을 돌려 관군의 지휘관을 찾았다. 정문 가까이 융복을 입고 말을 탄 사내들이 셋 있었다. 그들 가운데 맨 뒤에 선 사람이 지휘관으로 보였다. 바로 뒤에 몸집이 큰 병사가 붉은 깃발을 치켜들고 있었다.

'당신은 내가 맡겠소.' 적수를 보자, 문득 가슴속에서 싸울 뜻이 솟구쳤다.

그는 꽤나 아쉬운 마음으로 골목 어귀에서 스무 걸음쯤 되는 곳까지 나아갔다. 부대들이 전투 대형으로 서려면, 그만한 터는 있어야 했다. 그러나 현령까지의 거리가 얼마 되지 않아서, 말들이 속력을 내기 어려웠다. 그나마 오르막길이었다. 그래서 스무 걸음을 잃는 것이 무척 아쉬웠다.

그는 다시 망루를 향해 손을 흔들었다.

이번에는 두 사람 모두 그를 향해 손을 흔들어 대답했다. 손짓을 하니, 두 사람을 분간하기 쉬웠다. 한 사람은 신경슈고 다른 사람은 김항렬이었다. 김이 아래를 향해 무어라고 외쳤다.

다른 기병들이 그의 옆에 섰다. 천영세가 왼쪽에 서고, 안징이 오른쪽에 섰다. 이어 다른 부대들이 제자리를 찾아 자리잡았다.

그들이 내는 소리에 뒤쪽에 쳐진 관군 하나가 흘긋 돌아다보았다. 그들을 보자, 그 병사의 몸이 얼어붙었다. 벌린 입을 몇 번 소리 없이 놀리더니, 문득 몸이 풀린 듯, 앞으로 달려 나가면서 무어라고 외쳐댔다.

그는 관군의 지휘관을 가리켰다. "나난 뎌긔 융복알 입안 사람알 향하야 달이겠나이다. 두 분끠셔는 나애개 마초아 달이쇼셔."

"녜, 원슈님."

"그러하면," 그는 등에 멘 칼을 빼어들고 바로 뒤에 선 셩묵돌을 돌아다보았다. "셩 대쟝, 공격 군호랄 올이쇼셔."

"녜, 원슈님." 셩이 날라리를 입에 댔다. 사람들을 몰아붙이는 급박한 가락이 나왔다.

관군 몇이 돌아다보고 놀라서 그 자리에 얼어붙었다.

그는 칼을 높이 치켜들고 외쳤다, "챵의구운." 이어 칼로 앞으로 가리키면서, 말을 몰기 시작했다.

"챵의구운," 우렁찬 소리가 따라왔다.

말이 차츰 속력을 내기 시작했다. 그는 말을 탄 관군의 지휘관을 향해 말을 몰았다. 다른 기병들은 그의 지시대로 죽창을 옆구리에 끼고 그와 나란히 달렸다.

관군 지휘관이 흘긋 돌아다보았다. 잠시 놀라서 입을 벌린 채 밀려오는 군대를 바라보다가, 정신을 차리고서, 말을 돌려세웠다.

그는 다시 칼을 치켜들었다. "챵의구운."

"챵의구운," 아까보다 훨씬 묵직하게 느껴지는 함성이 그의 등을 밀었다.

이제 말이 속력을 얻어서, 두 군대 사이의 거리는 이내 없어졌다. 잿빛이 된 관군 지휘관의 얼굴이 또렷해졌다.

그 사람이 말을 옆으로 돌렸다. 도망치려는 생각이었지만, 이미 너무 늦었다. 일곱 기병들이 덮치면서, 안징의 창에 찔려 그 사람은 말에서 굴러 떨어졌다.

그의 바로 앞에 패랭이를 쓰고 검은 옷을 입은 병사가 있었다. 두려움과 절망으로 일그러진 얼굴이 그의 눈에 들어왔다. 그 병사는 거의 기계적으로 칼을 치켜들었다.

그는 칼을 슬쩍 휘둘러 그 병사의 목을 쳤다. 슬쩍 쳤지만, 달려온 관성이 있어서, 그 병사는 그대로 쓰러졌다.

칼을 맞은 살의 느낌이 칼로 전해오면서, 짐승스러운 기쁨이 그의 몸을 가득 채웠다. 벌겋게 달아오른 그의 마음이 부르짖었다, '한 놈 죽였다.'

갑자기 흉흉한 기세로 닥친 기병들 앞에서 관군 병사들은 대항할 생각조차 하지 못하고 흩어졌다. 나머지 일은 뒤에서 닥칠 보병들이 할 터였다.

그는 현령 담 앞에서 가까스로 말을 멈추었다. 바로 옆에서 천영세가 여유 있는 몸짓으로 말을 돌려세우고 있었다.

'이겼구나. 기병대의 돌격으로 단숨에.'

그가 새로운 표적을 찾아 말을 돌리는데, 삼문이 열렸다. 칼을 빼어 든 김항렬을 머리로 안에 있던 챵의군 병사들이 뛰쳐나왔다.

"그러하시면, 원슈님, 자디 별이 둘히고, 노란 별이 열하나이고, 파란 별이 스믈여슷이니이다." 기억을 되살리면서, 월매가 다짐했다.

"녜. 둘헤 열하나애 스믈여섯. 맞나이다." 수첩을 보면서, 언오는 확인했다. "그러나한디, 최 대쟝."

기생 노릇을 했던 여인들도 이제는 성을 되찾거나 새로 갖추었다. 월매는 최씨를 골랐고, 강션은 김씨를 골랐다.

"녜, 원슈님."

그에겐 자신의 얼굴을 더듬는 그녀 눈길이 대견스러운 동생의 모습을 바라보는 누나의 그것처럼 부드럽게 느껴졌다. 누님이라 부르고 싶은 충동이 마음 한구석에서 꼬물거렸다.

"훈쟝알 더 맹갈아실 수 이시면, 슈고로오시더라도, 겸 많이 맹갈아두쇼셔." 싱긋 웃으면서, 그는 덧붙였다. "앎아로 싸홈이 여러

번 이실 새니, 훈쟝도 많이 이셔샤 다월 닷하나이다."

"녜, 원슈님. 이대 알겠압나니이다." 그의 웃음에 뜻밖에도 맑은 웃음으로 대꾸하고서, 그녀는 두 손으로 바닥을 짚고 가볍고 우아하게 절했다. "그러하오시면 쇼녀난…… 쇼쟝안 이만 믈러나겠압나니이다."

"녜. 이리 밧바개 하난 것이 미안하디마난, 유시(酉時)까장안 맹갈아주쇼셔."

의약 단대에서 훈쟝을 만들어달라고 단대쟝 월매에게 부탁한 참이었다. 훈쟝 수여식은 저녁 식사가 끝난 뒤에 있을 예정이었다. 의약 단대는 싸움에서 다친 사람들을 보살피는 일만으로도 바빴지만, 지금 천이나 반짇고리를 가진 사람들이 대부분 의약 단대에 들었으므로, 어쩔 수 없었다.

"녜, 원슈님. 분부대로 거행하겠압나니이다." 폭 넓은 치마를 맵시 있게 여미며, 그녀가 일어섰다.

월매가 마루로 나가자, 그는 옆에서 기다리던 리산응에게로 몸을 돌렸다. "리 대쟝, 보사이다."

"녜, 원슈님. 여긔……" 리가 그에게 문서를 건넸다.

현텽을 공격했던 관군에서 죽거나 붙잡힌 군사들에 관해 참모부에서 만든 명단이었는데, 필요한 사항들이 제법 자세히 적혀 있었다. "이대 다외얐나이다. 리 대쟝끠셔 슈고랄 많이 하샸나이다."

"아, 아니압나니이다." 그의 얼굴을 흘긋 살피면서, 리가 수줍은 웃음을 지었다.

그는 그 문서를 찬찬히 두 번 읽었다. 그러고는 문서를 리 앞으로 돌려놓고 거기 적힌 이름들 가운데 하나를 짚었다. "여긔 이 사람. 하균. 병방 셔원. 이 사람이 이번 일을 잘 알 닷하나이다. 이 사람알 문초하사이다."

"녜, 원슈님." 리가 이름을 확인했다. "하균이라. 원슈님, 이 사람알 시방 블러오리잇가?"

"녜. 그리하쇼셔." 그는 이내 일어서는 리를 미안하고 고마운 마음으로 올려다보았다. 모두 정신없이 바쁜 판이긴 했지만, 사회적 신분으로 보나 챵의군 안에서의 위치로 보나, 리는 포로를 데려오는 일처럼 사소한 일들을 마다할 만도 했다.

제비 한 마리가 날아들어서 처마에서 퍼덕거렸다. 어제부터 제비 한 쌍이 동헌 치마에 집을 짓고 있었다. 곧 다른 제비가 날아들었다.

새 보금자리를 마련하는 새들의 모습은 이내 귀금이 생각을 불러왔다. '난 언제 귀금이하고…… 언제 싸움이 다 끝나고, 내가……'

새들이 다시 나간 뒤에야, 그는 정신을 차렸다. 한숨을 내쉬고서, 그는 손에 든 문서에 억지로 마음을 모았다.

'보자. 넷이 죽고, 열둘이 다쳤고, 열아홉이 붙잡혔다. 모두 일흔가량 됐다니, 반이 도망쳤나? 어쨌든, 일흔이나 되는 정규군을 단숨에 깨뜨렸으니, 문자 그대로 오합지졸인 군대치고는 썩 잘한 셈인데……'

현텽을 둘러싼 싸움은 챵의군의 온전한 승리로 끝났다. 먼저, 그가 이끈 부대의 기습은 완벽했다. 현텽을 에워쌌던 군대는 자신들의 뒤에 마흔 명이나 되는 군대가 있다는 것을 몰랐고 대비할 겨를이 없었다. 다음엔, 그가 이끈 기병대의 돌격은 그들의 전열을 완전히 깨뜨렸다. 그가 이끈 부대와 현령을 지키던 부대 사이에 끼어 제대로 칼 한번 휘둘러보지 못하고 무너졌다. 말을 탄 세 사람도 저항할 생각을 하지 않고 도망쳤다. 자연히, 쟝의군이 입은 손실은 아주 작아서, 두 사람이 가볍게 다쳤을 따름이었다.

그 군대는 대홍현에서 온 관군이었다. 대홍현감이 례산현에 민란이 일어났다는 소식을 듣고서 자신이 거느린 사람들만을 모아서 급히 달려온 것이었다.

놀라서 말 머리를 돌리던 그 사람의 모습이 떠올랐다. 비록 기습에 놀라 도망치려다가 안징의 창에 찔려 죽었지만, 자신의 관할 구역이 아닌 례산현까지 스스로 군대를 이끌고 온 것을 보면, 책임감이 있고 용감한 수령이었다.

'만일 이것이 여느 민란이었다면, 그렇게 재빠른 반응은 성공적이었을 테지. 그 사람에겐 불행하게도, 이것은 여느 민란이 아니고……' 그는 가슴을 폈다.

리산응과 김을산이 오라에 묶인 사람 하나를 데리고 왔다. 서른댓쯤 된 사내였는데, 전복은 찢어진 데다가 맨상투 바람이었다.

"원슈님, 다려왔압나니이다." 섬돌을 올라온 리가 말했다.

"녜." 그는 자리에서 일어나 마루로 나왔다. "뭇끈 것을 풀어주쇼셔. 그리하시고 이리로 올아오게 하쇼셔."

리가 무슨 말을 할 듯하다가 잠자코 돌아섰다. "김 대쟝, 오라랄 플어주게."

"녜, 얼우신." 김이 무심코 말하더니, 자신이 군대에 어울리지 않는 호칭을 썼다는 것을 깨닫고, 얼굴을 붉히면서 목을 긁었다.

김이 오라를 풀자, 그 사람은 잠시 어리둥절한 낯으로 동헌 마루에 있는 사람들을 살폈다. 그러고는 줄에 묶였던 곳을 문지르기 시작했다.

"김 대쟝, 그 사람알 이리로 올여보내게," 리가 말했다.

"네." 김이 그 사람에게 동헌으로 올라가라고 손짓했다.

잠시 김과 동헌에 있는 사람들을 번갈아 쳐다보더니, 그 사람은 조심스럽게 앞으로 나왔다.

"이리 올아오쇼셔," 그는 섬돌을 올라온 그 사람에게 말했다. 뒤에 선 셩묵돌의 긴장하는 몸짓이 느껴졌다.

그의 태도가 뜻밖이었는지, 그의 얼굴을 살피는 그 사람의 낯빛이 흔들렸다. 그러나 곧 읍하고서 대꾸했다. "네."

자리를 잡고 앉자, 그는 그 사람에게 물었다. "다티신 대난 없나니잇가?"

그의 부드러운 말씨에 그 사람은 낯빛이 다시 흔들리더니 머리를 조아렸다. "네, 다틴 대난 없압나니이다."

"다행이니이다. 일홈이 므슥이시니잇가?"

"쇼인안 하균이라 하압나니이다."

"대홍현텽에 겨시니잇가?"

"네, 그러하압나니이다."

"직임이 므슥이니잇가?"

"녜?" 그의 말뜻을 못 알아들은 듯, 하가 고개를 들어 그를 쳐다보았다.

"현텽에셔 므슴 일알 맛다샀나니잇가?"

"아, 네. 쇼인안 병방 셔원이압나니이다."

"병방 셔원." 그는 천천히 고개를 끄덕였다. "병방 셔원이시니, 이번 일에 대하야 잘 아실 새니이다. 대흥현 군사달한 언제 대흥현 텽을 나왔나니잇가?"

"현텽을 나온 때난……" 하가 조심스럽게 말했다. "아참알 먹고셔 한참 다외얐아니, 진시(辰時)…… 진시애 나온 닷하압나니이다."

"진시애 나왔다……" 혼잣소리를 하고서, 그는 시간을 따져보았다.

대흥 읍내에서 례산 읍내까지는 30리 길이라고 했다. 아침을 먹고 진시에 떠났다면, 빨라야 8시였을 터였다. 대흥현의 군대가 례산 현텽에 닿은 것이 12시가 채 못 되었을 때니, 여기까지 오는 데 걸린 시간이 비슷하게 들어맞았다.

"호셔챵의군이 례산현텽에 이시난 줄 어드리 아샸나니잇가?" 속마음이 드러나서, 그도 모르게 목소리가 높아졌다. 가장 궁금한 대목이었다.

"어제 나죄애 사람 하나이 현텽에 고변하얐압나니이다." 하가 또렷이 대꾸했다. 이제 마음이 좀 놓인 모양이었다.

"아, 그러하얐나니잇가?" 그의 마음속에서 거뭇한 예감이 꿈틀거렸다. "고변한 사람이 뉘였나니잇가?"

"고변한 사람안 여긔 례산 사람이었압나니이다."

"례산 사람?"

"녜. 례산 대지동면에 사난 사람이라 들었압나니이다."

'대지동면'이란 말이 그 사람 입에서 나온 순간, 그의 마음속으로 차가운 기운이 흘렀다. 그의 마음속에서 꿈틀거리던 거믓한 예감이 또렷한 모습을 갖추고 벌떡 일어섰다.

다른 사람들도 자세를 고쳐 앉았다. 리산응이 흘긋 그의 얼굴을 살피더니 굳은 얼굴로 하를 쏘아보았다.

"므슥이라 고변하얐나니잇가?" 고변한 사람의 이름을 바로 묻기가 어쩐지 켕겨서, 그는 짐짓 딴전을 부렸다.

하는 잠시 쭈뼛거렸다. "뎌긔…… 대지동면에 사난 둥 하나히 사람달할 모아서 모반하얐다 하얐압나니이다." 말을 마치고, 하는 그의 차림을 슬쩍 살폈다.

그는 말을 계속하라는 뜻으로 고개를 끄덕였다.

"그리하고 그 둥이 도슐을 이대 써셔, 례산현령의 군사달콰 싸화 현감알 사라잡고 례산현령을 차지하얏다 하얐압나니이다."

"그 뒤혜는 엇디 다외얐나니잇가?"

"원님끠셔는……" 하의 얼굴이 어두워졌다. "원님끠셔는 이믜 날이 어두워셔 군사랄 움즉이디 못하니 래일 아참 일즉이 군사랄 움즉인다 하압샸나니이다."

그는 천천히 고개를 끄덕였다. 이제 대흥현 군대가 갑자기 나타난 사정은 밝혀진 것이었다. 그는 짐짓 가벼운 목소리로 물었다, "고변한 사람의 일홈알 아시나니잇가?"

하가 고개를 저었다. "쇼인안 아디 못하압나니이다. 쇼인안 군사 움즉일 쥰비를 하느라……"

마음이 문득 조급해졌다. 고변한 사람이 대지동 사람이라면, 챵의군에 가담한 사람일 가능성이 있었다. 챵의군에 가담한 사람이 아니더라도, 대지동 사람들은 모두 챵의군에 속한 것과 같았다. 따라서 내부의 적을 찾는다는 뜻에서도, 고변한 사람의 정체를 한시바삐 밝혀내야 했다.

"뉘 아시니잇가?" 조급한 마음을 누르고서, 그는 서두르지 않는 목소리로 부드럽게 물었다.

"병방 얼우신끠셔 아실 새니이다. 그리하고…… 아," 생각에 잠겨 굳었던 하의 얼굴이 풀렸다. "례방 얼우신끠셔도 아실 새니이다. 어제 올인 장계를 례방 얼우신끠셔 쓰압샀나니이다."

가슴이 뜨끔했다. "쟝계를 올였나니잇가?"

"녜. 어젯밤애 올였압나니이다."

"어듸로 올였나니잇가?"

"튱쥬 감영하고 해미 병영하고 홍쥬진에 올였압나니이다."

그의 눈앞에 례산현에서 민란이 일어났다는 정보가 퍼져나가는 모습이 떠올랐다. 그가 걱정했던 것보다 정보가 빨리 퍼져나가고 있었다.

거세게 뛰는 가슴을 누르고 천천히 고개를 끄덕이면서, 그는 손에 든 문서를 훑어보았다. 그러나 붙잡힌 사람들 가운데 병방과 례방은 없었다.

"여긔 보쇼셔." 그는 하 앞으로 문서를 밀어놓았다. "여긔 적힌 사람달 가온대 고변한 사람의 일홈알 알 만한 사람이 이시나니잇가?"

"녜." 하가 문서를 한참 들여다보았다.

'쓸 만한 사람인데.' 그는 하를 뜯어보았다. 똑똑하고 침착해 보였다. 신의도 있어 보였다. 그는 하가 자기 원 얘기를 할 때 얼굴이 어두워지는 것을 보았다. '같이 일하자고 설득할 길이 없을까?'

"여긔 김원로이……" 하가 고개를 들었다. "아마도 이 사람이 알 만하압나니이다. 여긔 김원로난 례방 셔원인듸, 실로난 이 사람이 례방의 글을 많이 짓는다 하압나니이다. 어제 장계를 쓸 때, 고변한 사람의 일홈알 알았알 닷하압나니이다."

"아, 그러하나니잇가?" 그는 다시 문서를 들여다보았다. 김원로는 다친 사람들 가운데 들어 있었다.

"다틴 닷한듸……" 입맛을 다시면서, 그는 잠시 생각했다.

다친 사람을 이곳으로 부르는 것이 좀 뭣했다. 사람들의 이목을 끌어서 조용히 처리하기도 어렵고, 시간도 걸릴 터였다. 그러고 보니, 다친 사람들을 둘러볼 때도 됐다.

그는 리산웅과 김을산을 돌아다보았다. "김원로라 하난 사람안 다틴 닷하나이다. 이리 오라 하기 어려우니, 우리 다틴 사람달히 이시난 곳아로 가보사이다."

그가 섬돌에서 내려서자, 현텽 안의 활발한 분위기가 그를 기분 좋게 감쌌다. 멋지게 이긴 싸움의 뒤처리를 하는 판이라, 사람은 모두 활기차게 움직이고 있었다. 할 일이 없어서 빈들거리는 사람은 보이지 않았다. 이미 하던 일들이 적지 않은 터에, 다친 사람들을 치료하고 포로들을 감시하며 말들을 보살피는 일까지 더해진 것이었다.

붙잡힌 군사들은 길텅 옆에 쳐진 천막에 모여 있었다. 그들이 다가오는 것을 보자, 다친 사람의 등을 싼 붕대를 풀던 심도화가 엉거주춤 일어섰다.

그는 급히 손을 저었다. "그대로 일하쇼셔."

"녜, 원슈님." 그녀가 다시 앉아서 붕대를 풀기 시작했다. 그녀 손길이 서툴지는 않지만, 피가 엉겨붙어서 붕대를 풀기가 쉽지 않았다. 칼에 베인 상처가 겉으로 보기보다는 깊은 것 같았다.

'항생제 없이는 어렵겠다.' 문득 어두워진 마음으로 그는 천막 아래 누운 다친 사람들을 둘러다보았다. 아까 대충 살펴보았을 때, 적어도 둘은 상처가 깊어서 목숨이 위험할 듯했다. 이제 그 두 사람은 혼수상태에 놓인 듯했다. 앞으로 한둘은 더 상태가 나빠질 듯했다.

다치지 않은 사람들은 한데 묶여 있었다. 걱정과 체념이 뒤섞인 낯빛들이 그의 마음속으로 비집고 들어왔다.

'빨리 처리해야 하는데. 걸을 수 있는 사람들은 돌려보내는 게 좋겠지. 여기 묶어놓아봤자, 양식만 축내지. 대흥현에 가서 고변한 사람의 정체만 밝혀지면, 돌려보내기로 하자.'

"원슈님, 이 사람이 김원로이니이다." 하가 멍석 한쪽에 앉은 사내를 가리켰다.

"아, 녜." 마음을 다잡고, 그는 그 사내를 살폈다.

그의 눈길을 받자, 사내가 움찔했다. 얼굴에 두려움이 짙은 그늘로 덮였다. 오른팔을 다친 듯, 부목을 대고 있었다.

그는 하를 돌아다보았다. "물어보쇼셔."

"네, 원슈님." 하가 그 사내에게 한 걸음 다가섰다. "원로. 원슈 나아리끼셔 물어보라 하시내. 어제 우리 현텽에 와셔 고변한 례산 사람의 일홈이 므슥이다?"

김원로는 말뜻을 알아듣지 못한 얼굴로 하를 올려다보았다. 이어 그를 흘긋 살폈다.

"원로. 어제 현텽에 와셔 여긔 례산애셔 난리났다 고변한 사람의 일홈알 알디? 그 사람 일홈이 므슥이다?" 손으로 김의 성한 어깨를 잡고서, 하가 절박한 목소리로 물었다.

김이 고개를 끄덕였다. 문득 김의 낯빛이 풀리면서, 얼굴 모습이 또렷해졌다. 마른침을 몇 번 삼키더니, 김이 입을 열었다, "으음. 고변한 사람안 최긔호라난 사람인듸······"

"최긔호"라는 말이 쇠꼬챙이처럼 그의 마음속으로 파고 들었다. 봉션이 아버지의 갖가지 모습들이 눈앞에 떠올랐다. 그것들이 문득 합쳐져 하나가 되더니, 미움과 비웃음으로 뭉쳐진 얼굴이 그에게로 왈칵 달려들었다.

"최긔호라?" 김에게 확인하는 리산응의 삐걱거리는 목소리가 아득히 들려왔다.

8

뒤쪽 금오산 기슭에서 들려오는 소쩍새 울음이 가라앉은 밤 풍경에 쓸쓸한 빛깔을 더했다. 이제 현텽 안도 조용했다. 간간 초병들이 내는 소리 말고는 아무 소리도 들리지 않았고, 남자 뒷간에 걸린 등불을 빼놓고는, 불빛도 없었다. 둘레의 마을들은 물론 어둡고 조용했다. 소리를 내면, 이내 재앙이 긴 발톱을 세우고 검은 날개를 퍼덕이며 달려들까 두려워하는 것처럼, 집들은 그리 밝지 않은 달빛 아래 숨죽이고 엎드려 있었다.

두 손으로 망루의 난간을 짚은 채, 언오는 고개를 돌려 달을 찾았다. 상현을 막 지난 달은 어느새 서쪽 산 위에 아랫도리를 걸치고 있었다.

"허음," 그의 뒤에서 경희영이 조심스럽게 헛기침을 했다.

그는 경이 불안해하는 것을 느꼈다. 사령관과 함께 있는 병사가 불안해하는 것은 자연스러웠다. 그리고 은행나무 위에 만들어진 망루는 세 사람이 서 있기엔 좀 좁았다.

"희관이. 나 뒷간애 점 나려갔다 올 새니……" 경이 함께 보초 근무를 서고 있는 박희관에게 말했다.

"네," 박이 거의 속삭이는 소리로 대꾸했다.

"그러하면, 잘 셔게." 다시 헛기침을 하더니, 경은 사다리를 내려가기 시작했다.

그는 좀 떨떠름한 마음으로 두 사람의 수작을 들었다. 그는 불안한 자리에서 잠시나마 빠져나가고 싶어 하는 경의 마음을 이해할 수 있었다. 그러나 그리하는 것은 초병으로선 옳은 일이 아니었다. 그리고 경이 의식했든 못 했든, 그것은 그의 권위를 거스르는 짓이었다. 대부분의 병사들은, 설령 오줌이 많이 마렵더라도, 순찰을 나온 원슈가 떠나기를 기다릴 터였다.

'역시 문제가 있다.' 그는 마음속으로 고개를 끄덕였다.

그는 경이 자기 부대의 지휘관인 쟝츈달을 상관으로 대접하지 않는 것을 여러 번 보았다. 그저께까지 한동네에 살면서 허물없이 지낸 처지고 나이도 비슷한지라, 경은 쟝을 시답지 않게 여겼고, 쟝은 경을 거느리느라 애를 먹는 눈치였다.

'하긴 저 사람만이 아니지. 이런 군대에서 군기가 제대로 서긴 어렵겠지. 아무래도 한참 지나야 군기가 제대로 서겠지.' 그는 씁쓸하게 입맛을 다셨다.

군기를 세우는 일은 지금 챵의군이 맞은 어려운 과제들 가운데서도 특히 어려운 과제였다. 자신들이 군인이 되는 것도 모르는 새 엉겁결에 군인이 된 사람들이 지휘자의 지시를 제대로 따르리라고 기대하기는 어려웠다. 사회적으로 자신보다 나을 것이 없는 사람의 지휘를 선뜻 받아들이기를 기대하기는 더욱 어려웠다. 그 문제는, 쟝의 낮은 사회적 지위 때문에, 2등대에서 특히 심각했다.

그러나 그런 무거운 생각도 그의 달뜬 마음을 끌어내리지 못했다. 낮에 싸움이 있은 뒤로, 그의 마음은 내내 달떴었다. 일을 마치고 늦게 잠자리에 들었지만, 잠은 좀처럼 오지 않았다. 오늘 있었던 일들이 거듭 마음속을 영화 장면들처럼 스쳤다. 그래서 억지로 잠을 청하는 대신, 초병들이 제대로 근무하는지 살피러 나온 참이었다.

마음이 달뜰 만도 했다. 대흥현 관군에 대한 승리는 온전했을 뿐 아니라 뜻도 컸다. 이번 싸움은 실제로는 관군과의 첫 싸움이었다. 대지동에서 그가 이끈 사람들이 례산현감이 이끈 군대와 싸운 것은 두 군대 사이의 정식 싸움이라고 보기 어려웠다. 그때 관군은 반군과 싸우러 왔던 것이 아니라 관원들을 죽인 산골짜기 사람들을 잡으러 왔던 것이었다. 이번엔 제대로 싸울 준비를 하고 기습해온 관군과 싸워 이긴 것이었다. 갑자기 모인 사람들이 잘 조직된 관군과 맞설 수 있음을 증명한 것이었다. 그 사실은 물론 군사들의 사기와 챵의군의 명성에 큰 영향을 미칠 터였다.

더구나 이제 그는 '읍내 사람들'의 충성심에 대해 크게 걱정하지 않아도 되었다. 한번 관군에 맞서 싸운 뒤엔, 그들은 반군에 붙잡혀 어쩔 수 없이 반군을 도운 사람들이 아니었다. 이제 그들은 반군의 일부였고, 그들에게 열린 길은 챵의군 깃발 아래 계속 싸우는 길뿐이었다.

그러나 그의 마음을 달뜨게 한 가장 큰 까닭은 그가 기병들을 이끌고 돌격한 일이었다. 기병대의 돌격은 병사들의 육체적 힘에 바탕을 둔 싸움에서 꽃과 같았다. 그것은 모든 시대들의 모든 군인들이 싸움터에서 한 일들 가운데 가장 멋진 것이었다. 평생에 단 한 번이라도 고삐를 풀고 적병들을 향해 말을 모는 것은 모든 군인들이 품었던 꿈이었다.

싸움터에서 적병들과 마주서는 일은 어느 시대의 군인들에게나 충격적 경험이었다. 고대와 중세에서는 특히 그러했다. 칼이나 창만을 들고서 실제로 적병들과 마주치는 일은 잘 보이지 않는 적을 향해 총을 쏘는 것과는 달랐다. 더구나 21세기에선 거의 모든 군인들은 보이지 않는 적군을 향해 장거리 무기의 단추를 누르는 일만 했다. 보병들까지도 적병과 실제로 마주치는 일은 많지 않았다.

21세기의 무기 체계들에서 병사들은 노후화된 요소였다. 무기들이 거의 모든 부면들에서 자동화되고 전자뇌에 의해 통제되는 터라, 무기를 쓰는 일에서 사람이 들어설 자리는 아주 좁았다. 아직 전투기나 전함이나 우주 정거장에 사람들이 탔지만, 그것은 그런 무기들을 운용하는 데 사람이 실제로 필요하기 때문이 아니라 아직 사람이 필요하다고 믿고 싶어 하는 사람들의 심리 때문이었다. 전쟁의 재앙으로부터 사랑하는 사람들을 지키려고 전투기나 전함을 타고 싸움터로 나가는 젊은이들의 모습보다 사람들의 가슴을 끓게 하는 것이 어디 있겠는가?

그런 인간의 노후화는 컴퓨터 기술의 발전으로 무기 체계들이 자동화되면서 시작되었다. 그것은 전투기에서 특히 또렷이 드러났다. 지각의 범위가 크게 제약되었고 반응 속도가 아주 느린 조종사가 전투기에 탈 필요는 20세기 말엽엔 빠르게 줄어들었고 21세기 초엽엔 마침내 없어졌다. 전투기에서 조종사는 그냥 필요 없게 된 것이 아니라, 있으면 오히려 곤란한 존재가 되었다. 조종사를 위한 공간과 장치들을 없애고 조종사 때문에 주어진 속도의 제한이 풀리자, 전투기들은 훨씬 효율적이 되었다. 나아가서 기능과 형태가 크게 바뀌었다.

그것은 실은 현대 문명의 모든 부면들에서 나온 현상의 한 부분이었다. 기술 발전에서 논리적으로 나온 현상이었으므로, 그것은 거스르기 어려웠다. 그래도 사람들은 그것을 거스르려고 애썼다.

그런 사정은 26세기의 산물인 시낭에서 흥미로운 모습으로 드러났다. '두더지 사업'의 요원들은 '가마우지'에 시간비행사가 탔다는 사실에 대해 고개를 갸웃거렸다. '가마우지'와 같은 발전된 기계에서 사람이 할 일은 하나도 없었다. 전자뇌가 모든 일들을 어떤 뛰어난 사람보다 훨씬 잘했다. 시간비행사가 타면, 오히려 문제들을 일으켰다. 시간비행사를 위한 생명 유지 계통이 시낭의 질량을 크게 늘렸고, 시간 줄기에 대한 충격을 줄 위험이 크게 늘어났다. 그래도 시간비행사가 탄 것이었다. 물론 대답은 간단했다. 사람들은 과거를 탐험하는 일을 기계에 맡기고 나중에 탐험의 결과를 즐기는 존재가 아니었다. 낯선 세상을 탐험하는 것은 그들의 본능이었다. 월면과 L-5의 기지들이 그 사실을 유창하게 말해주었다.

그래서 기병대의 돌격은 21세기의 군인에겐 더욱 아쉽게 느껴졌던 꿈이었다. 꿈을 많이 꾸었던 생도 시절에도 꾸지 못했던 꿈을 얼결에 이루었으니, 그 일의 뒷맛을 아직 즐기는 것은 자연스러웠다.

아래서 투덜거리는 소리가 났다. 땅에 내려서면서, 정이 발을 헛디디기라도 한 모양이었다. 이어 뒷간 쪽으로 가는 소리가 났다.

'흠.' 그는 미소를 머금었다. '내가 없었으면, 또 아무 데나 깔겼을지도 모르지.'

어젯밤에 초병들은 아무 데나 오줌을 누었다. 아침에 돌아볼 때, 초소마다 냄새가 대단했다. 물론 냄새가 문제는 아니었다. 그래서 그는 위생의 중요성을 다시 얘기하고 초병들은 꼭 뒷간을 이용하라고 엄한 명령을 내렸다.

'긴 하루였지.' 그는 자신도 모르게 만족스러운 한숨을 내쉬었다.

마음이 달뜬 것만이 아니라 홀가분하기도 했다. 급한 일들을 모두 처리한 것이었다.

먼저, 붙잡힌 대홍현 사람들 가운데 걸을 수 없을 만큼 크게 다친 사람 넷을 빼고는, 모두 돌려보냈다. 싸움에서 죽은 사람들의 시신들도 함께 보냈다. 비록 크게 다친 사람들을 치료하는 것이 작은 일이 아니었지만, 이제 마음을 쓸 일이 하나 줄었다.

훈장 수여식도 마쳤다. 군령 제6호로 무공훈장을 만들었음을 밝힌 다음, 이번 싸움에서의 공에 따라 훈장을 주었다. 무공훈장엔 금월(金月), 은월(銀月), 자성(紫星), 황성(黃星), 청성(靑星)이 있었다. 김항렬과 천영세가 자성 훈장을 받았고, 신경수를 비롯한 열한 사람이 황성을 받았으며, 스물여섯이 청성을 받았다. 훈장을 받지 못한 사람들은 쌀 서 말씩 받았고, 모든 훈병들은 딕병으로 승진했다.

봉선이 아버지 사건도 일단 처리한 셈이었다. 그는 먼저 등대장 이상 지휘관들에게 봉선이 아버지가 배반했다는 사실을 알렸다. 다음엔, 봉선이 할아버지에게 사정을 얘기하고 처리 방안을 생각해달라고 부탁했다. 그 뒤에 군사부 간부들에게 알렸다. 거기서 봉선이 할아버지가 대지동으로 들어가서 아들을 만나 데리고 나오기로 결정되었다.

"휴우," 그 일을 생각하자, 안도의 한숨이 절로 나왔다. 그것은 정말로 괴로운 일이었다. 특히 봉선이 할아버지에게 그 일을 알리는 자리는 무척 어색하고 괴로웠었다.

'괴로운 일은 일단…… 그러나 재판을 하게 되면, 다시 얼굴을 맞대야 하겠지.' 눈앞으로 그와 봉선이 아버지 사이에 있었던 일들이 스쳤다.

그들의 관계는, 비록 겉으론 그리 나쁘지 않았지만, 속으론 처음부터 무척 껄끄러웠었다. 그에 대한 적대감이 봉선이 아버지를 관가에 밀고하도록 했는지도 몰랐다. 그런 밀고를 통해서 자기 집안이 보험에 드는 셈이란 계산도 물론 했겠지만.

'어쨌든, 그렇게 속으로 곪은 것보다는 이렇게 밖으로 드러난 것이……' 그는 입맛을 다셨다.

봉선이 아버지가 품은 적대감이 밖으로 드러나자, 그는 마음이 오히려 푸근해졌다는 것을 깨달았다. 봉선이 아버지가 그에 대해 좋지 않은 감정을 품었단 생각은 그의 마음 한구석에 그늘을 드리웠었다.

'그러고 보니, 그 꿈이 사실로 나타났구나.' 그는 봉선이 아버지의 배신으로 토정 선생에게 붙잡혔던 꿈을 떠올렸다.

'참, 그 사람……' 그의 몸이 문득 굳었다. 토정 선생이 보냈던, 칼 쓰는 아산현 관리가 생각난 것이었다. 가슴속으로 찬바람이 불었다.

'그 사람은 지금 어딨나? 아직 날 찾고 있을까?' 그는 그 관리가 아직도 그를 찾고 있음을 써늘한 가슴으로 느낄 수 있었다. 그 사람이 언젠가는 그를 찾아내서 그의 목에 칼을 겨누리란 것도.

'나이 너를 여기셔 기다린 디 오래도다.' 그 사내의 목소리가 문득 그의 귀에 울렸다.

그는 자신도 모르게 한 바퀴 둘러다보았다. 갑자기 어둠이 더욱 짙어진 듯했고 밤공기가 한결 차가워진 듯했다. 몸이 부르르 떨렸다.